레이첼 카슨 전집 6

잃어버린 숲
Lost Woods

레이첼 카슨 전집 6

잃어버린 숲

초판 1쇄 인쇄일 2018년 3월 30일   **초판 1쇄 발행일** 2018년 4월 5일

엮은이 린다 리어 | **옮긴이** 김홍옥
펴낸이 박재환 | **편집** 유은재 김예지 | **관리** 조영란
펴낸곳 에코리브르 | **주소** 서울시 마포구 동교로 15길 34 3층(04003) | **전화** 702-2530 | **팩스** 702-2532
이메일 ecolivres@hanmail.net | **블로그** http://blog.naver.com/ecolivres
출판등록 2001년 5월 7일 제10-2147호
종이 세종페이퍼 | **인쇄·제본** 상지사 P&B

ISBN 978-89-6263-177-7 04840
ISBN 978-89-6263-165-4 세트

책값은 뒤표지에 있습니다.   잘못된 책은 구입한 곳에서 바꿔드립니다.

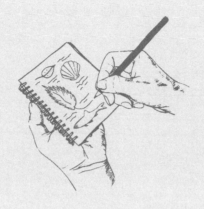

잃어버린 숲

린다 리어 엮음 | 김홍옥 옮김

에코리브르

자상한 남편 존 W. 니컴 2세에게 이 책을 바칩니다.
그리고 더할 나위 없이 풍요로운 생을 살면서 내 삶을 축복해준
루스 브링크만 제롬과 루스 주어리 스콧에게 감사드립니다.

차례

책머리에   008

1부

01 해저   019

02 내가 가장 좋아하는 놀이   030

03 야생동물을 위한 싸움을 추진하다·   033
사르가소해로 떠나는 체서피크 뱀장어

04 하늘을 누비는 자연의 용사들   045

05 매의 길   052

06 내 기억 속의 섬   056

07 마타머스킷 국립 야생동물 보호구역   065

2부

08 《바닷바람을 맞으며》에 대해 일즈 여사에게 건넨 메모   079

09 잃어버린 세계: 섬의 도전   090

10 〈뉴욕 헤럴드 트리뷴〉 '저자와의 오찬' 연설   106

11 드뷔시의 〈바다〉 레코드재킷 노트·국립 심포니 오케스트라 연설   115

12 미국도서상 논픽션 부문 수락 연설   123

13 자연주의 저술의 구도   126

14 데이 씨의 해고   131

15 《우리를 둘러싼 바다》 개정판 머리말   134

3부	16	끊임없이 변화하는 우리의 해안	147
	17	카슨의 현장 일지에서 발췌한 글 네 편	162
	18	바다의 가장자리	172
	19	우리를 둘러싼 진짜 세계	188
	20	생물학	210
	21	도로시 프리먼과 스탠리 프리먼에게 보낸 편지 두 통	214
	22	잃어버린 숲: 커티스 복과 넬리 리 복에게 띄운 편지	219
	23	구름	223

4부	24	사라지는 미국인들	239
	25	생물학의 이해·《동물 기계》 책머리에	243
	26	내일을 위한 우화	249
	27	전국여성언론인클럽 연설	253
	28	《침묵의 봄》의 새로운 장	266
	29	조지 크라일 2세에게 보낸 편지	280
	30	우리 환경의 오염	285
	31	도로시 프리먼에게 쓴 편지	306

		감사의 글	309
		출처	313
		옮긴이의 글	317
		찾아보기	320

책머리에

레이첼 카슨이 세상에 남긴 문학 유산은 딱 네 권뿐이다. 그러나 그 네 권의 책은 인류가 자연 세계와 지상에 살아가는 생명체의 미래를 생각하는 방식을 바꾸어놓기에 충분했다. 그녀는 그 네 권 가운데 두 권, 즉 1951년에 출간된 《우리를 둘러싼 바다(The Sea Around Us)》와 역사의 행로를 수정해준 책 《침묵의 봄(Silent Spring)》(1962) 덕분에 작가로서 명성을 얻었다.

카슨은 생태학이나 환경 변화 같은 주제를 대중이 이해할 수 있도록 이끄는 데 실로 놀라운 영향력을 발휘했다. 바다의 삶을 다룬 3부작 가운데 두 권, 즉 《우리를 둘러싼 바다》와 《바다의 가장자리(The Edge of the Sea)》는 〈뉴요커〉에 연재되었다. 뿐만 아니라 《바닷바람을 맞으며(Under the Sea-Wind)》(1941)까지 포함한 3부작은 하나같이 몇 달간 내리 〈뉴욕타임스〉의 베스트셀러 목록을 장식했다. 특히 《우리를 둘러싼 바다》는 그 자리를 무려 86주나 지킴으로써 최장 기록을 갈아치웠고, 40여 개 언어로 번역되었다. 마침내 1962년 《침묵의 봄》까지 〈뉴요커〉에 실리자 카슨은 〈뉴요커〉에 세 권의 책이 연재된 최초의 여성 작가로 떠올랐다. 《침묵의 봄》은 수많은 언어로 번역되었으며 아직까지도 해마다 2만 5000부 넘게 꾸준히 팔리고 있다. 레이첼 카슨은 1964년 끝내 숨을 거두었을 때 이미 자연과학자이자 지구에 관한 우려를 공적으로 발언하는 활동가로서 국제적 명성을 떨치고 있었다. 그녀는 그녀 세대에서 가장 갈채받는 과학 저술가이자 첫손에 꼽히는 문단의 인사였다.

발굴되지 않았거나 거의 알려지지 않은 카슨의 글을 추려 유고집 《잃어버린 숲》을 내는 목적은 카슨의 유명 작품들에서는 알아차리기 힘들었던 것, 즉 그녀가 자연과학자이자 창의적인 작가로 성장하는 모습을 독자들에게 보여주기 위해서다. 출간되지 못했거나 알려지지 않은 문건들을 보면 환경사상가로서 그녀의 중요성을 더욱 실감할 수 있다. 이 선집에서 카슨은 20세기 하반기 우리 인간과 지구가 처한 상황에 관해 공적으로나 사적으로 발언을 이어간다. 초창기에 쓴 글, 신문 기고, 현장 일지, 연설문, 기사와 편지를 골라 엮은 《잃어버린 숲》은 카슨이 문단의 유명 인사이면서 20세기의 가장 중요한 작가이자 사회적 논객으로 떠오른 지적 궤적을 소상하게 보여준다. 그녀는 경각심을 일깨움으로써 우리를 새로운 방향으로 이끌었으며 현대 환경운동을 촉발한 기폭제 노릇을 했다.

카슨은 바쁘고 압박이 심한 삶을 살았던지라 생전에 많은 작품을 완성하지는 못했다. 그녀는 본시 더디고 꼼꼼하게 일하는 습성이 있었으며, 자신이 쓴 문장의 구성이 스스로 흡족할 만큼 매끄럽고 아름답다 싶지 않으면 결코 다음 문장으로 넘어가지 않았다. 그래서 끊임없이 손보기를 거듭했고, 글을 처음부터 끝까지 크게 소리 내어 읽었고, 어조며 두운이며 명료함 따위에 두루 만족할 때까지 스스로에게 원고를 되풀이해 읽어주곤 했다. 카슨은 형식과 구조에서도 완벽함을 추구했다. 어찌나 꼼꼼한 연구자였던지 공무원으로 근무하던 시절 동료와 조수와 편집자 들 사이에서는 깐깐할 정도로 정확성을 따지는 사람이라는 소문이 파다했다.

1930년대에 〈볼티모어 선(The Baltimore Sun)〉의 특집 기사들을 제외하고는 카슨이 원고와 기사를 마감에 맞춰 제때 끝낸 적이 단 한 차례도 없었다는 사실을 알게 되었을 때, 나는 얄궂게도 내심 통쾌함을 느꼈다. 그러나 그녀가 가족에 대한 책임감과 감정적 요구라는 짐에 눌려 능력과 포부가 있는데도 쓰고 싶은 작품을 원껏 쓰지 못했다는 사실을 알고는 못내 마음이 아팠다.

1930년대 하반기부터 카슨은 제 자신은 물론이요, 어머니, 언니, 나중에는 언니의 두 딸(조카딸), 게다가 조카딸의 아들까지 부양해야 했다. 그녀는 결국 1957년에 그 조카딸의 아들을 입양하기에 이른다. 연방 정부에서 수생생물학자이자 편집자로 공무를 수행하던 15년 동안은 가족에 대한 의무에서 가까스로 놓여난 주말이나 저녁 시간으로 집필을 미뤄야 했다. 그러나 다른 한편 그 공직 기간은 자연 세계를 원 없이 체험하고 이를 보존하려는 결의를 다진 값진 시기이기도 했다.

《우리를 둘러싼 바다》가 문학적으로 대성공을 거두자 그녀는 비로소 자신을 옥죄던 돈 걱정에서 놓여났으며, 1952년부터는 공무원직을 떠나 집필에만 오롯이 전념할 수 있었다. 그러나 그녀가 누린 호사는 기껏해야 몇 년에 그쳤다. 어머니의 건강이 서서히 나빠지기 시작했고, 조카딸이 끝내 숨졌으며, 그것으로도 모자라 요구가 많았던 그 조카딸의 아들까지 창작에 들여야 할 그녀의 시간을 앗아가고 심신을 피폐하게 만들었던 것이다. 카슨의 인생 막바지 5년은 말기 질환의 치료와 시간 사이에서 처절하게 줄다리기한 시기였다. 카슨은 《침묵의 봄》을 완성하고 그 책을 방어하기 위해, 오진으로 치료 시기를 놓쳐 빠르게 퍼져나가는 유방암과 싸워야 했고, 그녀가 "질병 목록"이라 부른 참혹한 질병들의 세례와 항암 치료의 부작용을 이겨내야 했다. 이러한 사실을 알고 나면 카슨이 고작 몇 권의 책밖에 남기지 못했다는 말은 정녕 나오지 않을 것이다. 우리는 그녀가 끝내 그 정도라도 써낼 수 있었다는 사실에 놀라게 된다.

레이첼 카슨은 적어도 네 권의 또 다른 주요 저서를 집필할 계획이었다. 진화를 과학적으로 다루고자 자료를 모았고 생태학을 좀더 철학적으로 접근한 책을 쓰기로 계약을 맺기도 했다. 그녀는 초창기에 잡지에 실었던, 아이들과 함께 자연 세계를 탐험한 경험에 관한 글을 손보고 보완하기 시작했다. 또한 대기과학이나 기후와 관련한 몇 가지 새로운 발견에 호기심을 느꼈고, 새롭게 부상하는 그 분야에서 주제를 정해 글을 쓰고 싶어 했다. 카슨이 쓴 글들을 보면 그녀가 이러저러하게 몰두해 집필한 주제가 꽤나 다양했으며, 언젠가 시간을 확보해 다뤄보고자 한 주제들은 그보다 훨씬 더 많았음을 알 수 있다. 그러나 그녀의 시계는 아쉽게도 1964년 4월 멈추고 말았다.

《잃어버린 숲》은 우리로 하여금 카슨의 바람과 성취 사이의 간극을 메우도록 도와준다. 현장 일지에서 발췌한 글, 특히 공식 연설문 원고는 그녀가 출연한 텔레비전 프로그램을 본 적도, 그녀가 말하는 것을 들어본 적도 없는 세대에게 레이첼 카슨의 음성을 들려준다. 그녀는 결코 자신이 공인이라고 생각지 않았지만, 그와 무관하게 이미 공인으로 떠올라 있었고 기량이 뛰어난 연설가이기도 했다. 그녀의 진심은 유력 정치인과 평범한 시민의 마음을 동시에 사로잡았다. 체서피크만의 자연사를 다룬 기고문, 다양한 보존과 보호 노력에 지지를 보낸 글을 보면, 바다에 관한 서정적인 글과 독성 화학물질을 신랄하게 비판한 글을 쓴 작가라고만 카슨을 알고 있는 독자들로서는 그녀의 새로운 면모를 느끼게 될 것이다.

《잃어버린 숲》에 실린 글은 대부분 내가 그녀의 전기 《레이첼 카슨 평전(Rachel Carson: Witness for Nature)》을 쓰려고 조사하며 예일대 '바이네크 희귀본·원고 도서관(Beinecke Rare Book and Manuscript Library)'에 소장된 그녀의 문서를 뒤적이다 발굴한 것이다. 수록 작품의 선정은 중요한 환경적 사고를 드러내는 우수한 저술인지, 그녀가 과학자나 과학 작가로 성장하는 데 창의적 통찰력을 제공해준 저술인지를 기준으로 삼았다.

몇몇 글에서는 카슨이 지대한 관심을 표명했으나 결코 깊이 있게 다뤄보지 못한 주제들이 무엇인지가 드러난다. 〈홀리데이〉에 실린 기사, 《우리를 둘러싼 바다》의 개정판 머리말, 《침묵의 봄》에 실린 장 〈내일을 위한 우화〉는 카슨이 생전에 발표했지만 특별히 주목해볼 만한 가치가 있다고 생각한다. 카슨이 사망한 뒤 출간된 몇몇 글도 포함했는데, 그것은 과학적으로나 문학적으로 전혀 손색이 없을뿐더러 그녀의 삶을 이해하는 데 더없이 중요하기 때문이다. 그 외에 잡지, 신문 또는 정부간행물에 실려 더 이상 출간되지 않는 글도 몇 편 수록했다.

카슨은 언젠가 친구 도로시 프리먼에게 "내가 자연 세계에 대한 정서 반응을 일깨우고자 기울인 노력이 과학적 사실에 기여한 것보다 한층 더 중요했다"고 말했다. 1956년 〈아이들과 함께 자연 탐험하기〉라는 글을 쓴 의도를 밝힌 글에서 카슨이 말했다. "누구라도 아름다움에 대한 감각,

새로운 것 미지의 것에 대한 흥분, 동정심, 연민, 찬미와 사랑, 이런 느낌을 한번 맛보게 되면 자연스럽게 그 감정을 불러일으킨 대상에 대해 알고 싶어진다. 일단 세상의 경이로움과 아름다움을 느끼기만 하면 그것은 영원한 의미를 지니게 된다."

과학자이자 사회개혁가이면서, 특히 이 선집에서 보듯 저술가이기도 한 이 여성은 과학과 서정, 이성과 감정을 격조 있게 한데 버무려놓았다. 《잃어버린 숲》은 자연을 옹호하는, 더 완벽하면서도 더 새로운 레이첼 카슨의 음성을 들려준다.

독자들은 이 책을 통해 카슨의 사상에서는 생태적 관련성이 가장 중시된다는 것, 그녀가 환경의 본질, 즉 자연의 온전함을 깨달았다는 것을 느끼게 된다. 또한 핵 과학기술의 장래와 그것이 더없이 복잡하게 직조된 생명이라는 직물을 어떻게 바꿔놓을지에 관한 그녀의 깊은 우려를 엿볼 수 있다.

익히 알려져 있듯 카슨은 황무지 보존과 야생동물 보호를 지지했는데, 그것이 특히 그녀가 살던 시대에 미국에서 빠르게 사라져가는 천혜의 해안을 보존하기 위해서라는 사실도 이 선집에서 최초로 드러난다.

수록된 두 편의 글은 카슨이 동물 인권에도 깊은 관심을 기울였음을 보여준다. 이 주제는 그녀가 평생토록 간직한 생명에 관한 존중이 자연스레 확장된 결과였다. 그녀가 더 오래 살았더라면 필시 정치적으로도 더욱 적극적으로 발언했을 테고, 실험실 동물이나 사육장 동물을 인도적으로 대하라고 요청하는 글도 썼을 것이다.

카슨은 숨을 거두기 얼마 전에 전 지구적인 기후변화의 증거를 탐구하는 데에도 관심을 표명하기 시작했다. 그녀는 일찍부터 대기와 바람에 관심이 많아서 그 주제를 꾸준히 연구했고 《우리를 둘러싼 바다》에 관련 내용을 싣기도 했다. 그런데 1957년 텔레비전 프로그램을 위해 '구름' 관련 대본을 집필하고자 연구한 내용을 보면 예의 그 관심이 되살아났음을 알 수 있다. 그녀는 그 주제를 제대로 다뤄보고 싶어 했으며, 그때 이미 인간 활동과 기후변화가 밀접하게 연관되어 있다고 확신했다.

카슨은 소신을 비타협적으로 밀고 나아가야 하는지 아니면 정치적 현실에 따라 절충해야 하는지 같은 도덕적 딜레마에 빠진 생태학자와 환경 정책 입안자에게도 도움을 준다. 어떻게 하면 환경 개선에 유리한 여건을 마련할 수 있는지 피력한 그녀의 신문 칼럼이나 연설문은 많은 이에게 통찰력을 제공한다. 카슨은 정치과정에 대해 이해했을 뿐 아니라 지적 강직함과 더불어 융통성과 타협도 필요하다는 것을 깨달았는데, 이는 민주주의 제도가 매끄럽게 굴러가게 하는 방안을 모색하는 이들에게 힘이 될 것이다.

마지막으로 나는 이 선집에 몇 개의 친숙한 작품을 수록했다. 카슨의 현장 일지에는 예리한 생물학적·생태학적 관찰 결과가 가득하지만, 그와 더불어 놀라운 겸양의 순간을 담은 서정적 구절도 적잖다. 마찬가지로 카슨이 친구들, 메인주의 이웃인 도로시 프리먼과 스탠리 프리먼 부부, 커티스 복(Curtis Bok)과 넬리 리 복(Nellie Lee Bok) 부부, 담당의 조지 크라일 2세(George Crile, Jr.)에게 보낸 편지를 보면 그녀가 자연 세계를 더없이 사랑했으며, 그들과의 소통을 통해 차분하게 용기를 추슬렀음을 엿볼 수 있다.

《잃어버린 숲》은 우리 시대의 손꼽히는 위대한 작가이자 사상가인 레이첼 카슨의 글을 발굴해 실음으로써 그녀를 새롭게 조망한다. 겉으로 드러난 공인으로서 카슨의 삶은 차분하고 평화로워 보였지만 기실 내면에는 자연 세계를 향한 사랑과 그 세계의 온전함을 지키려는 헌신과 열정이 꿈틀댔다. 아무쪼록 독자 여러분들이 이 책을 통해 다양한 분야에 관심을 기울였으며 오늘날에도 여전히 유효한 목소리를 낸 레이첼 카슨의 새로운 면모를 발견하고 그 진가를 알아볼 수 있었으면 좋겠다.

1부

1부에 실린 글은 카슨이 초기에 저만의 주제와 문체를 찾아내려고 부심했음을 보여준다. 앞부분에는 〈해저〉라는 에세이를 수록했다. 이는 1937년 〈애틀랜틱 먼슬리(Atlantic Monthly)〉에 실리면서 그녀가 공식 작가로 첫발을 내딛게 해준 글로, 엄밀하면서도 서정적인 색채를 띤다. 1부의 마지막은 카슨이 미국 어류·야생동물국(Fish and Wildlife Service, FWS)에 근무하면서 집필하고 편집한 《마타머스킷(Mattamuskeet)》에서 발췌한 글이다. 《마타머스킷》은 다섯 권으로 된 정기간행물 '보존 활동(Conservation in Action)' 시리즈의 하나다. 그녀는 어류·야생동물국에 두 번째로 고용된 전문직 여성이었으며 이 기관에서 15년간 연방 공무원으로 재직하는 동안 수생생물학자에서 자체 출판물을 총괄하는 편집장으로 승진했다.

《마타머스킷》은 자신이 다루는 주제, 글을 읽을 독자 그리고 정보를 전달해야 할 공적 임무

를 충분히 인지한 관록 있는 과학자가 내놓은 당찬 작품이다. 이 글을 보면 카슨이 복잡한 야생동물 거주지의 생태를 꿰뚫고 있으며 생태적 관계의 중요성을 독자에게 전달하려 애쓴 다는 것을 알 수 있다.

두 글 사이에는 그녀가 어렸을 적에 쓴 작품들을 대표하는 글 한 편과 잡지 〈볼티모어 선〉에 기고한 네 편의 기사를 실었다. 〈볼티모어 선〉에 게재된 글들은 그녀가 일평생 야생동물 보존 에 관심을 기울였고, 인간이 자연 세계를 간섭하는 데 회의적이었으며, 특히 새에 조예가 깊었 다는 사실을 보여준다. 1940년대에 쓴 미완성·미출간 작품 두 편을 보면 카슨이 박물학자와 자연 작가로 서서히 단련되어감을 느낄 수 있다. 한마디로 우리는 1부에 실린 작품을 통해 생 태 의식에 서서히 눈뜨면서 자연과학자로 성장하는 이력 초기의 레이첼 카슨을 만나게 된다.

해저

　〈해저(Undersea)〉는 본시 제목이 '비다 세계(The World of Waters)'
였으며, 애초에 카슨이 1935년 미국 어업국의 간행물에 서문으로 싣고자
작성한 글이었다. 그녀의 상사는 그 글이 정부간행물로 쓰고 말기에는 더
없이 서정적이라는 것을 정확하게 간파하고 〈애틀랜틱 먼슬리〉에 내보라
고 권유했고, 결국 그 잡지 편집자 에드워드 윅스(Edward Weeks)는 그 글
을 실어주었다. 〈해저〉는 나중에 카슨의 첫 작품이자 그녀 자신이 가장
좋아하는 저작으로 꼽는 《바닷바람을 맞으며》(1941)의 토대가 되었다.

　〈애틀랜틱 먼슬리〉의 편집자는 "과학에 문외한인 이들의 상상력에
불을 지피는" 카슨의 글에 큰 감명을 받았고 다만 한 가지, 제목을 '해저'
로 바꾸라고만 제안했다. 〈해저〉의 출간은 카슨이 독보적 장점을 지닌 작
가로서 문단에 데뷔한 일대 사건이었다.

　이 글을 통해 카슨은 바닷속에서 살아가는 평범하거나 신비로운
바다 생명체들을 바로 그들의 시선으로 바라봄으로써 과학을 잘 모르는

독자들도 그 세계의 신비와 아름다움을 맛볼 수 있게끔 안내한다. 〈해저〉에는 카슨 하면 떠오르는 두 가지 주제, 즉 예부터 지금까지 바다 생명체를 지배해온 생태, 그리고 가장 미미한 유기체까지 아우르는 물질적 영속성이 소개되어 있다. 카슨이 훗날 인정했다시피 〈애틀랜틱 먼슬리〉에 실린 이 네 쪽 분량의 주목할 만한 기사 덕택에 "다른 모든 것이 뒤따라 왔다".

과연 누가 바다를 아는가? 당신도 나도 지상에 매여 사는 빈곤한 상상력만으로는 도무지 알 길이 없다. 갑자기 밀려들어 제 삶터인 조수 웅덩이의 해조 아래 몸을 숨긴 게들을 놀라게 만들면서 하얗게 부서지는 조석을, 배회하는 물고기 떼가 서로 먹고 먹히는 곳이자 돌고래가 공기를 들이마시려고 파도를 가르고 위로 솟구치는 곳인 망망대해에서 길게 느릿느릿 물결치는 바다 너울의 리듬을……. 또한 우리는 알 턱이 없다. 30미터의 바닷물을 투과한 햇빛이 푸르스름한 미명처럼 희미하게 일렁이는 곳, 해면·연체동물·불가사리·산호가 살아가는 곳, 작은 물고기 떼가 은빛 유성 소나기처럼 어스름 속을 반짝거리며 떠돌고 뱀장어들이 그들을 노리며 바위 속에 웅크린 곳, 바로 그 바다 바닥에서 생명체들이 어떤 우여곡절을 겪으며 살아가는지를……. 하물며 완벽한 적막, 한결같은 추위, 영원한 밤이 지배하는 10킬로미터 아래 바다의 우묵한 심연이야말로 말해 무엇하랴.

바다 생명체들만이 아는 바다 세계를 느끼려면, 우리는 시간과 공간, 길이와 너비에 대한 인간의 감각을 벗어던지고 그들의 눈으로 광막한 물의 세계를 들여다보아야 한다. 바다의 자식들에게는 제 사는 세계의 유동성만큼 중요한 것이 없다. 그들이 숨 쉬는 곳도 물이요, 먹이를 얻는 곳도 물이다. 그들이 처음에 붉은빛, 이어 초록빛, 끝으로 자줏빛으로 바뀌는 태양 광선 속에서 세상을 꿰뚫어보는 것도 바로 물을 통해서다. 그들이 자신에게는 소리나 마찬가지인 진동을 느끼는 것 역시 물을 통해서다. 그리고 온갖 바다 동물이 특정 생명 지대에―어떤 것은 해안 지대에, 어떤 것은 대륙사면의 깊이 파인 틈새에, 또 어떤 것은 깊은 바다 한가운데 펼쳐진 미지의 지층에―국한해 살아가도록 이끄는 보이지 않는 경계선이 그어진 것 역시 바닷물이 층위에 따라 온도와 염도와 수압이 저마다 다르기 때문이다.

육지와 바다를 동시에 이우르는 변화무쌍한 생활 패턴을 지닌 생명체는 상대적으로 많지 않다. 그러한 흔치 않은 예가 바로 바위틈에 고인 조수 웅덩이에서, 그리고 모래언덕이나 해안가 풀밭에서부터 바다 가장자리까지 드리워진 갯벌에서 살아가는 동식물이다. 부유 쓰레기가 널려 있어 고조(高潮)가 거기까지 밀려들었음을 말해주는 지점과 저조선 사이, 즉 조간대에서는 육지와 바다가 서로 제 땅이라 우기며 밀고 당기는 싸움을 이어간다.

육지에서는 밤이 되면 들판과 숲의 외양이 달라진다. 어떤 야생동물은 안전한 은거지인 굴로 물러나는가 하면 어떤 야생동물은 먹이를 찾아 어슬렁거리며 돌아다니는 것이다. 그와 마찬가지로 썰물 때는 바다 생명체들이 주로 시야에서 사라지지만, 그 대신 육지 약탈자들이 조수 웅덩이를 뒤적거리거나 물이 도로 차오르길 숨죽이며 기다리는 해안 동물을 찾아 모래 속을 헤집고 다닌다.

하루에 두 차례, 바닷물이 유혹의 손짓을 하는 달의 추격을 따돌리고 서서히 빠져나가면 총알고둥, 불가사리, 게 들이 자비로운 모래밭으로 슬슬 기어 올라온다. 바닷물을 잔뜩 머금은 해조류 더미, 물러가는 바다가 모래밭이나 바위틈에 남겨놓은 조수 웅덩이는 따가운 모래와 햇볕을 피할 수 있는 안식처 구실을 한다.

바다의 축소판인 조수 웅덩이에서 바위를 뒤덮은 단순한 모양의 해면은 수많은 입을 통해 허겁지겁 영양분 가득한 물을 들이켠다. 이 같은 바위틈의 조수 웅덩이에서 흔히 볼 수 있는 동물이 불가사리와 말미잘이다. 빛나는 빨간색, 구리색 얼룩처럼 보이는 고둥의 사촌 격인 껍데기 없는 알몸의 갯민숭이(sea slug)는 나뭇가지 꼴의 아가미를 물속으로 내뻗는다. 조수 웅덩이의 건축가 새날개갯지렁이(tube worm)는 모래 알갱이를 모자이크처럼 하나하나 붙여서 반짝이는 원뿔형 집을 짓는다.

모래 해안에서는 서늘하고 축축한 곳을 원하는 조개들이 구멍을 파며, 굴(oyster)은 철옹성 같은 껍데기를 앙 다문 채 물이 돌아오기만 기다린다. 게들은 총알고둥이 벽에 다닥다닥 붙은 축축한 바위 틈새에서 바글댄다. 뾰족모자를 쓴 작은 요정처럼 생긴 새우 떼가 흠뻑 젖은 채 해변에 겹겹이 쌓인 가죽 모양의 갈색 물풀 가닥 아래 몸을 숨기고 있다.

바다가 물러난 곳에는 육지 침입자들이 몰려든다. 낮에는 해안 새들이 해변을 내달리고, 밤에는 달랑게(ghost crab) 군단이 축축한 모래톱을 가로질러 이리저리 기어 다닌다. 약탈자들 가운데 단연 손꼽히는 존재는 아마도 부드러운 모래톱을 헤집고 다니거나 연안해에 그물을 던지는 인간일 터다.

드디어 잔물결이 머뭇거리면서 한차례, 또 한차례 일렁인다. 그러더니 마침내 완전한 밀물이 세차게 밀려든다. 이제 웅덩이의 거주민들이 아연 깨어나고, 모래밭에 몸을 숨겼던 조개들이 슬슬 기지개를 켠다. 따개비들은 껍데기를 열고 물을 거르는 리드미컬한 행동을 재개한다. 연안해에서는 새날개갯지렁이처럼 현란한 빛깔을 자랑하는 바다 꽃들이 조심스럽게 촉수를 내뻗는다.

바다는 역설적인 공간이다. 그곳은 지구에서 가장 거대한 동물인 30미터 길이의 흰긴수염고래(blue whale), 몸무게가 900킬로그램이나 나가는 바다의 살인자 대백상어(great white shark)의 보금자리다. 또한 두 손으로 바닷물을 퍼 올리면 그 안에 은하수에 박힌 별만큼이나 무수한 존재가 담길 정도로 그렇게나 미세한 생명체들이 삶을 일구는 거처이기도 하다. 바다의 표층수가 실제로 끝없는 목초지나 마찬가지인 것은 거기에 규조류라고 알려진 이 미세 식물이 천문학적인 규모로 살아가고 있기 때문이다. 가장 작은 존재에서부터 상어나 고래에 이르는 모든 바다 동물은 궁극적으로 먹이를 구할 때면 바다에서 살아가는 이 미세 식물에 의존한다. 바다는 이 미세 식물의 섬세한 내벽 안에서 바닷물에 녹아 있는 무익한 화학원소를 햇빛과 결합해 결국 생명이 있는 물질로 바꾸는 요술을 부린다. 무수한 식물 '생산자'들이 우리로서는 거의 알 길 없는 단백질·지방·탄수화물의 합성 과정을 거쳐주어야만 바닷물 속을 떠돌며 먹이를 탐색하는 동물 '소비자'들이 바다의 무기질 자원을 이용할 수 있다. 위쪽 '공기의 바다(대기)'와 아래쪽 심연의 중간 지역에서 끊임없이 떠도는 이 신기한 생명체와 그들을 먹여 살리는 바다 꽃들을 우리는 '방랑자'라는 의미의 '플랑크톤'이라 부른다.

수많은 물고기도 바닥에 살아가는 연체동물, 갯지렁이, 불가사리와 마찬가지로 이 방랑자 집단의 임시 구성원으로 생을 시작한다. 표층수의 바다가 새끼들을 마치 요람처럼 부드럽게 품어주는 까닭이다. 하지만 바다는 세심하게 배려하는 어머니가 못 된다. 섬세한 알과 연약한 유생들은 망망대해에서 밀려오는 폭풍우에 속절없이 시달리며, 플랑크톤의 일원인 배고픈 화살벌레나 빗해파리 같은 작은 괴물들의 먹잇감으로 허무하게 생을 마치기도 한다.

바다에 펼쳐진 이 목초지는 청어, 멸치, 그물눈태평양청어(menhaden), 고등어 같은 수많은 성년 물고기 떼가 누비고 다니는 터전이기도 하다. 그들은 동물 플랑크톤을 잡아먹는가 하면 저보다 덩치 큰 동물들에게 잡아먹히기도 한다. 이곳에서는 돔발상어(dogfish)가 떼 지어 사냥을 하며, 게걸스런 게르치(bluefish)들이 어정거리는 해적 떼처럼 노획물이 눈에 띄는 대로 잡아먹기 바쁜 것이다.

해저 여행자가 수면 아래 30미터쯤 되는 곳에 자리한 흰 모래밭으로 내려가면, 정오의 햇살이 황혼 녘의 푸른빛과 자줏빛에 뒤덮이고 칠흑 같은 자정의 어둠이 차디찬 인광을 내뿜는 생명체들과 함께 으스스하게 일렁이는 장소를 발견하게 된다. 바다 바닥의 어스름한 어둠 속에서 살아가는 생명체들은, 그와 흡사한 처지에 놓인 육상동물들은 단조롭고 평범한 것과 달리 바다의 은혜를 입은 덕택에 섬세한 아름다움을 지녔다. 낮이면 해수면에서 이곳 어둠침침한 지역으로 내려오는 익족류나 바다천사(winged snail)의 껍데기는 수정 원뿔 모양이며, 사랑스러운 보라고둥(Ianthina)의 반투명한 나선형 껍데기에는 티리언 퍼플(Tyrian purple: 고대의 자줏빛 또는 진홍색의 고귀한 염료─옮긴이) 색조가 어려 있다.

바다 바닥에서 살아가는 그 밖의 생명체들은 아름답다기보다 환상적이다. 통실통실한 고슴도치의 바다판이랄 수 있는 가시 돋친 성게가 모래 위에서 몸을 뒤척인다. 그 모래밭에서는 입을 약간 벌린 연체동물(패류·갑각류)들이 먹이를 구하고자 바닷물을 걸러내느라 여념이 없다. 흐르는 물을 수동적으로 걸러내기만 하는 이들 동물은 해가 바뀌어도 거의 혹은 전혀 움직이지 않는 까닭에 그저 단조로운 삶을 이어나갈 따름이다. 그러나 바위 턱에서는 뱀장어와 용치놀래기(cunner)가 탐욕스럽게 먹잇감을 찾아 헤매고, 바닷가재도 끝없는 어스름 속에서 날렵하고 신중하게 제 갈 길을 더듬어간다.

더 나아가 대륙붕에는 바다 바닥에, 물에 잠긴 강의 골짜기랄 수 있는 깊은 협곡들이 패였는가 하면 여기저기 해저 고원이 들어서 있다. 굼뜨거나 고착생활 하는 동물이 지천으로 깔린 이 해서 섬들 위로 물고기 떼가 몰려와 먹이를 사냥한다. 바다 바닥을 주 무대로 활약하는 이들 물고기에는 해덕(haddock), 대구, 넙치(flounder) 그리고 더 힘센 사촌뻘의 광어(halibut)가 있다. 대륙붕 지역과 그보다 얕은 연안해에서는 포식자인 인간이 해마다 약 1350만 톤의 물고기를 공물로 내놓으라고 손을 벌린다.

바닷속을 여행하는 이들은 해저를 계속 탐험하는 동안 수킬로미터에 걸친 평평한 초지를 여기저기 돌아다니기도 할 것이고, 경사진 언덕 허리를 오르기도 할 것이고, 발아래에서 갑자기 아가리를 크게 벌린 깊고 들쭉날쭉한 틈새를 만나기도 할 것이다. 그러다 어두운 지역을 통과해 마침내 대륙붕단(대륙붕이 끝나고 대륙사면이 시작되는 지점—옮긴이)에 닿을 것이다. 바다의 천장은 머리 위 180미터쯤 떨어진 곳에 있다. 그리고 발은 1.5킬로미터가량 깎아지른 듯 급경사를 이루며 심연과도 같은 컴컴한 틈새로 서서히 뻗어가는 벼랑의 끝을 딛고 있을 것이다.

인간이 대체 무슨 수로 바다 가장 깊은 곳의 상황을 그려볼 수 있겠는가? 서서히 깊어지다 약 5400미터의 깊이에 달하면 수압이 1제곱인치당 3톤이라는 상상할 수 없는 규모에 이른다. 고요한 심해에는 빙하기 같은 추위가 보편적이다. 여름이든 겨울이든 결코 달라지지 않는 황량한 추위가 수년, 수세기, 억겁의 지질시대 동안 변함없이 이어진다. 또한 그곳은 깜깜한 어둠이 지배하는 장소다. 바다가 출현한 때인 태곳적 밤의 어둠이 잿빛 여명에 방해받지 않은 채 영겁의 시간을 이어온 것이다.

초기 해양학자들이 이 지대에 생명체가 살지 않으리라 믿은 것도 무리는 아니다 싶다. 그러나 오늘날에는 준설선(浚渫船)이 바다 깊은 곳에서 기이한 생명체들을 끌어올리고 있다. 그 깊은 곳에서도 어김없이 생물이 살아감을 단편적으로나마 말없이 증언하는 존재들이다.

심해에 사는 '괴물'들은 몸집이 작지만, 이가 총총 난 아가리를 쩍 벌린 채 먹이를 찾아 나서는 걸신들린 물고기들이다. 어떤 녀석은 눈에 비견되는 역할을 하는 민감한 더듬이가 있고, 어떤 녀석은 살아 있는 먹이를 유인하거나 찾아 나서는 데 요긴한 발광 횃불 또는 미끼를 몸에 지니고 다닌다. 이 포식자들은 심해의 어둠 속에서 불빛을 껌벅이며 먹이를 찾아 여기저기 돌아다닌다. 바닥에 착생하는 거주민은 대부분 온몸이 기이한 빛으로 반짝이며, 헤엄칠 수 있는 동물은 줄 같은 패턴의 명멸하는 작은 빛을 몸에 가지고 있다. 심해에 사는 새우와 갑오징어는 발광 구름을 분사하고 그 불기둥에 힘입어 적에게서 내빼기도 한다.

심해에서 흔히 볼 수 있는 색조는 적색, 갈색, 무광의 검정색 같은 단색이다. 이는 그런 색을 띤 동물로 하여금 인광을 최소한도로만 발산하게 해 주변의 칙칙하고 흐릿한 색깔 속으로 안전하게 합류하게끔 도와준다.

심해의 진흙 바닥에는 위험한 연니(軟泥)가 먹이를 구하기 위해 물속의 찌꺼기를 부지런히 체질하는 작은 청소동물들을 집어삼킬 듯 위협하고 있다. 게와 참새우는 기둥 모양의 다리로 물컹물컹한 진흙 위를 조심조심 잘도 걸어 다닌다. 끈끈한 진흙을 뚫고 나온 가녀린 줄기에 붙어 자라는 해면 위로 바다거미(sea spider)가 기어간다.

식물의 마지막 흔적은 태양 광선이 비추는 천해(淺海) 지대에 그치는지라 깊은 바다에 사는 거주민은 자립 가능한 표층수의 거주민과는 확연한 대조를 이룬다. 심해 생명체에게도 먹이사슬이라는 게 있긴 하나, 그들이 궁극적으로 의존하는 먹이는 위에서 비처럼 내리는 죽은 동식물 잔해다. 모든 바다 생물은 식물이든 동물이든 간에 생을 마감할 즈음에는 일시적으로 제 몸을 이루던 물질들을 몽땅 바다에 되돌려준다. 그래서 한때 햇빛이 비치는 표층수에서, 혹은 그 아래 희뿌연 빛이 비치는 지대에서 살아가던 생명체들의 분해된 입자가 결코 그치지 않는 부드러운 비가 되어 깊은 바다 바닥으로 연신 흘러내리는 것이다.

이곳 바다에서는 길고도 놀라운 세월 동안, 어리둥절할 정도로 다양한 생명체들에게 생명과 힘과 아름다움을 부여한 요소들이 분해되어 한데 뒤섞인다. 지금 물속을 자유롭게 떠다니는 칼슘 이온은 연체동물이 수년 전 보호용 갑옷을 만들려고 바다에게 잠시 빌려갔다가 죽으면서 다시 돌려준 것으로, 어쩌면 장차 산호초를 이루는 섬세한 구조물의 일부로 달라질지도 모른다. 규소 원자도 마찬가지여서, 한때 땅속 어두운 곳의 부싯돌층에 갇혀 있다가 규조류의 부서지기 쉬운 껍데기층을 이룬 채 파도에 떠밀리고 햇살에 데워지며, 다시 방산충(radiolaria) 껍데기의 절묘한 구조물 속으로 흡수된다. 불가사의한 방산충 껍데기는 요정이 유리를 불어서

만든 것 같은 눈 결정 모양으로, 얼마 지나지 않아 사라지고 말 덧없는 아름다움을 자랑한다.

깎아지른 듯한 경사면과 바닷속 해류에 의해 말갛게 씻겨나간 지역을 제외하면, 해저에는 대체로 수백억 년 동안 다양한 기원을 지닌 퇴적물이 켜켜이 쌓여 생성된 유서 깊은 연니가 드넓게 펼쳐져 있다. 육지에서 연원한 물질이 강에 실려 바다로 떠내려왔거나 끊임없이 부서지는 파도에 시달리다 못해 대륙의 연안에서 떨어져 나온 것들이다. 뿐만 아니라 바람에 의해 멀리까지 실려온 화산재가 해수면에 사뿐히 내려앉은 뒤 서서히 바다 깊이 가라앉아 육상의 화산 분화 못지않게 막강한 해저화산 분출의 산물들과 뒤섞인 것, 항성 간 공간에서 비롯된 철과 니켈의 소구체(小球體), 유기물에서 기원한 물질들—방산충의 규산질 유골, 규조류 껍데기, 조류(藻類)와 산호의 석회질 잔해, 미세한 유공충과 가녀린 바다달팽이(pelagic snail) 껍데기 등—도 심해저의 연니를 이룬다.

해안 근처의 해저는 육지에서 발원한 생물체의 잔해로 뒤덮인 반면, 망망대해의 심해 바닥은 대개 떠다니거나 헤엄처 다니는 바다 생명체의 유해로 이뤄져 있다. 1800~2700미터 깊이의 열대 바다에서는 석회질 연니가 해저의 3분의 1가량을 뒤덮고 있지만, 그보다 차가운 온대나 극지방의 해저는 규조류와 방산충의 규산질 유해로 구성되어 있다. 5400미터 이상의 깊은 바다를 뒤덮은 붉은 진흙에서는 그처럼 섬세한 유골을 좀처럼 찾아보기 어렵다. 대신 드물지만 채 분해되기도 전에 차갑고 고요한 깊이에 이른 고래 귀뼈나 상어 이빨 따위의 유기물 잔해를 만나볼 수 있다.

따라서 우리는 전체 구도 속에서 여러 부분이 아귀가 딱딱 맞아떨어지는 과정을 그려볼 수 있다. 바다는 지상과 대기에서 단순한 물질을 받아

들여 쟁여놓았다가 에너지를 얻은 봄 햇살이 잠자는 식물을 폭발적으로 깨어나게 만들어줄 수 있도록 그것들을 제공한다. 굶주린 동물 플랑크톤은 무수하게 증가한 식물을 먹고 성장·번식하며, 다른 한편 더 몸집 큰 물고기에게 잡아먹히기도 한다. 결국 이들은 바다의 냉엄한 법칙이 요구할 때면 예외 없이 자신을 구성했던 물질들로 다시 분해된다. 더 이상 개별 요소는 보이지 않는다. 그것은 오직 물질의 영속성 안에서 외형을 달리하며 재출현할 따름이다. 상상하기 어려울 정도로 먼 옛날, 바다에 떠도는 태곳적의 원형질 조각을 만들어낸 개별 요소들, 거기에 가해지는 힘들이 위력적이고도 불가해한 작업을 계속하고 있다. 이러한 질서를 배경으로 어떤 특정 동식물이 일정 기간 생존하게 된다. 그런데 그들의 생애는 그 자체로 완성된 하나의 드라마라기보다 끊임없이 변화하는 파노라마에 삽입된 짧은 막간에 지나지 않는다.

내가 가장 좋아하는 놀이

레이첼 카슨은 자신의 기억에 남아 있는 아주 어릴 적부터 작가가 되기를 꿈꾸었다. 외로운 아이였던 그녀는 닥치는 대로 책을 읽었으며, 특히 어린이 문학잡지 〈세인트 니콜라스(St. Nicholas)〉에 상당한 영향을 받았다. 이 잡지는 빼어난 문학적 기량을 뽐내는 작품을 수록했을 뿐아니라 훌륭한 어린이 작품에 상을 주고 그것을 게재해주기도 했다. 카슨은 총 다섯 편의 작품을 출품함으로써 윌리엄 포크너(William Faulkner), F. 스콧 피츠제럴드(F. Scott Fitzgerald), E. E. 커밍스(E. E. Cummings), S. 엘리엇 모리슨(S. Eliot Morison), 에드나 세인트 빈센트 밀레이(Edna St. Vincent Millay), E. B. 화이트(E. B. White) 같은 장래의 문학계 거장 대열에 합류할 수 있었다. 모두 상을 받았고 〈세인트 니콜라스〉 지면에 작품이 수록된 이들이다.

카슨이 열다섯 살이었을 적에 그녀의 마지막 출품작이 잡지에 실렸다. 그녀는 그때 이미 〈세인트 니콜라스〉 연맹의 '명예 회원'이라는 촉

망받는 위치에 올라 있었고, 출품작 가운데 한 편은 10달러의 원고료를 받기까지 했다. 펜실베이니아 언덕을 탐험한 경험을 다룬 이 글은 그녀가 최초로 자연에 관해 쓴 작품으로 '내가 가장 좋아하는 놀이' 부문에 출품한 것이다. 이 글은 카슨이 이미 자연 세계에 대해 예리한 관찰력을 지니고 있었음을 보여주며, 그녀가 가장 좋아하는 새, 개똥지빠귀(wood thrush)에 관한 언급이 포함된 점에서 눈여겨볼 만하다.

이슬이 맺힌 5월 아침, 오솔길의 유혹은 뿌리치기 힘들 만큼 강렬하다. 팔(Pal: 카슨의 반려견―옮긴이)과 함께 도시락 가방, 물통, 공책, 카메라를 챙겨 들고 우리가 가장 좋아하는 놀이를 하러 길을 나섰다. 태양이 지평선 위로 떠오른 지 한 시간밖에 되지 않은 이른 시각이었다. 노련한 산사람이 우리를 본다면 필시 새 둥지를 뒤지러 가는 길이겠거니 여기며 그쯤이야 얼마든지 눈감아줄 수 있다는 눈길을 보냈을 테다.

　우리는 오솔길을 한참 걷다가 짙은 숲으로 접어들었다. 완만하게 경사진 언덕을 구불구불 오르는 길은 온통 향기로운 소나무 이파리로 뒤덮여 있었다. 이곳은 순전히 팔과 내가 알아낸 장소인데 그 사실이 우리에게 황홀한 기쁨을 안겨주었다. 오로지 가볍게 살랑대는 산들바람과 멀리서 흐르는 물소리만이 간간이 들려올 뿐 장엄한 고요가 깃들여 있어 경외감에 젖어들게 만드는 장소였다.

　가까이서 '위처리, 위처리' 하며 쾌활하게 지저귀는 노랑턱멧새(Maryland yellow-throat) 소리가 들려왔다. 우리는 30분가량 그 새를 뒤쫓은 끝에 마침내 햇살이 내리쬐는 언덕배기에 다다랐다. 거기 야트막한 풀숲에 보석

같은 새알이 네 개 담긴 둥지가 있었다. 자그마한 둥지 주인은 놀라 나자 빠질 지경이었지만 우리는 둥지에 바싹 다가가 사진기를 들이댔다.

그날 우리는 알이 빼곡히 담긴 메추라기(bobwhite) 둥지, 하늘 높이 자리한 꾀꼬리 요람, 나뭇가지로 엮은 뻐꾸기 둥지, 이끼가 잔뜩 긴 벌새 집 등 잊히지 않을 수많은 것을 발견했다.

오후 늦게 '티처! 티-처! 티-이-처!' 하는 새소리가 귀에 파고들었다. 화덕딱새(ovenbird)였다. 우리는 살금살금 다가가 땅 위에 야무지게 숨겨 둔 그 새의 자그마하고 둥근 풀 둥지를 찾아냈다.

밤이 내리자 서서히 한기가 스며들었다. 개똥지빠귀가 금빛 가락을 뽑아냈다. 뉘엿뉘엿 저무는 해가 푸른빛이 감도는 금빛으로 서녁 하늘을 물들였다. 갈색어깨참새(vesper-sparrow)가 저녁 자장가를 읊조렸다. 우리는 행복에 젖은 채 기분 좋은 피로를 느끼며 천천히 집으로 발걸음을 돌렸다!

03
1938

야생동물을 위한 싸움을 추진하다
사르가소해로 떠나는 체서피크 뱀장어

카슨은 1932년 메릴랜드주 볼티모어의 존스홉킨스 대학에서 동물학 석사학위를 취득했다. 대공황 탓에 박사과정에 진학하려던 꿈은 물거품이 되었지만, 대학에서 일자리를 구하려 애쓰는 동안에도 메릴랜드 대학에서 시간강사 일을 계속했다. 그녀는 작가로 살려던 꿈을 영영 접었다고 생각했다. 그런데 1935년 아버지가 세상을 떠난 뒤 실질적 가장 역할을 떠안게 되자 더욱 절박해진 경제적 필요 탓에 글 쓰는 일로 복귀하지 않을 수 없었다.

카슨이 어업국에서 라디오 대본을 쓰기 위해 연구한 주제들은 지역신문 〈볼티모어 선〉에 기고한 메릴랜드 자연사에 관한 특집 기사들의 발판이 되었다. 〈볼티모어 선〉 일요일판 편집자 마크 왓슨(Mark Watson)은 카슨의 명료한 문체와 과학적 정확성에 깊은 감명을 받았고, 되도록 그녀의 기고문을 많이 게재하려 애썼다. 더러 실을 수 없는 글은 제휴 신문사들에 보내주는 친절까지 베풀었다.

카슨이 신문에 기고한 글 상당수는 대서양에 서식하는 어류·야생동물의 개체 수와 서식지 변화를 다룬 것으로, 유능한 해양생물학 연구자의 면모를 유감없이 보여준다. 그 글들을 보면 카슨이 이미 천연자원의 보존, 그 가운데서도 특히 야생동물의 보존에 폭넓은 관심을 기울이고 있음을, 인간이 야생동물 서식지를 파괴한 결과에 관해 우려하고 있음을, 그리고 자연의 복잡 미묘한 과정에 매혹을 느끼고 있음을 알 수 있다.

카슨이 뱀장어에 관심을 보이기 시작한 것은 매사추세츠주 우즈홀(Woods Hole)에 있는 해양생물학연구소(Marine Biological Laboratory)에서 여름 연구자로 지낼 때였다. 그녀는 1929년 여름 그곳에서 난생처음 바다를 보았다. 나중에 존스홉킨스 대학원에서 원생동물학 실험을 하면서, 그녀는 바닷물의 염도 변화가 뱀장어 행동에 어떤 영향을 미치는지 관찰했다. 카슨이 이 아름답고도 불가해한 생명체에게 어느 정도 매력을 느꼈는지는 《바닷바람을 맞으며》의 3부에 잘 드러나 있다. 3부의 주인공은 망망대해에 이르는 300여 킬로미터의 기나긴 여정을 끝으로 성년기를 마무리하는 앤퀼라(Anguilla)라는 유럽 뱀장어다.

〈볼티모어 선〉과 함께한 카슨의 짧지만 성공적인 이력은 대중을 위해 과학을 주제로 글을 써본 소중한 견습 경험이었다. 또한 그것은 무엇에 관해 쓰고자 하는지 깨달음으로써 작가로서 정체성을 갖추게 된 계기이기도 했다.

야생동물을 위한 싸움을 추진하다

(……) 전국 차원의 보존 운동을 통해 '야생동물의 개체 수 감소가 인류의 운명과 직결되어 있다'는 움직일 수 없는 사실이 분명하게 드러나고 있다. 야생동물의 삶터가 파괴되면서 그 개체 수가 줄어들고 있다는 점이 지적되었는데, 그들의 삶터는 곧 우리의 삶터이기도 한 것이다.

천연자원의 보존을 위해 투쟁하는 이들의 놀라운 주장 가운데 하나는 다름 아니라 파괴가 진행되고 있는 속도다. 비교를 위해 굳이 식민지 시대까지 거슬러 올라갈 필요도 없다. 100년 전만 해도 미국의 절반 이상이 오염되지 않은 황무지였다. 습지나 늪지대, 초원의 웅덩이에는 어디 할 것 없이 고니·기러기·흑기러기가 노닐었다. 전해지는 말에 따르면 댕기흰죽지(canvasback)만을 줄곧 식사로 제공받던 체서피크만 지역의 노예들은 단조로운 메뉴를 견디다 못해 들고일어났다고 한다. 야생에 사는 칠면조, 뇌조, 그 외 고지대 사냥감 새들이 믿을 수 없으리만치 풍부했다. 들소와 맞먹을 정도로 많은 영양이 서부 평원을 누비고 다녔다. 미국 전역의 숲에서 발정 난 수컷 엘크(elk)의 울음소리가 울려 퍼졌다.

100년 전, 박물학자 오듀본(John James Audubon)은 자신이 살던 켄터키 주의 어느 마을에서 나그네비둘기(passenger pigeon) 무리가 문자 그대로 구름 떼처럼 하늘을 뒤덮은 광경을 목격했다. 그는 장장 나흘 동안 머리 위로 비행한 새들이 필시 10억 마리가 넘을 것이라고 추산했다. 그들은 너도밤나무(beech) 열매가 무르익자 그것을 따먹으려고 하루에 자그마치 300여 킬로미터를 이동했던 것이다. 100제곱마일 넘는 숲 지역에 새들이 어찌나 빽빽이 내려앉았는지 여기저기서 나뭇가지가 그 무게를 이기지 못하고 부러졌다고 한다.

100년 전, 연어는 댐이 물길을 가로막거나 제재소가 산란터를 오염시킨 곳만 아니라면 모든 뉴잉글랜드의 강을 거슬러 올라갔다. 민물 청어 에일와이프(alewife)의 봄 소상(溯上)은 뉴잉글랜드 강 마을 주민들에게는 손꼽히는 연례행사였다. 어찌나 많은 '청어 떼(shad)'가 서스케하나(Susquehanna)강, 델라웨어(Delaware)강 같은 연안 강으로 밀려드는지 그들이 이동하면서 빚어내는 거품으로 연안해가 부글부글 끓었다. 오대호에 철갑상어(sturgeon) 수가 크게 불어나자 내해에 정박해 있던 어선들이 이리(Erie)호, 휴런(Huron)호, 미시간(Michigan)호로 분주히 이동하기 시작했다.

100년 전, 미시시피강의 비행경로를 따라 남하하는 물새 떼는 대륙의 알려진 절반과 알려지지 않은 나머지 절반을 가르는 경계를 따라 이동했다. 경계의 서쪽으로는 수킬로미터에 걸친 초원이 쟁기질되지 않은 야생 그대로 남아 있었으며, 길들여지지 않은 로키산맥 너머로 석양이 기울었다. 경계의 동쪽으로는 간간이 보이는 농장과 마을이 오하이오주와 테네시주의 가장자리를 수놓았으며, 대륙을 통틀어 유일한 인구 밀집 지역인 해안 도시들의 불빛은 애팔래치아산맥에 가려 보이지 않았다.

그런데 오늘날에는 야생동물들이 대관절 어찌 된 것인가? 현황을 파악할 책임이 있는 주무 기관이 희소하거나 사라져가는 야생동물의 전모를 밝혀주고 있다. 그에 따르면 마지막 히스헨(heath hen: 검은멧닭의 암컷—옮긴이)이 1933년 마서스 비니어드섬(Martha's Vineyard: 매사추세츠주 코드곶 연안의 섬—옮긴이)에서 자취를 감추었으며, 나그네비둘기는 이제 전설의 주인공이 되고 말았다. 연어는 뉴잉글랜드 강을 거의 찾아오지 않으며, 대서양 연안의 청어 어장은 반세기 만에 규모가 80퍼센트가량 축소되었다. 1933년과 1934년에 물새 떼의 이동은 큰 폭으로 줄어들었으며, 정부가 물새 사냥을 규제하고 물새 보호구역을 설립한 결과 상황이 다소 호전되긴 했어도 특히 댕기흰죽지, 아메리카홍머리오리(red head duck) 같은 종은 여전히 심각한 수난을 면치 못하고 있다. 1904년경에는 엘크 무리가 크게 줄어든 결과, 멸종을 막으려면 가축화하는 도리밖에 없다는 의견이 개진되기도 했다. 오늘날에는 가지뿔엘크(pronghorn antelope)가 금렵구나 보호구역에서 다소 증가세를 보이긴 하나, 본시 3000만~4000만 마리이던 것이 약 6만 마리로 대폭 줄어든 상태다. 산양(mountain goat), 무스, 회색곰(grizzly bear)의 사정도 크게 다르지 않다(오늘날에는 모든 대형 사냥감 동물의 개체 수가 이 기사가 발표된 1938년에 비해 크게 증가했다. 따라서 가지뿔엘크, 산양, 무스를 사냥하는 것은 이제 합법화되었다. 회색곰은 특별 관리한 결과 개체 수가 껑충 불어나 어느 지역에서는 도리어 문제가 될 지경이다. 댕기흰죽지와 아메리카홍머리오리 수는 1950년대에 본래 수준을 회복했지만 그 후 도로 줄어들었다. 그 수치는 1938년보다도 낮지만 최근에는 비교적 안정된 수준을 유지하고 있다―엮은이).

그러나 얼마 안 남은 야생동물은 업계 이해 집단들이 연간 현금 10억 달러를 상회하는 가치를 지닌다고 추산하는 천연자원의 한 축을 이룬다. 사람들이 야생동물 관련 취미 활동에 쓰는 돈은 연간 5억 달러가 넘는 것으로 추정되며, 사냥꾼이나 낚시꾼이 지출하는 돈은 연간 7.5억 달러에 달하기 때문이다. 해마다 500만 대가 넘는 자동차가 그들을 사냥터나 낚시터로 실어 나르는데, 이는 자동차 8만 7000대가 실제 주행한 거리와 맞먹는다. 뉴욕주와 뉴저지주에서는 낚시꾼 수송용으로 허가받은 배가 자그마치 2000척에 달하며, 뉴저지주의 물고기·사냥감 협회 책임자들이 추산한 바에 따르면 철마다 100만 명이 넘는 바다낚시꾼이 주 해안에 몰려든다고 한다.

이러한 수치는 야생동물 보존이 그 자체로도 훌륭한 사업임을 분명히 말해준다. 그러나 이번 주에 추진된 보존 작업은 단지 야생동물의 복원을 넘어서는 중대한 의미를 지닌다(기사를 발표한 주가 마침 '전국 야생동물 복구 주간'으로 선포된 때였다 – 옮긴이). 우리는 지난 300년 동안 늪지의 물을 빼내고 나무를 베어내고 초원에 뒤덮인 풀을 갈아엎으면서 자연의 균형을 무너뜨리느라 여념이 없었다. 늪지 배수는 늪지를 개간해 더 많은 농경지를 확보하려는 의도에서 실시되었는데, 이는 직접적으로는 물새가 둥지를 트는 수백만 에이커의 땅에 영향을 미쳤고, 간접적으로는 20년 동안 토양의 기반을 3~18미터가량 낮춤으로써 수백만 에이커의 땅을 파괴했다.

한때 시어도어 루스벨트(Theodore Roosevelt)가 "미국에서 가장 규모가 큰 야생 물새의 보금자리 가운데 하나"라고 부른, 오리건주 클래머스(Klamath)호 저지의 사례는 개발이라는 이름으로 늪지를 배수한 다른 지역들에서도 똑같이 되풀이되었다. 클래머스호는 인근 지역을 농경지로 바꾸기 위해 적잖은 비용을 들여 물을 빼내고 난 뒤 잦은 화재로 쑥대밭이 되었다. 게다가 농작물을 경작하려면 이전 늪지의 산성토양을 중화해야 하는데 그 일이 불가능한 것으로 밝혀지자 끝내 버려지고 말았다. 이제는 도로 물을 집어넣자는 이야기가 나오고 있다!

그러나 멸종 직전까지 내몰리는 것이 비단 오리나 그 비슷한 부류이기만 했다면 야생동물 보존 주장이 그렇게까지 힘을 얻지는 못했을 것이다. 어느 날―채 4년도 되지 않았다―풀이 사라져 더는 토양을 붙잡아두지 못하게 되자 수많은 토양이 서부 초원에 부는 바람을 타고 동쪽으로 실려

왔다. 펜실베이니아 주민들은 캔자스주에서 몰려온 먼지에 가려 어둑해진 하늘을 올려다보았고, 뉴욕의 농부들은 네브래스카주에서 날아온 흙을 속절없이 떠안아야 했다. '흙먼지지대(dust bowl)', '재정착(resettlement)' 따위는 이제 전국적으로 통용되는 우리 언어의 일부가 되었다.

이번 주에 전국 보존 기관들이 미국 국민에게 제시한 프로그램은 더 이상 새, 물고기, 대형 사냥감 동물을 보존하자는 감상적 호소에 그치는 게 아니다. '흙먼지지대' 확산 현황을 조사하고, 더 늦기 전에 초원의 강인한 풀뿌리로 휘몰아치는 모래를 다시 붙잡아두자는 것이다. 산 중턱에 새로 숲을 조성함으로써 목말라 죽어가는 땅이 녹아내리는 눈〔雪〕을 저장할 수 있게 만들자는 것이다. 또한 대자연이 영원히 늪지로 용도 지정해놓은 수백만 에이커의 땅을 물새와 사향쥐에게 고스란히 되돌려주자는 것이다. (……)

사르가소해로 떠나는 체서피크 뱀장어

뱀장어들이 대서양 연안 전역의 강과 개울에서 바다를 향해 길을 서두른다. 일단 바다에 이른 뱀장어들은 남동쪽으로 사르가소(Sargasso)해를 향해 기세 좋게 내달린 뒤, 거기에서 유럽을 출발해 서쪽으로 그들보다 더긴 여정을 견딘 또 다른 뱀장어 떼와 합류할 것이다. 한편으로 그린란드·래브라도·미국·멕시코·서인도제도에서, 다른 한편으로 스칸디나비아·독일·벨기에·프랑스·영국제도에서 출발한 뱀장어들이 산란기를 맞아 갈조류인 모자반(sargassum: 사르가소해라는 이름도 그곳에 풍부하게 서식하는 이 해조류의 이름을 딴 것이다—옮긴이)이 초원처럼 드넓게 펼쳐진 바다 한가운데로 여행을 떠난다.

따라서 체서피크만에 서식하는 어류 가운데 가장 주목할 만한 존재인 이 뱀장어는 본시 생경한 바다에서 태어난다. 뱀장어는 길이와 두께가 사람 엄지손가락의 절반도 되기 전에, 해도나 나침반의 도움도 없이 그들의 부모가 1년 6개월 전 떠나온 해안을 찾아 낯설고도 거친 바다를 1500킬로미터 넘게 헤엄쳐 간다. 만이나 강, 개울에 도착한 그들은 거기서 10년 또는 15~20년 동안 먹이를 잡아먹으며 성장한다. 마침내 장성한 뱀장어는 그 종의 역사만큼이나 오래된 본능에 따라 사르가소해로 떠나 새끼를 낳고 끝내 거기서 생을 마감한다. 이렇게 해서 뱀장어의 생애 주기가 완성되는 것이다.

약 2000년 전, 아리스토텔레스는 뱀장어가 진흙에서 저절로 생긴다고 주장했다. 오늘날에조차 말의 털이 물에 떨어져 뱀장어가 된다는 옛사람의 믿음을 그대로 고수하는 이들이 없지 않다. 지난 20년 동안 심지어 저명한 과학자들도 봄과 가을에 뱀장어들이 강을 내달린다는 사실, 그러니까 가을에는 성년 뱀장어들이 바다를 향해 떠가고, 봄에는 새끼 뱀장어들이 모든 만이나 강어귀를 거슬러 오른다는 사실 그 이상은 알아내지 못했다.

니나(Nina)호, 핀타(Pinta)호, 산타마리아(Santa Maria)호(이탈리아 탐험가 콜럼버스가 1492년 서인도제도로 첫 항해를 떠날 때 이용한 에스파냐 선박 세 척의 이름—옮긴이)가 모자반이 둥둥 떠 있는 황량한 바다를 가로질러 항해한 때로부터 425년이 흐른 뒤, 덴마크인 요하네스 슈미트(Johannes Schmidt)는 버뮤다의 남쪽이자 플로리다에서 동쪽으로 1500여 킬로미터 떨어진 사르가소해의 어느 지점을 향해하면서 그곳을 뱀장어 번식지라고 선언했다. 그는 그 후 20년 동안 뱀장어 유생을 얻기 위해 유럽에서 대서양에 이르는 모든 지역의 해수면을 그야말로 체로 서브면서 섬섬 더 어린 단계를 추적하는 지난한 연구를 진행했다. 그러던 중 마침내 가장 어린 단계의 유생을 발견함으로써 자신이 결국 뱀장어 탄생지에 도달했다는 사실을 깨달았다.

체서피크만 뱀장어가 산란하기 위해 감행한 여정을 상상해보자. 사실 우리는 그 여정의 일부에 대해서야 관찰을 통해 이미 알고 있지만, 그 나머지에 대해서는 향후 일어난 일과 관련한 지식에 힘입어 그저 상상을 보태볼 도리밖에 없다. 만약에 뱀장어가 강 지류의 상류 위쪽에서 살아간다면 십중팔구 암컷일 것이다. 수컷은 대체로 강어귀 부근의 염분기 있는 수역에 머물기 때문이다.

열 번, 혹은 열댓 번, 스무 번의 가을이 오가는 동안 뱀장어는 가재가 구멍을 숭숭 뚫어놓은 낯익은 진흙 펄, 이따금 작은 물새나 물쥐를 잡아 먹을 수 있는 늪지, 피라미·개복치·농어 따위를 사냥하기에 안성맞춤인 해조 숲을 떠나고 싶다고 느낀 적이 단 한 번도 없었다.

그러나 어느 순간 신체적으로 성숙한 뱀장어는 바다 쪽으로 길을 서두르는 강물의 부름에 귀 기울이게 된다. 바람이 강물의 수면을 흐트러뜨리고 구름이 달을 가리는 어느 어두운 밤, 뱀장어는 제 살던 곳에서 슬그머니 빠져나와 강 아래로 몸을 던져 두 번 다시 돌아오지 않을 여행길에 나선다. 낮에는 몸을 숨기고 밤에는 해류에 몸을 맡긴 채 끊임없이 폭이 넓어지고 해협이 깊어지는 수역에 이른다. 감각이 예민한 뱀장어에게 낯선 느낌을 안겨주는 곳이다.

하지만 뱀장어는 혼자가 아니다. 점점 더 많은 뱀장어가 대열에 합류하

기 때문이다. 무리의 숫자가 늘어날수록, 알싸하고 씁쓰레하고 낯선 소금
맛이 강해질수록 서서히 흥분이 고조된 뱀장어는 쉬는 횟수를 줄이면서
더 빨리 몸을 놀린다. 아래쪽 강어귀에 사는 수컷 뱀장어들은 조개, 갯지
렁이, 물풀 따위, 혹은 봄이면 어부의 자망에서 몰래 훔쳐낸 청어를 먹고
몸에 지방을 축적한다. 그러나 수컷 뱀장어는 대체로 길이가 90~120센티
미터에 이르는 암컷보다 작아서 60센티미터를 넘는 경우란 좀처럼 찾아
보기 어렵다.

짙은 갈색을 띠던 강이 차츰 아랫부분에 은빛이 감도는 번쩍이는 검은
빛깔로 달라진다. 막 사르가소해를 향해 기나긴 여정에 나선 뱀장어 떼가
빚어내는 빛깔이다. 뱀장어는 후각을 더욱 예리하게 하려는 듯 굳게 다문
주둥이를 한껏 쳐든다. 눈알은 어두운 바닷길을 항해하는 데 대비하기라
도 하려는 양 전보다 갑절 가까이 커졌다.

뱀장어가 제 삶터인 해안을 떠나면 그들의 모습은 더 이상 보이지 않는
다. 그들의 종착지가 어디인지 가늠할 유일한 실마리는 사르가소해의 수
면 아래 300미터쯤에서 발견된 갓 부화한 유생이다. 이주하는 뱀장어 떼
는 과연 어떻게 길을 찾아가는가? 그에 관한 추정은 어느 것 하나 똑 부
러진 게 없다. 다만 영국의 박물학자 헨리 윌리엄슨(Henry Williamson)은
뱀장어들이 멕시코 만류(灣流)를 발견하고 그 해류를 거슬러 헤엄칠 때, 그
들의 날카로운 후각이 난류 속에서 썩은 모자반 냄새를 감지하는 것 같다
고 주장했다(뱀장어가 알을 낳기 위해 사르가소해로 이주하는 신비로운 현상은 아직까
지도 동물학의 커다란 수수께끼로 남아 있다. 부유하는 뱀장어 유생은 사르가소해의 동쪽으
로 흐르는 해류와 서쪽으로 흐르는 해류 양쪽에서 발견되지만 성체 뱀장어는 결코 외해에서
잡힌 적이 없다. 성체 뱀장어가 성년의 삶 대부분을 보낸 강어귀에서 사르가소해로 길을 떠

나게 만드는 메커니즘이 대관절 무엇인지에 관해서는 전혀 알려진 바가 없다―엮은이).

한층 더 불가해한 것은 유리처럼 투명하고 버드나무 이파리처럼 납작한, 허술하기 짝이 없는 유생이 어떻게 제 부모가 떠나온 바로 그 해안으로 회귀하는 길을 찾아내느냐, 그리고 미국 뱀장어와 유럽 뱀장어의 후에가 어떻게 어김없이 본래의 제 대륙으로 돌아가느냐 하는 점이다.

태어난 지 몇 달 정도 된, 길이가 채 2.5센티미터에도 못 미치는 뱀장어 유생은 해류의 흐름에 몸을 맡긴 채 귀향길에 오른다. 유럽 뱀장어와 미국 뱀장어의 번식지는 같으므로 두 종의 유생은 한동안 함께 이동한다. (유럽 뱀장어는 척추 뼈가 더 많아서 유생일 때조차 미국 뱀장어와 확연하게 구분된다.) 마침내 거대한 두 유생 무리는 서로 갈라지기 시작하는데 미국 뱀장어는 서쪽으로, 유럽 뱀장어는 동쪽으로 제각기 길을 서두른다.

1월에서 3월 사이, 채 한 살도 되지 않은 미국 뱀장어 새끼들이 체서피크만의 연안해에 도착하고 그보다 좀 늦게 뉴잉글랜드에 닿는다. 그때쯤 유럽 뱀장어 새끼들은 여전히 대서양 한복판 어디쯤에 있을 테고, 세 살이 되어서야 비로소 유럽 연안에 당도할 것이다.

과학자들은 한 치의 오류도 없는 이 두 뱀장어 종의 귀소본능을 부분적으로 다음과 같이 설명한다. 즉 미국 뱀장어는 한 살밖에 되지 않았을 때 나뭇잎 모양의 편평한 유생에서 둥그런 '유리 뱀장어' 단계로 변모하는 과정을 거치지만, 유럽 뱀장어들은 그렇게 하는 데 2년이 더 걸린다. 과학자들의 설명에 따르면, 이 단계에 이르기까지는 새끼 뱀장어들이 연안을 찾아가고픈 욕구를 전연 느끼지 않으며, 따라서 어린 유럽 뱀장어가 엉뚱한 대륙에 입항하게 될 가능성은 요만치도 없다는 것이다.

새끼 뱀장어들은 강에 들어서기 시작하면 약 5센티미터에서 9센티미터 길이로 성장하며 눈을 제외하고는 사실상 색깔이 없다시피한 투명한 모습이다. 성의 구분은 진즉부터 분명해서, 수컷은 감조 소택지나 염분기가 있는 강어귀에 남고, 암컷은 강 상류로 물을 거슬러 폭포, 댐, 심지어 축축한 바위 위까지 기어오른다. 이른바 '엘버(elver: 바다에서 강물로 올라온 새끼 뱀장어─옮긴이)'라 불리는 이 새끼 뱀장어들은 강의 수면이나 수면 가까이 헤엄쳐 이동하는데 더러 강과 개울의 가장자리에서 수킬로미터씩 행렬을 이루곤 한다.

유럽의 몇몇 강에서는 엘버를 식용으로 잡아들이기도 하고, 또 어떤 강에서는 엘버를 잡아 상대적으로 뱀장어가 적은 강에 풀어놓고 키워 유럽 시장에 내놓기도 한다.

뱀장어는 지역 시장에서는 그다지 인기가 없지만 체서피크만의 수산업을 든든하게 떠받쳐주는 주 어종이다. 메릴랜드 수역에서 잡히는 36종의 물고기 가운데 파운드당 중량 면에서는 아홉 번째, 가치 면에서는 여덟 번째를 차지한다. 뱀장어는 메릴랜드 수역에서 113톤쯤 생산되는데 이는 체서피크만 전체 어획고의 절반에 해당하는 수치다. 여기서 잡히는 물고기는 대부분 뉴욕을 비롯한 먼 시장으로 수송되지만 일부는 지역에서 소비하고 일부는 특히 게를 잡는 주낙줄(든든한 줄에 일정 간격을 두고 짧은 낚싯줄을 매 물에 띄운다─옮긴이)의 미끼로 쓰기도 한다. 메릴랜드주 의회는 뱀장어가 걸핏하면 자망에 잡힌 물고기들을 습격하자 한때(1890년경) 아예 씨를 말리려고 3400달러를 쓰기도 했다.

04

1944

하늘을 누비는 자연의 용사들

레이첼 카슨은 특유의 작가적 기량과 과학적 이해를 통해 지극히 평범한 자연 세계에서 익숙한 것에 깃든 저만의 가치를, 심지어 구원적 가치를 이끌어낼 줄 알았다. 그런 점을 잘 보여주는 글이 바로 1939년 초 〈볼티모어 선〉에 처음 게재된 흰점찌르레기(common starling)의 복원에 관한 특집 기사다. 카슨은 이 글을 다시 손봐서 같은 해 후반 '찌르레기에게 시민증을 주면 어떨까?(How about Citizenship Papers for the Starling?)'라는 제목으로 〈네이처〉지에 팔았다. 사람들에게 욕을 잔뜩 먹던 찌르레기의 가치를 새로 인식하게 된 데 기쁨을 느낀 독자들은 우호적인 반응을 보였다.

카슨은 전시(戰時)에 어류·야생동물국에서 근무하는 동안 우연히 어떤 연구를 접하고 과학적 주제로 글을 쓰겠다는 결심을 굳혔다. 정보를 제공할 뿐 아니라 알려지지 않은 자연 과정을 일반 독자들이 이해할 수 있는 언어로 펼쳐 보이겠다는 각오였다. 〈하늘을 누비는 자연의 용사들〉은 "외진 곳에 사는 신비로운" 굴뚝칼새(chimney swift)의 놀라운 이동 패턴에 관한 발견 결과를 다룬 글로, 본시 내무부 보도 자료로 작성한 것이었다. 카슨은 이 글을 특집 기사에 맞게 손본 뒤 〈볼티모어 선〉과 〈리더스 다이제스트〉지에 보냈다. 그러나 맹장 수술을 받은 뒤 돈이 한시가 아쉬운 터라 진득하게 답을 기다리지 못하고 다시 축약판을 〈코로넷(Coronet)〉지에 팔았다. 결국 이 글은 1945년 11월 '하늘의 거주자들(Sky Dwellers)'이라는 제목으로 〈코로넷〉에 실렸다.

만약 항공공학자들이 굴뚝칼새의 지혜를 배운다면 골치 아픈 항공술 문제를 일부 해결할 수 있을 것이다. 가령 비행기 조종사들은 연료 탱크에 연료가 얼마나 남았는지를 전혀 신경 쓸 필요가 없다. 굴뚝칼새는 날면서 연료를 조달하고, 눈 뜨고 지내는 시간의 거의 대부분을 대기 중에서 보내며, 실수가 아니고선 결코 대지에 내려앉지 않는다.

자연은 날기 위한 가장 효율적인 메커니즘을 마련해주고자 굴뚝칼새를 날아다니는 포충망(捕蟲網)처럼 만들었다. 굴뚝칼새는 부리가 짧고 입은 조류 가운데 가장 넓은 축에 속한다. 어뢰처럼 생긴 몸통과 길고 호리호리한 날개는 속도를 내기에 또는 갑작스레 몸을 비틀거나 회전하기에 알맞게끔 만들어졌다. 칼새는 새벽녘부터 어스름 녘까지 입을 벌린 채 빠른 속도로 허공을 가르면서 대기 중의 곤충을 걸러 먹는다. 허공에 떠 있으려면 연료 소모량이 엄청나지만 거의 쉴 새 없이 먹이를 섭취함으로써 에너지를 영구히 조달하는 것이다.

굴뚝칼새는 대기 중에서 먹이를 잡아먹을 뿐 아니라 날아다니면서 호수 표면에 잠시 몸을 담가 목도 축이고 목욕도 한다. 구애 작업도 대기 중에서 이뤄진다. 심지어 어느 때는 대기 중에서 숨을 거두기도 한다. 따라서 굴뚝칼새는 지상에 살아가는 그 어느 새보다 대지와 대지의 생명체에 대해 별로 아는 게 없다. 굴뚝칼새는 결코 나뭇가지에 앉아 쉬지도 땅에 내려앉지도 않는다. 그들이 삶의 터전으로 삼는 곳은 오로지 하늘, 그리고 굴뚝이나 속 빈 나무 같은 밤의 휴식처뿐이다.

굴뚝칼새는 비행의 달인이라서 이상한 손해를 감수해야 했다. 발이 갈고리꼴로 퇴화해 다른 새들처럼 나뭇가지에 앉거나 통통 뛰는 데는 불리해진 것이다. 대신 발이 갈고리 모양이다 보니 굴뚝 벽에 달라붙는 데는 그만이다. 나뭇가지에 앉지 못하게 된 굴뚝칼새로서는 밤에 잠을 자려면 갈라진 틈새나 마침 맞게 튀어나온 곳에 안전하게 발톱을 걸어 굴뚝의 수직벽에 몸을 밀착하는 수밖에 없었다. 가장자리에 짧고 억센 털이 난 뭉뚝한 꼬리는 요긴한 지지대가 된다.

굴뚝칼새는 북아메리카 대륙에 침입한 백인에 의해 아무런 피해도 입지 않은, 아니 되려 이득을 본 몇 안 되는 조류 종 가운데 하나다. 현대 굴뚝칼새의 조상들은 본시 속이 빈 커다란 나무에서 살았다. 미국의 개척자들이 나무를 잘라내고 오두막과 가옥을, 교회와 학교와 공장을 짓기 시작하자 굴뚝칼새는 속 빈 나무를 대신할 최상의 대안이 바로 굴뚝이라는 사실을 발견했다. 이 시기를 지나면서 그들의 습성은 거의 사람〔bird: 신기하게도 'bird'에 '사람'이라는 뜻이 있다. 굴뚝칼새라는 새(bird)가 사람(bird)의 습성을 띠게 되었다는 것으로 재미있는 일종의 언어유희다―옮긴이〕처럼 변했다.

좀더 궁벽한 시골 지역에서는 더러 속 빈 나무에 둥지를 트는 옛 방식을 고집하는 굴뚝칼새를 만날 수 있다. 서부에 사는 굴뚝칼새의 사촌, 보칼새(Vaux's swift)도 나무에서 굴뚝으로 터전을 옮아가기 시작한 지 몇 년

밖에 되지 않는다. 그러나 굴뚝칼새는 배포가 크고 적응력도 좋아서 문명이 낳은 편리한 장소를 두루 사용해왔다. 버려진 건물, 우물이나 물탱크, 곡식 저장고 따위에도 둥지를 튼 것이다.

굴뚝칼새는 굴뚝 안에 둥지를 짓기 위해 침샘을 엄청나게 발달시켰다. 침샘에서 분비된 끈적하고 걸쭉한 침은 나뭇가지를 한데 이어 붙여 둥지를 만들고 그렇게 만들어진 해먹(나무 따위에 달아매는 그물이나 천 등으로 만들어진 침대—옮긴이) 모양의 둥지를 굴뚝 벽에 붙이는 데 유용하게 쓰인다. 중국칼새(Chinese swift)는 나뭇가지를 생략하고 침만으로 둥지 전체를 짓는다. 그렇게 해서 '새둥지 수프'라 알려진 진기한 음식의 주재료가 탄생하는 것이다.

칼새의 침샘은 둥지 트는 시기 동안 커져서 필요한 점액질의 침을 부족함 없이 공급한다. 그 시기가 지나면 침샘은 도로 작아지지만 칼새의 볼에 남은 그 빈 공간은 쓸모가 있다. 거기에 곤충을 가득 채워 와 허기진 새끼들에게 나눠주는 것이다.

둥지 하나를 짓는 데는 보통 2~3주가 걸리는데 비가 내려서 점액성이 떨어지면 그보다 훨씬 더 많은 나날이 소요된다. 그들은 놀라운 방식으로 둥지 짓는 데 쓸 나뭇가지를 모은다. 날면서 나무나 관목 덤불에서 나뭇가지를 휙 낚아채는 것이다. 그런데 조류학자들은 칼새가 그렇게 할 때 발을 사용하는지 부리를 사용하는지에 대해 오늘까지도 의견 일치를 보지 못하고 있다.

성년 칼새는 헌신적인 부모다. 수컷과 암컷은 부화하기까지 약 3주 동안 돌아가면서 알을 품는다. 그다음 새끼 입에 쉴 새 없이 벌레를 잡아넣어주는 일을 분담한다. 스스로 하늘을 날 수 있게 되기까지 약 4주 동안 충실하게 새끼 칼새들을 건사하는 것이다.

때로 성년 새 세 마리가 하나의 둥지를 보살피는 장면을 목격할 수 있는데 그 원인은 아직껏 명확하게 밝혀지지 않았다. 그럴싸하지만 어디까지나 잠정적인 가설이 제기되었는데 바로 부모가 '애 보는 암컷'을 고용했다는 것이다. 현실을 좀 안다 하는 이들은 이 가설에 콧방귀를 뀌면서 칼새가 일부다처제라 그렇다는 설명을 내놓았다. 좌우지간 무엇이 진실인지는 너도 모르고 나도 모른다.

굴뚝칼새는 북미의 작은 새들 가운데 가장 빠르다고 손에 꼽히며 두려워할 천적도 거의 없다. 아시아칼새(Asiatic swift)의 비행 기록은 최대 시속 320킬로미터다. 심지어 개구리매(duck hawk)조차 줄지어 날아가는 칼새 떼 가운데 한 마리를 불시에 낚아챌 수 있을지 의심스러울 정도다. 그러나 칼새들이 밤에 굴뚝 안으로 들어갈 채비를 하면서 굴뚝 위를 맴돌 때면 그중 한 마리가 매의 습격으로 희생될 수는 있다.

칼새를 꼼짝 못하게 만드는 단 한 가지 적은 바로 비다. 차가운 비가 오랫동안 줄기차게 내리면 대기 중에 곤충이 말끔히 사라진다. 먹이가 모자란 칼새는 시름시름 앓다 떼죽음을 당하기도 한다. 철에 어울리지 않게 6월에 큰비가 내렸을 때 뉴잉글랜드 남부 전역에서 칼새들이 죽어나갔다. 칼새의 시체가 큰 방앗간 굴뚝에서는 손수레에 가득 찰 만큼, 클라크 대학의 굴뚝 바닥에서는 몇 소쿠리 분량만큼 나왔다. 비교적 드물게 일어나는 일이기에 망정이지만.

굴뚝칼새의 인생사가 낱낱이 밝혀진 것은 놀라운 인내심과 불굴의 집념을 지닌 박물학자와 아마추어 조류 관찰자들 덕택이었다. 쌍안경으로 관찰하기 좋게 나뭇가지에 사뿐히 내려앉는 법도 없고, 결코 새 모이 주는 구역에 얼씬거리지도 않으며, 낮 시간의 거의 대부분을 사람들 머리 저 위쪽 상공에서 지내고, 가을이면 돌연 월동 장소를 찾아 깡그리 종적을 감춰버리는(지난해에야 겨우 그들의 겨울 서식지가 어디인지 밝혀졌다) 새란 그 새의 전기(傳記)를 쓰려는 이들에게 결코 호락호락한 존재가 아니다.

그렇지만 바로 그런 어려움 때문인지 몰라도 그간 수많은 사람이 굴뚝칼새에 관심을 기울였고 그들의 습성을 알아내려고 끝없는 고생을 자처한 듯하다. 아이오와주에 사는 한 여인은 관측 탑을 갖춘 가짜 굴뚝을 뒷마당에 세워놓고 나중에 그곳에 둥지를 튼 칼새의 가정생활을 연구했다. 웨스트버지니아주에 사는 어느 농부는 둥지를 틀어도 좋다는 초대의 표시로 집 굴뚝 안에 커피 깡통을 매달아놓았다. 마침내 칼새들이 그의 초대에 응했고, 나중에는 농부가 간간이 굴뚝 위로 깡통을 끌어올려 새끼들 사진을 찍을 수 있도록 허락해주기까지 했다. 조류학자 겸 예술가인 조지 미치 서턴(George Mitsch Sutton)은 웨스트버지니아주에서 살던 젊은 날, 걸핏하면 높다란 교회 굴뚝에 올라가 입구 바로 아래에 몇 시간이고 매달려 있곤 했다. 몸이 저리거나 덜덜 떨리고 비참한 기분에 사로잡히기도 했지만, 그는 굴뚝칼새가 어떻게 날갯짓하면서 굴뚝으로 들어오는지 정확하게 기록할 수 있었다. 미국과 캐나다의 동부 전역에서 많은 이가 굴뚝칼새의 이동 경로를 추적하기 위해 바지런히 버드밴딩(bird-banding: 이동 상황을 조사하고자 새 다리에 밴드를 묶은 뒤 풀어준다—옮긴이)을 했고 그 결과 현재 식별 밴드를 단 칼새는 모두 37만 5000마리가 넘는다.

굴뚝칼새 37만 5000마리의 다리에 밴드를 묶는 것은 생각만큼 그리 만만한 일이 아니다. 만약 을씨년스런 새벽녘에 침대에서 빠져나오기를 극구 꺼리거나 굴뚝을 수리해본 경험이 별로 없는 사람이라면 칼새 버드밴딩을 취미 삼는 일만큼은 삼가는 게 좋다. 스파르타식 정신력을 요구하기 때문이다. 곤충을 잡아먹는 칼새는 대다수 새들과 달리 곡식 따위를 미끼로 삼는 새덫으로는 유인할 수 없다. 굴뚝칼새는 특히 가을 이동 시기쯤, 동틀 무렵 수천 마리가 밤의 거처인 큰 굴뚝에서 한꺼번에 빠져나올 때에야 간신히 잡을 수 있다.

칼새를 버드밴딩 하려고 벼르는 이들은 동이 트고 새들이 빠져나오기를 기다리며 지붕 위에서 덜덜 떨고 있다. 그들은 덫을 놓기 위해 높은 굴뚝의 꼭대기까지 올라가는 위험도 서슴지 않는다. 또한 이른 시각에 빈 건물을 살금살금 돌아다니다 수상한 자라는 의심을 사기도 한다. 이러한 난관에도 미네소타주의 콘스턴스 에버렛(Constance Everett)과 E. A. 에버렛(E. A. Everett)은 언젠가 어느 조류학 잡지에 "굴뚝칼새를 버드밴딩 하는 즐거움"이라는 제목의 유쾌한 글을 기고한 적이 있다.

몇 달 선 버드밴딩에 매달린 이들의 노력이 비로소 결실을 거두었다. 전에도 식별 밴드를 단 칼새가 상당수 도로 잡혀 들긴 했지만 모두 이미 알려진 여름 서식지에서였으며 그들의 월동 장소는 여전히 오리무중이었다. 그러던 어느 날 페루 리마의 미국 대사관으로부터 미국 조류 이동 연구의 본산인 어류·야생동물국으로 기다란 공식 봉투가 하나 배달되었다. 그 속에는 북반구가 겨울일 때 페루의 정글에서 인디언에게 사살당한 굴뚝칼새의 식별 밴드 13개가 들어 있었다. 밴드의 기록에 따르면 미국 테네시·일리노이·코네티컷·앨라배마·조지아주 그리고 캐나다 온타리오주 등지에서 1936년부터 1940년 사이 버드밴딩 된 새들이었다.

13마리의 작은 새는 죽음을 통해 조류학적 명성을 획득했다. 칼새는 북미에 서식하는 새들 가운데 월동 장소가 파악되지 않은 마지막 새였던 것이다. 13마리 새는 조류 이동과 관련한 커다란 수수께끼 하나를 풀어주었으며 굴뚝칼새종의 전기에서 끝까지 비어 있던 단락을 마저 채워주었다.

05

1945

매의 길

레이첼 카슨은 일평생 바다에 푹 빠져 살았지만 새에 관해서도 그에 뒤지지 않는 깊은 관심을 쏟았다. 그녀가 처음으로 새에게 관심을 보인 것은 어머니와 함께 펜실베이니아 서부의 언덕을 거닐 때였다. 그녀는 새를 향한 열정을 평생토록 간직했다.

카슨은 전시의 워싱턴에서 어류·야생동물국 직원으로 일하는 동안 갓 조직된 '워싱턴D.C.오듀본협회' 회원들과의 교류를 통해 조류학에 대한 관심을 드러낼 수 있는 통로를 발견했다. 카슨은 이내 그 협회 이사회의 이사로 선출되었으며, 거기서 로저 토리 피터슨(Roger Tory Peterson)을 비롯한 저명 과학자들과 어울렸다. 오듀본협회의 갖가지 활동은 사회적 모임에 참가하거나 나들이할 기회가 따로 없었던 카슨에게 즐거운 시간이 되어주었다.

오듀본협회의 여행지 가운데 가장 인기가 많았던 장소는 단연 펜실베이니아 동부에 자리한 '호크산 조류 보호구역(Hawk Mountain

Sanctuary)'이었다. 협회 회원들은 그곳에서 가을 이동 중인 매 떼의 장관을 목격할 수 있었다. 1945년 10월, 카슨은 어류·야생동물국의 직장 동료이자 친구이며 카슨 못지않은 열정적인 아마추어 조류학자인 셜리 브리그스(Shirley Briggs)와 함께 호크산에서 이틀을 지냈다. 카슨은 툭 튀어나온 바위 턱에 자리 잡고 앉아 뼛속까지 파고드는 찬바람에 용감하게 맞선 채 매 떼를 관찰하고 그들의 행동을 기록했다. 다음은 그때 적은 현장 일지에서 발췌한 글로, 카슨이 매 떼가 선사한 장관에 얼마나 깊은 감명을 받았는지가 잘 드러나 있다. 뿐만 아니라 이 글은 그녀가 바다와 무관해 보이는 자연 세계의 경험조차 어떻게든 바다와, 그리고 지구의 먼 과거와 연관 지으려 애쓰고 있다는 것을 잘 보여준다.

매들은 마치 바람에 떠다니는 갈색 낙엽처럼 우리 곁에 다가왔다. 때로는 새 한 마리가 홀로 외로이 기류를 타고 날아다녔으며, 때로는 한꺼번에 여러 마리가 위로 솟구쳐 저 멀리 구름을 배경으로 몇 개의 점이 되어 사라지거나 아니면 우리 아래 펼쳐진 계곡 바닥을 향해 곤두박질쳤다. 그런가 하면 어느 때는 갑작스런 돌풍이 숲의 나무들을 흔들어 떨어뜨린 낙엽이 무더기로 몰려다니는 것처럼, 거대한 매 떼가 서로 치고받으며 앞서거니 뒤서거니 했다. (……) 우리가 앉아 있는 산등성이와 거의 직각을 이루는 일곱 개의 봉우리로 된 북편의 지평선 위 하늘에 희미하고 흐릿한 물체가 모습을 드러냈다. 윤곽선이 시시각각 또렷해졌다. 이내 매라는 것을 틀림없이 알아차릴 수 있는 검은 실루엣이 회색 하늘에 아로새겨졌다. 그러나 너무 순식간이라 어떤 종인지 식별할 수 있게 해주는 날개 선과 꼬리 선은 제대로 확인할 겨를이 없었다. 그 매는 산등성이 왼편을 따라가다 높이 치솟았다. 더러 몸을 가파르게 기울여 날다 홀연 허공 속 어딘가로 숨어들어 시야에서 사라지기도 했다. 얼마 뒤 날쌔게 퍼덕이는 그의 날개 한 짝 혹은 두 짝이 다시 쌍안경에 잡히곤 했다. (……)

더 이상 매가 한 마리도 얼씬거리지 않았고 기나긴 기다림이 이어졌다. 나는 뒤에 있는 바위에 몸을 기대고 바람을 피할 곳이 없나 두리번거렸다. 어떻게 하면 모나고 딱딱한 바위에 좀더 편하게 앉을 수 있을까 싶어 자세를 이리저리 고쳐보지만 부질없는 노릇이었다. 추위가 매서웠다. 저 아래 계곡에서 동 트기 전 깜깜한 새벽에 허겁지겁 커피를 마실 때는 그래도 날씨가 꽤 푹했던 것 같다. 그러나 이곳 산꼭대기에서 우리는 드넓게 펼쳐진 하늘에서 불어오는 바람을 속절없이 맞고 있다. 추위가 뼛속까지 사무쳤다. 그러나 바람을 실은 차디찬 날씨야말로 매의 날씨다. 그래서 나는 바들바들 떨고 코도 빨개졌으며 보온병에 담아 온 뜨거운 커피가 얼마나 남았나 수시로 확인해야 했지만, 기꺼운 마음으로 추위를 견딜 수 있었다. 다만 문제는 틀림없이 온종일 이런 식으로 버텨야 할 텐데 지금 고작 오전 10시밖에 되지 않았다는 사실……

안개가 계곡을 뒤덮었다. 잿빛 하늘은 잔뜩 흐렸고 구름은 빗기운을 흠뻑 머금었다. 적나라한 대자연의 풍경이었다. 산꼭대기를 장식한 거대한 바윗덩어리들, 그 주변으로 산바람에 시달린 나머지 껍질이 벗겨지고 줄기가 굽은 나무 몇 그루, 광활하고 창백한 둥근 하늘……

바다를 더없이 사랑하는 내가 산을 보면서 바다를 연상시키는 수많은 것을 발견한다 해도 하등 이상할 것은 없다. 산허리를 타고 사정없이 흘러내리는 개울을 보면 언제나 그들의 여정이 길긴 하겠지만 끝내 바다에 닿으리라는 사실이 떠오른다. 이 애팔래치아 고지대에서는 한 번 이상 이곳을 몽땅 뒤덮었던 옛 바다를 생각나게 하는 것들을 도처에서 만날 수 있다. 전망대로 오르는 가파른 길 중턱에 사암(砂巖)으로 이뤄진 절벽이 있다. 그 절벽은 오래전 기이하고 낯선 물고기들이 유유히 헤엄쳐 다니던 얕은 연안해 아래 놓여 있었을 것이다. 그러다 바다가 퇴각하고 산맥이 융기한 것이다. 지금은 바람과 비가 그 절벽을 풍화시켜 처음 그것을 이루었던 모래 입자로 도로 바스러뜨리고 있는 중이다. 내가 지금 앉아 있는 하얀 석회암 역시 고생대 때 바닷속을 떠돌던 수많은 작은 생명체의 유골이 모여 만들어진 것이다. 나는 눈을 반쯤 감고 뒤쪽 바위에 기댄 채 내가 지금 또 하나의 바다, 즉 매들이 항해하는 '공기의 바다'의 바닥에 앉아 있다는 사실을 실감하려 애쓴다.

06

1946

내 기억 속의 섬

1941년 《바닷바람을 맞으며》를 출간하고 나서 10년 동안, 카슨은 결국 《우리를 둘러싼 바다》로 결실을 맺게 되는, 바다를 광범위하게 기술한 책의 집필에 힘을 쏟았다. 연방 정부에서 10년 가까이 근무한 1946년, 카슨은 그동안 쓰지 않은 연차를 모아 한 달간 메인주 부스베이항으로 휴가를 떠났다. 바닷가재의 생식에 관한 연구를 진행하는 어업국 실험실이 있는 곳이자 그녀가 오랫동안 꼭 가보고 싶었던 해안 지역이었다.

카슨은 어머니, 고양이 두 마리와 함께 마을의 서쪽 시프스콧강 연안에 외따로 떨어진 자그마한 분홍색 별장에 세를 들었다. 그 별장은 가문비나무가 빽빽하게 들어선 신비롭고도 울창한 숲, 인디언타운섬을 바라보고 있었다. 그 섬에서는 나무들이 서로 몸을 부비며 바스락대는 소리가 바람에 실려 왔으며 해 질 녘이면 갈색지빠귀(hermit thrush)가 스산한 노랫가락을 뽑아냈다.

그해 여름 메인의 아름다움에 홀딱 반한 카슨은 언젠가 메인에 자신만의 별장을 꼭 갖고 말겠다고 결심했다. 그녀는 친구 셜리 브리그스에게 띄운 편지에 "(메릴랜드로) 돌아가는 유일한 이유는 머리가 나빠 나머지 생애 내내 여기 머물 묘책을 떠올릴 도리가 없기 때문"이라고 말했다. 그로부터 7년 뒤《우리를 둘러싼 바다》가 대성공을 거두자 그녀는 작정한 대로 사우스포트섬 시프스콧 강가에 부지를 매입해 별장을 지을 수 있었다.

발표되지 않은 카슨의 작품 가운데 감각을 총동원해 자신을 둘러싼 주위 세계를 끌어안는 능력, 자연 세계의 다채로운 면모를 접하면서 느낀 즐거움을 이토록 매혹적으로 들려준 것은 없다.

그것은 그저 길이 약 1.5킬로미터, 너비는 그 절반에 지나지 않은 자그마한 섬이었다. 본토 해안에서 건너다보이는 섬은 헤치고 들어갈 수 없으리만치 빽빽하게 들어선 침엽수림이 검게 벽을 친 모습이었다. 가문비나무의 맨 윗부분은 하늘을 배경으로 톱니 모양의 선을 그으며 서서히 흐릿해졌다. 그 벽에는 안을 들여다볼 수 있는 빈틈이 조금도 없었다. 섬의 숲 속에 밟아 다져진 길이 있다는 기미도, 그 안으로 초대하는 유혹의 손길도 느껴지지 않았다. 고조 때가 되면 바닷물이 거의 가문비나무들이 서 있는 곳까지 밀려들었다. 해안가에는 밀물 선의 흔적을 말해주듯, 마치 화가가 붓으로 흰 물감을 대충 칠해놓은 것 같은 밝은 빛깔의 바위 윗부분들이 조금 드러나 있었다. 썰물 때가 되어 바닷물이 차차 바위 아래로 빠져나가면 흰 부분들이 서서히 넓어지고 서로 합쳐져 섬의 단단한 화강암 기단이 완전히 모습을 드러냈다. 높다란 바위 성벽이 보이고 그 위에 초록 숲으로 이뤄진 생명의 벽이 드리워 있었다.

우리 오두막이 자리한 본토 해안과 그 섬 사이에는 바다가 400미터 정도 가로놓여 있었다. 우리 오두막은 방파제를 바라보는 앞쪽 현관문에 방충망이 달려 있었고 뒤란으로는 가파른 언덕이 올려다보였다. 뒤란 언덕배기에는 바위틈에 고사리들이 무성하게 자랐으며 커다란 솔송나무(hemlock spruce)의 늘어진 가지들이 땅을 비질해댔다. 그 섬은 매일같이 여름 햇살이 내리쪼였고 어떤 소리도 들리지 않았으며 보이는 숲 가장자리에 뭔가 움직이는 기척이라곤 없었다. 저조 때만 되면 어김없이 섬 남단의 바위 턱에서 하늘로 목을 길게 빼고 심각하게 앉아 있는 가마우지(cormorant)들을 볼 수 있었다. 반면 갈매기들은 섬의 숲 안으로 들어가는 길이 막혔다는 사실에 그다지 상심하지 않는 눈치였다. 섬 해안가에서 다시 바닷물이 차오르길 기다리면서 해조로 뒤덮인 바위에 앉아 있는 모습이 한결 태평해 보였던 것이다.

해거름 녘이 되자 종일 고요하기만 하던 섬에 아연 생기가 돌기 시작했다. 나무들 사이를 넘나드는 커다란 검은 새들의 형상이 보였다. 그들의 거친 울음소리는 어쩌다 바다를 알게 된 고대의 파충류를 떠오르게 했다. 이따금 새들 가운데 한 마리가 어둠 속에서 튀어나와 우리가 머무는 해안으로 날아오곤 했다. 그제야 우리는 그들이 저녁거리를 찾아 나선 큰왜가리(great blue heron)임을 알아보았다.

그 섬에 감도는 신비감이 좀더 진가를 발휘할 때는 바로 이 같은 이른 저녁 무렵이었다. 그래서 나는 거무칙칙한 가문비나무 벽 너머에 뭐가 있는지 한층 궁금해졌다. 숲 속 어디쯤엔가 햇살을 머금은 작은 공터가 있을까? 아니면 그 섬은 이쪽 해안에서 저쪽 해안까지 몽땅 빽빽한 숲으로 가득 차 있을까? 매일 저녁 우리의 귀를 간질이는 청명하고 아름다운 소리가 바로 그 숲의 정령인 갈색지빠귀의 노래인 것으로 보아 아마 후자일 가능성이 높다. 저녁이 시작될 무렵이면 갈색지빠귀의 단속적인 은빛 가락이 더없이 잔잔하게 바다 위를 떠돌았다. 그들의 노랫소리에는 전적으로 현세의 것이라고만 보기 힘든 아름다움과 의미가 깃들여 있었다. 그들은 마치 다른 석양을 노래하는 듯했다. 개체의 기억을 뛰어넘어 억겁의 시간을 거슬러 올라가 마주한 머나먼 과거, 즉 조상들 역시 이곳을 알았고 오래전 지상에 뿌리 내린 가문비나무에서 저녁의 아름다움을 노래하던 머나먼 과거의 석양을 말이다.

전에는 전혀 몰랐던 재갈매기(herring gull)에 대해 알게 된 것도 바로 그와 같은 저녁 무렵이었다. 항구갈매기(harbor gull)는 기회주의자다. 언제 집어장(集魚場)에서 쓰레기를 내다 버릴지, 혹은 언제 최초의 어선이 수평선에 모습을 드러낼지 다 꿰고 있는 항구갈매기는 동료들과 함께 항구 위 지붕이나 부두의 말뚝에 앉아 깍깍 울어대면서 먹이 낚아챌 기회만 엿보고 있다. 그러나 그 섬에 사는 재갈매기들은 다르다. 그들은 기본적으로 어부다. 그물을 쳐서 고기를 잡는 인간 어부들처럼 그들도 스스로의 노동에 기대어 살아간다.

일상적인 고기잡이는 상당 부분 낮에 이뤄졌을 것으로 보이지만, 나는 특히 매일 저녁 우리가 머무는 작은 만을 찾아오는 새끼 청어 떼를 볼 때마다 흥분을 감추지 못했다.

새끼 청어들은 낮에는 연안해를 누비고 다니나, 은빛이 감도는 검은 어둠이 바다에 깔리기 시작하면 섬들의 바위 기단 사이에 자리한 해협으로 몰려들었다. 그들이 날 저물 즈음 활동 무대를 바꾼다는 사실은 생각할수록 신기했다.

우리는 재갈매기의 행동을 관찰함으로써 청어 떼가 온다는 것을 알아차릴 수 있었다. 재갈매기는 늦은 오후에는 대체로 섬 해안가 바위에 내려앉아 꾸벅꾸벅 졸았다. 그러다 일몰 때가 다가오고 가문비나무의 그림자가 바다에 검은 첨탑을 드리우기 시작하면 아연 흥분감에 휩싸였다. 마치 정찰병들이 왔다 갔다 하는 것처럼 수많은 재갈매기가 해협 위아래를 오르내렸다. 그들 사이에 물고기들이 움직이고 있다는 첩보가 퍼져나갔을 테고, 점점 더 많은 재갈매기가 정찰병 대열에 합류했다. 재갈매기들이 단일 대오를 형성한 채 일사불란하게 움직일 때면 그들의 짧고 날카로운 울음소리가 바다 전역에 울려 퍼졌다.

유리처럼 잔잔해진 바다 표면에 저녁 하늘빛이 어리면, 우리도 재갈매기들처럼 우리의 만으로 청어 떼가 도착할 시간을 정확히 알아맞힐 수 있었다. 갑자기 비단 천이 잔물결 무늬를 띠며 헝클어졌다. 1000개의 작은 코가 해수면 위로 튀어 오른 탓이다. 해안을 향해 신나게 다가오는 1000개의 잔물결로 바다 위에 기다란 줄들이 그어졌다. 해수면 바로 아래에서 헤엄치는 물고기들이 반반한 비단을 구겨놓자 은색 바늘 1000개를 한꺼번에 바다에 빠뜨린 것 같은 광경이 펼쳐졌다. 청어 떼가 물 위로 튀어 오르기 시작했다. 그들은 내가 바라보는 곳에서 번번이 비껴나 있었다. 그래서 다음번에 거꾸로 공중제비 하며 튀어나올 녀석을 기다릴 때면 대체 눈을 어디에 두어야 할지 몰랐다. 공중제비 하는 그들을 가만 보면 적대적이고 생소한 환경인 공기에게 무모하게 덤벼보는 일이 재미있어 죽겠다는 표정이었다. 어린 청어들이 푹 빠진 일종의 놀이였던 셈이다. 그들은 수면 위에서 통통 튀는 은빛 동전처럼 보였다. 사실 나는 공중에서 청어 새끼가 갈매기에게 잡아먹히는 광경은 한 번도 본 적이 없다. 하지만 그 새의 매서운 눈은 틀림없이 눈부시게 번쩍이는 청어 떼를 노리고 있었을 것이다.

청어 떼가 도착하는 것을 눈치챈 재갈매기들은 재빠르게 곤두박질치고, 아래로 내리 덮치고, 소란스럽게 울어대는 등 광란의 도가니 자체였다. 재갈매기는 제비갈매기(tern)와 달리 다이빙을 하지 않는다. 사뿐히 내려앉지 않고 급강하해 물속에서 물고기를 채 간다. 이렇게 하려면 눈매가 날카로워야 하고 타이밍을 정확히 맞출 줄 알아야 한다. 아름답고 깔끔한 제비갈매기의 다이빙만큼 우아하진 못하지만 그 못지않은 기술이 필요한 일이다.

특히 우리가 머무는 작은 만으로 수많은 청어가 몰려오던 어느 날 밤이 잊히지 않는다. 그날 청어 떼는 평상시보다 약간 늦게 왔다. 재갈매기들은 어둠이 짙게 내려앉았는데도 먹이를 얻겠다는 일념으로 청어를 잡아먹기 시작했다. 이렇게 깜깜한데 물고기가 보일까 의아해질 때까지 그 일은 계속되었다. 우리는 섬을 배경으로 그들이 움직이는 모습을 볼 수 있었다. 검은 섬 숲을 배경 삼아 나방처럼 보이는 흰 형체들이 이리저리 파닥거렸다. 그러는 내내 괴이쩍은 어둠의 세계에 펼쳐지는 풍경 속으로 그들 특유의 울음소리가 더해졌다.

화창한 날에는 재갈매기들이 따뜻한 상승기류를 타고 날아올랐고, 느리게 맴을 돌면서 높이높이 떠오르다 시야에서 사라지곤 했다. 나는 따스한 햇살을 받으면서 부두에 반듯이 누워 푸른 하늘을 누비는 갈매기들을 바라보며 휴식을 취했다. 어떤 것들은 너무 높이 떠올라서 스스로 만든 궤도를 천천히 맴도는 하얀 별처럼 보이기도 했다.

부두에 누워 자다 깨다 하면서 오직 귀에만 의지해 새들을 느껴보는 일도 얼마든지 가능했다. 일단 가늘게 실눈을 뜨고 소리의 주인을 식별하고 나면, 부두 위를 걸어 다니면서 생쥐처럼 바스락거리거나 타닥거리는 소리를 내는 작은 발들이 누구인지, 내 머리 위를 맴돌면서 쭉 뻗은 팔을 스치듯 지나가는 녀석이 누구인지 안 보고도 알아맞힐 수 있었다. 보나마나 우리가 머무는 지역에 서식하는 노래참새(song sparrow)였다. '워프, 워프' 머리 위에서 부드럽게 들려오는 소리는 갈매기가 날개를 퍼덕이는 소리임을 알게 되었다. 갈매기가 어찌나 가까이 다가왔던지 깃털 달린 날개 표면에 공기가 스치는 소리마저 들을 수 있었다. 갈매기의 날개에서는 메마른 소리가 났다. 물속에서 막 솟구친 가마우지가 젖은 날개를 퍼덕이면서 물을 튀길 때 나는 소리와는 딴판이었다. 그들이 만 아래로 급강하할 적에는 젖은 강아지가 부르르 몸을 터는 것 같은 소리가 났다.

그곳에 누워 있을 때 물수리(osprey)가 간간이 삐익삐익 날카롭게 울어대는 소리도 들렸다. 눈을 떠보니 그 새가 섬 안쪽 해안가를 따라 날아오는 모습이 보였다. 나는 물수리 부부가 그 섬의 북쪽 어딘가에 둥지를 틀었으리라 짐작했다. 물고기를 잡았다 하면 어김없이 북쪽으로 날아갔으니까.

그런가 하면 더 작은 새들의 소리도 들렸다. 물총새(kingfisher)가 물고기 사냥을 하는 짬짬이 부두의 말뚝에 내려앉아 쉬면서 지지배배 재잘거렸다. 오두막의 처마 밑에 둥지를 짓는 피비(phoebe: 딱새의 일종—옮긴이)도 쉴 새 없이 우짖었다. 또한 오두막 뒤란 언덕의 자작나무에서 먹이를 잡아먹는 딱새(redstart)는 저마다 위스커싯이 어디냐고 물어대느라 여념이 없었다. 내 귀에는 그 소리가 영락없이 "위치 이즈 위스커싯? 위치 이즈 위스커싯?(Which is Wiscasset? Which is Wiscasset?)" 이렇게 들렸던 것이다.

잔잔하던 바다가 가볍게 일렁인다 싶어 가만 들여다보니 이내 바다표범이 둥글고 매끈한 머리를 불쑥 내밀었다. 그가 상승하는 해류를 타고 헤엄치면서 콧구멍과 이마를 물 위로 들어 올리면 비단결 같은 V자형 파문이 반대편 해안 쪽으로 널리 퍼져나갔다. 바다표범은 부드러운 까만 눈으로 잠깐 동안 주위를 진지하게 둘러보면서 태양과 공기로 이뤄진 세계를 탐색한 다음 올 때처럼 조용히 사라졌다. 초록의 빛이 일렁이고, 물에 잠긴 바위에서 뻗어 나온 해조가 너울거리고, 반짝이는 작은 은빛 물고기들이 쏜살같이 스쳐 지나가는 제 삶터로 돌아간 것이다. 바다에 사는 이 포유동물에게는 어딘지 수수께끼 같은 구석이 있다. 그들은 온혈동물이고 피부가 털로 뒤덮여 있으며 새끼에게 젖을 물리는 등 생명 활동 과정이 거의 인간하고 비슷하다. 그러나 인간은 아주 잠깐 동안만 머물 수 있는 곳에서 내내 살아간다.

나는 이따금 울창한 산마루에서 밀물 경계선까지 가파르게 비탈이 진 언덕 위에 서서 그 섬을 내려다보곤 했다. 거기서는 작은 만이며 외딴 섬들이 한눈에 보였다. 회녹색의 순록이끼(reindeer moss)가 도톰하게 깔려 있고 소나무, 가문비나무, 야트막하게 자라는 향나무들이 짙게 우거진 언덕을 오르는 일은 즐거웠다. 볕이 잘 드는 비탈에서는 이끼가 너무 바짝 말라버려 그 위를 걷노라면 마치 눈을 밟을 때처럼 바스러지는 소리가 났다. 하지만 짙은 음지 비탈의 이끼는 폭신폭신하고 부드러웠다. 턱수염처럼 생긴 이상한 소나무겨우살이과의 수염틸란드시아(Usnea moss, old-man's beard) 다발이 소나무에 댕글댕글 매달려 있었다. 이는 근처에 아름다운 아메리카휘파람새(parula warbler)가 있을지도 모른다는 것을 암시했다. 아메리카휘파람새가 바로 늘어진 이 이끼 다발 속에 둥지를 틀기 때문이다.

실제로 언덕배기 숲은 푸드덕푸드덕 날아다니는 수많은 휘파람새(솔새) 덕택에 활기가 넘쳤다. 몸이 연푸른색이고 주황색과 자홍색의 가슴 띠를 두른 아름다운 아메리카휘파람새, 가문비나무 숲에서 마치 명멸하는 불꽃처럼 파닥이는 블랙번솔새(Blackburnian warbler), 노란 엉덩이를 획획 내두르는 노랑엉덩이솔새(myrtle warbler)……. 그러나 그 가운데 단연 최대 수효를 자랑하는 것은 매끈하고 작은 검은목초록솔새(black-throated green warbler)였다. 향수를 불러일으키는 듯한 그 새의 몽롱한 노랫소리가 나무 꼭대기에 걸린 안개 조각처럼 종일 숲을 떠다녔다. 내가 그 숲에서 항시 그들의 노랫소리를 들어서인지는 몰라도, 햇살이 따사롭게 내리쬐는 언덕의 풍경을 추억하노라면 그 소리가 생생하게 함께 떠오른다. 군데군데 짙은 상록수가 무리 지어 자라고, 낮 동안 7월의 햇살을 받아 후끈 달궈진 소나무·가문비나무·베이베리나무가 한데 어우러져 알싸하면서도 향긋하고 달콤 쌉싸름한 내음을 풍기는 언덕을 가득 메우던 검은목초록솔새의 노랫소리가 말이다.

07
1947

마타머스킷 국립 야생동물 보호구역

1946년 레이첼 카슨은 자신이 근무하는 어류·야생동물국의 상사에게 기획안을 제출했다. 국립 야생동물 보호구역 제도를 조명한 12권짜리 시리즈를 출간하자는 구상이었다. 이 '보존 활동' 시리즈를 구성하는 소책자들은 개별 보호구역의 안내서 노릇을 할 뿐 아니라 공식 생태학 교육의 토론장 역할도 하게 될 터였다. 카슨은 이 시리즈를 주관한 편집자로서 어류·야생동물국 간행물의 전범을 마련할 기회를 손에 쥐게 된다.

카슨은 시리즈 집필에 필요한 조사를 벌이기 위해 1946년부터 엄선된 보호구역—친코티그(Chincoteague), 파커(Parker)강, 마타머스킷, 베어(Bear)강, 레드락(Red Rock)호 그리고 국립 들소 보호구역(National Bison Refuge)—을 방문할 계획이었다. 그녀는 프로젝트를 진행하면서 이제껏 경험하지 못한 폭넓은 여행을 원 없이 다녔다. 이것은 그녀가 전문직에 종사하는 동안 가족이라는 짐에서 잠시나마 놓여난 유일한 순간이기도 했다.

카슨은 이 시리즈에서 특별히 대서양 철새 이동로에 위치한 물새 보호구역 세 곳을 다루기로 했다. 그중 가장 남쪽에 있는 것이 바로 노스캐롤라이나주 동편 팜리코해협 부근의 마타머스킷이다. 멸종 위기에 처한 고니(whistling swan)를 보호하는 곳으로 유명하다. 그녀는 친구이자 직장 동료인 화가 케이 하우(Kay Howe)와 함께 1947년 2월 마타머스킷을 방문했다.

어느 날 카슨은 동 트기 전 잠자리에서 일어나 운하를 따라 걸었다. 먹이 사냥을 하러 나서기 전의 고니를 관찰하기 위해서였다. 그녀는 현장 일지에 "기러기들이 머리 위로 너무 가까이 날아서 날개를 퍼덕이는 소리마저 들렸다"고 적었다. 이 '보존 활동' 시리즈 4권에는 카슨이 마타머스킷에서 물새에게 받은 감각적인 인상, 그리고 그들의 행동과 습성을 포착하는 그녀의 예리한 관찰력이 잘 드러나 있다. 이 글은 야생동물의 생태를 다룬 정부간행물 가운데 가장 모범적인 사례로 손꼽는다.

마타머스킷, 이 리드미컬하면서도 부드러운 인디언식 이름은 앨곤퀸(Algonquin)족이 해안 평원을 누비고 다니면서 사이프러스와 소나무로 이뤄진 울창한 숲에서 동물을 사냥하던 시절을 떠오르게 한다. 인디언들은 그들이 한때 알고 지냈던 그 숲에 몇 가지 흔적만 남긴 채 사라졌다. 그 숲 역시 거의 다 사라졌지만 그래도 오늘날까지 대서양 연안에서 야생을 가장 많이 간직한 지역으로 남아 있는 곳이 바로 캐롤라이나 본토의 최동단, 동쪽과 남쪽으로 팜리코(Pamlico)해협, 북쪽으로 앨버말(Albemarle)해협과 인접한 지역이다. 소나무, 사이프러스, 고무나무가 짙게 우거진 해안 지역이다. 그런가 하면 이곳은 습지의 풀밭 위로 바람이 불어오고, 살아 있는 생명체라곤 오직 새와 눈에 보이지 않는 작은 습지 거주 동물뿐인, 적막감이 감도는 광활한 공간이기도 하다.

캐롤라이나 해안 지역 하이드 카운티에 자리한 마타머스킷 국립 야생동물 보호구역은 약 5만 에이커의 땅과 바다에 걸쳐 있다. 이곳의 주요 지형적 특색이라면 마타머스킷 호수가 자리한다는 점이다. 호수는 길이 25킬로미터, 너비 10킬로미터가 넘고 면적은 3만 에이커에 이르며 물이 느릿느릿 흐르는 얕은 수역이다. 가장 깊은 곳이라야 수심이 채 1미터도 되지 않으며 바람이 세차게 불고 물은 대체로 흙탕물이다. 토사가 가득한 물은 작은 식물이 살기에 알맞으며, 따라서 물새가 먹이를 구하기에 가장 적합한 곳은 호수 한복판이 아니라 호수를 에워싼 습지다. 북쪽 가장자리는 대부분 사이프러스가 채우고 있지만 호수의 동쪽과 남쪽 해안은 야트막한 습지다.

이 광대한 내륙호가 어떻게 생겨난 것인지 알아내려 애쓰노라면 그 지역에 전해오는 사실인지 꾸며낸 말인지 도저히 분간이 안 가는 이야기들을 접하게 된다. 마타머스킷 호수의 기원에 관한 전설을 들어보면 지역의 의견은 크게 두 가지로 갈린다. 첫 번째 의견에 따르면, 오래전 인디언들이 토탄 늪에 불을 질렀는데 너무 오랫동안 심하게 불타는 바람에 접시 모양의 거대한 웅덩이가 파였고 거기에 인근 지역의 배출수와 빗물이 고여 호수가 생겼다고 한다.

두 번째 의견은 언젠가 거대한 운석 소나기가 캐롤라이나 해안평야에 빗발쳤는데 그중 가장 큰 축에 속하는 운석들이 떨어져 파인 자리가 마타머스킷 호수, 그리고 마타머스킷의 북서쪽에 있으며 그보다 규모가 좀

작다뿐 나머지 점은 비슷한 앨리게이터(Alligator)호, 풍고(Pungo)호 그리고 펠프스(Phelps)호가 되었다는 것이다. (……)

마타머스킷에서 만나볼 수 있는 물새 가운데 첫손에 꼽을 만한 장관은 바로 고니다. 날개를 펼친 길이가 2미터에 이르는 고니는 북아메리카에 서식하는 물새 가운데 그와 유연관계에 있는 울음고니(trumpeter swan)—현재 미국에 서식하는 울음고니 수는 400마리 이하로 줄었다—다음으로 큰 새다.

　고니는 11월의 어느 때쯤 마타머스킷을 찾아와서 몇 달 간 머물다 보통 2월에 북쪽으로 이동한다. 이들은 대부분 북극권 북쪽에서 새끼를 낳으므로 마타머스킷을 떠날 즈음에는 장장 4000~5500킬로미터의 머나먼 여정을 앞두고 있는 셈이다. 고니는 주로 메릴랜드에서 노스캐롤라이나 주에 이르는 대서양 연안이나 알래스카주 남부에서 캘리포니아주 남부에 이르는 태평양 연안에서 겨울을 난다.

　마타머스킷 보호구역에서는 겨울이 되면 거대한 고니 떼가 와자지껄하게 울어대는 소리를 흔히 들을 수 있다. 고니 떼가 한꺼번에 합창하는 소리는 다소 부드러운 감은 있지만 마치 기러기의 울음소리처럼 들린다. 고니(whistling swan)라는 이름은 그들이 가끔 하나의 고음, 즉 목관악기에서 나는 듯한 음색의 소리를 내뱉는대서 붙었다. 울음고니는 기관(氣管)에 고리가 하나 더 있는 해부학적 특성 때문에 그보다 더 깊고 낭랑한 소리를 낸다. 하지만 이제 대서양 연안에서는 울음고니가 더 이상 발견되지 않는다.

　인간에게 오랫동안 시달려온 모든 야생 고니는 이제 미국·알래스카·

캐나다에서 철저히 보호받고 있다. 마타머스킷의 고니는 자신들의 처지가 안전하다는 것을 아는지 사람을 조금도 겁내지 않으며 가까이 다가가는 것에 대해 기러기보다 한층 너그럽다. 대개 5000~1만 마리의 고니가 여기에서 겨울을 나며 호수의 남쪽과 동쪽 해안 부근의 얕은 물에서 먹이를 먹는다. 빛나는 하얀 깃털이 더없이 아름다운 고니 500마리가 한꺼번에 떼 지은 광경도 쉽게 볼 수 있다. 고니는 가끔가다 가족끼리 모여 먹이를 먹거나 휴식을 취하곤 한다. 그럴 때 보면 어린 새끼, 즉 새끼고니(cygnet)들은 회색 깃털이라 금세 분간이 간다.

마타머스킷은 대서양 연안의 캐나다기러기(Canada goose)들에게 가장 중요한 월동지 가운데 하나로, 11월부터 이듬해 3월 중순까지 이 잘생긴 새들이 4만~6만 마리나 운집한다.

고니도 물론 아름답지만 한겨울에 마타머스킷을 방문한 사람은 마음속에 기러기에 대한 인상을 가장 많이 간직하고 돌아갈 것 같다. 대개 겨울날에는 종일 기러기의 날개가 하늘을 장식하기 때문이다. 그들이 토해내는 거친 울음소리가 이 보호구역에서 들리는 다른 모든 소리의 배경음으로 깔린다. 이따금 그들의 왁자한 울음소리가 점점 더 커지다 다시 진동하는 저류로 잦아들곤 한다.

사람들은 동틀 무렵 그 새의 울음소리에 이끌려 운하의 둑을 따라 거닌다. 끊임없이 와글대는 기러기의 울음소리를 들으면 그 호수에, 아마도 운하의 끝 어디쯤엔가 캐나다기러기가 엄청나게 몰려 있으리라 짐작할 수 있다. 갑작스런 흥분이 그들을 휩쓸고 지나가기라도 하는 양 간간이 그들의 울음소리가 느닷없이 커지는데, 그럴 때마다 일군의 새가 중심 무리에서 떨어져 나와 더 나은 사냥터를 찾아 날아가곤 한다. 운하를 따라 조성된 숲에 가만히 서면 기러기들이 머리 위로 너무 가까이 날아가서 그들이 공기를 가르는 소리까지 들을 수 있고, 그들의 깃털이 이른 아침 햇살을 받아 황갈색으로 물드는 모습도 볼 수 있다.

마타머스킷 지역은 그곳을 방문하는 기러기로 유명해서 사냥꾼들이 멀리서도 찾아온다. 그들은 지역 농부들이나 보호구역에서 운영하는 관리된 사냥터에서 사격 잠복설비(blind)를 빌린다. 1946년에서 1947년에 걸친 사냥철에 이 관리 구역에서 사격당한 기러기는 모두 868마리에 이른다. 주변 시골 지역에서도 많은 기러기가 총탄에 쓰러졌지만 정확한 수치는 알려지지 않았다.

마타머스킷 기러기의 대다수—4분의 3 정도—는 허드슨만 동쪽 해안에서, 나머지의 일부는 '캐나다 연해주(노바스코샤주, 뉴브런즈윅주, 프린스에드워드섬의 총칭—옮긴이)'에서 알을 낳는다.

마타머스킷에서 겨울을 보내는 오리들은 주로 얕은 물에서 먹이를 먹는 습지 오리, 즉 수면성 오리류(dabbling duck)다. 이 가운데 가장 흔한 것은 고방오리(pintail)인데, 이 우아한 오리들이 1만 마리 넘게 습지 위를 맴돌면서 몰려 있는 광경은 아름답기 그지없다. 작은 홍머리오리 무리는 봄에 호수의 도로가에 모습을 드러낸다. 미국오리(black duck), 상오리(green-winged teal), 청둥오리(mallard), 푸른날개쇠오리(blue-winged teal) 등은 몇백 마리에서 몇천 마리까지 숫자야 저마다 다르지만 다들 이곳에서 겨울을 난다.

겨울에 델라웨어만 아래, 남쪽에서 볼 수 있는 오리는 대부분 평원 지대에 자리한 캐나다 주들과 노스다코타, 사우스다코타, 미네소타주의 평지에 둥지를 튼다. 하나같이 주기적으로 가뭄에 시달리는 지역이고, 따라서 수많은 연못과 습지가 바닥을 드러내므로 성공적으로 둥지를 트는 오리가 드물다. 결국 극소수 새끼들만 살아남아 남하하는 이동 대열에 합류한다.

노스캐롤라이나와 주변 주의 새 동호회들은 마타머스킷이 보호구역으로 지정되고 난 뒤 심심하면 이곳을 방문하곤 했다. 산장에서 100여 미터밖에 떨어지지 않은 운하나 숲에서 수많은 새를 볼 수 있기에, 나이 든 회원이나 걸어 다니기 힘든 회원은 굳이 현장으로 멀리 나갈 필요도 없다. 꼼짝없이 휠체어에 갇힌 신세라 직접 현장에 나가 조류를 관찰하는 일은 틀렸겠거니 지레 포기하고 만 두어 사람도 마타머스킷에 따라와 신선하고 만족스러운 경험을 하고 돌아간 적이 있다.

고니, 기러기, 오리를 관찰하기에 최적의 지점을 찾아내려면 호수 쪽으로 들쭉날쭉 돌출한 여러 반도로부터 길게 뻗어 나온 옛 운하를 따라 하이킹하면 된다. 그렇게 걷노라면 더러 수천 마리의 기러기가 물에서 쉬는 광경과 마주할 때도 있다. 어쩌다 고속도로에서 호수 남쪽 해안의 습지에 고니가 잔뜩 몰려 있는 풍경을 만나기도 한다. 그럴 때면 쌍안경이나 카메라에 그들을 제대로 담아낼 수 있는 거리까지 살금살금 다가가는 것도 가능하다. 그 지역의 모든 농경지는 수많은 기러기에게 피해를 입지 않도록 단단히 살펴야 한다.

마타머스킷에서 살아가는 새는 그 밖에도 약 200종이 더 있다. 대부분 물새거나 물을 좋아하는 육지 새다. 좀 더 변화무쌍한 지역에서 발견되는 종보다 다양하지 못한 편이라 마타머스킷을 찾는 새 동호인들은 조류 목록을 길게 확보하지는 못한다. 그러나 수없이 북적이는 특정 조류 종을 원 없이 볼 수 있고, 가끔 희귀종을 발견할 수 있으며, 새의 행동을 가까이서 관찰하는 기막힌 기회를 얻을 수 있다.

겨울에는 주로 물새가 찾아온다. 그 가운데 특히 고니, 캐나다기러기, 수면에서 먹이를 먹는 오리에게는 마타머스킷이 더할 나위 없이 좋은 장소다. 잠수오리(diving duck)는 스완쿼터(Swanquarter: 마타머스킷 호수의 남서쪽 팜리코강 어귀―옮긴이) 지역까지 이동하는 경향이 있다. 왜가리 같은 습지 새들은 흔히 볼 수 있다. 큰왜가리는 연중 여기 머물고, 아메리카알락해오라기(American bittern)는 이곳에서 월동을 하고, 꼬마해오라기(least bittern), 검은댕기해오라기(green heron), 붉은가슴흑로(little blue heron) 그리고 미국백로(American egret)는 여름 거주민이다. 도요새나 물떼새, 아비새, 논병아리는 제 습성에 알맞은 장소를 거의 찾아내지 못해 크게 눈에 띄지는 않는다.

갈색머리동고비(brown-headed nuthatch)는 이곳의 터줏대감으로, 호수의 섬들이나 운하 가장자리 주변에 둥지를 튼다. 겨울이면 소귀나무는 노랑엉덩이솔새들이 내려앉아 생기가 넘친다. 캐롤라이나굴뚝새(Carolina wren), 박새(chickadee), 흰목참새(white-throated sparrow), 여우참새(fox sparrow), 늪참새(swamp sparrow), 노래참새가 겨울 숲을 가득 채운다. 그 밖에 겨울 거주민이나 잠시 머무는 뜨내기에는 갈색지빠귀, 상모솔새(ruby-crowned kinglet), 종다리(pipit), 해변종다리(horned lark) 그리고 황여새(cedar waxwing)가 있다. 흉내지빠귀(mockingbird)는 한 해 내내 어디서나 볼 수 있다.

여름에 마타머스킷에 사는 솔새 가운데 가장 많은 것은 황금미국솔새(prothonotary warbler)이고, 초원솔새(prairie warbler)도 흔하디흔하다. 개고

마리(vireo)는 흰눈개고마리, 붉은눈개고마리 할 것 없이 개똥지빠귀(wood thrush)와 검붉은찌르레기아재비(orchard oriole)만큼이나 여름에 여기저기서 눈에 띈다.

지난 수년 동안 마타머스킷에서 새를 관찰해온 이들은 기이한 조류 종을 꽤나 많이 발견했다. 미국펠리컨(white pelican), 청회색기러기(blue goose), 쇠기러기(white-fronted goose), 허친스캐나다기러기(Hutchins goose), 검은제비갈매기(black tern), 홍머리오리(European wigeon), 검은난쟁이뜸부기(black rail) 그리고 서쪽에서 온 흥미로운 미조(迷鳥: 폭풍 따위로 인해 잘못 닿은 새—옮긴이), 뒷부리장다리물떼새(avocet), 아칸소킹버드(Akansas kingbird) 따위다.

마타머스킷 보호구역이 관리하지 않고 방치한 다른 야생 지역보다 물새들에게 더 이로운 점은 무엇일까? 이것은 응당 제기해야 할 질문이고, 그 답이 바로 전국적으로 선정된 몇몇 지역을 야생동물 보호구역으로 지정해야 하는 주된 이유 가운데 하나다.

답은 이렇다. 즉 보호구역 안에서는 과학적으로 검증된 방식에 따라 습지를 일구고 관리함으로써 관리하지 않은 바깥 지역보다 새 먹이를 몇 곱절은 더 생산하게 되었다는 것이다.

관리 활동의 토대를 이루고 특색을 결정하는 것은 바로 반복되는 거대한 자연의 리듬이다. 계절의 흐름에 따라 주기적으로 일련의 거대한 두 가지 사건이 습지라는 무대를 휩쓸고 지나간다. 하나는 동물의 세계요, 다른 하나는 식물의 세계다. 두 주기는 직접 연관되어 있다. 누렇게 시들고 황폐해진 습지는 봄이 오면 골풀(sedge)·부들(bulrush)·염생초(salt grass)

같은 식물이 초록 새순을 틔우면서 아연 생기를 되찾는다. 그 식물들은 봄이 가고 뜨거운 햇살이 대지를 달구는 여름이 오면 자라고 꽃피고 열매 맺는다. 가을에 고무나무와 늪메이플 이파리에 단풍이 물들기 시작하면 습지는 뿌리, 씨, 식물의 새순 같은 물새 먹이로 가득 찬다.

이제 두 번째인 동물 주기 차례다. 조류의 가을 이동으로 이곳 습지에 는 북쪽에서 남하한 오리·고니·기러기가 득시글거린다. 이들은 겨울을 나기 위해 섭취해야 하는 식량을 이곳 습지에서 얻는다.

늦겨울이나 이른 봄이 되면 새들에게 공급되던 먹이는 그만 동이 난다. 그러면 자연은 다시 한 번 이동할 때라고 부추기면서 물새들을 충동질하 고 머잖아 습지는 텅 비고 만다. 여름의 고요함과 열기 속에서 새롭게 식 량을 마련하기 위한 자연의 회복력이 분주하게 가동된다.

관리자들은 마타머스킷 습지에서 가능한 한 많은 물새 먹이를 만들어 내고자 몇 가지 목표를 염두에 두고 보호구역을 꾸린다. 그 가운데 가장 중요한 것은 한사코 습지를 좀먹으려 드는 잡목을 억제하는 일이다. 기러 기·고니·오리는 숲이 아니라 습지에서 먹이를 구한다. 따라서 빠르게 자 라는 잡목림이 침범하는 공간이 늘면 늘수록 그에 상응하는 만큼 물새가 먹이 구할 수 있는 공간은 줄어들게 마련이다. 현재 마타머스킷에는 숲을 불태우거나 나무를 베어내거나 잡목밭을 원반써레로 갈아엎어 확보한 기 름진 습지가 수백 에이커에 달한다.

수량 조절 역시 보호구역 관리자들이 새의 먹이 식물 생산량을 늘리기 위해 쓰는 방편이다. 그들은 봄이 되면 호수에서 약 13킬로미터 떨어진 팜리코해협과 연결된 운하의 수문을 조작해 수위를 낮춘다. 이렇게 하면 각종 먹이 식물이 자랄 수 있는 텅 빈 지역이 드넓게 펼쳐진다. 가을에는 수문을 닫아 새들이 좋아하는 상태인 약 10센티미터 아래 물속에 식물이 잠기게끔 도로 물을 채운다.

1월 말이나 2월 초가 되면 습지에 서식하는 먹이 식물이 대부분 바닥난다. 남아 있는 새 수천 마리는 기나긴 봄 이동을 위해 힘을 비축해야 하므로 먹이를 섭취할 필요가 있다. 이때가 보호구역이 가장 바빠지는 시기다. 한 무리의 일꾼이 습지로 나가 풀에 불을 지르기 시작한다. 조심스럽게 통제하면서 수백 에어커에 이르는 영역을 모조리 태워버리는 것이다. 그러고 나면 채 일주일도 지나지 않아 초록 새순이 돋아나 습지를 뒤덮는다. 열흘 안에 기러기들이 이 새로운 식량을 수확하러 찾아온다.

이처럼 동식물의 자연 주기에 따라 보호구역을 관리한 어류·야생동물국의 노고에 힘입어, 마타머스킷은 과거보다 훨씬 많이 찾아오는 물새를 먹여 살리는 보호구역으로 확실하게 자리매김했다.

2부

1941년 외해에 살아가는 생명체를 다룬 서정적인 책 《바닷바람을 맞으며》가 발표된 때로 부터 1951년 《우리를 둘러싼 바다》가 출간되기까지의 10년 동안, 카슨은 빼어난 글 몇 편을 썼다. 그녀는 해양과학을 총망라한 기념비적인 저작 《우리를 둘러싼 바다》가 큰 성공을 거두자 하룻밤 사이에 국제적 명성을 얻었으며 적잖은 돈을 거머쥐었고 마침내 공직 생활을 청산하고 집필 작업에만 오롯이 전념할 수 있었다.

카슨은 처음에는 공식 석상에서 발언하는 것을 껄끄러워했다. 하지만 결국 공인으로서의 역할에 좀더 자신감을 추스르게 되었고, 공적 발언의 기회를 빌려 자연사를 세계 이해의 도구로 설파하곤 했다. 그녀가 강조하는 주제—지구의 영원불변성, 그 과정의 항구성, 생명의 신비—는 글에서 반복적으로 등장하지만 공식 석상에서 소리 높여 강변할 때면 특별히 더 신선하고 친숙하게 들렸다. 또한 카슨은 수많은 상을 받고 수락 연설을 하는 자리에서 과학의

인습주의에 반대한다고 분명하게 잘라 말했으며, 자연의 경이로움을 전파하고자 애쓰는 이들 모두가 공유해야 할 공통의 가치를 촉구했다.

1952년, 카슨은 드디어 어류·야생동물국에 사표를 던졌다. 비로소 공직자의 굴레를 벗어던진 카슨은 보존 정책에 관해 거침없이 의견을 피력하고 황야 보존 지지 의사를 분명하게 밝히기 시작했다.

2부에 실린 글 가운데 두 편은 원자 시대를 살아가는 생명체에 대한 우려 그리고 인류가 원자폭탄을 손에 쥠으로써 자연 세계를 변화시키고 더 나아가 그것을 파괴하는 힘까지 지니게 된 데 따른 불안을 드러낸다. 인류의 파괴적인 오만을 향한 그녀의 분노 한복판에는 바로 그러한 현실이 자리 잡고 있었고, 그 현실이 결국에는 그녀가 어떤 주제에 관해 집필할지를 이끌어주었다.

《바닷바람을 맞으며》에 대해 일즈 여사에게 건넨 메모

바다 생명체를 다룬 카슨의 첫 작품 《바닷바람을 맞으며》는 허망하다 싶을 정도로 빠르게 사람들의 관심에서 잊혀갔다. 책이 출간되고 한 달도 안 되어 일본이 진주만을 폭격한 사건이 터진 탓이다. 그런데도 카슨은 어떻게든 자신의 책을 홍보하는 사이먼 & 슈스터(Simon & Schuster) 출판사의 노력을 거들 요량으로 출판사 영업부에 근무하는 일즈 여사가 요청한 저자 질문지를 정성스레 작성했다. 이 개괄적인 글에서 카슨은 이례적으로 솔직하게 어쩌다 이 책을 쓰게 되었는지, 1~3부와 각각의 주인공을 어떻게 구상하게 되었는지, 그리고 바다 생명체를 다루는 그녀의 접근법을 독특하게 만드는 특성은 무엇인지 들려주었다.

《바닷바람을 맞으며》는 1946년 끝내 절판되기까지 채 2000부도 팔리지 않았다. 하지만 1952년 옥스퍼드 대학 출판사에서 재출간되면서 새롭게 주목받기 시작했다. 《바닷바람을 맞으며》는 당연하게도 《우리를 둘러싼 바다》와 나란히 〈뉴욕타임스〉 베스트셀러 목록에 올랐다.

책을 쓰게 된 배경

내가 바다에 관한 책을 썼다는 것은 하등 놀라운 일이 아니다. 내가 기억하는 한 바다는 언제나 나의 마음을 사로잡았기 때문이다. 바다를 직접 보기 한참 전인 어렸을 적에도 나는 바다가 어떻게 생겼을지, 부서지는 파도 소리는 어떨지 상상해보곤 했다. 이동하는 바다갈매기 한 마리 볼 수 없는 내륙 지방에서 자란 나는 비로소 호기심이 충족될 때까지 오랜 시간을 기다려야 했다. 실제로 바다를 처음 본 것은 대학을 졸업하고 매사추세츠주 우즈홀의 그 유명한 해양생물학연구소에 갔을 때다. 진짜 바다 세계—즉 해안 새나 물고기, 해변 게, 그 외 바다와 바다의 가장자리(해안)에서 살아가는 생명체들이야 다들 진즉부터 알고 있었던 세계—를 처음으로 온전히 이해하기 시작한 것도 그곳에서였다. 우즈홀에서 우리는 작은 증기 준설선을 타고 빈야드(Vineyard)해협이나 버저즈(Buzzards)만까지 왔다 갔다 했다. 잠시 후 그 작은 배가 심하게 요동치는가 싶으면 반두 그물이 끌어 올려지고 거기에 걸려든 바다 동물·돌멩이·조개껍데기·해조 들이 갑판에 부려졌다. 전에 한 번도 본 적 없는 동물이 태반이었다. 결코 들어본 일이 없는 녀석들도 제법 있었다. 그러나 바닷물을 흠뻑 머금은 그들은 저 아래 해협 바닥의 삶터에서 함께 딸려온 돌멩이·조개껍데기·해조에 찰싹 달라붙은 채 내 앞에 천연스레 놓여 있었다. 처음으로 상상의 나래를 펴면서 물속으로 내려가 부분적인 과학적 사실들을 일일이 짜맞춰보기 시작한 것이 바로 그때였지 싶다. 그렇게 함으로써 나는 비로소 그 생명체들의 총체적 삶을 그들이 낯선 바다 세계에서 살아가는 모습 그대로 이해할 수 있게 되었다.

어느 면에서 《바닷바람을 맞으며》는 약 6년 전, 내가 우연히 바다 생물들에 관한 소논문을 한 편 썼을 때 시작되었다고 볼 수 있다. 그 글을 읽은 친구가 〈애틀랜틱 먼슬리〉에 보내보라고 했다. 사실 원고를 한 1년 책상 서랍 속에 그냥 묵혀둔 터라 처음에는 그 제안을 그다지 진지하게 받아들이지 않았다. 그러나 결국에는 내용을 조금 다듬어 〈애틀랜틱 먼슬리〉에 보냈다. 얼마 안 있어 원고를 수락한다는 기별이 왔다. '해저(Undersea)'라는 제목이 달린 글이 나가고 몇 주 뒤 사이먼 & 슈스터 출판사의 편집장 퀸시 하우(Quincy Howe)에게 편지를 한 통 받았다. 하우 씨는 〈해저〉를 재미있게 읽었다며 같은 주제로 책을 한 권 내보고 싶은 의향은 없는지 궁금하다고 했다. 그리고 만약 그렇다면 함께 상의해보지 않겠느냐고 물었다. 사실 책 쓰는 문제를 심각하게 고려해본 적은 없지만 편지를 읽은 순간 나도 모르게 솔깃했다. 그래서 득달같이 뉴욕으로 달려갔다. 우리는 생물학에 문외한인 일반 독자들에게 바다 생명체의 실상을 들려주는 책을 출간하는 문제를 놓고 개략적인 의견을 주고받았다. 출판사 측은 내가 책을 쓰기 위해 어떻게든 짬을 낼 수 있다면 출간을 고려하고 싶다고 했다. 하지만 지금과 같은 책의 분명한 얼개를 머릿속에 그리고, 주중의 저녁 시간과 토요일 오후, 일요일 온종일을 할애해 글을 쓰기 시작한 것은 그로부터 거의 2년이 더 흐른 뒤였다. 출판사는 내가 1부 집필을 마치자 책을 출판하기로 최종 결정하고 계약서에 서명했다. 그때부터 글쓰기는 한층 가속도가 붙었다. 이제 마감일이 정해져 압박감에 글을 써야 했기 때문이다. 막상 겪어보니 그것도 그리 나쁘지만은 않았다.

전반적 계획과 책의 관점

내가 보기에 큰 인기를 누리는 바다 관련 책들은 인간 관찰자―대체로 심해 잠수부며 이따금 어부일 때도 있다—의 관점에서 쓰였고 직접 본 바에 관한 자신의 인상과 해석을 담고 있는 것 같다. 나는 될수록 그 같은 인간 중심적 편향을 피하겠다고 다짐했다. 바다는 인간 활동 따위에 휘둘리기에는 너무나 크고 광활하며 그리고 더없이 막강하다. 그래서 나는 인간 혹은 인간 관찰자의 관점은 철저히 배격하고 대신 특정 바다 동물들의 삶을 들려주는 내레이션 형식으로 책을 기술하겠노라 마음먹었다. 가능한 한 글을 읽는 독자들이 잠시나마 바다 생명체의 삶을 실제로 살아가는 것처럼 느끼기를 바랐다. 물론 그러려면 먼저 나부터가 바다에서 살아가는 동물이 되어야 했다. 인간의 사고방식을 과감하게 떨쳐버려야 했던 것이다. 가령 시계로 측정하는 시간은 해안 새에게는 아무 의미가 없다. 그들이 인식하는 시간이란 시계가 가리키는 한 시, 두 시가 아니라 먹잇감을 드러냈다가 도로 감추기를 되풀이하는 조석의 오르내림이다. 빛과 어둠 역시 상대적으로 안전한 시간과 적에게 발각되기 쉬운 시간을 구분하는 의미에 지나지 않는다. 이렇게 내 생각을 그들에게 맞춰 일일이 재조정해야 했다. 책을 쓰면서 나는 도요새(sandpiper), 게(crab), 고등어(mackerel), 뱀장어(eel) 그 외 대여섯 가지 동물로 변신에 변신을 거듭했다. 가장 어려웠던 것은 온통 물로만 이루어진 세계에 대한 느낌을 온전히 파악해야 했던 점이다.

나는 곧 책의 주인공은 바다 그 자체라는 것을 깨달았다. 바다의 가장자리에서 풍겨오는 냄새, 거대한 물의 움직임에 관한 느낌, 파도 소리가 책 구석구석에 스며들었고, 그 모든 것 위에 바다 생물 전체를 좌우하는 힘으로서 바다가 드리워져 있었다.

바다 생물의 실상을 꽤나 완벽하게 제시하기 위해 나는 책을 해안 생물, 외해 생물, 심해 생물 이렇게 셋으로 나누었다. 그리고 세 부분에서 각각을 대표하는 특정 동물을 하나 골라 그 인생사를 들려주었다.

1부 바다의 가장자리

일반적인 해변의 모습을 모르는 사람은 거의 없을 것이다. 하지만 불행하게도 대다수 사람들은 부두가 보이는 곳 아니면 휴양지 해변의 산책로에서 좀처럼 벗어나지 않는다. 또한 고조선(高潮線) 지대에 밀려온 바다 쓰레기 더미에서 잔해가 발견되는 극소수 동물 빼고는 해변 동물에 대해 잘 알지도 못한다. 나는 늘 해변 휴양지로부터 위나 아래로 몇 킬로미터 떨어진 곳에서 발견되는 야생의 해변 지대를 일부러 찾아간다. 노스캐롤라이나주에서 유독 사랑스럽게 뻗어 있는 어느 야생 해변이 해안을 다룬 대부분의 장들에서 배경이 되어주었다. 그곳은 넓은 해협에 의해 본토의 마을들과 떨어져 있는 해변으로, 캐롤라이나 사람들이 '뱅크스(banks)'라 부르는 좁고 기다랗게 뻗은 바깥쪽 땅들 가운데 하나의 가장자리다. 나는 그 해안을 봄가을에 방문해 오가는 해안 새를 관찰했다. 그리고 거기 모래언덕이나 해변에 몇 시간이고 머물면서 바닷물 소리, 따가운 햇살, 흩날리는 모래를 원 없이 만끽했다. 농게(fiddler crab), 달랑게를 살펴보았고, 가을이면 해변에서 숭어(mullet)를 잡는 어부들이 후릿그물(여러 사람이 양쪽 끝을 당겨 물고기를 잡는 넓은 그물—옮긴이)을 끌어당기는 모습도 지켜보았다. 이곳 해변을 방문해본 사람이라면 누구라도 파도 가장자리를 따라 내달리는 새를 본 적이 있을 것이다. 나는 해변을 배경으로 바로 그 특수한 도요새, 세가락도요(sanderling)를 다루었다. 세가락도요의 인생사에 매료된 나는 그들을 1부 해안의 주인공으로 삼기로 했다. 세가락도요는 장거리 이동을 하는 조류 종 가운데 하나다. 나는 해변에서 이 새를 관찰하는 것을 좋아하는 사람들 가운데 그들이 어떤 고난을 겪는지, 그러니까 얼마나 길고 혹독한 비행을 치러내야 하는지 아는 사람은 거의 없다고 본다. 실제로 그들 중 일부는 매년 봄 자그마치 1만 3000킬로미터를 날아갔다가 가을에 똑같은 거리를 되돌아오기도 한다. 이 작은 새는 머나먼 남쪽 남아메리카 최남단 파타고니아에서 겨울을 나며 봄이 되면 다시 북상한다. 그들 대부분은 북극권 너머까지, 일부는 북극에서 몇 킬로미터밖에 떨어지지 않은 곳까지 진출한다. 새끼를 기르기에 당최 적합지 않은 곳으로 보이지만, 어찌된 일인지 수많은 해안 새나 바닷새가 북극에 둥지를 튼다. 아마도 까마득한 조상 세대부터 면면히 전해 내려오는 어떤 본능인가에 순응하는 삶을 살기 때문인 듯하다. 우리는 봄에 북아메리카 해안선을 따라 북상하는 세가락도요를 본다. 그리고 5월이나 6월경 메릴랜드와 버지니아주에서는 미숙한 새들 몇 말고는 그들의 모습을 거의 찾아볼 수 없다. 이때는 성년 새들이 북극 툰드라에서 둥지를 짓고 있을 때다. 그들이 처음 북극에 도착할 때는 눈과 얼음이 채 녹지 않아 먹을 것이 희귀할뿐더러 때늦은 눈보라에 많은 새가 목숨을 잃기도 한다. 그러나 마침내 꽁꽁 얼어붙은 툰드라에도 봄은 오고 새들은 둥지를 마련하고 알을 낳으며, 그 알에서 새끼가 부화한다. 툰드라에는 수많은 적이 곳곳에 도사리고 있다. 커다란 흰올빼미, 여우, 매처럼 생긴 갈매기의 일종 도둑갈매기(jaeger)가 대표적이다. 새끼가 부화하면 어미 세가락도요는 알껍데기를 치우는 데 각별한 주의를 기울인다. 혹시라도 적들이 그것을 발견하고 둥지에 접근하지 못하도록 막기 위해서다. 어미 세가락도요는 대개 부화한 지 며칠 만에 새끼를 둥지 밖으로 내쫓는다. 적의 기습에 소스라치게 놀라면 부화한 지 몇 시간밖에 안 된 새끼를 내치기도 한다. 그러나 새끼들은 재빠르게 스스로를 돌볼 줄 알게 된다. 늙은 부모는 새끼에게 더 이상 필요가 없어지면 남쪽으로 떠난다. 새끼들은 날개의 깃털이 북아메리카와 남아메리카를 횡단하는 기나긴 여행을 감당할 만큼 충분히 강해질 때까지 남아 있다. 7월 말경에 늙은 세가락도요가 우리네 해변에 다시 모습을 드러내며, 그로부터 몇 주 뒤에 어린 세가락도요들이 차츰 눈에 띄기 시작한다.

이것이 내가 1부에서 캐롤라이나 해변과 북극 툰드라를 배경으로 들려준 이야기다.

2부 갈매기의 길

2부의 주인공도 장거리를 이동하는 동물이다. 하지만 이번에는 물고기다. 낯선 외해 세계를 그린 2부에서는 고등어에 관한 전기를 썼다. 전기가 으레 그렇듯 이야기는 주인공 고등어의 탄생에서 출발한다. 삶을 시작하기에 망망대해의 표층수보다 더 괴이쩍은 장소는 없을 것이다. 그러나 망망대해의 표층수는 문자 그대로 수백 종의 바다 동물이 알을 낳고 그 새끼들이 생을 시작하는 일종의 양어장이다. 바다에서 부모 노릇 하기란 식은 죽 먹기와 같다. 부모가 새끼를 돌보지 않는 일이 다반사고 낳은 새끼를 두 번 다시 거들떠보지 않는 일조차 허다한 듯하니 말이다.

망망대해는 고등어 알 같은 섬약한 존재들이 유유히 떠다니는 정말이지 이상한 장소다. 보이는 것이라고는 오직 하늘과 물뿐이고 거대한 적막만이 감도는 이곳은 그러나 믿기 어려우리만치 풍부한 생명체가 바글대는 장소이기도 하다. 우선 여기에는 물고기·게·새우·조개·갯지렁이·불가사리 등 온갖 동물의 알이 있다. 이 모든 알에서 유생이나 새끼 동물이 부화한다. 유생은 거의 부화와 동시에 제 살 방도를 모색한다. 유생은 헤엄치면서 먹이를 찾아 나서기 시작한다. 입에 들어갈 만큼 작든가, 힘으로 제압할 수 있든가, 삼킬 수 있든가 하면 거의 무엇이든 닥치는 대로 먹어치운다. 새끼 물고기를 노리는 온갖 적들이 표층수에 어슬렁거린다. 놀라운 식욕을 자랑하는 작은 해파리, 턱이 날카롭고 매서운 작고 투명한 갯지렁이, 몸집이 더 작은 물고기를 잡아먹는 작은 물고기 떼 그리고 그들을 잡아먹는 그보다 덩치 큰 물고기들……. 바다 동물이 맞닥뜨린 몇 가지 위험을 이해하는 데 도움이 될 만한 이야기 하나. 다 자란 고등어는 철마다 50만 개, 큰 대구는 300만~400만 개의 알을 낳는다. 그러나 희생되는 새끼 수가 어마어마해서, 어미 물고기가 일평생 낳은 잠재적 자녀 가운데 끝까지 살아남는 새끼 고등어와 대구는 평균 딱 두 마리뿐이다. 개체는 끊임없이 사라지지만 전체 종은 살아남는, 면면히 이어지는 이 생명의 흥망성쇠야말로 바다가 보여주는 더없이 인상적인 장관이다.

어린 고등어는 태어난 뒤 몇 달 동안 고속 성장하고 바다 사냥꾼 대열에 합류하므로, 한때 치명적인 적이던 바다 동물이 이제 도리어 그의 먹잇감으로 전락한다. 안전한 뉴잉글랜드 항구에서 여름을 난 어린 고등어는 다시 외해로 나가 헤매고 다닌다. 거기에는 더 덩치 큰 새로운 적이 그들을 노리고 있다. 물고기를 잡아먹는 새들, 황새치(swordfish), 참치 그리고 인간 어부들……. 2부 마지막 장에서는 전에 한 번도 시도해본 적이 없는 일인데, 물고기 입장에서 고등어 후릿그물이 어떻게 보이는지를 기술했다.

여러 가지 점에서 2부를 집필하는 일은 유난히 까다로웠다. 그래서 나는 대부분의 평자나 독자들이 이 부분을 가장 좋아한다는 사실에 더할 나위 없는 만족감을 느낀다. 2부가 어렵게 느껴진 까닭은 아마도 등장인물들이 바닷속을 그저 정처 없이 계속 떠돌아다녔기 때문인 것 같다. 나는 앞에서 내가 쓴 동물들의 삶을 실제로 살았노라고 밝힌 바 있다. 이제 와 실토하지만 마지막 3부를 시작하기 위해 다시 마른땅으로 기어 나올 수 있어서 얼마나 다행이었는지 모른다.

3부 강과 바다

책의 마지막 3부는 조수선에서 대륙붕단까지 완만하게 경사진 바다 바닥, 그리고 대서양의 심해에 할애했다. 이 모든 다채로운 해저지형을 두루 넘나드는 물고기가 하나 있다. 바로 뱀장어다. 많은 이가 뱀장어를 보면 징그러워서 몸서리를 칠 것이다. 하지만 나는 뱀장어를 보면 마치 지상에서 가장 외지고 경이로운 장소로 여행을 다녀온 사람을 만나는 것만 같다. 나뿐만 아니라 뱀장어의 삶을 좀 아는 이라면 누구라도 그럴 것이다. 순식간에 뱀장어들이 다녔을 법한 낯선 장소들, 일개 인간일 뿐인 나로서는 한 발짝도 디뎌보지 못한 그런 장소가 선연하게 떠오른다.

우리 대서양 연안에서 살아가는 뱀장어는 다들 본시 머나먼 사르가소해에서 생을 시작했다. 처음에 그들은 오직 희미한 푸른 안개만이 자욱한 해수면 저 아래에서 살았다. 대개 새끼 뱀장어들이 태어나는 곳은 영원한 어둠과 적막과 추위가 지배하는 바다다. 우리같이 익숙잖은 몸은 순식간에 흔적도 없이 으스러져버릴 정도로 수압이 거센 곳이기도 하다. 새끼 뱀장어는 내내 이런 심해에서 살아가는 묘한 동물이다. 그들의 상당수는 저만의 빛을 지니고 다닌다. 아마도 어둠 속에서 길을 찾고 먹이를 구하는 데 도움을 주는 장치이리라.

새끼 뱀장어는 자라면서 점점 해수면 쪽으로 올라온다. 그들이 위로 움직이면 몸의 빛은 점차 강해진다. 이때쯤 그들은 납작하고 투명하고 타원형인데 마치 작은 버드나무 이파리처럼 보인다. 그로부터 몇 달 뒤 그들은 미국 연안을 향해 1500킬로미터 넘는 여정에 나선다. 처음에는 아마도 해류가 그들을 실어다주는 듯하지만 나중에는 혼자 힘으로 헤엄쳐야 한다. 지금부터 들려줄 이야기가 정말이지 놀랍다. 사르가소해에서는 미국에서 온 뱀장어의 새끼들이 유럽에서 온 뱀장어의 새끼들과 한데 뒤섞인다. 유럽의 대서양 연안 전역에서 온 뱀장어들도 서쪽으로 멀리 건너와 사르가소해에서 알을 낳기 때문이다. 그런데 무수한 두 종의 새끼들이 태어나서 처음 몇 주, 몇 달 동안 서로 뒤엉켜 살았음에도 이동이 시작되면 여행자들은 확연하게 두 패로 갈린다. 하나는 미국을 향해 서쪽으로 이동하는 무리고 다른 하나는 유럽을 향해 동쪽으로 이동하는 무리다. 두 종류의 뱀장어는 매우 흡사해서 과학자들조차 척추 뼈의 숫자를 세어보아야 간신히 분간할 수 있다. 하지만 이 작은 뱀장어들 자신은 결코 실수를 저지르는 법이 없다. 어김없이 제 부모가 떠나온 대륙으로 돌아가는 것이다.

어린 뱀장어들은 봄에 미국의 대서양 연안 바다에 도착하기 시작한다. 이때쯤 그들의 나이는 한 살 남짓이지만, 크기는 사람 손가락 길이에도 못 미치며 너무 투명해서 몸속이 훤히 들여다보인다. 그들은 만이나 강어귀로 이동하는데 일부는 강이나 개울 위로 더 올라간다. 새끼 수컷은 염분이 있는 수역에 머물며, 담수 하천으로 올라가는 것은 오직 암컷 뱀장어들뿐이라고 알려져 있다. 그들은 거기서 8~10년 또는 12년을 사는 동안 어른의 몸으로 달라진다. 때가 되면 종의 어떤 본능인가가 그들을 흔들어 깨워 다시 하류로 이동하도록 내몬다. 매년 가을마다 일어나는 일이다. 뱀장어들은 대개 밤에 이동하며 특히나 폭풍우가 몰아치는 어두운 밤이면 더욱 왕성하게 움직이는 것 같다. 이동하는 암컷 뱀장어는 강어귀에서 수컷과 합류한다. 그들은 나란히 바다에 들어서고 연안해를 지나간다. 재수 없는 뱀장어들이 얼마간 고기잡이배에 낚이기도 하겠지만 그 대부분은 이내 시야에서 완전히 사라져 다시는 보이지 않는다. 하지만 우리는 그들이 1500킬로미터 넘게 떨어진 대서양 한복판, 본시 그들이 태어난 곳으로 돌아가는 길임을 알고 있다. 왜냐하면 이른 초봄 새로운 새끼 세대의 알이 그곳에서 발견되기 때문이다. 아마도 늙은 뱀장어들은 알을 낳은 뒤 숨을 거두는 것 같다. 두 번 다시 해안으로 돌아오지 않는 것을 보니 말이다. 그들은 깊은 심해에서 생을 시작하고 거기서 생을 마감한다.

마무리

내가 보기에 각각의 이야기는 우리 상상력을 한껏 자극할 뿐 아니라 인류의 문제들에 대해 진일보한 관점을 제공하는 것 같다. 이것은 셀 수 없이 오랜 세월 동안 면면히 이어져온 이야기다. 해나 비, 바다 그 자체처럼 오래된 이야기 말이다. 바다에서 벌어지는 무자비한 생존 투쟁은, 인간이든 비인간이든 간에 지상에서 살아가는 온갖 생명체의 투쟁을 고스란히 되비춰주는 거울이다. 한 평자의 말마따나 "바닷바람을 맞으며 살아가는 모든 생명체의 삶과 죽음 그 끝없는 부침과 우리 자신의 생존 투쟁을 마음속으로 가만히 비교해보면 낙심천만하기보다 용기백배해지는 것 같다".

09
1949

잃어버린 세계: 섬의 도전

카슨은 가족—어머니와 어린 두 조카딸—을 부양하기 위해 그리고 장차 《우리를 둘러싼 바다》가 될 책을 출간하려는 야심을 구현하기 위해 돈이 절실했다. 그래서 1948년 봄 뉴욕의 저작권 대리인 마리 로델(Marie Rodell)을 고용했다. 그들의 출간 전략 가운데 하나는 카슨이 《우리를 둘러싼 바다》에 들어갈 장을 한 편씩 완성하는 대로 원고를 팔아먹는 것이었다. 해양 섬의 탄생을 다룬 장은 과학적으로 몹시 까다로운 내용이었으며, 카슨이 처음부터 그 자체로 독립적인 하나의 논문이 될 수 있겠다고 판단한 것이었다.

섬이 어떻게 생기며 거기에 어떻게 동식물이 자리 잡느냐 하는 문제를 다룬 글은 많았지만 카슨은 하나같이 성에 차지 않았다. 섬의 진화에 대한 그녀의 연구를 도와준 사람은 조지워싱턴 대학과 스미소니언협회 국립자연사박물관의 열대식물학자이자 환초(環礁) 형성에 관한 세계적인 전문가 F. 레이먼드 포스버그(F. Raymond Fosberg)였다. 그는 카슨이 쓴 섬 원고의 초안을 읽어주었으며, 나중에 "지금껏 읽은 '해양 섬의 생성과 동식물 군체의 형성'에 관한 글 가운데 단연 최고"라고 논평했다.

　'잃어버린 세계'라는 제목을 단 이 글은 1949년 봄 카슨의 친구 셜리 브리그스가 편집을 맡은 워싱턴D.C.오듀본협회의 회보 〈개똥지빠귀〉에 실렸다. 그녀는 이 글에서 섬 서식지의 진귀한 생태를 파괴하는 인간을 향해 맹렬한 분노를 드러냈다. 또한 섬 생태계 보존을 옹호했으며, 동물 종들이 멀리 대서양의 환초로 이주하는 신비로운 과정을 알게 되면서 맛본 기쁨을 담아내기도 했다. 이 글의 〈예일 리뷰(Yale Review)〉판은 나중에 미국과학진흥협회(American Association for the Advancement of Science, AAAS)로부터 웨스팅하우스과학저술상(Westinghouse Science Writing Prize)을 수상하게 된다. 하지만 카슨은 그에 앞서 '잃어버린 세계'를 통해 비록 작지만 영향력 있는 워싱턴 D.C. 과학계로부터 호의적인 주목을 끌 수 있었다. 그들의 지지야말로 그녀가 과학 저술가로 이력을 넓히는 데 결정적인 구실을 했다.

최근 미국자연사박물관(American Museum of Natural History)의 에른스트 마이어(Ernst Mayr) 박사는 지난 200년 동안 세계적으로 멸종했다고 알려진 조류 종의 목록을 작성했다. 그가 조사한 결과에 따르면 대륙에서는 모두 8종의 조류가, 그런데 섬에서는 자그마치 92종(전쟁 지역에서 보고된 것까지 합하면 100종이 넘을 것이다)이 멸종했다.

　그의 보고서는 섬 동식물의 비극을 단적으로 보여준다. 그들은 지금 우리 눈앞에서 마지막이 될지도 모를 몸짓을 펼쳐 보이고 있는 것이다. 마이어 박사가 일일이 열거한 92종은 다시는 돌이킬 수 없는 상실이다. 대부분 기나긴 세월 동안 더디기 짝이 없는 과정을 거쳐 세상에 딱 한 번, 오직 딱 한 번 등장한 종이기 때문이다. 인간들이 세상에서 가장 절묘한 균형을 이루고 있는 환경인 해양 섬을 부주의하게 욕보인 결과, 거기에 서식하는 수많은 동식물 종이 영영 사라지고 말았다.

섬들이 안고 있는 문제는 차차 해결해도 좋은 것이 아니다. 또한 우리가 자유방임이라는 편리한 정책을 채택한다고 저절로 해결될 성질의 문제도 아니다. 우리는 십중팔구 섬의 토착 동식물군을 구해낼 수 있는 기회를 가진 마지막 세대일 것이다. 멀리 16세기에 발견되고 개척되기 시작한 대서양 섬들은 일찌감치 파괴가 진행된 터라 우리는 과연 무엇을 잃어버렸는지조차 제대로 깨닫지 못하고 있다. 좀더 나중에 인도양 섬과 태평양 섬 일부에도 차례차례 같은 비극이 닥쳤다. 태평양은 넓디넓고 거기 솟은 수많은 섬은 포경선이나 무역선의 항로에서 멀리 떨어져 있었던지라 한동안은 안전했다. 그러나 그것도 그리 오래 가지는 못했다. 오늘날 전 세계적으로 토착 동식물이 온전히 보존된 섬은 오직 몇 군데에 지나지 않는다.

사람들이 흔히 간과하는 사실인데 섬은 굉장히 '독특한' 보존 문제를 제기한다. 이러한 독특성은 섬에 사는 동식물 종의 습성, 절묘하게 균형을 잡고 있는 섬 동식물과 환경의 관계에서 비롯된다. 좀더 깊이 들어가 보면 이것은 섬의 기원 그리고 섬에 동식물 종이 자리 잡는 놀라운 방식과도 연관된다.

육지에서 멀리 떨어진 깊은 바다 한복판에서 보게 되는 섬은 놀라운 지구 생성 과정의 결과물이다. 이러한 섬은 거의 예외 없이 수천 년 또는 수백만 년 동안 진행된, 지축을 뒤흔들며 격렬하게 분화한 해저화산의 산물이다. 해저화산이 분화를 거듭함에 따라 해저에 해산(海山)이 생기고 해산이 해수면을 향해 점점 솟아오르다 마침내 수면 위로 불쑥 모습을 드러낸 것이다.

해양 섬이 처음 바다 위로 솟구쳤을 때는 분명 헐벗고 황량하고 접근하기 까다로운 장소였을 것이다. 어떤 생명체도 해양 섬의 화산 구릉 경사면을 삶의 거처로 삼지 않으며, 벌거벗은 용암밭에 싹을 틔울 수 있는 식물도 없다. 그렇다면 다른 육지에서 수백 혹은 수천 킬로미터 떨어진 이들 섬을 울창한 숲과 기름진 계곡으로, 새들이 지저귀고 생명력이 넘치는 곳으로 변모시킨 기적은 과연 무엇일까? 섬에 생명체가 살기 시작한 것은 지구 역사에서 가장 기이한 이주를 통해서였다. 이 이주는 인간이 지상에 출현하기 훨씬 전부터 시작되어 지금껏 계속되고 있으며, 질서 정연한 자연 과정이라기보다 일련의 우주적 사건에 더 가까워 보인다. 동식물이 멀리 떨어진 대륙에서 바람을 타고, 해류에 실려서, 또는 뿌리째 뽑힌 나무나 덤불이나 통나무를 뗏목처럼 타고 섬을 찾아와서 차츰차츰 정착한다.

자연의 방식은 이처럼 정교하고 느긋하면서도 거침없이 이어지므로 동식물이 섬에 자리 잡으려면 몇천 년 아니 몇백만 년이 걸린다. 거북 같은 특정 동물이 성공적으로 섬 해안에 상륙한 사건은 억겁의 세월 동안 고작 대여섯 번에 지나지 않는다. "그들이 섬에 도착하는 광경을 직접 목격하기가 왜 이리 힘든 거냐"며 조급증을 내는 것은 그 과정이 진행되는 장엄한 규모를 헤아리지 못하는 소치다.

그러나 우리는 이따금 생명체가 섬에 안착하는 과정을 설핏 엿보곤 한다. 콩고강, 갠지스강, 아마존강, 오리노코강(Orinoco River: 남미 북부의 강—옮긴이) 같은 거대한 열대 강의 어귀에서 1500여 킬로미터 떨어진 망망대해에 뿌리째 뽑힌 나무나 엉겨 붙은 식물이 뗏목처럼 떠다니는 광경을 우리는 더러 보아왔다. 이러한 천연 뗏목은 어렵잖게 온갖 종류의 곤충이며 파충류, 연체동물을 실어 나른다. 제 의사와 무관하게 뗏목에 승선한 승객 가운데 일부는 여행 초기에 목숨을 잃기도 하지만, 일부는 바다에서 몇 주 간의 긴 여정을 이겨내고 끝내 살아남는다. 뗏목 여행에 가장 잘 적응하는 부류는 아마도 나무에 구멍을 뚫는 곤충일 것이다. 실제로 해양 섬에서 가장 흔하게 발견되는 곤충류도 바로 이들이다. 뗏목 여행에 가장 취약한 부류는 두말할 나위 없이 포유류다. 그러나 포유류도 섬과 섬 사이의 짧은 거리는 문제없이 여행할 수 있는 듯하다.

섬에 동식물을 실어 나르는 데는 바닷물 못지않게 바람과 기류도 한몫한다. 오늘날 과학자들은 특수 그물과 덫을 사용해 대기권 상층에서 해양 섬에 거주하는 것과 똑같은 동물을 다량 채집한다. 해양 섬에 거의 예외 없이 거미가 존재한다는 사실은 퍽 흥미로운데 어쨌거나 거미는 지표면 위 약 5킬로미터 상공에서 잡혔다. 비행사들은 지상 3000~5000미터 높이에서 거미들이 쳐놓은 하얀 비단실 같은 거미줄 '낙하산'을 수도 없이 지나치곤 했다. 풍속이 시속 70킬로미터에 이르는 고도 1800~4800미터 상공에서는 살아 있는 곤충이 허다하게 잡혀들었다. 이처럼 고도가 높고 바람이 거센 곳이라면 곤충들이 몇백 킬로미터 넘게 날아가는 것도 무리가 아니었다. 씨앗은 최대 1500미터 높이에서 채집되었다. 흔히 발견되는 씨앗 가운데는 해양 섬에서 일반적으로 볼 수 있는 국화과 식물의 것도 있다.

이동 중에 해양 섬에 들르는 포괄 영역이 넓은 새들도 식물, 몇몇 곤충과 작은 육지 조개류의 분포에 기여하는 것으로 보인다. 찰스 다윈은 새한테서 떼어 낸 진흙 뭉치로부터 저마다 다른 82개 식물을 얻어냈는데, 그것들은 모두 다섯 종으로 뚜렷하게 구분되었다. 식물 씨앗은 대체로 갈고리나 가시가 있어 깃털에 달라붙기 쉽다. 해마다 알래스카 본토에서 하와이제도 또는 그 너머까지 이주하는 검은가슴물떼새(Pacific golden plover) 같은 새들은 식물 분포에 관한 숱한 수수께끼를 풀어줄 소중한 열쇠다.

대륙에서 살아가는 풍부한 생물 종들과 격리되어 있는 데다 새롭고 특이한 형질은 배제하고 평균적 형질은 보존하는 이종교배의 기회도 전혀 없었던지라, 섬의 생물 종은 상당히 독특한 방식으로 발달해왔다. 육지에서 외따로 떨어진 해양 섬에서는 자연이 빼어난 기량을 발휘해 기묘하고도 경이로운 생명체를 창조해낸다. 거의 대다수 섬은 저마다 재능을 뽐내기라도 하려는 듯 고유한 종을, 즉 오직 그 섬에만 존재할 뿐 지상의 다른 어느 곳에서도 찾아볼 수 없는 종을 발달시켜왔다.

찰스 다윈은 갈라파고스제도의 기이한 동식물 — 코끼리거북(giant tortoise), 파도에 뛰어들어 먹이를 사냥하는 놀라운 검정색 도마뱀, 더없이 다양한 새들 — 에 깊은 감명을 받았다. 그는 그 섬들을 방문하고 몇 년이 지난 뒤 당시를 회고하면서 이렇게 썼다. "우리는 시간적으로나 공간적으로 위대한 진실에, 즉 지상에 '새로운 존재'가 처음 출현한 사건이라는 수수께끼 중의 수수께끼에 한 걸음 더 다가간 것 같다."

섬에서 진화한 '새로운 존재' 가운데 가장 두드러진 예는 바로 새다. 아직 인간이 등장하기 전인 먼 옛날, 비둘기처럼 생긴 작은 새 한 마리가 인도양의 모리셔스섬(Mauritius Island: 마다가스카르 앞바다에 있는 섬—옮긴이)에 날아들었다. 그 새는 우리로서는 그저 짐작만 할 따름인 모종의 변화 과정을 거친 끝에 나는 능력을 잃어버렸고, 짧고 뭉뚝한 다리를 발달시켰으며, 몸집이 오늘날의 칠면조만큼 커졌다. 이것이 바로 전설의 새 도도(Dodo)가 지상에 등장한 경위다. 그런데 도도는 모리셔스섬에 인간이 정착하고 얼마 지나지 않아 모조리 멸종했다. 뉴질랜드는 모아(Moa)가 유일하게 서식하던 곳이다. 타조처럼 생긴 이 새는 키가 자그마치 3.5미터나 되었다. 모아는 제3기 최신세(最新世)부터 뉴질랜드에서 발견되었는데 마오리족이 정착하고 얼마 안 되어 말끔히 종적을 감추었다.

도도와 모아 말고 다른 해양 섬 새들도 크기가 점점 커지는 경향을 보인다. 흔히 새들은 섬에서 살게 되자 날개를 사용하지 않았거니와 심지어 날개 자체를 잃어버리기도 했다. (모아는 날개가 아예 없었다.) 바람이 휘몰아치는 작은 섬에 사는 곤충은 나는 능력을 잃어버리기 십상이다. 그 능력을 보유한 곤충들은 되레 바람에 날려 바다로 내동댕이쳐질 위험이 높았기 때문이다. 갈라파고스제도에는 날지 못하는 갈라파고스가마우지(Galapagos cormorant)가 한 마리 산다. 또한 그 태평양 섬들에서만 날지 못하는 뜸부기(rail)가 지금껏 14종 넘게 살아왔다.

섬에서 살아가는 새들의 특징 가운데 가장 흥미롭고 매력적인 것은 바로 그들이 놀라우리만치 유순하다는 점이다. 그들은 인간 종을 대할 때 신중한 기색이라고는 요만큼도 없으며, 쓰라린 일을 당하고서도 그런 버릇을 쉽사리 고치지 않는다. 로버트 쿠시먼 머피(Robert Cushman Murphy)가 1913년 쌍돛대 범선 데이지(Daisy)호를 타고 일행과 함께 사우스트리니다드(South Trinidad)섬을 찾았을 때의 일이다. 제비갈매기들이 그 포경선에 탄 사람들 머리 위에 사뿐히 내려앉았더니 호기심 어린 눈길로 그들의 얼굴을 들여다보았다. 레이산(Laysan)섬의 앨버트로스는 근사한 의례용 춤을 추는 습성이 있는데, 박물학자들이 그들 무리 속으로 걸어 들어가도 전혀 개의치 않았다. 뿐만 아니라 방문자들이 예의 바르게 인사하자 정중하게 고개를 숙이는 반응을 해 보이기까지 했다. 다윈보다 한 세기 뒤에 갈라파고스제도를 찾은 영국의 조류학자 데이비드 랙(David Lack)의 말에 따르면 매들은 손으로 만져도 얌전히 있었고, 딱새들은 둥지를 트는 데 쓰려고 사람들 머리에서 머리카락을 뽑아 가려 들었다. "야생의 새가 우리 어깨 위에 살포시 내려앉는 경험은 정말이지 색다른 즐거움이다. 우리 인간이 조금만 덜 파괴적이라면 그리 드물지 않게 맛볼 수 있는 즐거움일 것이다."

그렇지만 안타깝게도 인간은 해양 섬과 관련해 파괴자로서 암울한 기록을 남기게 된다. 인간이 섬에 발을 들여놓기만 하면 그곳은 여지없이 재앙에 가까운 변화를 겪었다. 인간은 삼림을 베어내고 개간하고 불태우는 식으로 환경을 파괴했다. 또한 우연한 동반자인 흉악한 쥐들도 함께 들어왔다. 그리고 거의 천편일률적으로 식물뿐 아니라 염소, 돼지, 소, 개, 고양이, 그 밖의 외래 동물을 섬에 잔뜩 부려놓았다. 애초 섬에 살던 생물 종에게는 차례차례 어두운 멸종의 밤이 다가왔다.

모든 생물계에서 섬 동식물과 그곳 환경보다 더 절묘하게 균형을 이룬 관계는 찾아보기 어렵다. 섬의 환경은 놀랍도록 획일적이다. 웬만해선 경로를 바꾸지 않는 해류와 바람이 지배하는 큰 바다 한복판에서는 기후가 거의 달라지지 않는다. 그곳에는 천적이 거의, 아니 아마도 전혀 없을 것이다. 대다수 육지 생물에게는 일상이랄 수 있는 극심한 생존 투쟁이 섬에서는 한결 덜하다. 그런데 이런 차분한 생존 형태가 느닷없이 바뀌면 생존에 필요한 적응 능력을 거의 갖추지 못한 섬 동식물은 속수무책으로 위험에 빠진다.

에른스트 마이어는 1918년 오스트레일리아 동쪽 로드하우(Lord Howe) 섬 앞바다에서 조난당한 증기선에 관한 이야기를 들려주었다. 그 배에 실려 온 쥐 떼가 헤엄쳐서 섬 해안에 상륙했다. 그로부터 2년 뒤 그 쥐들은 섬에 살던 토착 새들의 씨를 말려버렸다. 한 섬마을 주민은 "새들의 낙원이던 섬이 쑥대밭으로 변했으며, 새들의 노랫소리로 가득하던 곳에는 죽음의 정적만이 감돈다"고 탄식했다.

트리스탄다쿠냐(Tristan da Cunha)섬에서는 오랜 세월 동안 섬의 고유종으로 진화해온 육지 새들이 몽땅 돼지와 쥐에게 잡아먹혔다. 타히티(Tahiti)섬을 비롯한 수천 개의 태평양 섬은 인간이 들여온 수많은 외래종에 밀려 설 자리를 잃고 있다.

대다수 사람들은 뒤따를 일련의 치명적 사건을 깨닫지 못한 채 외래종을 유입함으로써 자연의 조화를 깨뜨리는 일을 습관적으로 되풀이해왔다. 하지만 적어도 오늘날, 우리는 지난날을 돌아보고 배울 수 있다. 1513년경 포르투갈 사람들이 막 발견한 세인트헬레나섬에 염소를 들여왔다. 그섬에는 근사한 고무나무, 흑단, 브라질소방목 숲이 무성했다. 1560년 무렵에는 수가 크게 불어난 염소가 1000마리씩 1.5킬로미터 넘게 떼를 지어 섬을 쏘다녔다. 그들은 어린 나무를 짓밟고 묘목을 뜯어 먹었다. 이즈음 정착민들은 나무를 잘라내고 숲을 불태우기 시작했다. 이쯤 되고 보니 숲을 파괴한 책임이 과연 염소와 인간 가운데 어느 쪽에 더 많은지 분간하기가 어려워졌다. 어쨌든 결과는 의심할 나위가 없었다. 1880년이라는 이른 시기에조차 박물학자 알프레드 월리스(Alfred Wallace)는 한때 숲으로 뒤덮인 아름다웠던 그 화산섬을 '바위 사막'이라고 묘사하지 않을 수 없었다. 그곳에는 원래 자생하던 식물 중 일부가 가장 접근하기 힘든 섬 꼭대기와 분화구 등성이에서만 간신히 자라고 있었다.

영국의 천문학자 핼리(Edmund Halley, 1656~1742)는 1700년경 대서양의 섬들을 찾았을 때, 사우스트리니다드섬 해안에 염소를 몇 마리 풀어놓았다. 인간이 그 이상 관여한 일 없이 오직 그렇게만 했을 뿐인데도 삼림이 삽시간에 훼손되기 시작했고 한 세기가 지나자 거의 완전히 파괴되었다. 오늘날 사우스트리니다드섬의 사면은 도처에 오래전 죽은 나무의 둥치가 쓰러진 채 썩고 있는, 금방이라도 귀신이 튀어나올 것만 같은 으스스한 숲이다. 섬의 부드러운 화산토는 서로 얽히고설킨 나무뿌리가 더 이상 지탱해주지 않아 속절없이 바다로 쓸려나가고 있다.

세계 어느 지역보다 빠르게 고유 동식물 종이 사라진 하와이제도는 자연의 균형을 간섭하면 어떤 결과가 빚어지는지 똑똑히 보여주는 대표적인 사례다. 동물과 식물, 식물과 토양의 관계는 수 세기에 걸쳐 형성된 것이다. 그런데 인간이 난데없이 끼어들어 제멋대로 균형을 깨뜨림으로써 붕괴로 치닫는 연쇄 작용을 촉발시켰다.

밴쿠버(George Vancouver, 1757~1798: 영국의 탐험가─옮긴이)는 하와이제도에 소와 염소를 들여왔는데, 그들은 나무를 비롯한 여러 식물에 실로 막대한 해악을 끼쳤다. 그 외 수많은 식물을 유입한 것 역시 나쁜 결과를 초래했다. 보고된 바에 따르면 파마카니(pamakani)라는 식물은 매키(James Makee) 선장이 자신의 아름다운 정원에 심으려고 오래전 마우이섬에 들여왔다고 한다. 가벼워서 바람에 잘 날리는 파마카니 씨앗은 선장의 정원을 가뿐히 빠져나갔고, 마우이의 목초지를 온통 뒤덮었으며, 거기에 그치지 않고 이 섬 저 섬 계속 번져나갔다. 미국 민간자원보존단 (Civilian Conservation Corps, CCC) 단원들이 한때 호노울리울리 삼림보호구역(Honouliuli Forest Reserve)에서 파마카니를 제거하는 작업에 나서기도 했는데, 뽑아 던지기가 무섭게 새로운 씨앗이 바람에 실려 속속 날아들었다. 란타나(Lantana) 역시 관상용으로 유입된 식물 종이다. 번식을 억제하는 기생성 곤충을 수입하는 데 적잖은 돈을 쏟아붓는데도 가시투성이에다 무질서하게 자라는 란타나는 이제 하와이 땅 수천 에이커를 뒤덮고 있다.

하와이에는 한때 이국적인 새를 도입하려는 특수 목적을 위해 설립된 협회마저 있었다. 오늘날 하와이섬을 찾으면 '쿡 선장'을 맞아주던 아름다운 토종 새 대신 인도에서 온 구관조(myna), 미국과 브라질에서 온 홍관조(cardinal), 아시아에서 온 비둘기(dove), 오스트레일리아에서 온 멋쟁이새(weaver), 유럽에서 온 종달새(skylark), 일본에서 온 박새(titmouse)를 만나게 된다. 본래 하와이에 살던 토착 새들은 대부분 자취를 감추다시피 했다. 따라서 가까스로 목숨을 부지하고 숨어 사는 토착 새를 만나려면 아주 깊은 산속을 부지런히 헤매고 다녀야 한다.

태평양 섬 가운데 가장 흥미로운 것은 바로 라이산섬이다. 하와이제도를 맨 앞에서 선도하는 형상의 작은 땅뙈기다. 라이산섬에는 한때 백단향과 잎이 부채꼴인 야자수들이 자랐고, 오직 그곳에서만 볼 수 있는 다섯 종의 육지 새가 살았다. 그 가운데 하나가 뾰족한 모자를 쓴 작은 요정처럼 생긴 매혹적인 새 라이산뜸부기(Laysan rail)종이었다. 키가 15센티미터에 그치고, 날개(결코 나는 데 쓰인 적이 없다)가 몹시 작은 데 비해 발은 터무니없이 컸으며, 멀리서 딸랑이는 종소리처럼 들리는 목소리를 지닌 새였다. 1887년경 이 섬에 들른 배의 선장이 라이산뜸부기 몇 마리를 서쪽으로 480킬로미터쯤 떨어진 미드웨이(Midway)제도로 옮겨놓았고, 그들은 그곳에서 제2의 군락을 형성했다. 얼핏 억세게 운 좋은 이사 같았다. 그로부터 얼마 뒤 라이산섬에 토끼들이 유입되었는데, 그들이 사반세기 만에 자생하는 토종 식물을 깡그리 먹어치우고 그곳을 모래사막으로 바꿔놓았기 때문이다. 라이산섬의 뜸부기들은 토끼 말고는 아무것도 남지 않은 폐허에서 도저히 살아갈 재간이 없었고, 1924년 마지막 개체가 사망함과 동시에 그 섬에서 영영 자취를 감추었다.

미드웨이제도의 라이산뜸부기에게도 비극이 닥쳤으므로 라이산섬의 뜸부기 군체가 나중에 복구될 가능성마저 영영 사라져버렸다. 태평양에서 전쟁이 치러지는 동안 선박이나 상륙선에서 빠져나온 쥐 떼가 여러 섬의 해안으로 기어 올라왔다. 1943년, 미드웨이제도에도 쥐 떼가 들이닥쳤다. 쥐들은 성년 뜸부기를 죄다 잡아먹었고 어린 새도 알도 닥치는 대로 먹어치웠다. 라이산뜸부기는 1944년 마지막 개체가 발견된 이래 말끔히 종적을 감추었다.

수 세기 동안 태평양 전역을 휩쓴 파괴적인 힘은 전쟁 탓에 한층 더 악화되었다. 몇 가지는 폭격과 포화로 인한 직접적 파괴였지만 대부분은 간접적 결과였다. 캐롤라인(Caroline)제도에 있는 울리시 환초(Ulithi Atoll)는 다른 어느 곳에서도 볼 수 없는 작은 뜸부기의 본거지였다. 침략 초기에는 뜸부기들이 용케 살아남았지만, 사람들이 퀀셋(반원형의 길쭉한 간이 막사—옮긴이)을 지으려고 그들의 터전인 '타로토란(taro)' 늪지를 메워버리자 눈 깜짝할 사이 사라지고 말았다. 앨버트로스·슴새(shearwater)·바다제비(petrel) 같은 커다란 새가 버려진 참호나 가파른 경사면에 파놓은 구덩이에 빠져서 헤어나지 못해 굶어 죽는 일도 허다했다. 특히 검은등제비갈매기(sooty tern)처럼 밤에 활개 치는 조류 종의 경우 비행기에 치여 변을 당한 수효가 수천을 헤아린다.

한편 소득이 아예 없지는 않았다. 태평양전쟁을 계기로 사람들이 섬의 보존 문제를 처음으로 인식하게 된 것이다. 게다가 남아 있는 것만이라도 지키자는 건설적인 운동이 소박하게나마 시작되었다. 1946년 태평양전쟁기념관(Pacific War Memorial)이 건립되었다. 건립 목적에는 섬의 토착 생물 종 표본을 살아 있는 기념물로 보존함으로써 태평양에서 희생된 생명체들을 기리겠다는 것도 포함되었다. 1948년 말 태평양전쟁기념관은 팔라우군도 코로르(Koror)섬에 보존 문제를 연구하는 실험실을 설립했다. 태평양 섬의 보존 위기는 국립조사위원회(National Research Council) 산하 태평양과학위원회(Pacific Science Board)가 후원하는 각종 회의의 주제이기도 했다. 미 해군은 지금껏 미크로네시아 신탁통치령(領)과 관련해서 태평양 보존 문제의 주요 전문가들로부터 조언을 구해왔다.

미국의 국립공원이나 야생동물 보호구역에 필적하는 보존 구역을 설립한다면 태평양 섬 고유의 동식물 종을 얼마간 구할 가능성이 아직은 남아 있다. 실제로 이 같은 프로그램이 막 시작되기도 했다. 1948년 말, 미 해군은 태평양전쟁기념관에 사이판섬의 두 지역, 수수페(Susupe)호와 타포차우(Tapotchau)산을 넘겨주었다. 그 섬에서 싸우다 쓰러져간 이들을 기념하기 위한 보존 구역으로 삼으라는 뜻이었다. 두 지역은 사이판섬의 숲과 토착 동식물의 흔적이 거의 유일하다 싶게 남아 있는 곳이다.

가장자리가 습지로 에워싸인 수수페호는 미크로네시아에서 가장 흥미로운 새 가운데 하나인 마리아나청둥오리(Marianas Mallard)의 최후 보루다. 이 새는 예나 지금이나 희귀해서, 세계 어느 박물관이든 그 표본을 소장하는 것을 큰 행운으로 여겼다. 과학자들이 파리 박물관에 딱 하나 있는 표본을 보면서 처음 그 새를 묘사한 것이 채 100년도 되지 않은 일이다. 마리아나청둥오리는 괌·티니언·사이판섬에서만 발견되었으며, 심지어 그곳에서조차 50~60마리 이상 떼 지어 몰려 있는 광경은 흔치 않았다. 현재 그 새는 티니안섬과 괌섬에서는 흔적 없이 사라진 듯하며, 사이판섬에만 20마리 정도 남아 있을까 말까 한다. 보존주의자들은 수수페호에서 남은 새들을 보호한다면 멸종 위기로부터 벗어나기에 충분할 만큼 수가 불어날지도 모른다고 기대한다(마리아나청둥오리는 1970년대 이후 야생에서는 완전히 멸종했다. 포획 상태였던 마지막 개체는 1981년 숨을 거두었다 — 엮은이).

타포차우산은 내륙 안쪽 고지대에 자리하고 있다. 사이판섬에 남아 있는 토착 숲은 대부분 밀림이 우거진 그 산의 골짜기와 높은 산마루의 보호 아래 있다. 사이판섬의 다른 지역에 있는 숲은 사탕수수 플랜테이션을 위해 그 섬을 개간한 일본 농부들 손에 상당 부분 파괴되었고, 그 나머지 숲도 전쟁에 따른 폭격으로 폭삭 주저앉고 말았다. 현재 타포차우산의 토착종을 지키려는 노력은 모든 섬 숲의 적이랄 수 있는 불 지르기, 나무 베어내기, 유입된 식물에 밀려나기, 곤충·질병의 공격 따위에 치여 휘청거리고 있다.

그렇다면 보존 구역은 과연 무슨 일을 해낼 수 있을까? 사라진 종은 그 어떤 보존 노력을, 그 얼마나 많이 기울인다 해도 결코 다시 살려낼 수 없다. 그러나 남아 있는 종에 관해 말하자면, 하와이제도 라나이(Lanai)섬의 예는 설령 태평양 숲과 그곳의 생명체들이 엉망으로 망가진다 해도 얼마든지 소생시킬 수 있다는 낙관을 우리에게 심어준다.

1910년경, 라나이섬의 숲과 초목은 수년 동안 유입되어 제멋대로 다니게끔 방치된 소·양·염소·돼지·사슴의 먹이로 거의 다 사라졌다. 또한 그 섬은 북쪽 끝의 침식이 꽤나 심각해서 그야말로 닳아 없어질 지경이었다. 그즈음 조지 C. 먼로(George C. Munro)라는 사람이 라나이 목장을 운영하려고 그 섬에 들어왔다. 태생적인 보존주의자였던 먼로는 실용적 상식의 소유자라서 소들이 뜯어 먹을 게 없으면 목장은 수지맞는 일이 못 된다는 것을 간파했다. 그래서 과감하게 조치를 취했다. 그는 줄어든 목장 가축을 늘리기 위해 야생 소를 우리 속으로 몰아넣었다. 그런 다음 일꾼들과 함께 야생 돼지·염소·양·사슴을 무자비하게 사살했다. 그들은 몇 킬로미터에 이르는 울타리를 쳐서 목장 소들이 산의 숲에는 얼씬도 못하게 막았다.

그로부터 약 25년이 흐른 뒤 식물학자 F. 레이먼드 포스버그가 라나이섬을 찾았다. 한때 더없이 아름다웠던 식물들이 당연히 사라지고 있겠거니 예상했고, 남은 자취나마 얼마간 수집했으면 했던 것이다. 그런데 뜻밖에도 숲과 초목은 기적적으로 복구되어 있었다. 라나이섬의 산마루와 산골짜기에서는 다시금 토착 수목이 울창한 숲을 이루었다. 섬 북쪽 끝의 침식도 더는 진행되지 않았다. 라나이섬에는 이제 세계의 다른 어느 곳에서도 볼 수 없는 하와이 자생식물 네댓 종이 마치 박물관에서처럼 보호받고 있다. 꽃 향이 강한 치자나무(gardenia), 지상의 유일한 서식지인 1000평 남짓한 땅에만 남은 작은 박하(mint)가 그 예다.

태평양전쟁기념관, 태평양과학위원회, 그 외 현재 태평양에서 활동 중인 보존 단체들의 노력이 시의적절했는지, 추진력은 충분했는지, 소기의 목적을 달성했는지는 오직 시간이 지나야 밝혀질 것이다. 언제나 그렇듯 보존 문제에서도 성공의 최대 걸림돌은 대중의 무지와 무관심이다. 이 보존 프로그램들을 물질적으로 얼마만큼 지원하느냐, 그리고 그것들을 어느 정도 이해하느냐가 우리 세대가 직면한 섬 문제의 최종 해법이 될 것이다.

1951

〈뉴욕 헤럴드 트리뷴〉 '저자와의 오찬' 연설

레이첼 카슨은 《우리를 둘러싼 바다》 덕에 일약 문학계의 유명 인사로 떠오르면서 떠안은 공인 역할을 다소 거북해했다. 남들 앞에서 말하는 데 익숙지 않았던 그녀는 〈뉴욕 헤럴드 트리뷴(New York Herald-Tribune)〉 '저자와의 오찬'에 참가하는 것을 마지못해 수락했다. 활력 넘치는 서평 편집자 이리타 반 도런(Irita Van Doren)이 《우리를 둘러싼 바다》가 출간된 지 채 한 달도 안 되어 그녀를 초청했을 때의 일이다.

카슨은 바다의 신비와 매력에 관한 간단한 연설을 준비했다. 그리고 시간을 때울 요량으로 바다 한복판에서 살아가는 새우, 고래, 그 외 물고기들의 수중 청음 기록을 챙겨 갔다. 우즈홀 해양학연구소에서 빌린 것이었다. 그 옛날 고릿적에 바다와 바다 생물들이 어떻게 생겨났는지 들려준 그녀의 연설은 대성공을 거두었다. 그 바람에 얄궂게도 연설을 해달라는 요청이 물밀듯이 밀려들었다. 너무 작은 목소리로 소곤소곤 말해서 몇몇은 그녀의 말을 알아듣기 위해 바짝 신경을 곤두세워야 했는데도 말이다.

카슨은 언젠가 자신은 이미 쓴 것보다 다음번에 무엇에 대해 쓸 것인지에 더 관심이 많다고 말한 적이 있다. 여기에 언급된 내용을 보면 그녀가 이미 바다에서 육지로 터전을 옮아가는 생명체를 다룬 후속작을 준비하고 있음을 짐작할 수 있다.

사람들은 종종 여성이 바다에 관한 책을 썼다는 사실에 적잖이 놀라는 눈치입니다. 제가 보기에 남성분들이 더 그러는 것 같아요. 그들은 좀더 흥미로운 과학 지식을 다룬 영역은 전적으로 남성의 분야라고 여기는 데 익숙하지 않나 싶습니다. 실제로 얼마 전에 저와 더러 편지를 주고받곤 하는 한 남성조차 편지 앞머리에 "친애하는 귀하(Dear Sir: 주로 남자에게 쓰는 표현. 여자일 경우 보통 'Dear Madam'을 사용한다—옮긴이)"라고 썼더군요. 제가 여성이라는 사실을 잘 알고 있으면서도 결단코 그 사실을 인정할 수 없다는 태도였습니다.

그런가 하면 어떤 이들은 제가 여성이라는 사실은 받아들이되 키가 크고 우람하고 용맹한 여전사가 아니라는 사실을 알고 더 크게 놀라는 듯합니다. 제가 무슨 수로 사람들의 기대에 어긋났다는 사실을 방어할 수 있겠습니까마는 왜 한낱 여성이, 그것도 그저 아담할 따름인 여성이 바다에 관한 전기를 써야 했는지에 대해서는 약간의 부연 설명이 필요할 듯합니다.

저는 바다에 매료된 삶을 살도록 태어난 것 같습니다. 실제로 바다를 보기 전에도 오랫동안 바다를 생각하고 꿈꾸고 바다가 어떻게 생겼을지 떠올려보려고 노력했으니까요. 저는 스윈번(Algernon Charles Swinburne)과 메이스필드(John Masefield), 그 밖에 바다를 노래한 위대한 시인들을 무척이나 좋아했습니다. 작문 시간에 썼던 이야기도 대부분 바다가 배경이었습니다. 대학에 들어가 생물학에 관심을 가지게 된 뒤에도 한 치의 망설임 없이 '해양'생물학을 전공했습니다. 저는 우즈홀에 있는 해양생물학연구소에서 처음으로 바다를 원 없이 접할 수 있었습니다. 우즈홀로 밀려드는 조류며, 폭풍우가 지난 뒤 놉스카(Nobska)갑에 부서지는 파도를 지치지도 않고 하염없이 바라보곤 했습니다. 처음으로 바다에 관한 수많은 과학 문헌을 만난 것도 바로 그곳이었습니다. 그러나 바다에 관한 제 첫인상은 감각적이고 정서적인 것이었노라고, 바다에 대해 지적으로 반응하게 된 것은 한참 나중의 일이었노라고 말해야 옳을 겁니다.

저는 최근에 다른 많은 사람들도 바다에 관해 저와 똑같은 느낌을 가지고 있음을 알게 되었습니다. 그들 가운데 압도적 다수가 그런 내용을 담은 편지를 보내왔습니다. 지난여름 뉴잉글랜드 연안을 따라 여행하면서 앞으로 쓸 책에 관한 자료를 수집했습니다. 그러는 동안 바다 동물뿐 아니라 사람들도 보았습니다. 제가 본 광경은 저를 깊은 감명에 빠뜨렸습니다. 아무 말 없이 그저 가만히 앉거나 서서 바다를 응시하는 사람들이 어디에나 있었습니다. 마음속으로 무슨 생각을 하든 그들이 바다의 매력에 푹 빠졌다는 사실이 얼굴에 고스란히 드러나 있었습니다. 저는 그들이 바다에 그토록 빠져드는 몇 가지 이유를 알아내고자 했습니다.

바다는 사람들이 지구의 먼 과거를 느낄 수 있는 곳입니다. 바다는 변함없어 보이지만 실은 끊임없이 변화하고 있습니다. 바다는 까마득히 먼 과거와 현재를 이어줍니다. 틀림없이 오늘 우리가 바라보는 것과 똑같은 파도가 고생대 바다에도 굽이쳤을 겁니다. 저는 우리가 보는 바다 표층수는 거기에 최초의 원시적 생명체가 깃들기 시작한 5~10억 년 전과 몹시 닮았다고 생각합니다. 심지어 우리의 해안조차 처음으로 바다 동물이 새롭고 낯선 삶을 받아들이려고 육지로 기어 나오기 시작한 3억 년 전과 크게 다를 바 없을 겁니다.

메인주 암석해안에 자리한 유독 아름다운 갑(岬)에서 시간을 보내던 지난여름이 떠오르는군요. 우리는 저만의 어떤 매혹인가를 간직한 상록수 숲을 지나 그 갑으로 내려갔습니다. 나무는 산 것이나 죽은 것이나 은빛이 감도는 잿빛 이끼층으로 뒤덮여 있었습니다. 안개 낀 아침이었고, 파도가 들이치는 지점 위에 놓인 바위에 도착했을 때는 우리와 숲 사이에 안개가 자욱하게 드리워져 있었습니다. 눈에 보이는 것이라곤 거대하고 원시적인 바위들과 바다뿐이었죠. 우리 자신만 뺀다면 고생대 말기의 것이라 해도 하등 이상할 게 없는 광경이었습니다. 조수 웅덩이 벽에 달라붙은 동물 몇은 실루리아(Silurian)기에 처음으로 바다에서 육지로 올라온 초기 개척자들일지도 모르겠습니다.

이제 바다만의 특별한 마법에 대해 이야기할 차례군요. 지금도 바다에서는 수백만 년 전과 다름없이 흥미진진한 일들이 펼쳐지고 있습니다. 생명체가 진화하고 새로운 환경에 적응하는 것은 선사시대에도 계속되었고, 지금도 여전히 이어지는 과정입니다. 불과 몇 주 전의 어느 날, 우리는 눈에 잘 띄지도 않는 작은 바다 동물 수백 마리가 거대한 실험을 하는 광경과 마주했습니다. 그러니까 그들은 바다의 삶을 떠나 육지의 삶으로 옮아가는 중이었지요.

그들은 바로 총알고둥(periwinkle)이라 알려진 작은 고둥이었습니다. 다들 암석해안의 조간대에서 총알고둥을 보셨을 줄 압니다. 거무죽죽한 회색 유럽총알고둥이 어찌나 다닥다닥 붙어 있는지 그 껍데기를 밟지 않고서는 도저히 한 걸음조차 떼기 어려운 곳도 있을 겁니다. 총알고둥은 현재 바다를 떠나 육지 고둥으로 달라지는 과정에 있습니다. 그들은 하나씩 하나씩 바다와의 유대를 끊어가고 있죠. 그들 가운데 일부는 이 방면에서 무리보다 한층 더 과감한 진전을 이뤄냈습니다.

우리가 사는 이곳 북대서양 연안에서는 총알고둥을 세 종 발견할 수 있습니다. 첫 번째 종은 여전히 거의 바다 동물이다시피 한 매끈한총알고둥〔smooth (flat, northern yellow) periwinkle, *Littorina obtusata*: 우리나라에서는 사용되는 일반명이 따로 없어 편의상 옮긴이 자의로 '매끈한총알고둥'이라 지칭한다―옮긴이〕입니다. 이들은 언제나 물에 잠겨 있거나 최소한 매우 축축한 상태인 갈조류 록위드(rockweed) 아래에서 살아가지요. 해조 위에 알을 낳으며 새끼들 역시 거기서 부화하고 발달 과정을 거칩니다. 유럽총알고둥(common periwinkle, *Littorina littorea*)이라 불리는 두 번째 종은 해안 위로 상당히 멀리까지, 그러니까 고조선 지대까지 진출했지요. 이들은 대기에 상당히 오랫동안 노출되는 상황도 견딥니다. 실제로 물 밖에서 숨을 쉴 수 있는 아주 단순한 형태의 허파를 발달시켜왔지요. 하지만 이들 역시 여전히 바다에 의존합니다. 알을 물속에 낳을 뿐 아니라 모든 새끼 유럽총알고둥은 필히 태어나서 맞는 처음 얼마간을 바다 근처에서 헤엄치며 살아야 하기 때문입니다.

바위총알고둥〔rough (rock) periwinkle, *Littorina saxatilis*〕이라 불리는 세 번째 종은 거의 육지 동물이나 다름없습니다. 이들 가운데 일부는 오직 폭풍해일파가 부서지면서 물보라를 일으킬 때만 가까스로 물의 세례를 받는 바위 틈새에서 살아갑니다. 이들은 일주일 넘게 바닷물과 접촉하지 않아도 너끈히 견딜 수 있습니다. 심지어 생식에서마저 바다와의 유대를 완전히 끊어버렸습니다. 이들 종의 새끼는 어미 몸에서 발달 과정을 모두 마칩니다. 그래서 성년의 삶을 살 채비를 마치고 제 부모와 완전히 똑같은 모습에 크기만 작은 고둥으로 세상에 나옵니다. 이렇게 세 종의 총알고둥은 오랜 세월 동안 바다에서 그래온 것처럼 너무나도 아름다운 진화 패턴을 보여줍니다.

이것이 우리가 바다에 매혹되는 이유 가운데 하나입니다. 하지만 무엇보다 바다는 수수께끼의 장소입니다. 어제의 수수께끼들이 하나하나 풀립니다. 그러나 하나의 수수께끼가 풀리면 또 다른 수수께끼가, 아마도 더욱 심오한 수수께끼가 우리를 기다리고 있습니다. 저는 바다의 마지막 수수께끼가 풀리리라곤 생각지 않습니다. 솔직히 말해 마지막 수수께끼만은 제발 풀리지 말았으면 하는 대단히 과학자답지 않은 소망마저 간직하고 있죠.

한 세기는 턱없이 짧은 기간입니다. 그런데 그 한 세기 전만 해도 다들 깊은 바닷속에는 아무것도 살 수 없다고 생각했습니다. 깜깜하고 깊은 심연의 바다에는 기껏해야 생명체의 "희미한 흔적들"만 얼마간 남아 있으리라 믿었지요. 물론 지금의 우리야 그 정도까지 어리석지는 않습니다만······. 1860년에 연구선 한 척이 대서양 횡단 케이블을 설치하기에 가장 알맞은 경로를 찾고 있었습니다. 약 2500미터 깊이의 바다에서 측연선(測鉛線)을 들어 올리자 불가사리가 몇 마리 달라붙어 있었습니다. 같은 해에 사람들이 지중해 바닥에서 수리를 하기 위해 케이블을 끌어올렸습니다. 그런데 그 케이블은 산호충을 비롯한 여러 동물로 온통 뒤덮여 있었습니다. 그들은 몇 개월, 아니 몇 년 동안 거기 붙어 살았다는 것을 온몸으로 분명하게 증언했습니다. 이러한 발견에 힘입어 우리의 할아버지 세대와 그들의 아버지 세대는 심해 바닥에서도 생명체가 살아간다는 것을 처음으로 알아차렸습니다.

이제 우리 당대에는 바다에 관한 또 하나의 수수께끼가 과학자들의 주목을 끌고 있습니다. 바로 이상한 '바다 중간 지대'—해수면의 아래쪽이자 해저의 위쪽—에 살아가는 생명체들의 속성에 관한 것입니다[카슨이 이 연설을 한 때와 비슷한 시기에 우즈홀 과학자들은 그녀가 여기서 '바다 중간 지대'라고 부른 것, 즉 수없이 많은 '산란층(scattering layer: 음파를 산란시키는, 즉 반사시키는 바다의 생물층—옮긴이)'에 대해 자기네가 파악한 내용이 틀림없음을 확인하고 그 내용을 정교화하고 있는 중이었다. 이 층의 동물 개체 수는 수온과 심해수의 용승(湧昇) 따위에 따라 달라지지만, 과학자들은 이 층이 다양한 유의 물고기로 이뤄졌음을 밝혀냈다. 물론 반드시 다량의 개체 물고기로 구성될 필요는 없다고 봤지만 말이다. 사실 카슨의 수중 청음 기록 역시 이 층에서 얻은 것이었다. 그런데 그 기록에 따르면 그곳은 바다에서 유독 소란스러운 지역이 아니었거나 아쉽게도 동물이 밀집한 지역이 아니었거나 둘 중 하나였던 것 같다—엮은이].

우리는 늘 바다 중간 지대가 마치 바닷속의 사하라사막이라 할 만큼 생명체가 거의 살지 않는 메마르고 황량한 지대라 여겨왔습니다. 그곳은 가장 강력한 태양 광선조차 미치지 않습니다. 햇빛이 없으면 응당 식물은 살 수 없지요. 그러므로 우리는 먹이가 턱없이 부족해서 풍부한 동물 인구를 부양하기는 어려울 거라고 생각했습니다.

그러던 중 10년 전쯤, 400미터 넘는 깊이의 바다 상당 부분을 구름처럼 뒤덮은 모종의 거대한 생명체 무리가 발견되었습니다. 하지만 누구도 이들의 정체가 대관절 무엇인지 확신하지 못하고 있습니다. 아직까지는 사람들이 그것을 오직 '음향측심기(echo sounding instrument)' 같은 기계 눈으로만 보아왔습니다. 이 같은 기구는 움직이는 선박 아래에서 수심을 자동적으로 기록합니다. 또한 해저 윤곽선을 기다란 띠지 위에 연속적인 선으로 나타내줍니다. 그리고 해수면과 해저 사이 지대를 누비고 다니는 물고기 떼처럼 뭔가 단단한 물체를 포착하면 종이 위에 흔적 또는 얼룩을 남깁니다. 지금껏 세계 전역의 바다 중간 지대에서 살아 있는 생명체로 이뤄진 이 산란층을 발견한 배는 수백 척에 달합니다. 이 층은 더러 바다의 '유령 해저(phantom bottom)'라 불리기도 했습니다. 처음에 사람들이 그것을 여울 아니면 가라앉은 섬으로 착각하고 아무것도 살지 않는 '물에 잠긴 땅'이라고 보고했기 때문이죠. 이제 그 층이 살아 있는 생명체로 이뤄졌다는 데 이의를 제기하는 사람은 없습니다. 어두운 밤이면 이 층은 바다의 수면으로 올라옵니다. 그러나 동 트기 직전 도로 빛이 미치지 않는 깊은 바닷속으로 내려갑니다. 새우처럼 생긴 수없이 많은 작은 동물이 이렇게 한다고 알려져 있습니다. 또한 헤위에르달(Thor Heyerdahl) 씨가 《콘티키(Kon-Tiki)》라는 책에서 생생하게 묘사했듯 심해에 사는 이상한 물고기 가운데 일부도 밤이 되면 해수면으로 올라옵니다.

과학자들은 그물을 가지고 산란층을 이루는 동물표본을 채집하려 애썼습니다. 그러나 그물이 모든 것을 다 잡아들인다고는 결코 확신할 수 없잖습니까? 수수께끼를 풀어줄 열쇠인 생명체들은 너무 잽싸서 그물에 잡히지 않기 십상일 터, 응당 결과는 그리 만족스럽지 않았죠. 어떤 이들은 그 수수께끼 동물이 수십억 마리의 새우라고, 또 어떤 이들은 물고기나 오징어라고 여깁니다. 그 층은 거의 모든 바다에서 발견되므로, 만약 그 동물이 먹을 수 있는 것으로 밝혀진다면 산란층은 거대한 식량 공급처일

게 분명합니다. 수많은 사람들이 이 연구에 매달려 있으니 수수께끼가 풀릴 날도 멀지 않았겠지요.

제2차 세계대전 기간에 이뤄진 연구들 덕택에 바다에 관한 가장 흔한 오해 가운데 하나가 바로잡혔습니다. 우리는 늘 깊은 바다는 침묵의 장소라고 여겨왔습니다. 대다수 사람들은 바닷속에서도 소리가 날 거라는 생각을 하지 못했습니다. 물고기와 새우와 고래가 소리를 내다니 당치도 않다고요. 그러던 차에 전시 중 잠수함 소리가 나는지 알아보려고 귀를 기울이던 해군 기술 하사관들이 몹시도 왁자지껄한 소리를 듣게 되었습니다. 실제로 바다에서 들리는 소리는 잠수함 함대가 다 지나가도 모를 만큼 시끄럽기 짝이 없었습니다. 물론 나중에 그 다양한 소리를 일일이 걸러내고 분리하는 도구들이 개발되었습니다.

저는 지금 우리가 말이지요, 바닷속으로 여행을 떠나서 실제로 심해를 방문해야만 만날 수 있는 소리를 듣게 된다면 얼마나 신나겠나 생각했습니다……

드뷔시의 〈바다〉 레코드재킷 노트
국립 심포니 오케스트라 연설

레이첼 카슨은 특별히 음악 훈련은 받은 적이 없지만 바다를 이해하는 시인의 감성을 지녔으며 바다에 관한 생각을 독특한 방식으로 표현할 줄 알았다. 《우리를 둘러싼 바다》가 출간된 이후 RCA 빅터 음반사 대표는 그녀에게 아르투로 토스카니니(Arturo Toscanini)가 지휘하는 NBC 교향악단의 관현악곡, 클로드 드뷔시(Claude Debussy)의 〈바다(La Mer)〉 레코드재킷에 실을 글을 써달라고 요청했다. 카슨이 쓴 레코드재킷 노트는 드뷔시의 음악에 대해 설명하진 않았지만 바다의 의미와 신비 그리고 온갖 생명체가 출현한 태곳적 세상에 대한 색다르면서도 서정적인 해석을 담았다.

그로부터 얼마 뒤, 카슨은 워싱턴 D.C.에서 열린 국립 심포니 오케스트라를 위한 소규모 자선 오찬 연설에 초청받았다. 트루먼 대통령의 영부인 베스(Bess Truman)가 참석한 자리에서 카슨은 바다가 드뷔시·림스키코르사코프·시벨리우스의 음악에 어떤 영향을 미쳤는지 간략하게 언급했다. 위기의 시대에 예술이 담당하는 역할에 관한 그녀의 발언에는 한국 전쟁으로 빚어진 긴장이 반영되어 있었다. 그 자리에서 카슨은 지구의 오랜 역사를 떠올리면 절망의 시간을 견뎌낼 위안과 확신을 얻을 수 있다고 역설했다. 이것은 카슨이 앞으로 공식 석상에서 두고두고 강조하게 되는 주제다. 또한 카슨은 이 연설에서 처음으로 원자 시대의 삶에 대한 우려를 내비치기도 했다.

드뷔시의 〈바다〉 레코드재킷 노트

클로드 아실 드뷔시(Claude Achille Debussy)는 1862년 프랑스의 생제르맹앙레(St. Germain-en Laye)에서 태어났다. 그는 소년 시절 바다에 깊이 빠져들었던 것 같다. 게다가 그를 향한 아버지의 희망과 야심도 해군에서 일하겠다는 의지를 굳혀주었다. 그런데 그는 "삶에서 만난 몇몇 계기들"로 인해 음악가가 되었다. 그러나 작곡가 드뷔시는 끝내 그의 최고 걸작 가운데 한 곡인 〈바다〉에서 유년기의 꿈으로 되돌아왔다. 그는 이 곡에 애초 되고자 한 직업과 실제로 선택한 직업 두 가지를 멋지게 버무려놓았다.

드뷔시는 자신의 정서가 바다와 무척이나 가까이 잇닿아 있어 바다 앞에만 서면 거의 압도되듯 말을 잃는다고 고백했다. 그는 직접 바다를 보거나 소리를 들으면 외려 쉬이 곡을 쓸 수 없었다. 조용히 기억을 더듬으면서 바다의 아름다움과 위력과 신비로 돌아갈 수 있는 내륙지역에서야 비로소 바다에 관한 곡을 쓰는 게 가능했던 것이다. 분명 그가 떠올린 것이 사실적 기억만은 아니었으리라. 드뷔시는 신비롭기 짝이 없는 바다의 내적 속성을, 그의 시기에는 아직 걸음마 단계였던 해양학이 미처 발견하지 못한 사실들을 직관적으로 이해했을 것이다. 오늘날 그 사실들 가운데 일부를 아는 우리는 바다의 정령을 불러들이는 더없이 아름다운 드뷔시의 음악에 그것이 녹아 있음을 알아차릴 수 있다.

드뷔시는 "끝없는 추억의 창고"로부터 물과 하늘로 이뤄진 세계, 파도들이 바다를 가로지르며 굽이치는 세계, 끊임없이 불어오는 거대한 바람이 쉴 새 없이 해수면을 휘젓는 세계를 만들어냈다. 세월이 흘러도 변함없고 절대적인 자연의 세계다. 아예 시간 자체를 잊어버린 채 몇 년, 몇 세기, 수백억 년의 세월을 이어온, 시생대에 속할 수도 20세기에 속할 수도 있는 세계다.

〈바다〉의 세 악장 제목은 각각 1악장 '바다의 여명에서 정오까지', 2악장 '파도의 놀이', 3악장 '바람과 바다의 대화'다. 제목만 보면 언뜻 작곡가가 해수면에 드러난 모습에만 집착하는 듯 보인다. 과연 그의 음악에는 바다의 얼굴에 일렁이는 아름다움과 바다 위를 비추는 태양의 반짝임이 가득 표현되어 있다. 그러나 해수면 자체는 그 아래 숨은 보이지 않는 심해의 작품이자 표정이다. 그러므로 드뷔시는 동이 터오는 바다, 바람이 바다 위에 만들어내는 작품인 굽이치는 파도 행렬을 음악적으로 구현할 때면 그 기저를 이루는 심해의 신비로우면서도 음울한 정기를 담아내려 했다.

1악장의 차분한 음악은 동쪽 하늘이 잿빛으로 바뀌고 검은 형상의 파도가 점차 은빛으로 반짝일 때 바다에 던져진 최초의 빛, 즉 바다 위로 희미하고 순정하게 번지는 여명의 덧없는 아름다움을 노래한다. 바다의 얼굴은 표정이 다채롭고 민감하고 늘 변화무쌍하다. 시간이 가면 해수면에 어리는 빛과 색조, 흘러가는 구름 그림자들의 모습이 달라진다. 여명이 좀더 깊은 바다로 내려가는 과정은 한층 더 섬세하고 미묘하다. 바다 아래로 몇 미터씩 깊어질 때마다 빛이 해수면 아래 300여 미터 깊이의 심해 문턱을 향해 살며시 번져나간다. 오직 길고 곧은 광선인 정오의 햇살만이 해수면과 영원히 어두운 심연 사이에 놓인 중간 지대까지 뚫고 들어갈 수 있다. 그래서 깊은 바다에서는 짧은 여명의 시간이 긴 밤으로 시들어가는 푸른 황혼 빛에 재빨리 자리를 내준다.

바다는 결코 얌전히 있는 법이 없다. 공기와 바다 사이에 드리워진 얇은 표수막(表水膜)은 아주 작은 교란에도 무척이나 민감하다. 빗방울, 바다에 내려앉기 위해 하강하는 바닷새, 지느러미로 수면을 가르는 물고기 따위는 해수면에 잔물결을 일렁이게 한다. 그리고 언제나 지구의 얼굴 위로 불어오는 바람은 바닷물을 밀어올려 파도의 이랑을 만들어낸다. 망망대해는 수도 없는 온갖 바람의 작품인 파도들의 경연장이다. 파도는 다양한 경로로 굽이치고 서로 몸을 섞고 덮치고 추월하고 또 어느 때는 다른 파도를 집어삼키기도 한다. 바람과 물의 자식인 어린 파도들은 저마다 혼란스런 망망대해에 마련된 제자리를 지키고 있다. 파도는 부모인 바람에게서 에너지를 얻어 폭풍우의 분노에 반응한다. 흰 거품 띠를 길게 늘어뜨리고, 가파른 이랑으로 솟구치고, 거칠고 방종한 놀이에 빠진 다른 파도들을 바짝 밀어붙이는 것이다. 파도는 망망대해의 광대함 속에서는 도무지 자제라는 것을 모른다. 그래서 육지 같은 장애물이 없다면 지구를 계속 굽이쳐 흐를 것이다. 하지만 파도는 해안 가까이 다가가면 아래에 낯선 땅이 놓여 있음을 감지한다. 그리고 잡아당기는 여울 바닥에 맞서느라 속도가 느려진다. 쇄파대에 들어선 파도는 낯선 적에 맞설 힘을 그러모으기라도 하듯 갑자기 높이 솟구친다. 진격하는 파두를 따라 거품을 일으키는 흰 이랑이 만들어진다. 그러다 외해의 빛나는 작품인 파도는 갑자기 벽력같은 소리를 내면서 앞으로 고꾸라지며 부서져 내린다.

〈바다〉 3악장은 오래된 바다와 물의 대화에서 느껴지는 한층 장중한 분위기를 자아낸다. 이 대목을 듣고 있노라면 수천 킬로미터의 망망대해를 가로질러 편서풍이 불어오고, 가장 장엄한 파도가 그들과 함께 지구 주위를 행진하는 거대한 바람 지대가 떠오른다. 티에라델푸에고(Tierra del Fuego)에 부서지는 무시무시한 쇄파도 오크니제도(the Orkneys)의 해안을 때리는 거친 바다도 바람과 파도의 작품이다. 그럴 때면 짙게 드리워진 물보라, 치솟는 거품, 부서지는 파도 속에서 공기와 바다와 땅이 한데 뒤섞인다.

파도는 바다가 들려주는 소리 가운데 가장 웅변적이다. 파도는 무언의 언어를 통해 남쪽 바다에서 돌풍이 비명을 지르며 몰려온다고, 거대한 고기압성 바람이 아이슬란드 저지대 주변을 휩쓸고 있다고 말해준다. 뿐만 아니라 파도는 경보음을 울리면서 다가오는 폭풍우를 곧장 앞질러 내달리기도 한다. 망망대해에서 장엄하게 굽이치거나 육지 가장자리(해안)에 밀려들어 부서지는 파도의 소리는 다름 아닌 바다의 소리다.

그렇다면 바다란 과연 무엇인가? 바다가 사람의 마음을 이토록 휘저어놓는 힘은 대체 어디에서 오는가? 감지할 수는 없지만 결코 바다 자체와 분리되지 않는 바다의 신비는 무엇인가? 아마도 그 신비는 부분적으로 바다의 고색창연함에서 비롯되는 것 같다. 왜냐하면 바다의 나이는 지구와 엇비슷하기 때문이다. 바다가 어슴푸레하게 시작된 것은 지구가 혼란 속에서 생성되고, 냉각된 바위에 깊은 분지가 파이고, 지구를 에워쌌던 두꺼운 구름층에서 비가 내리기 시작한 머나먼 과거 어느 때의 일이다. 기다리고 있던 분지 위로 비가 쏟아졌고, 육지에 퍼붓는 비는 쓸려 내려 바다가 되었다. 곧이어 서서히 침식이 이뤄지면서 육지가 자신의 물질을 바다에 넘겨주었다. 이렇게 해서 육지의 광물들이 바다로 흘러 들어갔다. 바다는 수백억 년의 세월이 흐르면서 점차 짜지기 시작했다.

또한 바다의 신비는 모든 것을 압도하고 먹어치우고 파괴하면서 제 쪽으로 끌어당기는 완강하고도 냉혹한 힘에서 비롯되는 듯하다. 강은 바다로 흘러간다. 애초에 바다에서 시작된 비 역시 결국에는 바다로 돌아간다. 바다는 20억 년 넘는 세월 동안 끊임없이 변화했지만 하나도 달라지지 않는 것처럼 보였다. 한편 그사이 육지의 산들은 솟아났다 깎여나갔고, 해저에서 자라난 섬은 비와 파도의 공격에 시달려 결국 사라졌고, 대륙 자신도 느릿느릿 진행되는 바다의 진격과 퇴각을 경험했다.

또한 바다의 신비는 어쩌면 생명체—즉 고대 바다의 해수면에 떠돌던 원시적인 원형질 조각으로 시작된 생명체—의 신비 자체에서 비롯되었을지도 모른다. 모든 생명체는 수억 년 동안 바다 생물이었다. 그들은 엄청나게 풍부하고 다양하게 발달했으며, 수천 종의 생명체로 진화했다. 그들 가운데 일부가 마침내 바다에서 육지로 기어 나왔고 또 그들 가운데 일부가 영겁의 세월이 지나면서 인간으로 진화했다. 그러나 인간은 피 속에 바다 소금을, 몸속에 바다 유산의 흔적을 지녔으며, 아마도 머나먼 과거에 대한 종족의 기억과 유사한 어떤 것인가를 우리 안에 간직하고 있다.

이를 실감 나게 느낄 수 있는 것은 오랫동안 바다를 항해할 때다. 낮에 파도가 솟구치고 부서지기를 되풀이하면서 차차 수평선 멀리 밀려나는 광경을 바라볼 때, 밤에 갑판에 나와 오직 바다와 하늘로만 이뤄진 깜깜한 세상에 홀로 서서 자신을 둘러싼 바다라는 음울한 존재를 느끼게 될 때 말이다. 드뷔시가 〈바다〉를 작곡할 때 그의 마음속에는 틀림없이 이러한 감각이 깔려 있었을 것이다. 그는 이 불후의 명곡에 바다의 빛나는 아름다움, 엄청난 위력, 영원한 신비를 담아냈다.

국립 심포니 오케스트라 연설

(……) 저는 지금처럼 어려운 시기에는 우리 인간에게 영감과 용기와 위안, 즉 한마디로 영혼의 힘을 불어넣어주는 예술의 불씨를 잘 살려야 한다고 굳게 믿습니다. 다소 사적인 이야기가 될는지도 모르겠습니다만, 저는 최근에 직접 경험한 일들 덕택에 그 점을 더욱 확실히 믿게 되었습니다.

저는 책이 출간된 이후 수많은 편지를 받았고 지금도 계속 받고 있습니다. 지위 고하 남녀노소를 막론한 숱한 사람들에게서 말입니다.

각계각층의 사람들이 제가 바다에 관해 쓴 내용에 놀라운 반응을 보여주었습니다. 그들은 제 글에서 이 고달픈 시대의 문제에 맞서도록 도와주는 무언가를 발견하고 있습니다.

제가 보기에 그 '무언가'란 다름 아닌 인간의 문제를 바라보는 새로운 시각입니다. 지구와 바다의 어마어마한 나이를 생각하면, "몇백만 년" 또는 "수십억 년"을 쉽사리 입에 담을 수 있는 사고 체계를 받아들이면, 그리고 인간이 지상에서 살아온 세월이 얼마나 짧은지 기억하면, 우리는 자신을 괴롭히는 근심거리나 시련이 더없이 하찮음을 깨닫게 될 것입니다.

또한 새로운 생활 방식으로의 전환이나 변화가 자연스러울 뿐더러 대체로 바람직하다고 확신하게 될 것입니다.

저는 독자들의 멋진 편지를 읽고 많은 이가 스스로의 삶을 한 차원 고양시키고 미래를 믿게 해줄 무언가를 필사적으로 갈구한다는 것을 확실하게 깨달았습니다.

자연 세계의 아름다움과 신비로운 리듬을 조용히 응시하면 우리 시대의 긴장감에서 놓여날 수 있다고 확신합니다.

그러나 저는 인간이 창의적이고 놀라운 재능을 발휘해 자연을 담아낸 음악을 통해서도 그렇게 할 수 있다고 믿습니다.

우리는 위대한 음악을 들으며 영감을 얻어야 합니다. 오랜 세월 면면히 이어오는 음악을 해석하고 연주하는 심포니 오케스트라는 지금 같은 기계화 시대, 원자 시대에 결코 사치가 아닙니다. 그것은 이제 그 어느 때보다 절실한 필수품이 되었습니다.

1952

미국도서상 논픽션 부문 수락 연설

1952년 1월, 카슨은 《우리를 둘러싼 바다》가 유서 깊은 미국도서상 (National Book Award) 논픽션 부문 수상작으로 선정되었다는 사실을 알게 되었다. 뉴욕에서 열린 시상식에서 카슨은 소설 부문 수상자 《지상에서 영원으로(From Here to Eternity)》의 제임스 존스(James Jones), 시 부문 수상자 마리안 무어(Marianne Moore)와 주빈석에 나란히 앉았다. 비평가 존 메이슨 브라운(John Mason Brown)은 "카슨은 우리의 자만을 산산이 부수어버렸으며, 우리의 지식이나 통제를 뛰어넘는 힘들의 상호관계와 불가해한 광대함에 대한 감각 그리고 겸양을 독자들에게 새로이 심어주었다"고 말했다.

카슨은 이 자리를 빌려 미국에서 과학이 고립되는 현상과 세계를 탐구하는 배타적 방법으로서 과학과 문학을 인위적으로 구분하는 현상에 관해 언급했다. 이 두 주제를 향한 카슨의 비판은 몇 년 뒤인 1959년 영국 과학자 C. P. 스노(C. P. Snow)가 재차 논하면서 널리 알려지게 되었다.

책을 한 권 쓰니 놀라운 결과가 뒤따라옵니다. 그리고 보면 저자의 진짜 공부는 출간일로부터 시작되는 듯합니다. 저는 저자로서, 사람들이 바다에 관한 책에 어떻게 반응할지 알지 못했습니다. 뭐 지금도 여전히 알아내는 중이라고 할 수 있고요. 책을 쓰겠노라고 계획했을 당시 저는 그저 다음과 같은 사실을 알고 있었을 따름입니다. 아주 어릴 적부터 바다를 향한 매혹과 바다의 신비를 향한 강렬한 이끌림이 제 삶에서 더없이 중요한 부분을 이루고 있었다는 사실을 말이지요. 그래서 제가 바다에 관해 아는 것, 생각하고 느끼는 것을 책에 담고자 했습니다.

과학 서적이 날개 돋친 듯 팔려나갈 수 있다는 사실에 놀라움을 표시한 사람들이 제법 많았습니다. 그러나 저는 '과학'이 나날의 삶과 분리된 저만의 방에 갇혀 있는 어떤 것이라는 생각에 도전장을 던지고 싶었습니다. 우리는 과학의 시대를 살고 있습니다. 그런데 우리는 과학적 지식이란 세상과 고립된 채 실험실에서 사제처럼 살아가는 극소수만이 누릴 수 있는 특권이라 여깁니다. 이것은 사실이 아닙니다. 과학이 다루는 주제가 삶의 주제 그 자체이기 때문입니다. 과학은 삶이라는 현실의 일부입니다. 따라서 우리가 경험하는 온갖 것을 두고 던질 수 있는 무엇을, 어떻게, 왜라는 질문에 답하는 것입니다. 인간을 둘러싼 환경 그리고 인간을 물리적·정신적으로 주조해준 힘을 파악하지 않고서는 인간을 제대로 이해할 수 없습니다.

과학의 목적은 진실을 발견하고 규명하는 것입니다. 그리고 제 생각에는 전기·역사문학·소설 같은 문학의 목적 역시 그와 다르지 않습니다. 그러므로 과학과 문학은 별개일 수 없다고 봅니다.

제가 책에서 추구한 목적은 무엇보다 충분한 이해를 바탕으로 충실하게 바다라는 주제를 담아내는 것이었습니다. 나머지는 그다음이었습니다. 저는 제 자신이 과학적으로, 혹은 시적으로 그 일을 하고 있는지 따져보기 위해 주춤거리지 않았습니다. 그저 바다라는 주제가 요구하는 대로 글을 써나갔을 따름입니다.

바람, 바다 그리고 움직이는 조류는 늘 그 모습 그대로입니다. 만약 그 속에 경이로움이나 아름다움이나 장엄함이 있다면 과학이 그것을 발견해 낼 수는 있습니다. 하지만 만약 그런 것이 없다면 과학이 그것을 만들어 낼 수는 없는 노릇입니다. 제 책에 바다에 대한 시가 있다면 제가 의도적으로 끼워 넣어서가 아니라 시 없이는 정녕 바다에 대해 쓸 수 없기 때문일 겁니다. (……)

우리는 처음에 자만과 탐욕 그리고 그날의, 그해의 문제를 지닌 존재로서 인간을 바라보았습니다. 그런 다음 이와 같은 편협한 관점으로 인간이 아주 잠깐만 거주했을 뿐인 지구를, 그리고 지구가 극히 일부를 차지할 따름인 우주를 바라보았습니다. 하지만 지구와 우주는 거대한 실재고, 거기에 비춰보아야만 우리는 우리 인간의 문제를 종전과는 좀 다른 시각으로 바라볼 수 있습니다. 망원경을 거꾸로 들고 인간을 멀찍이서 내려다본다면 우리는 분명 스스로를 파괴하려는 자멸적 계획에 들이는 시간과 노력을 조금씩 줄여나갈 수 있을 겁니다.

자연주의 저술의 구도

빼어난 자연주의 저술에 수여하는 존 버로스 메달(John Burroughs Medal)은 레이첼 카슨이 꼭 타고 싶어 한 상이었다. 《우리를 둘러싼 바다》로 마침내 그 메달을 거머쥔 카슨은 1952년 4월 뉴욕에서 열린 시상식에 참석했다. 그녀는 그 자리를 빌려 자연주의 저술가들의 편협한 태도를 신랄하게 꾸짖었다. 현대사회를 이해하는 한 가지 방편인 자연과학의 중요성을 대중에게 알리려고 열성적으로 노력하지 않았다는 이유에서였다. 카슨은 대중이 자연과 자연사에 대해 더 많은 것을 알고 싶어 한다고 강조함으로써 다시 한 번 시대를 앞서갔다. 그녀는 자연주의 저술가들은 자연 세계의 경이로움을 일반 대중에게 알릴 도덕적 책무가 있다고 믿었으며 그들에게 그러한 소임을 다하라고 촉구했다.

여러분은 저에게 존 버로스 메달을 수여함으로써 훌륭한 분들을 만나게 해주었으며《우리를 둘러싼 바다》에 더없이 소중한 영예를 안겨주었습니다. 모름지기 자연과학 분야의 저술가라면 살아 있는 동안 불멸의 자연주의 저술가들과 교감하면서 모종의 경외, 심지어 비현실성을 느낄 것입니다. 여러분이 이 상을 통해 명맥을 유지하려 애쓴 존 버로스의 전통은 유구하고도 명예로운 것입니다. 이 전통은 아주 초기 저술에서부터 시작되었습니다. 대서양 반대편(유럽을 말한다—옮긴이)에서는 그 전통이 리처드 제프리스(Richard Jefferies)와 W. H. 허드슨(W. H. Hudson)의 작품을 통해 화려하게 꽃피었습니다. 한편 미국에서는 존 버로스 자신의 작품만큼이나 소로(Henry D. Thoreau)의 작품이 가장 진실하게 우리를 둘러싼 세계를 사색적으로 관찰하고 있습니다. 저는 이 네 명을 가장 위대한 자연주의 저술가로 꼽습니다. 나중에 등장한 우리로서는 그들 가운데 어느 한 사람과 비교되는 것보다 더한 영광이 없을 겁니다.

하지만 존 버로스나 제프리스, 허드슨이나 소로의 정신을 충실히 따른다면 우리는 그들을 모방하는 존재가 아니라 그들 자신이 그랬듯 새로운 사고와 지식 분야를 개척하는 선지자가 될 것이고, 그들이 그들 시대에 그랬듯 우리도 우리 시대를 대표하는 새로운 문학의 창조자가 될 것입니다.

저는 자연 세계를 보고하고 해석하려는 존재가 오늘날보다 더 절실한 적은 없었다고 확신합니다. 인간은 스스로가 만들어낸 인공의 세계로 너무 멀리까지 달아나버렸습니다. 어떻게든 땅과 물과 자라나는 식물의 세계에서 벗어나 강철과 콘크리트로 이루어진 도시에 스스로를 가두려 들었던 거지요. 자신이 휘두르는 힘에 한껏 도취된 인간은 스스로와 자신을 둘러싼 세계를 파괴하는 실험에 점점 더 깊숙이 빠져드는 듯 보입니다.

이러한 상황을 해결할 유일한 해답이란 있을 수 없고, 저라고 해서 무슨 만병통치약이 있을 리 만무합니다. 그러나 우리를 둘러싼 우주의 경이와 실재에 좀더 확실하게 주의를 기울일수록, 인간 종 자체를 파괴하려는 자멸적 경향은 차츰 줄어들 거라 믿어야 옳을 것입니다. 아니 저는 그럴 거라고 믿어 의심치 않습니다. 경이로움과 겸양이야말로 건전한 감정이고 결코 파괴의 욕구와 나란히 공존할 수 없습니다.

오늘 밤 이 자리에 모인 우리는 공통의 관심사로 끈끈하게 묶여 있습니다. 우리는 다들 어떤 식으로든 자연 세계를 인식하며 깊은 감동을 느껴왔습니다. 참석자 가운데 이 주제에 열광하지 않는 분은 없을 줄 압니다. 다만 저는 비(非)박물학자와 그들을 대하는 우리의 태도에 대해 간략하게 말씀드리고자 합니다. 존버로스협회나 오듀본협회에 소속되어 있지 않고, 실제로 자연과학에 대한 지식도 일천한 대다수 대중 말입니다. 우리야 응당 자연 세계가 경이로움으로 가득 차 있는 줄 알지만 대중은 그런 세계에 도통 무관심하다, 우리는 알게 모르게 이렇게 생각하는 경향이 있는 것 같습니다. 만약 정말로 대중이 무관심하다면 그것은 그저 그들이 그 세계를 제대로 접하지 못했기 때문이요, 어떻게 보면 얼마간 우리의 잘못이기도 합니다.

지금 존 버로스 메달과 상의 의미에 대해 말씀드리고 있으니, 제 논의를 자연주의 저술로만 국한해야 하겠지요? 우리는 줄곧 우리만의 리그를 펼치고 있다는 생각이 듭니다. 우리 발언이 오직 다른 박물학자들의 관심만 끌면 된다고 치부하지는 않았는지요. 우리는 독자가 꾸준히 줄어드는데도 아랑곳 않고 스스로를 죽어가는 전통의 마지막 대변자쯤으로 자처해온 듯합니다.

《우리를 둘러싼 바다》를 너무 직접적으로 언급하는 듯 비치지 않으면서 이것들에 대해 말하려니 아무래도 좀 어렵네요. 다만 저는 다음과 같이 지적할 필요를 느낍니다. 우리는 스스로를 위해서나 대중을 위해서나 자연주의 저술의 가치와 역할에 대해 더욱 자신감 있고 확신에 찬 태도를 길러야 한다고요. 《우리를 둘러싼 바다》가 이뤄낸 일이 자연과학 분야를 다룬 다른 많은 책에도 해당될 수 있다고, 또 그래야 한다고 저는 확신합니다.

저자와 출판업자, 잡지 편집자 들은 하나같이 지레 자연주의 서적은 독자층이 넓지 않으며 '상업적 성공'을 거두기 힘들 거라는 자조적 태도를 취해왔습니다.

이는 심리적으로 건강하지 않을뿐더러 근거도 없으며 지극히 잘못된 태도입니다. 가만히 귀 기울이면 우리에게 그것이 얼마나 잘못되었는지 알려주려 애쓰는 대중의 소리를 도처에서 들을 수 있습니다. 그들은 오듀본 스크린 투어(Audubon Screen Tours) 상연장을 발 디딜 틈 없이 가득 메움으로써, 또 로저 피터슨의 조류 안내서를 수만 부 팔아줌으로써, 그 책자와 쌍안경을 챙겨 들고 현장에 나감으로써 우리가 잘못임을 입증해 보입니다. 개인적 경험을 예로 들자면, 지난 아홉 달 동안 받은 편지를 통해 저는 과학적 사실을 받아들이는 대중의 역량을 다시는 과소평가하지 않게 되었습니다.

그 편지들을 보면서 우리를 둘러싼 세계를 이해하고자 하는 충족되지 않은 대중의 욕구가 실로 엄청나며, 그들은 드넓은 우주 공간을 마음껏 누비도록 도와주는 온갖 사실과 정보를 애처로울 정도로 열렬히 흡수한다는 것을 알게 되었습니다.

또한 전에는 미처 깨닫지 못했지만 그 편지들을 통해 자기가 살아가는 세계에 대한 지식에 목말라하는 이들이 지하철 승객만큼이나 각양각색이라는 사실도 확인했습니다. 일전에 받은 우편물에는 테네시 교구의 가톨릭 수녀, 서스캐처원(Saskatchewan: 캐나다 남서부의 주―옮긴이)의 농부, 영국 과학자, 주부가 보낸 편지들이 한데 섞여 있었습니다. 미용사, 어부, 음악가, 고대 그리스로마 전문가, 과학자들이 보낸 편지도 있었습니다. 표현이야 저마다 다르지만 그들은 이구동성으로 이렇게 말합니다. "우리는 그간 세상에 대해 걱정이 많았고, 인간에 대한 신뢰를 거의 잃어버리다시피 했습니다. 그런데 이 책은 지구의 기나긴 역사와 생명체들이 어떻게 생겨났는지를 생각해보도록 도와주었습니다. 수백만 년이라는 관점에서 보면 우리가 직면한 문제를 내일 당장 해결해야 한다고 조급하게 굴 필요가 전혀 없지요."

이들이 바로 자기가 살아가는 세계에 대해 알고 싶어 하는 사람들입니다. 만약 자연사에 관한 관심을 오늘날 세계의 현실에서 벗어나는 도피처쯤으로 여긴 적이 있다면, 우리 이제 그런 태도를 바꿉시다. 생명체의 신비, 대륙이나 바다의 생성과 소멸은 결코 나날의 현실과 무관하지 않기 때문입니다.

존 버로스 메달은 자연주의 저술의 성취를 인정하는 유일한 문학상입니다. 이 상은 주변에서 매일 접하지만 극소수 사람들만 아는 세상의 경이로움에 주목함으로써 우리를 보다 나은 문명으로 이끄는 힘이 되어줄 것입니다.

1953

데이 씨의 해고

앨버트 M. 데이(Albert M. Day)는 1946년 미국 어류·야생동물국의 국장으로 임명되었으며, 어류·야생동물국은 그의 지휘 아래 미국의 야생 동물 자원 보존을 가장 앞장서서 옹호한 기관으로 자리 잡았다.

1952년 백악관을 장악한 공화당원들은 보존보다 대기업에 유리한 정책을 다투어 채택하기 시작했다. 오리건주의 기업가 출신 더글러스 맥 케이(Douglas McKay)가 내무장관에 기용된 직후, 앨버트 데이를 위시한 내무부의 고위 전문직 관료들이 무더기로 해고되고 비전문적인 정무직 인사들로 대폭 물갈이되었다. 이러한 기류와 그것이 환경의 미래에 끼칠 악영향을 떠올리면서 마음이 극도로 심란해진 카슨은 마침내 항의 차원 에서 펜을 들었다.

카슨이 〈워싱턴포스트(Washington Post)〉의 편집자에게 보낸 이 편 지에는 활동가로서의 면모와 정치 논쟁의 수준을 한 단계 끌어올린 그 녀의 솜씨가 잘 드러나 있다. 이 편지는 연합통신(Associated Press wire service)에 의해 채택되었고 전국에 팔려나갔으며 나중에 〈리더스 다이제스트〉에 다시 게재되었다.

어류·야생동물국 국장 앨버트 M. 데이 씨의 해고는 모든 지각 있는 시민들의 마음을 극도로 심란하게 만든 일련의 사건 가운데 가장 최근에 일어난 일이다. 정부가 오랜 경력과 높은 전문성을 지닌 인사를 잘라내고 정무직 인사로 대폭 물갈이하는 불길한 징후가 점점 분명하게 드러나고 있다. 내무부 산하 토지관리국(Bureau of Land Management) 국장 메리언 클로슨(Marion Clawson) 씨의 해고 역시 또 다른 예다. 데이 씨처럼 자신이 몸담은 관청에 직업 이력의 전부를 바친 국립공원관리국(National Park Service)의 국장도 머잖아 교체되리라는 소문이 파다하다. 이러한 조치는 금세기에 유례가 없는 천연자원에 대한 총공세를 위해 정부가 미리 터를 닦고 있음을 강력하게 시사한다.

한 나라의 진정한 부(富)란 토양·물·숲·광물·야생동물 같은 천연자원에 달려 있다. 현세대의 욕구를 충족하고자 천연자원을 이용하면서도 미래 세대를 위해 그것을 철저히 보존하려면 광범위한 조사에 근거한 대단히 조화롭고도 지속적인 프로그램을 실시해야 한다. 천연자원 관리는 기실 정치 문제가 아니며, 정치 문제가 될 수도 없다.

오랜 전통에 따르면 천연자원 주무 기관을 이끌어온 이들은 전문가로서 지명도와 경륜을 갖추었으며, 과학자들의 연구 결과를 이해하고 존중하고 참고하는 이들이었다. 데이 씨가 야생동물 보존 분야에 몸담기 시작한 것은 무려 35년 전이다. 젊은 생물학자였던 그는 처음에 옛 생물조사부(Biological Survey)의 직원이었으며 나중에 어류·야생동물국의 일원이되었다. 그사이 승진을 거듭했고 마침내 1946년 어류·야생동물국의 수장 자리까지 오른 것이다. 그는 유능하고 공정한 관리자로서 명성을 떨쳤다. 그리고 공공 자원을 이용할 목적으로 야생동물 보존 조치를 완화해달라고 아우성치는 일부 집단에 꿈쩍도 하지 않는 용기를 보여주었다. 아직껏 보존 문제를 제대로 파악하고 있는지 보여주지 못하는 내무장관 맥케이는 이제 이들 보존 기관을 없애겠다고 팔을 걷어붙이고 나섰다.

내무부 내에서 취해진 이러한 조치들은 미국 연안 석유 매장지에 관한 부정 거래 제안, 국립공원, 숲, 기타 공공 부지에 대한 위협적 공격과 맥을 같이한다.

오랜 세월 전국적으로 공공 의식을 지닌 시민들은 천연자원이야말로 미국에서 가장 소중한 자산임을 깨닫고 그것을 보존하는 데 힘써왔다. 그런데 정치 지향적인 행정가들이 우리 사회를 규제받지 않는 개발과 파괴가 판치는 암흑시대로 되돌려놓은 결과, 깨어 있는 시민들이 어렵사리 일궈온 진보가 온통 허사가 될 판이다.

외부의 적에 맞서 나라를 지키는 데는 전력투구하면서 정작 나라를 무너뜨리려는 내부의 적에는 그토록 무신경하다니, 이야말로 우리 시대의 자가당착이 아닐 수 없다.

15

1961

《우리를 둘러싼 바다》 개정판 머리말

    카슨은 1961년 《침묵의 봄》 집필을 마무리하는 데 매진하느라 《우리를 둘러싼 바다》 초판의 내용을 수정해 개정판에 반영할 시간을 확보하지 못했다. 그러나 청소년판 작업을 진행하면서 책 출간 이후 10년 동안 해양학이 급속도로 발전한 결과 일부 내용을 업데이트해야 할 필요가 있음을 깨달았다. 그녀는 개정판의 본문 자체를 손대지는 못했으나 새로운 내용을 각주 형식으로 추가하고 서문을 새로 쓰는 방식으로 《우리를 둘러싼 바다》를 보완했다. 카슨은 그즈음 해양학과는 상당히 동떨어진 분야에 매달려 있었지만, 우즈홀 해양생물학연구소 이사회의 선출 이사로서 최신 연구를 숙지하고 있었고, 연구소에 근무하는 해양생물학자들과도 정기적으로 서신을 교환했다.

    1961년경, 카슨은 인류가 전에는 신성하다고 여기던 부분에까지 파괴의 마수를 뻗치고 있다는 증거를 접하고 심란하기 짝이 없었다. 그녀는 《우리를 둘러싼 바다》의 개정판 서문에서 핵폐기물을 바다에 투척하는 불길한 사태를 개괄하고, 방사성 화학물질이 계속 바다의 먹이사슬과 생태계를 오염시키면 미래가 과연 어떻게 될지에 관한 불안을 피력했다.

바다는 언제나 우리 인간의 마음과 상상력을 자극해왔고, 심지어 오늘날에도 지구상에서 마지막까지 거대한 미개척지로 남아 있다. 바다가 더없이 광막하고 접근하기 까다로운 영역이라 우리는 온갖 노력을 기울였음에도 오직 그중 극히 일부만을 탐험했을 뿐이다. 심지어 이 원자 시대의 막강한 기술 발전조차 상황을 크게 바꿔놓지는 못했다. 바다 탐사에 관심이 고조된 것은 해양에 관한 우리 지식이 위태로울 정도로 빈약하다는 사실이 분명해진 제2차 세계대전 기간이었다. 우리는 선박이 항해하고 잠수함이 지나다니는 해저 세계의 지형을 초보적인 수준으로밖에 이해하지 못했다. 움직이는 바다의 역학에 관해서는 그보다 더 아는 게 없었다. 분명 조석과 해류와 파도의 작용을 예견하는 능력이 군사 활동의 성패를 좌우했는데도 말이다. 이렇듯 실질적 필요성이 부각되자 미국을 비롯한 선도적인 해양 강국들은 바다를 과학적으로 연구하는 데 더 많은 노력을 기울이기 시작했다. 대개 다급한 필요에 의해 탄생한 도구나 장비는 해양학자들이 해저의 등고선을 그리고, 심해의 운동을 연구하고, 해저 바닥의 표본을 채취하는 수단이 되었다.

이처럼 연구가 급물살을 탄 결과, 바다에 관한 과거의 개념 상당수가 잘못되었다는 사실이 드러나기 시작했다. 20세기 중반에는 바다에 관한 새로운 그림이 등장했다. 그러나 바다는 여전히 화가가 자신의 원대한 구상에 관한 전반적 얼개만 그려놓았을 뿐 상당 부분을 제대로 붓질도 하지 않은 채 비워둔 거대한 캔버스나 마찬가지였다.

이것이 내가 1951년 《우리를 둘러싼 바다》를 집필할 무렵, 우리가 해양 세계에 대해 갖고 있는 지식의 현주소였다. 그때 이후 그 공백은 상당 부분 메워졌고 새로운 발견이 이뤄지기도 했다. 개정판인 이 책에서는 새로 발견된 주요 조사나 연구 결과를 본문의 알맞은 자리에 각주 형태로 처리했다.

해양학은 1950년대의 10년 동안 눈부시게 발전했다. 유인 잠수구(manned vehicle)가 해저의 가장 깊은 지점까지 내려간 것이 바로 이 시기였다. 잠수함이 얼음 밑으로 북극 해분(海盆) 전체를 횡단한 사건도 이즈음에 일어났다. 새로운 산맥이 다른 산맥과 연결되어 지상에서 가장 길고도 웅장한 산맥(계속 이어진 채 지구를 에워싸고 있다)을 이룬 현상 등 그전까지 몰랐던 새로운 해저지형이 속속 드러났다. 바닷속에 도저하게 숨어 흐르는 강들, 자그마치 미시시피강의 1000배에 달하는 아표층(亞表層) 해류도 발견되었다. 국제지구관측년(1957년 7월부터 1958년 12월까지의 18개월 간—옮긴이) 동안, 섬과 해안에 자리한 몇백 개의 관측 기지뿐 아니라 40개국에서 동원된 선박 60척이 서로 협력하여 더없이 유익한 바다 연구 작업을 펼쳐나갔다.

그러나 지금껏 이룬 성과는 고무적이긴 하지만 지구 표면의 대부분을 차지하는 광대한 바다를 탐사함으로써 앞으로 성취해야 할 것에 견주면 극히 미미한 수준이다. 1959년 미국과학아카데미(National Academy of Science) 해양학위원회(Committee on Oceanography)에 소속된 저명한 과학자들은 "인간이 바다에 관해 알고 있는 지식은 바다가 인간에게 미치는 중요성에 비하면 보잘 것 없는 지경"이라고 밝혔다. 이 위원회는 1960년대에는 해양 기초 연구를 두 배 넘게 늘려야 한다고 미국 정부에 권고했다. 그러면서 그보다 적게 투자할 경우 다른 나라들에 비해 "미국 해양학의 위상이 위험에 빠질 것"이며 "미국이 향후 해양자원을 이용할 때 불리해질 것"이라는 의견을 내놓았다.

현재 구상 중인 장래의 기획 가운데 가장 흥미로운 것은 해저에 4~5킬로미터 깊이의 구멍을 뚫어 지구 내부를 탐사하려는 시도다. 미국과학아카데미가 후원하는 이 기획은 지금껏 여러 도구를 동원해 시도한 것보다 훨씬 더 깊이 지각과 맨틀의 경계면까지 뚫고 들어갈 예정이다. 지질학자들은 이 경계면을 모호로비치치 불연속면(Mohorovicic discontinuity), 좀더 일반적으로는 그냥 '모호면'이라 부른다. 1912년 모호로비치치라는 유고슬라비아인이 그것을 발견한 데서 유래한 이름이다. 모호면은 지진파 속도가 크게 달라지는 지점인데, 이것은 지구 내부의 물질 조성이 여기서부터 크게 바뀐다는 것을 뜻한다. 모호면은 해양지각 아래보다 대륙지각 아래에 훨씬 더 깊이 자리하고 있다. 따라서 심해 해저에 구멍을 뚫는 것은 필시 까다롭겠지만 그래도 해양지각에서 작업하는 편이 한결 유망하다. 모호면 위쪽은 비교적 가벼운 암석으로 이루어진 지각이고 그 아래쪽은 약 2880킬로미터 두께의 맨틀이 뜨거운 지구핵을 에워싸고 있다. 지각의 조성에 관해서는 충분히 알려지지 않았으며, 맨틀의 성질은 오로지 간접적인 방식으로만 추정되고 있는 실정이다. 따라서 그 경계면까지 뚫고 들어가 실제 표본을 채집하면 우리가 살아가는 지구의 특성을 이해하는 데 획기적인 진척을 이룰 수 있다. 아울러 이는 우주에 관한 지식까지도 확장해줄 것이다. 다른 행성들도 지구와 내부 구조가 비슷하리라 여겨지기 때문이다.

다양한 전문가가 공동 연구를 펼쳐 바다 관련 지식이 차차 쌓여감에 따라 서서히 형성되던 새로운 개념은 더욱 힘을 얻었다. 10여 년 전만 해도 사람들은 흔히 심해를 언제까지나 고요한 장소라고 설명하곤 했다. 심해는 굼뜨게 흐르는 해류 외에는 그 어떤 활발한 물의 움직임에도 방해받지 않는 깊고 어두운 장소라고, 천해나 해수면과는 전연 다른 세계라고 말이다. 그런데 이제 이러한 그림은 심해가 움직이고 변화하는 장소임을 말해주는 것으로 빠르게 대체되고 있다. 이 새로운 개념은 한층 더 흥미진진할 뿐 아니라 우리 시대가 마주한 긴급한 문제들에 시사하는 바도 더 크다.

좀더 역동적이고 새로운 개념에 따르면 심해저는 해분의 경사면을 타고 빠르게 쏟아지는 이류(泥流)나 혼탁류로 이루어져 있다. 또한 심해저는 해저 산사태를 당하거나 내부 조석(조석 주기를 가지는 내부파 – 옮긴이)에 영향을 받기도 한다. 어떤 해저산맥의 산등성이나 산마루는 해류 활동으로 침전물이 말끔하게 씻겨나간 모습이다. 지질학자 브루스 히젠(Bruce Heezen)은 해류의 활동을 "낮은 산비탈을 덮쳐 그 굴곡을 모두 뭉개버린 알프스 산맥의 눈사태"에 비유했다.

심해 평원은 대륙이나 그것을 둘러싼 얕은 바다와 동떨어진 게 아니라 대륙 가장자리에서 생성된 침전물이 쌓이는 곳으로 드러났다. 광대한 지질시대 동안 혼탁류의 영향을 받아 심해저의 해구(海溝)나 우묵한 장소에 침전물이 쌓였다. 이러한 개념은 이제껏 우리를 헷갈리게 만든 몇 가지 현상을 이해하도록 도와준다. 암석해안이 침식작용으로 깎여나가거나 파도에 의해 분쇄된 결과 생겨난 모래 퇴적물이 어째서 해양 한복판의 바닥에 쌓여 있는가? 왜 심해와 통하는 해저 협곡 어귀의 퇴적물에 육지의 자취랄 수 있는 나무 조각이나 낙엽 따위가 들어 있는가? 그리고 어떻게 해서 견과류, 나무의 잔가지나 껍질이 섞인 모래가 도무지 상관도 없다 싶은 심해 평원에서 발견되는가? 우리는 폭풍우·홍수·지진을 계기로 퇴적물을 실은 해류가 기세 좋게 아래로 쏟아져 내린다는 사실을 통해 한때 풀리지 않았던 이러한 현상들을 설명해주는 메커니즘을 알아냈다.

바다가 역동적이라는 사실이 알려진 것은 몇십 년 전의 일이지만, 바닷물의 운동을 어렴풋하게나마 이해하기 시작한 것은 불과 얼마 되지 않았다. 그것은 지난 10년간 개발된 빼어난 장비들 덕택이었다. 이제 우리는 해수면과 해저 사이에 드리워진 어두운 지역도 예외 없이 해류의 영향을 받는다고 생각한다. 멕시코 만류 같은 강력한 표층 해류조차 우리가 짐작한 바와는 아주 다르다. 멕시코 만류는 쉼 없이 흐르는 폭이 넓은 물줄기일 것 같지만, 실은 소용돌이치거나 회오리치기도 하는 유속이 빠르고 폭이 좁은 따뜻한 물줄기라는 사실이 드러났다. 그리고 표층 해류 바로 밑에는 저마다 속도와 방향과 유량이 제각각인 그와는 다른 해류들이 존재한다. 그 아래는 또 다른 해류들이 흐르고…… 과거에는 심해저를 '언제까지나 고요한 장소'일 거라고들 생각했지만, 정작 그곳의 바닥을 찍은 사진들은 잔물결 무늬가 아로새겨진 모습을 보여준다. 이는 움직이는 바다가 침전물을 분류하고 미세한 입자는 딴 곳으로 실어 나른다는 것을 의미한다. 강한 해류로 인해 대서양중앙해령(Mid-Atlantic Ridge)이라 알려진 광대한 해저산맥의 산마루는 대부분 표면이 깎여나간 모습이다. 사진에 찍힌 해산에는 예외 없이 깊은 해류의 흔적이지 싶은 잔물결 무늬와 쓸려나간 자국이 아로새겨져 있다.

다른 사진들은 바다 깊은 곳에도 생명체가 살아간다는 것을 생생하게 증언한다. 해저에는 동물이 지나다닌 기다란 자취와 흔적이 어지럽게 낙서되어 있고, 미지의 생명체들이 건축한 작은 원뿔체며 굴 파고 사는 동물들이 들어앉은 구멍이 도처에 뚫려 있다. 덴마크의 연구선 갈라테아

(Galathea)호는 깊은 바다에서 저인망(물밑을 훑는 그물―옮긴이)으로 살아 있는 동물을 끌어올렸다. 깊은 바다는 최근까지만 해도 생명체가 거의 살고 있지 않아 그런 방식의 표본 채취가 불가능하다고 여겨지던 곳이다. 바다의 역동적 특성을 유감없이 보여주는 이러한 조사 결과는 결코 학자들 소관만이 아니다. 그것은 흥미롭되 쓸모는 없는 극적인 이야기를 자세히 들려준 데 그치는 게 아니라 우리 시대가 당면한 주요 문제와 직접적이고도 즉각적으로 연관되는 내용이다.

그간 지구의 천연자원 관리인으로서 우리 인간이 거둬들인 실적은 실망스럽기 그지없었다. 다만 우리는 어쨌거나 바다가 변화시키거나 훼손하는 인간의 능력이 미치지 않는 신성불가침 영역으로 남아 있다고 믿으면서 그나마 다행이라 자위해왔다. 그러나 유감스럽게도 그것은 순진하기 짝이 없는 믿음으로 드러났다. 원자의 비밀을 밝힌 현대 인류는 스스로가 깜짝 놀랄 만한 문제에 직면해 있다는 사실을 깨달았다. 바로 지금까지의 지구 역사를 통틀어 가장 위험한 물질인 원자핵분열의 부산물을 대관절 어찌할 것인가 하는 문제다. 우리 인간은 과연 지구가 살지 못할 곳으로 전락하지 않도록 이 치명적 물질을 처리할 수 있느냐 하는 냉혹한 문제와 마주쳤다.

오늘날 바다에 관한 그 어떤 설명도 이 불길한 문제에 주목하지 않는 한 충분하달 수 없다. 바다가 너무 광대하고 얼핏 외따로 떨어져 있는 듯 보이므로 핵폐기물을 처리하는 이들은 그동안 바다에 주목해왔다. 최소한 지난 1950년대까지만 해도 바다는 원자 시대의 '저준위 방사성폐기물'이나 오염된 쓰레기를 버리는 '자연의' 공간으로 선택되었다(카슨은 1946년 이후 미국을 비롯한 핵 강국들이 실시해온, 방사성폐기물을 바다에 투척하는 행위를 언급하고 있다. 미국은 1970년 미 환경질위원회(U. S. Council on Environmental Quality)의 권고에 따라 핵폐기물 투척을 중단했으며, 1972년에는 런던핵폐기물투척금지협약(London Dumping Convention)을 서명·비준했다. 러시아는 1990년대 초까지만 해도 고준위 폐기물 투척 위반국 명단에 이름을 올렸으며, 영국·프랑스·러시아는 아직도 계속해서 저준위 폐기물을 바다에 내다 버리고 있다 – 엮은이]. 공적 논의도 없어 대중이 거의 알아차리지 못한 사이에 벌어진 일이다. 안에 콘크리트를 바른 배럴에 이러한 폐기물을 담아 미리 지정한 장소로 이동해 배 밖으로 내던진 것이다. 어떤 것은 해안에서 160킬로미터 떨어진 곳에 투척하지만, 최근에는 30여 킬로미터밖에 떨어지지 않은 외안을 폐기 장소로 제안하는 일마저 벌어졌다. 이론상으로는 그 용기를 1.8킬로미터 깊이에 묻어야 하지만, 실제로는 그보다 훨씬 얕은 바다에 투척하는 경우도 왕왕 있었다. 그 용기는 수명이 고작 10년 정도에 그쳐 그 뒤에는 미량의 방사성물질이 바다로 새어 나오리라 짐작된다. 그러나 이 역시 추측일 뿐이다. 핵폐기물을 버리거나 혹은 다른 이들이 그렇게 하도록 허가해주는 미국 원자력위원회(Atomic Energy Commission)의 어느 대표자는 공식 석상에서 "용기들이 바닥으로 가라앉는 동안 애초의 온전함을 제대로 유지하지 못하는 것 같다"고 실토했다. 과연 캘리포니아에서 이루어진 실험을 통해, 일부 용기는 압력을 받으면 몇백 미터 깊이에서도 터져버릴 수 있음이 드러났다.

그러나 이미 바다에 버린 온갖 용기들, 그리고 원자 과학의 실용성이 점차 커감에 따라 앞으로 버려질 용기들에 담긴 내용물이 바다로 유출되는 것은 오로지 시간문제일 뿐이다. 더군다나 용기에 넣어 투척한 폐기물만이 다가 아니다. 이제는 핵폐기물의 쓰레기장 구실을 하는 강에서도 오염된 지표수가 바다로 흘러드는 데다 원자폭탄 실험으로 발생한 방사능 낙진도 대부분 광대한 바다 표층에 내려앉고 있다.

규제 당국이야 안전하다고 큰소리치지만, 이 모든 관행은 매우 불완전한 사실에 기초하고 있다. 해양학자들은 깊은 바다로 흘러든 방사능원소가 결국 어떻게 될지에 대해서는 "그저 막연하게 추측만 할 따름"이라고 말한다. 그들은 핵폐기물이 강어귀나 연안 해역에 쌓일 경우 어떤 일이 벌어질지 파악하려면 수십 년에 걸친 집중 연구가 필요하다고 밝혔다. 이제까지 보아왔듯, 최근 지식은 하나같이 바다가 모든 층위에서 지금까지의 짐작보다 훨씬 더 활발하게 움직인다는 것을 보여준다. 심해의 난류(亂流), 바닷속에서 여러 방향으로 겹겹이 흐르는 광대한 수평의 강줄기, 해저 바닥의 광물질을 싣고 심층에서 위로 용승(湧昇)하는 물줄기, 그와 반대로 아래로 쏟아지는 어마어마한 양의 표층수, 이 모든 과정이 어우러져 바닷물은 엄청난 규모로 뒤섞이며 그 결과 방사능오염 물질이 바다 전체에 골고루 퍼진다.

그러나 실제로 바다 자체가 방사능원소를 운반하는 것은 문제의 일부에 지나지 않는다. 인간에게 미치는 위험이라는 측면에서 보자면, 해양동물이 방사성동위원소를 체내에 축적하고 분배하는 현상이 한층 더 심각한 문제다. 바닷속에 사는 동식물은 방사성 화학물질을 섭취해 체내에 농축한다고 알려져 있지만 그 구체적 과정에 관한 정보는 터무니없이 모자라다. 바다의 작은 생명체들은 바닷물에 들어 있는 무기물을 섭취하면서 살아간다. 그런데 무기물이 제때 공급되지 않으면 필요 원소의 방사성동위원소가 주위에 있을 경우 그것을 대신 사용한다. 그로 인해 바닷물 농도의 무려 100만 배에 달하는 방사성동위원소를 체내에 축적하는 일도 더러 생긴다. 만약 신중하게 '최대 허용치'를 계산해본다면 결과가 과연 어떻게 될까? 작은 유기체는 큰 유기체에게 잡아먹히고 그러한 먹이사슬은 결국 인간에게까지 이른다. 핵실험 장소인 비키니섬 주변 260만 제곱 킬로미터 내에 서식하는 참치는 이런 과정을 거친 결과 체내에 축적된 방사능 농도가 바닷물보다 훨씬 더 높아졌다.

해양 생물들이 움직이고 이동하는 까닭에, 방사성폐기물이 원래 묻은 장소에 고이 머물러 있으리라는 안이한 가정은 한층 더 옳지 않다. 작은 생명체들은 규칙적으로 밤이면 바다 표층을 향해 위로 올라가는 광범위한 수직 운동을 하고, 낮이 되면 바다 깊은 곳으로 도로 내려오기를 되풀이한다. 이 과정을 거치는 동안 온갖 방사성물질이 그들 몸에 붙어 다니거나 몸 안으로 들어올 가능성이 있다. 물고기·바다표범·고래 같은 덩치 큰 동물은 머나먼 거리를 이동하면서 바다에 버려진 방사성원소를 널리 퍼뜨리는 데 한몫한다.

그렇게 되면 문제는 지금껏 인정한 정도보다 한층 더 복잡하고 위태로워진다. 핵폐기물 처리를 시작하고 얼마 안 된 비교적 짧은 기간에조차, 그 토대가 된 가정들 일부가 턱없이 부정확했음이 연구 결과 드러났다. 실제로 그간 핵폐기물 처리는 우리 지식이 그 타당성을 입증할 수 있는 속도를 훨씬 앞질러 진행되었다. 우선 처리하고 나중에 조사하자는 식이야말로 재앙을 부르는 안일하기 짝이 없는 태도다. 일단 바다에 버려진 방사성원소는 회수가 불가능하기 때문이다. 지금 저지른 일은 영영 돌이킬 수 없는 잘못이 되고 만다.

처음 생명체를 잉태한 바다가 이제 그들 가운데 한 종(인간)이 저지르는 활동으로 위협받는다니 참으로 얄궂은 상황이다. 그러나 바다는 설령 나쁘게 변한다 해도 끝내 존속하겠지만 정작 위험에 빠지는 쪽은 생명 그 자체다.

3부

3부는 〈홀리데이〉에 실린 가장 성공적인 카슨의 잡지 기사 〈끊임없이 변화하는 우리의 해안〉으로 시작하며 구름을 다룬 텔레비전 방송 대본으로 끝난다. 그녀는 오래전부터 하늘과 바다에 똑같은 물리적 힘이 작용한다는 사실을 이해했으며 그 유사성에 매료되었다.

1952년 어류·야생동물국을 그만둔 레이첼 카슨은 메인주 부스베이 항구 가까이에 위치한 사우스포트섬에 별장을 한 채 사들였다. 그녀는 제 소유의 조수 웅덩이와 암석해안이 딸린 별장에서 연구를 하거나 바다에 관한 3부작의 마지막 《바다의 가장자리》를 집필하면서 1950년대 중반 몇 년을 보냈다. 《바다의 가장자리》도 전작 《우리를 둘러싼 바다》와 마찬가지로 〈뉴요커〉에 연재되었으며 나중에 〈뉴욕타임스〉 베스트셀러 목록에 올랐다.

카슨은 대서양 연안에서 현장 조사를 하는 동안 생애 최고의 창의적인 순간과 마주하곤 했

다. 그 가운데 몇 가지는 3부에 수록된 그녀의 현장 일지와 친구들에게 보낸 편지에 반영되어 있다. 카슨은 이 기간 동안 공적 연설에서 그 현장 경험을 떠올리며 생태적 관계의 중요성과 아름다움이 오늘날의 세계에서 지니는 가치를 설파했다.

미국에서 갈수록 수가 줄어드는 해안을 염려하던 카슨은 일부 해안을 인간 활동이 미치지 못하게 보호해야 한다고 주장했다. 그녀는 황야 보존의 초기 주창자였지만, 다른 한편 그녀가 '잃어버린 숲(Lost Woods)'이라 부른 사우스포트섬의 조그만 땅뙈기를 사들여 보존하는 꿈을 꾸기도 했다. 비록 그 꿈은 좌절되었지만 대신 카슨은 '잃어버린 숲'과 가장자리 세계 (해안—옮긴이)에서 살아가는 생명체의 생태적 중요성을 일깨우는 글을 문학적 유산으로 남겼다.

1958

끊임없이 변화하는 우리의 해안

　새로 창간된 〈홀리데이〉지의 편집자들은 1958년 여름호를 '천혜의 미국'이라는 주제에 집중하는 특집호로 내기로 하고 레이첼 카슨에게 미국의 해안을 다룬 짤막한 원고를 부탁했다. 카슨은 이미 살충제 오용 문제 쪽으로 관심이 기울었지만 기꺼이 그 청탁을 받아들였다. 자신의 저작권 대리인에게 말한 대로 "해안이 거의 남아 있지 않은 현실을 거론할 수 있는" 기회가 되리라 여겼기 때문이다. 카슨은 미국 천혜의 해안이 위협받는 사실을 효과적으로 알린다면 그 일부나마 구제할 수 있을 거라 기대했다.

　카슨은 친구들에게 보낸 편지에서 직접 다녀온 해안 지대에 대해 기술한 구절, 그리고 현장 일지에 적은 관찰 기록을 참고해 몇 가지 사례를 정리했다. 그렇게 해서 완성한 원고에는 카슨이 알고 사랑하는 해안을 그녀와 함께 여행하는 것 같은 친근한 느낌과 예리한 묘사가 잘 어우러져 있다. 미국 해안을 보존하자고 호소한 이 글은 당대의 자연주의 저술가운데 가장 유려한 작품으로 꼽힌다.

몇 킬로미터에 걸친 해안 지대의 땅은 늘 다른 모습을 바다에게 보여준다. 어느 곳은 깎아지른 듯한 바위 절벽이고 어느 곳은 완만한 해변이다. 그런가 하면 또 어느 곳은 신비감이 가득하고 어둑어둑하며 가장자리가 들쭉날쭉한 맹그로브 습지다. 이 모두가 해안이지만 언제도 어디에도 닮은꼴이 없는 저마다 유일한 해안이다. 바깥으로 튀어나온 갑, 완만하게 굽이진 해변, 모래 알갱이, 이 모든 것에는 지구의 역사가 오롯이 담겨 있다.

해안 지대는 바다와 육지라는 기본 주제를 가지고 끊임없이 변주한다. 뉴잉글랜드 북부의 암석해안에서는 바다가 즉각적이고 강력하고 무시할 수 없는 존재다. 정해진 일정에 따라 밀려왔다 밀려가는 바다의 조석이 후미진 만을 덮었다 드러냈다 하고 정박한 배를 들어 올렸다 빼도 박도 못하게 가둬놓았다 한다. 뉴잉글랜드 남부의 드넓은 해변은 느낌이 사뭇 다르다. 조석이 빠져나갈 때 모래언덕 가장자리에 서 있으면 바다가 멀리 물러나는 것처럼 보인다. 밀물이 되면 바다가 약간 쳐들어와서 모래사장의 간격을 좁혀놓는다. 폭풍우는 바다를 훨씬 더 육지 쪽으로 데려온다. 그러나 북부 해안에서 볼 수 있는 압도적인 모습에 견주면 남부 해안의 바다는 머나먼 수평선을 마주한 채 빛나는 광대무변한 존재처럼 보인다. 달궈진 대기가 모래 위에서 들끓고 하늘에 구름 한 점 없는 날이면 파도의 소리는 들릴락 말락 한 속삭임이다. 이러한 고요 속에서는 곧 무슨 일인가가 벌어질 것만 같은 머뭇거림이 감돈다. 우리는 정말이지 지금 여기서 보는 바다란 그저 일시적인 것일 뿐임을 확신하게 된다. 지난 100만 년 넘는 세월 동안 바다는 해안평야 위까지 침입해 들어오고 수천 년 동안 그 상태를 유지하다가 다시 깊은 해분으로 돌아가기를 여러 차례 되풀이해왔기 때문이다.

해안은 늘 변화하므로 오늘의 모래해안이 오랜 세월이 흐르면 깎아지른 암석해안이 될 수도 있다. 이것이 정확히 뉴잉글랜드 북부에서 일어난 일이다. 거기서는 몇천 년 전에 지각이 내려앉고 바다가 생겨나면서 해안과 해안평야가 바닷물에 뒤덮였다. 바닷물이 하곡(河谷) 위를 덮쳤고 거의 구릉께까지 차올랐다. 이렇게 해서 새로 생성된 오늘날의 메인주 해안에서는 상록수 숲이 바다의 문턱인 화강암 지대와 몸을 맞대고 있다.

어디나 할 것 없이 해안을 주조하는 것은 바람과 바다다. 그들은 해안의 모습을 어느 때는 아름답게, 또 어느 때는 기묘하게 빚어놓는다. 오리건주 해안에 늘어선 바위 절벽과 갑은 바다와 치열한 싸움을 벌여온 기나긴 세월을 말없이 웅변한다. 외안 여기저기에 침상결정체(針狀結晶體)인 외로운 바위 탑들이 솟아 있다. 이른바 시스택(sea stack)이라고 알려진 형상이다. 시스택은 본시 해안 바위의 몸통에서 튀어나온 좁은 갑에서 출발한다. 그런데 육지와 연결된 갑의 약한 부분이 파도의 집중 공격을 받아 결국 육지에서 떨어져 나온 것이다.

우리는 오랫동안 쇄파에 시달린 해식애(sea cliff)에 뚫린 해식동굴(sea cave)을 도처에서 발견할 수 있다. 아카디아 국립공원(Acadia National Park)에 있는 '말미잘 동굴(Anemone Cave)'이 그 예다. 오리건주 중부 연안에 있는 유명한 '바다사자 동굴(Sea Lion Caves)'에는 가을마다 바다사자 수백 마리가 운집한다. 그들은 벽력같이 밀려드는 쇄파 속에서 살아가며, 동굴

지붕을 뚫어버리기라도 할 기세인 바닷소리에 제 포효를 더한다.

바람은 쇄파대 위 곳곳에 장엄한 모래언덕을 빚어놓았다. 노스캐롤라이나주 키티호크(Kitty Hawk)에는 아마도 미국 해안에서 가장 높으리라 짐작되는 모래언덕들이 바다에서부터 불쑥 솟아 있다. 나는 어느 바람 부는 날 그 모래언덕 가운데 하나의 정상에 섰다. 모든 모래언덕의 마루가 마치 담배를 피우는 듯했다. 바람이 제가 만든 모래언덕을 허물어뜨리려고 작정이라도 한 것 같았다. 세차게 몰아치는 바람이 구름 혹은 띠 모양으로 날리는 모래 알갱이를 와락 휘감아 어디론가 실어갔다. 나는 저 아래 쇄파 지대에 가 보고서야 언덕을 구성하는 모래가 어디서 연유했는지 알게 되었다. 파도가 끊임없이 암석과 조개껍데기 조각을 잘라내고 갈고 다듬으면서 해안에 모래를 대주었던 것이다.

모래언덕의 완만한 경사면, 도랑, 이랑 모양의 표면에는 하나같이 바닷바람의 흔적이 아로새겨져 있다. 도처에서 만나는 생명체들도 마찬가지다. 망망대해를 수천 킬로미터 가로지르며 부는 편서풍은 때로 서반구 전체에서 가장 거센 파도를 미국 북부 태평양 연안에 안겨주곤 한다. 편서풍은 그 유명한 몬테레이의 사이프러스를 현재와 같은 모습으로 주조한 장본인이기도 하다. 그 침엽수는 뿌리는 바다 쪽으로 뻗었지만 가지들은 한사코 바다를 피하려고 몸부림치듯 육지를 향해 있다. 실제로 이처럼 해안 식물의 가지가 자라지 못하게 훼방 놓는 결정적 요소는 바람에 실려온 바다 소금이다. 바다 소금은 노출된 쪽에서 자라는 눈〔芽〕을 망가뜨리는 것이다.

해안은 백인에게 100가지 의미를 띤다. 해안의 변화무쌍한 모습 가운데 대체로 전형적이라 여겨지는 것도 실은 바다의 진정한 모습이 아니다. 바다의 진정한 기백은 화창한 날 태양이 내리쬐는 해변에 부드럽게 찰싹이는 점잖은 파도에서 엿볼 수 있는 게 아니다. 우리가 바다의 실재라고 알고 있는 신비스러운 뭔가를 느끼는 것은 해안에서 동틀 무렵이나 해거름 녘에, 혹은 몰아치는 폭풍우 속이나 자정의 어둠 아래 홀로 서 있는 순간이다. 바다는 인간적인 것하고는 거리가 멀기 때문이다. 바다는 인간 따위는 도시 아랑곳하지 않는다. 그리고 우리가 인간 존재에 따르는 온갖 과시적인 물건들을 바다 세계로 들어서는 문지방(해안—옮긴이)에 챙겨 가면 우리 귀는 턱없이 무뎌져서 바다가 들려주는 장엄한 말을 들을 수 없다.

　해안은 어느 때는 지구와 지구의 창조에 관해, 또 어느 때는 생명체에 관해 들려준다. 만약 우리에게 시간과 장소를 선택할 수 있는 행운이 주어진다면, 우리는 대자연의 위력을 실감할 수 있는 엄청난 장관과 마주할 수도 있다. 어느 여름날 밤 보름달이 뜨면, 바다와 치솟는 조석과 오래된 해안 생명체들이 함께 작당해 메인주로부터 플로리다주에 이르는 수많은 해변에서 태곳적 마술을 펼쳐 보인다. 그런 밤이면 투구게(horseshoe crab)들이 모습을 드러낸다. 그들은 바다에서 기어 나와 젖은 모래밭에 둥지를 파고 알을 낳는다. 고생대의 보름달 아래에서 그랬던 것과 다름없이 말이다. 그들은 고생대 이후 지금까지 몇억 년 동안 같은 일을 되풀이해왔다.

　조석이 밀물에 가까워지면 검은 형상들이 쇄파 지대에 등장한다. 그들의 크고 둥근 껍데기 위로 달빛이 비추면 바닷물에 젖은 몸이 번들거린다. 가장 먼저 도착한 부류는 밀물의 파두 아래 거품 낀 물속에 머무른다. 대기 중인 수컷들이다. 마침내 어두운 외안에서 다른 형체가 등장한다. 그들은 깊은 바다에서는 어렵잖게 헤엄을 치지만 제 밑에서 바다가 얕아지는 것을 느끼면 주뼛거리면서 어설프게 어기적거린다. 그들은 밀고 밀치는 수컷 무리를 지나 해안으로 향한다. 암컷은 얕은 물에 둥지를 파고 알을 낳는다. 장차 생명체로 성장할 수백 개의 작은 구(球)다. 짝지 수컷이 알 위에 정액을 뿌린다. 그러고 나서 암수는 알을 바다에 맡긴 채 자리를 뜬다. 바다는 알을 부드럽게 어루만지고 그 주위에 한 알 한 알 모래를 다져준다.

이어지는 달 주기 동안의 만조는 어느 것도 알이 있는 지점까지 닿지 않을 것이다. 왜냐하면 움직이는 물은 세기가 저마다 다른데, 달이 상·하현일 때 가장 약해지기 때문이다. 산란한 지 한 달이 되면 배아(胚芽)는 살아갈 준비가 다 되어 있을 것이다. 다시 대조의 만조가 되면 바닷물이 알 둥지가 있는 곳까지 밀려와 모래밭을 휘젓는다. 밀물의 교란은 알 세포막을 파열하게 만들고, 독자적 삶을 살아갈 수 있도록 새끼 투구게들을 만이나 해협의 연안해에 풀어준다.

그런데 부모 투구게들은 이런 일이 일어날 것을 어떻게 예측할까? 느릿느릿 움직이는 이 원시 동물 안에 지금이 보름달이며 조석이 높아진다고 말해주는 무언가가 들어 있는가? 무엇이 그들에게 대조 때 둥지를 파고 알을 낳으면 알이 더 안전하다는 사실을 말해줄까?

보름달이 뜨고 밀물 때를 맞은 밤이면 해안은 신비롭고도 황홀한 생명체 이야기를 들려준다. 해안은 바다의 가장자리이자 육지의 가장자리다. 여기에 수백억 년의 세월 동안 그러한 해안과 바다를 알고 지내온 생명체들이 있다. 진화의 물결이 한바탕 휩쓸고 지나갔는데도 이들은 삼엽충이 살던 시절과 별반 다르지 않은 모습이다. 투구게는 제 존재에서 시간이라는 장벽을 지워버린다. 우리 머릿속은 일순 혼란스러워진다. 그러니까 이게 지금 현재일까, 아니면 우리가 어쩌다가 100만 년 전 혹은 1억 년 전으로 돌아간 것일까?

시간은 어느 때든 상관없고 장소와 분위기만 맞아떨어진다면 태곳적 바다에 온 것 같은 착각이 드는 경우가 더러 있다. 나는 언젠가 어린 지구가 어떻게 생겼는지를 실제로 알게 되었다고 느낀 적이 있다. 우리는 가문비나무 숲을 지나 바다로 내려갔다. 안개가 잔뜩 낀 숲에는 새날을 여는 여명의 빛이 흐릿하게 어려 있었다. 가문비나무 숲의 마지막 지점을 막 통과해 암석해안으로 들어서자 우리 뒤로 조용히, 그러나 끊임없이 안개 커튼이 드리워지면서 육지의 풍광과 소리가 순식간에 사라졌다. 갑자기 우리 앞에 보이는 것이라곤 젖은 바위와 이따금 낮은 아우성을 토해내는 잿빛 바다, 그리고 뿌연 안개뿐이었다. 다른 건 아무것도 없었다. 순간 우리가 타임머신을 타고 바위와 바다로만 이루어진 고생대로 돌아간 게 아닐까 하는 착각이 일었다.

우리는 말없이 가만 서 있었다. 그토록 광대하고 신비롭고 더없이 강력한 어떤 것 앞에서 인간의 말이란 정말이지 하잘것없었다. 인간의 영혼은 그날 아침의 메시지를, 깊은 영감을 주는 장중한 음악으로, 즉 발아래 놓인 바위에 밀려드는 바다가 회오리치고 부서지면서 만들어내는 힘찬 음악으로 이해할 것이다. 마치 베토벤 교향곡 제9번의 첫 소절을, 광활한 공간을 가로지르고 기나긴 세월의 터널을 지나면서 과거에 무슨 일이 있었고 앞으로 어떤 일이 일어날지에 관한 감각을 일깨우는 음악으로 이해하듯이 말이다.

그날 아침 쓸 만한 말은 모두 바다가 하고 있었다. 바다의 말이 또렷하게 들리는 것은 오직 그처럼 훼손되지 않은 고독한 장소에서뿐이다. 내가 기억하는 그 비슷한 또 하나의 장소는 인간의 발길이 닿지 않는 해안과 높은 모래언덕이 있는 곳이다. 바로 대서양 쪽으로 50킬로미터쯤 뻗어 나가다 다시 본토 쪽으로 구부러진 코드곶(Cape Cod)이다. 수천 년 동안 바다와 바람은 함께 손잡고 이 모래 세상을 일구었다. 광막한 해변은 저편 아득한 수평선까지 드넓게 펼쳐진 바다와 마찬가지로 고요하기만 하다. 외안에는 해수면 바로 아래에 위험천만한 피크트힐(Peaked Hill) 모래톱이 자리하며, 거기에는 난파된 선박의 잔해가 잔뜩 쌓여 있다. 해변 위쪽에 솟은 모래언덕들은 서서히 내륙 쪽으로 자리를 넓혀간다. 그들은 마치 모래 파도로 일렁이는 드넓은 바다가 육지 위로 밀려들다 일순 굳어버린 형상이다.

모래언덕은 고요한 장소다. 여기에서는 바다의 소리조차 멀리서 들려오는 가녀린 속삭임에 지나지 않는다. 조용히 귀 기울이면 불어오는 바람에 시달리며 끊임없이 위아래로 몸을 뒤척이는 모래 알갱이의 쉭쉭거리는 소리도, 해변 풀들이 그들의 영원한 상징이랄 수 있는 낙서를 모래 위에 끄적거릴 때 나는 메마른 수런거림도 들을 수 있다.

그런데 이처럼 고독한 모래언덕과 하늘을 지나 더 큰 고독이 기다리는 해변이나 바다로 나아가는 사람들은 흔치 않다. 새들이야 고속도로에서 해변까지 날아가는 데 몇 분밖에 걸리지 않고, 거대한 모래언덕에 그림자를 드리우면서 그 위를 쉽고 빠르게 날아다닐 수 있다. 하지만 필히 걸어서 느릿느릿 나아가야 하는 인간 여행객에게 그렇게 손쉬운 여행은 남의 이야기다. 설사 그가 어렵사리 모래 경사면을 기어오르고 모래 계곡을 내려가면서 그 위에 가는 발자국 선을 새겨놓는다 해도 미끄러지듯 움직이는 모래는 그것을 금세 지워버리고 만다. 모래언덕은 인간 따위에는 도통 무관심해서 그가 왔다 간 흔적을 순식간에 없애버리고는 그런 사람 모르쇠 시치미를 뚝 떼고 있다.

피크트힐 모래톱에 있는 해변을 처음 방문한 때가 생각난다. 고속도로에서 모랫길로 접어들자 솔숲이 나왔다. 가까운 모래언덕의 이랑 위로 지평선이 그어져 있었다. 곧 모랫길이 사라지고 나무가 드문드문해지더니 모래와 하늘뿐인 세계가 눈앞에 나타났다.

나는 첫 모래언덕의 꼭대기에 서면 바다가 보이리라 기대했다. 그러나 널따란 계곡 너머로 또 다른 모래언덕이 버티고 서 있었다. 모래언덕 세계에 있는 모든 것이 이 세계를 만들어낸 원동력인 바람에 대해 들려주었다. 바다에서 받아온 물질을 날라다 여기서는 모래언덕의 표면을 날카로운 이랑으로 빚고 저기서는 둥그런 둔덕으로 주조하는 바람 말이다. 마침내 나는 바다에 인접한 모래언덕 지대의 탁 트인 지점에 다다랐다. 비로소 해변과 바다가 눈앞에 펼쳐졌다.

저 아래 해안에는 얼핏 보기에 생명체들이 살아간다는 기미가 전혀 느껴지지 않았다. 해안을 따라 800미터 정도 내려가자 그제야 갈매기 무리가 물가에서 쉬고 있는 광경이 눈에 띄었다. 그들은 바람을 맞으며 조용히 뭔가에 골몰해 있었다. 그 순간 그들은 서로서로가 아니라 바다와 어떤 교감인가를 주고받았다. 그들은 자기가 갈매기라는 사실을 잊어버린 것처럼 보였다. 깃털 달린 하얀 형상 하나가 모래언덕에서 날아와 그들 옆 모래밭에 내려앉았지만 누구도 눈길 한 번 주지 않았다. 나는 천천히 그들에게 다가갔다. 내가 인간 침입자에게 결코 허락되지 않는 보이지 않는 선을 넘을 때마다 갈매기들은 조용히 무리 지어 날아올라 그저 좀더 먼 모래밭으로 사뿐히 자리를 옮겨 앉았을 따름이다. 그 광경 속의 모든 것이 내게 소외감을 안겨주었다. 마치 새들 자신이 바다와 알고 지낸 것은 수백만 년 된 일이나 당신 같은 인간이 이 세상에 온 것은 고작 어제에 불과한 일임을 나에게 일깨워주려는 것 같았다.

그 외에도 시간이 정지한 듯한 해안이 몇 군데 더 있다. 버저즈만 해변에는 빙하가 남기고 간 바위가 여기저기 굴러다닌다. 지금은 그 바위를 따개비들이 뒤덮었으며, 조수선 아래 놓인 바위에는 갈조류인 록위드 커튼이 드리워져 있다. 진흙과 모래로 이뤄진 버저즈만 해안은 수많은 총알고둥이 지나다닌 구불구불한 선으로 어지럽게 낙서되어 있다. 밀물은 변함없이 외안에 살아가는 온갖 동식물의 껍질이며 빈 껍데기를 해안에 부려놓는다. 바위굴(rock oyster)과 가랑잎조개(jingle shell)의 금빛·은빛 껍데기, 절반만 갑판이 있는 작고 희한한 침배고둥(slipper shell) 껍데기, 큰다발이끼벌레(moss animal, *Bugula*)의 고사리처럼 생긴 갈색 유해, 물고기 뼈, 쇠고둥(whelk)의 기다란 알집 따위다.

해안 뒤쪽으로는 해안가를 장식한 야트막한 모래언덕들이 보이고, 그 너머에는 해수 습지가 드넓게 펼쳐져 있다. 여름이 끝나갈 무렵 어느 날 저녁 내가 그 습지를 방문했을 때는 그곳이 전날 밤 날아든 해안 새들로 북적거렸다. 그들은 소곤소곤 그러나 끊임없이 재잘거렸다. 검은댕기해오라기가 개울둑에서 물고기를 잡아먹었다. 그들은 키 큰 물풀밭 가장자리를 따라 극도로 조심스럽게 한 번에 한 발씩 살금살금 내딛다 작은 물고기 따위의 먹이를 낚아채기 위해 날렵하게 앞으로 내달렸다. 습지 저 뒤쪽에는 20마리가량의 해오라기(night heron)가 미동도 않은 채 서 있었다. 습지 가장자리의 숲에서 어미 사슴과 새끼 사슴이 조용히 목을 축이러 내려왔다가 다시 제 삶터인 숲 속으로 사라졌다.

그날 해수 습지는 고요한 초록 바다 같았다. 모래언덕 반대편의 드넓은 만 지역보다 약간만 더 고요하고 약간만 더 초록인 바다. 만의 해수면을 간질이는 것과 똑같은 산들바람이 늪지 물풀의 머리채를 흔들면 물풀밭이 파장 긴 파도처럼 일렁였다. 습지 깊은 곳에는 몸을 도사린 해오라기(bittern), 먹이를 찾는 왜가리(heron), 물풀 줄기 밑으로 둥글게 나 있는 사잇길을 분주히 싸돌아다니는 들쥐(meadow mouse) 등속이 숨어 있었다. 몸을 웅크린 오징어며 물고기, 그들의 먹이가 바닷물 속에 감춰져 있는 양 말이다. 바람이 표층수를 걷어내 가벼운 거품으로 만들어 해변에 내동댕이쳐놓은 것처럼, 그보다 훨씬 더 섬세한 거품같이 보이는 갯질경이(sea lavender) 꽃이 모래언덕을 점점이 수놓으며 습지 가장자리까지 뻗어 있었다. 불타는 붉은 빛깔의 퉁퉁마디(glasswort)와 유럽퉁퉁마디(marsh samphire)는 진작부터 습지의 고지대를 군데군데 점령했다. 한편 밤이면 만의 외안에서는 신비로운 빛이 불타올랐다. 가을이 다가오고 있는 신호였다. 그 빛은 아직 나뭇잎에 울긋불긋 단풍이 들기 전 바다 가장자리(해안―옮긴이)에서 발견되기 때문이다.

해안에서 바다의 인광이 가장 눈에 잘 띄는 때는 늦여름이다. 바로 그때 바다 세계에서 그 빛을 만들어내는 주역 가운데 몇이 만에서 가을 회동을 갖는다. 그들 무리가 언제 어디서 출현할지는 아무도 모른다. 별처럼 밤바다를 떠도는 이들의 정체는 다양하다. 대체로 반짝이는 작은 불꽃은 지극히 작은 단세포동물 와편모충(dinoflagellate)이다. 귀신처럼 푸른 빛·흰빛의 인광으로 타오르는, 그보다 좀더 큰 형상은 수정처럼 투명하고 작은 자두알만 한 빗해파리(comb jelly)이기 십상이다.

다가오는 계절은 변화의 시간이 임박했음을 알려주듯 해변과 모래언덕에, 그리고 반반하게 트인 해수 습지에 제 그늘을 드리운다. 아침이면 가벼운 안개가 습지를 뒤덮고 개울 위로 피어오른다. 밤이 되면 서리의 기운이 감돌기 시작한다. 천상의 별들도 차디찬 광채를 내뿜는다. 오리온자리와 큰개자리, 작은개자리가 하늘에서 사냥을 벌인다. 과연 다채로운 색깔이 향연을 펼치는 계절이다. 모래언덕 숲에서 붉게 익어가는 베리들, 진노랑색의 메역취(goldenrod), 들판에 핀 들국화(wild aster)의 흰색과 자주색…… 모래언덕과 해변의 빛깔은 좀더 부드럽고 오묘하다. 거기서는 어쩌면 모래를 뒤덮은 묘한 자주색과 마주할 수도 있다. 그것은 바람 따라 이동하면서 파도의 잔물결 무늬처럼 좀더 짙은 자주색의 자잘한 이랑들을 만들어낸다. 매사추세츠주 북부 연안에서 이 모래를 처음 접했을 때 나는 그게 과연 무엇인지 궁금했다. 지역민들은 그 자주색이 해안에 버려진 채 말라서 으스러진 해조가 얇은 막을 형성한 거라 믿었다. 몇년 뒤 나는 그 답을 알아냈다. 메인에 있는 내 소유 해안의 거친 모래밭에서 그와 똑같은 자주색 더미를 발견한 것이다. 그곳의 모래는 주로 깨진 조개껍데기나 부서진 돌멩이, 성게(sea-urchin) 가시의 조각, 고둥의 딱지(operculum) 따위로 구성되어 있다. 자주색 모래 알갱이 몇 알을 집으로 가져와 현미경 아래 놓고 들여다본 나는 그것이 식물의 잔해가 아님을 단박에 알아보았다. 내가 본 것은 사랑스런 자수정 빛을 내 눈에 되쏘는 투명한 보석, 다름 아닌 석류석(garnet)이었다.

현미경 재물대에 흩어져 있는 모래 알갱이는 세월이 흘러도 변함없으며 서두르지 않는 지구와 바다의 기백을 나름의 방식으로 웅변하고 있었다. 수백억 년 전 지구 내부 깊은 곳에서 시작되었으며, 거기 묻혀 있던 물질이 마침내 지표면에 드러날 때까지 계속되었고, 수천 년 동안 수천 킬로미터의 육지와 바다에서 이어진 과정, 그들은 그 과정의 최종 산물인 것이다. 그리하여 마침내 이 순정한 빛깔의 작고 정교한 보석은 빙하 흔적이 남아 있는 암석의 발치에서 잠시 쉬는 중이었다.

인간의 마지막 전초기지인 해안에 서서 드넓게 펼쳐진 외롭고 광막한 바다와 마주하노라면, 바다의 힘과 고요함과 인내심 그리고 시공을 초월하는 바다의 기상이 육지 세계에 살아가는 우리에게도 얼마간 전해질 것이다.

해안은 변화시키거나 파괴하려는 인간의 힘이 미치지 않는 곳처럼 보일지도 모른다. 그렇지만 그것은 사실이 아니다. 안타깝게도, 내가 이 글에서 언급한 해안 가운데 일부는 더 이상 훼손되지 않은 야생 상태로 남아 있지 않다. 그러기는커녕 놀이동산과 매점, 다과 판매대, 낚시터 따위가 어수선하게 들어서는 등 '개발'이라는 미명의 추악한 변화를 거치면서 오염될 대로 오염되었다. 문명의 이름 아래 지저분한 쓰레기장으로 전락한 것이다. 사람들이 만들어낸 인공의 결과물은 너무나 시끌벅적해서 바다의 소리를 이내 묻어버리고 만다. 예외란 있을 수 없다. 천혜의 해안이 사라지고 있다.

8000킬로미터에 이르는 해변은 고갈되지 않는 자원처럼 보일지 모르지만 실제로는 그렇지 않다. 국립공원관리국은 최근 대서양 연안과 멕시코만 연안에서 미개발 해안 지역에 대해 조사한 결과를 발표했다. (태평양 연안에 대한 결과는 아직 공개되지 않았다.) 그들은 "불길한 예감이 드는" 상황이라는 표현을 쓰며 이렇게 말했다. "메인주에서 멕시코에 이르기까지 도로와 연결된 근사한 해안 지대가 거의 다 개발업자의 손에 넘어갔거나 아니면 개발 후보지로 고려되고 있는 실정이다. 해안은 공적인 용도에서 빠르게 멀어지고 있다."

국립공원관리국은 공익을 생각하는 시민들과 지방정부·주 정부·연방 정부에 "더없이 소중한 유산을 보호하기 위해 더 늦기 전에 필요한 조치를 취해야 한다"고 호소했다. 대서양 연안과 멕시코만 연안의 트인 해안 지대 가운데 오직 6.5퍼센트만이 주나 국가 소유다. 국립공원관리국은 적어도 미국 동부 연안 해안 지대의 15퍼센트가 공유지가 되어야 한다고 호소했다. 이는 512킬로미터의 해안을 추가로 사들여야 함을 뜻한다. 반드시 그렇게 해야 한다. 만약 우리가 당대뿐 아니라 미래 세대도 해안이 어떻게 생겼는지 알고, 육지와 바다 사이에 놓인 해안 지대의 의미와 메시지를 읽을 수 있기를 진심으로 바란다면 말이다.

국립공원관리국은 천혜의 해안이 하나같이 훼손될 위기에 놓여 있다는 사실을 대중에게 일깨우기 위해 1935년 조사 이후 발표된 한 가지 권고 사항을 다시 부각시켰다. (지구 역사 전체에 비춰볼 때 오직 찰나에 지나지 않는) 한 인간 세대 전만 해도 상황은 사뭇 달랐다. 당시 국립공원관리국은 총 700킬로미터에 달하는 12개 주요 해안을 공적 용도로 사용할 수 있게 보존해야 한다고 촉구했다. 하지만 정부는 그 가운데 오직 한 군데만을 사들였다. 나머지 11개 해안은 그때 이후 사적·상업적 개발에 들어갔다.

권고 사항에 언급된 지역 가운데 한 곳은 당시 1마일당 9000달러만 지불하면 매입할 수 있었다. 하지만 이제는 그 가격이 제2차 세계대전 이후일었던 해안 부동산 붐으로 인해 11만 달러로 껑충 뛰었다.

그러나 남아 있는 야생의 해안 지대를 주립공원이나 국립공원으로 전환하는 것은 해결책의 일부일 뿐이다. 심지어 공원들조차 자연이 바람·파도·모래와 손잡고 수백억 년 동안 빚어놓은 작품과는 다르다. 자연의 방식이 무엇이었는지, 만약 사람들이 개입하지 않았다면 지구는 어떤 모습이었을지 보여주는 곳이 적어도 몇 군데쯤은 남아 있어야 하지 않겠는가? 그러므로 우리는 오락이나 휴양을 위한 공원 외에도, 훼손되지 않은 해안 지대를 얼마간 그대로 남겨둬야 한다. 바다·바람·해안의 관계, 동식물과 주변 세계의 관계가 인간이 존재하지 않던 오랜 세월과 똑같이 보존된 해안 지대 말이다. 이 우주 시대에도 인간의 방법이 늘 최선은 아닐 가능성이 여전히 남아 있기 때문이다.

카슨의 현장 일지에서 발췌한 글 네 편

《바다의 가장자리》는 대서양 연안의 해변에 살아가는 생명체를 다룬 안내서다. 카슨은 조간대의 생태를 연구하기 위해 1950년부터 메인주에서 플로리다주까지 여행을 다녔다. 카슨의 현장 일지에서 골라낸 네 편의 글은 노스캐롤라이나·사우스캐롤라이나주와 조지아주의 외딴 해변으로 몇 차례 조사 여행을 떠났을 당시의 기록이다.

카슨은 현장을 관찰할 때 결코 근시안적이거나 자아도취적인 태도에 빠지지 않았다. 따라서 폭넓은 시각을 견지하고, 저만의 특수한 경험을 보다 넓은 생명의 진화와 연관시킬 수 있었다. 그녀는 언제나 동물들의 삶에 가까이 다가가는 적극적이고 능동적인 관찰자였다. 카슨의 현장일지에는 그녀의 남다른 동정심, 경이로움을 느끼는 능력, 대자연 앞에고개 숙일 줄 아는 겸양이 잘 드러나 있다.

토요일

북쪽 해변을 거닐었다. 바람이 세찼고 소나기가 한두 차례 훑고 지나갔다. 물거품이 어마어마하게 일었다. 다리가 하나밖에 없는 작은 세가락도요가 통통 뛰면서 먹이 사냥하는 광경을 지켜보았다. 쌍안경을 챙겨 가지 않아 다친 다리가 아예 뭉텅 잘려나간 건지 몸통 아래 접힌 상태인지 정확히 확인할 길은 없으나, 좌우간 그 다리는 완전 무용지물이었다. 그는 정상적인 세가락도요들처럼 파도 가까이 덤비지는 못했지만 내달리면서 먹이 탐색하는 일을 그만두지 않았다. 내가 가까이 다가가자 그는 물 위를 맴돌았다. '핏-필-' 하는 그의 날카로운 울음소리는 이내 파도 소리에 묻혀버렸다. 나는 그가 얼마나 머나먼 여행을 감내해야 할지, 과연 얼마나 오래 버틸 수 있을지 궁금했다. 해변 위로 돌아왔을 때 그가 계속 씩씩하게 통통거리는 모습을 한 번 더 보았다.

달랑게 몇 마리가 구멍에서 기어 나왔다가 서둘러 도로 기어 들어갔다. 나는 상자에 앉아 쥐구멍을 지키는 고양이마냥 아무나 한 녀석이 나오기만 기다렸다. 그러나 곧 비가 내리기 시작했기에 자리를 떠야 했다.

세가락도요이지 싶은 해안 새의 발자취를 발견하고 조금 따라가보았다. 얼마 후 그 흔적은 물속으로 사라졌고 바닷물에 의해 말끔하게 씻겨 나갔다. 어찌나 감쪽같이 지워졌던지 원래 거기에 없었던 것만 같다. 어쩌면 시간 자체도 이 바다와 같아서 우리 이전에 존재하던 모든 것을 집어삼키며, 조만간 밀물처럼 덮쳐와 우리를 휩쓸어가고, 우리가 왔다 간 흔적마저 뒤덮어 지워버린다. 오늘 아침의 바다가 그 새의 발자국을 지워버렸듯이 말이다.

돌아오는 길에 토요일 오후 나절 보았던 외발의 작은 세가락도요를 다시 만났다. 멀쩡한 세가락도요들이 해변 위아래를 분주히 돌아다닐 때면 그들의 다리가 얼마나 경쾌하게 움직이는지 알기에, 그 조그만 녀석이 오른쪽 다리만으로 통—통— 뛰면서 잽싸게 몸을 움직이는 모습이 놀라웠다. 이번에 보고서는 그의 왼쪽 다리가 거의 잘려나가고 2~3센티미터밖에 남아 있지 않다는 사실을 알게 되었다. 북극(세가락도요는 북극 툰드라에서 둥지를 틀고 알을 낳는다고 알려져 있다—옮긴이)에서 여우 따위의 동물에게 붙잡혔던 것일까 아니면 덫에 걸렸던 것일까 궁금했다. 세가락도요의 섭식 습성을 아는 이들이 보면 '부적합한' 몸을 가진 그가 곧 죽을 거라고 말할지도 모르겠다. 그러나 그는 두 다리가 멀쩡한 동무들보다 훨씬 강인한 게 분명했다. 동무라는 말은 맞지 않을 수도 있다. 두 번 본 경우 모두 동반자 없이 혼자 사냥을 하고 있었으니까. 그는 밀려드는 파도를 향해 통— 통— 통— 뛰면서 뭔가 발견하고는 잽싸게 부리로 낚아채곤 했다. 그리고 몸을 돌려 밀려드는 물거품을 피해 다시 통— 통— 통— 뛰었다. 젖지 않으려고 날개를 사용하는 것은 단 두 차례밖에 보지 못했다. 그의 가냘픈 다리가 얼마나 고단할지에 생각이 이르자 마음이 아팠다. 하지만 그의 즐거운 기백과 불굴의 정신은 뭇 생명을 거두는 신이 결코 그를 저버리지 않았음을 증언해주었다.

작은 개

이튿날 이른 아침 썰물 때, 같은 모래사장의 우묵한 물웅덩이에서 재게 몸을 놀리는 모래쏙(ghost shrimp, *Callianassa*: 유령새우라고도 하는 새우의 일종— 옮긴이) 무리를 발견했다. 작은 개 덕분이었다. 처음에 나는 그 개가 틀림 없이 혼자서 모래사장 멀리까지 나가 있는 모습을 보았다. 새를 쫓는 거 겠거니 생각했다. 그곳에 지천인 도요새(willet)와 쇠백로(snowy egret) 들이 그 개가 다가가면 사뿐히 자리를 옮겨 앉곤 했으니까. 그러나 개는 온통 얕은 물웅덩이에만 관심을 보였고, 뭉툭한 꼬리를 끊임없이 흔들어대면 서 물웅덩이 안으로 냅다 달려들거나 그 주위에서 종종걸음을 쳤다. 처음 에는 산들바람 때문에 잔물결이 일고 태양이 밝게 비쳐 마치 춤추듯 보이 는 수면의 반사광에 마음을 빼앗긴 게 아닐까 생각했다. 나중에 거기 해 변으로 다시 돌아왔을 때 여전히 같은 물웅덩이에서 첨벙거리고 있는 그 개를 보았다. 모두 집으로 돌아갔고 조수는 밀물로 바뀌어 있었다. 나는 개가 너무 멀리 나가 있어 혹시 해안이 어느 쪽인지 어리둥절해하다 고립 되어 바닷물에 휩쓸려가지나 않을까 염려되었다. 그래서 개를 따라가보 기로 했다. 개는 나란 존재한테는 눈길 한 번 주지 않고 둥글게 맴돌면서 종종거리는 일을 계속했다. 얼마 후 몸속이 거의 다 들여다보이는 작은 새우 떼가 쏜살같이 유영하는 모습을 보았다. 그제야 비로소 개를 유혹하 는 것의 정체를 알게 되었다. 마침내 개를 안아 들고 해변 위 좀 멀리까 지 데려다놓았다. 개는 또 다른 물웅덩이를 발견하고 잽싸게 뛰어가더니 예의 그 모래쏙 사냥을 계속했다. 하지만 그곳은 해변의 위쪽이라 걱정할 필요가 없었다. (······)

모래사장에는 털보집갯지렁이(plumed worm, *Diopatra*)가 상당히 많다. 해변에 패인, 거의 개울 바닥처럼 구불구불한 홈 가운데 몇 곳은 조수가 빠져나갈 때조차 늘 물이 고여 있는데, 그 안을 들여다보면 앞뒤로 어지럽게 난 수많은 자취가 보인다. 하나의 자취가 끝나는 지점에서는 더러 분명한 움직임이 감지될 때도 있는데, 그곳을 파 내려가다 보면 이동 중인 큰구슬우렁이(moon snail)를 발견할 수 있다.

모래쏙이 파는 구멍은 바다 종류에 따라 생김새가 다른 것 같다. 모래바닥에서는 초콜릿처럼 생긴 작은 배설물 알갱이들을 볼 수 있다. 알갱이는 구멍 입구 가까이 흩어져 있지만 그리 높게 쌓여 있지는 않다. 진흙 바닥에서는 높이 솟은 굴뚝들을 볼 수 있다. 마치 날렵한 솜씨로 케이크 장식용 튜브를 짜놓은 것처럼 진흙이 똬리를 튼 모습이다. (……) 어떤 것은 편평하고 어떤 것은 봉우리처럼 제법 우뚝하다. 구멍을 파보고 모래 아래로 운하가 뚫린 것까지는 확인했지만 모래쏙은 단 한 마리도 잡지 못했다.

구멍을 파다가 빈 바다능금(*Cystoidea*: 지금은 멸종한 원시 극피동물─옮긴이)의 관을 하나 발견했다.

여기서 연잎성게(sand dollar)들이 모래 속에 스스로 제 몸을 묻는 광경을 지켜보았다. 널찍한 자취를 발견하고 그 끝을 손가락으로 조심스럽게 뒤적이면 연잎성게가 보인다. 연잎성게는 발각되기가 무섭게 다시 잽싸게 모래 속으로 사라진다. 그들은 몸 가장자리에 적잖은 소요를 일으키면서 몸 앞쪽 끝으로 모래를 파 들어가기 시작한다. 그들이 다시 모래 아래에 몸을 숨기기까지는 채 2분도 걸리지 않는다.

조지아주 세인트사이먼섬(1952)

해안경비대(Coast Guard) 기지 앞 해변과 거기서부터 북쪽의 내해까지 이어진 지역에는 저조 때면 모래밭이 드넓게 펼쳐진다. 여기에서는 신발이 빠지는 얕은 물을 건너야 하는 곳도 군데군데 있지만, 800미터가량을 거의 신발을 적시지 않은 채 걸어갈 수 있다. 고조선에서부터 약 15미터까지의 위쪽 해변은 부드러운 모래로 되어 있는 반면, 아래쪽 해변은 진흙과 점토가 뒤섞인 곳이라 한층 더 조밀하다. 조수가 빠져나갈 때면 이 지대에는 언제나 잔물결 모양의 홈들이 깊게 패여 있다. 신기할 정도로 단단한 해변에 조수가 빠져나간 동안만 패이고 유지되는 잔물결 문양이다. (……)

4월 17일 저녁 6시 반에서 7시 반까지 어둠이 깔리기 시작하는 이 모래밭에서 놀라운 경험을 했다. 저조는 8시 15분께였으므로 물이 다 빠져나가기까지 한 시간가량 남아 있을 때였지만, 모래밭이 믿기 어려우리만치 드넓게 펼쳐져 있었다. 해안가의 건물들로부터 멀리 떨어진 곳에 서 있노라니 이 드넓은 조간대는 본시 바다의 것이라 문명의 손길에 의해 망가질 수 없는 장소라는 생각이 들면서 기분이 좋았다. 바람과 바다와 새소리 말고는 아무 소리도 들리지 않았다.

한편으로 바람이 물 위를 지나는 소리가 나고, 다른 한편으로 바닷물이 모래 위로 미끄러지고 파도 위로 출렁이는 소리가 나는 게 신기했다. 이 모래사장에서 울고 있는 것은 도요새다. 여기서 그 새들을 보고 새로운 사실을 알게 되었다. 나는 지금까지 그들이 바닷가가 아니라 잔잔한 호수나 해수 습지에서만 산다고 알고 있었다. 오늘 밤 해변을 따라 내려갔을 때 도요새 한 마리가 바닷가에 서서 먼 바다를 굽어보며 다급한 울음소리를 시끄럽게 토해냈다. 곧 화답인 듯한 울음소리가 들려왔고 그 새는 기다렸다는 듯 상대 새를 만나러 날아갔다. 둘은 왁자하게 인사를 나누는가 싶더니 이내 헤어졌다. (……)

모래밭이 한층 근사해지는 것은 여기저기 파인 물웅덩이에서 반사된 빛밖에 보이지 않는, 해거름 녘이 가까워지는 때다. 그때는 새들의 형상이 색채가 사라진 검은 실루엣으로 달라진다. 세가락도요들이 작은 유령처럼 잰걸음으로 모래밭을 누비고 다니는 풍경 속에서 그보다 좀더 크고 검은 도요새의 모습이 간간이 도드라져 보인다. 이따금 그들에게 아주 가까이 다가가곤 했는데, 그때마다 인기척에 놀란 새들은 소리를 지르며 달아났다. 세가락도요는 발발발 도망갔고 도요새는 휘리릭 날아갔다. 여전히 그들의 색깔을 구분할 수 있을 만큼 빛이 남아 있을 때 검은제비갈매기아재비(black skimmer) 세 마리가 해안가를 따라 날아갔다.

어둑어둑해질 무렵 숙소로 돌아오는 길에, 그들이 거대한 나방처럼 펄럭이며 날아다니는 모습을 볼 수 있었다. 그중 한 마리가 나와 몇 미터밖에 떨어지지 않은 곳을 스치듯 지나 모래밭을 구불구불 가로지르는 작은 도랑을 따라갔다. 거기에 작은 물고기들이 사는 모양이었다. 도랑 표면이 가볍게 일렁이는가 싶더니 작은 파문이 둥글게 퍼져 나가는 것으로 보아.

모래언덕

모래와 하늘과 바다가 손잡으면 대체 어떤 독특한 작품이 만들어질까? 이에 대해서는 뭐라 말하기 어렵다. 그들의 합작품은 황량하고 삭막하다. 그러나 어떻든 간에 으스스하진 않다. 그 황량함은 차분하고 적막한 힘의 일부일 뿐이다.

　모래언덕으로 이뤄진 땅은 압도적인 침묵의 공간이다. 아니 처음에는 그렇게 보인다. 그러나 얼마 지나지 않아 우리가 침묵이라 여긴 것이 다름 아닌 인간이 빚어내는 소리가 부재한 상태라는 것을 깨닫게 된다. 모래언덕은 가만히 앉아 귀 기울여야만 들을 수 있는 저만의 목소리를 지녔기 때문이다. 거기에는 도시의 아우성 속에서는 말할 것도 없거니와 소도시의 소란 가운데서도 결코 들을 수 없는 온갖 자연의 소리가 깃들어 있다. 부드럽고 혼란스럽고 허허롭게 바스락대는 소리가 대기를 가득 메운다. 소리 가운데 일부는 800미터쯤 떨어진 해변에 철썩이는 파도 소리다. 부서지는 파도의 벽력같은 소리도 드넓은 모래 계곡과 모래 구릉들로 이뤄진 또 하나의 등성이 너머에 선 우리의 귀에는 모깃소리마냥 아득하기만 하다. 또한 그 소리 가운데 일부는 갈팡질팡하는 바람의 속삭임에서 연유하기도 한다. 바람은 결코 완벽하게 고요한 것 같지는 않다. 항상 자신이 빚어놓은 그 땅의 윤곽선을 살펴보고 계곡 아래로 떠돌다가 모래 구릉의 등성이에 뜻하지 않은 작은 돌풍을 안겨주는 것이다. 그런가 하면 그보다 더 작은 소리도 있다. 모래와 모래언덕에 자라는 풀들이 내는 소리다. 바람을 맞은 풀들이 처지고 굽어져 제 발치에 있는 모래에 둥그런 호와 원을 한가하게 끄적거리면서 부드럽게 휙휙거리는 소리 말이다. 특히 풀밭 남동쪽에 그려진 호는 끄물거리는 날씨를 의미한다. 완벽한 원은 날씨가 맑을 것임을 예고한다. 왜냐하면 원은 바람이 여러 지역에서 번갈아 가며 불어오고 있음을 말해주기 때문이다. 솔직히 말해 나는 그 의미를 완전하게 이해하지는 못하지만, 언제나 모래언덕의 풀이 그려놓은 낙서에 매료되곤 했다.

나는 이 땅의 역사를 알고 있었던 터라 여기서 바람을 맞으며, 그 역사가 담긴 파도를 바라보며 생각에 잠겼다.

나는 바다가 새로운 육지를 건설하는 장소에 서 있었고, 벅찬 감동을 안은 채 자리를 떴다. 우리 인간은 그리 똑똑지 못해서 받아들이기 어려워하지만, 마음 깊은 곳에서는 분명 지구의 창조와 생명체의 진화가 한없이 머나먼 과거에 일어난 일이었음을 느낄 것이다. 이제 확실하게 알 것 같다. 여기에서는 마치 일개 인간일 뿐인 나의 보잘것없는 이해를 도와주려고 지구 생성이라는 창조 과정이 마구 속도를 내어 내가 당대의 삶에서 그 변화를 추적할 수 있도록 배려해준 것만 같다. 지금 내 눈앞에서 펼쳐지는 변화란 고릿적 원시 바다로부터 최초로 마른땅이 만들어지던 과정, 혹은 처음으로 생명체가 바다를 벗어나 위험천만한 지상 세계로 한 걸음 한 걸음 기어 나오던 과정, 바로 그 과정을 압축적으로 보여주는 부분이었다.

바다와 바람과 모래가 이 세계의 건설자였으며 그들의 창조 활동을 목격한 것은 오직 갈매기와 나 자신뿐이었다.

이 황량하고 메마른 세계에 홀로 선 이들은 야릇한 느낌에 빠져든다. 여기는 나무의 우아한 부드러움, 풍성한 초목에 깃든 자비로움, 고요한 호수의 상쾌함, 쉼터가 되어주는 짙은 녹음의 한가함과는 거리가 먼 곳이다. 적나라한 생명의 기본 요소들만 덩그마니 남아 있는 세계다. 어쨌거나 바다가 갓 낳은 자식이라 그 이상을 기대하는 것은 무리겠지만 말이다. 얼마 뒤 모래 자체의 목소리가 생겨났다. 갑자기 방향을 바꾼 산들바람이 모래언덕의 마루 위로 불어올 때 모래 더미가 빠르고 날카롭게 쉭쉭대는 소리, 끊임없이 이어지는 들릴락 말락 한 속삭임, 겹겹이 쌓인 낱낱의 모래 알갱이들이 쉴 새 없이 몸을 뒤척이는 소리…….

어떤 영혼에게나, 어떤 기분에 처한 사람에게나 모래언덕에 가면 힘이 날 거라고 권할 자신은 없다. 다만 이것 하나만은 분명하게 말할 수 있다. 누구라도 하루 동안, 아니 단 한 시간만이라도 홀로 모래언덕에 머물러 있으면 거기서 보고 느낀 것을 평생 잊지 못할 거라고.

1953

바다의 가장자리

　앞으로 출간될 책과 같은 제목의 이 논문은 미국과학진흥협회가 주최하는 '바다의 변경'이라는 주제의 학술 토론회에서 발표되었다. 카슨이 전문적인 학술 기관에 제출한 유일무이한 순수 과학 논문이었다. 그녀는 이 글에서 "동물들은 어떻게 지금 사는 곳에 살게 되었을까?", "동물과 그를 둘러싼 세계를 이어주는 유대 관계의 본질은 무엇인가?" 같은 포괄적인 생태학적 질문을 다루었다. 이 논문을 보면 카슨이 꼼꼼한 현장 조사를 벌였다는 것, 그리고 기후나 기온 변화에 관한 최근의 이론적 연구를 해안 지대에 살아가는 생명체의 진화라는 일반적 주제에 적용할 수 있는 상상력을 지녔다는 것을 느낄 수 있다.

　카슨은 스스로를 대중을 위해 글을 쓰는 과학자로 규정했음에도, 가장 선도적인 연구를 수행한 생물학자들 앞에서 자신의 입장을 피력하고 그들의 존경심을 이끌어낼 수 있었다. 하지만 어느 친구에게 보낸 편지에서 실토했듯이 그 학술 토론회에서 발표할 때 평상시와 달리 몹시 긴장했다. 그녀의 멘토이던 하버드 대학의 과학자이자 전직 우즈홀 해양 생물학연구소의 소장 헨리 브라이언트 비글로(Henry Bryant Bigelow)가 청중석에 떡하니 버티고 앉아 있었기 때문이다. 카슨은 훗날 1961년에 출간된 《우리를 둘러싼 바다》 개정판을 비글로에게 헌정했다.

저는 최근 몇 년 동안 해안의 생태를 다뤄왔습니다. 암석해안, 모래 해안, 늪지와 갯벌, 산호초와 맹그로브 습지 등지에 살아가는 동물과 식물 집단의 생태를 말이지요. 또한 특정 동물과 다른 동물들의 관계, 동물과 식물의 관계, 그리고 동식물과 그를 둘러싼 물리적 세계의 관계를 줄곧 고민했습니다. 어떤 한 가지 문제를 다룰 때면 늘 생명이라는 복잡한 패턴에 유념해야 합니다. 저 홀로 완전한 생명체란 있을 수 없으며, 어떤 생명체도 독자적인 의미를 지닐 수는 없으니까요. 모든 생명체는 그저 복잡하게 직조된 전체 디자인의 일부에 지나지 않습니다. 살아 있는 유기체는 수많은 유대 관계를 통해 저를 둘러싼 세계와 연결되어 있는 것입니다. 그 유대 관계 가운데는 생물학적인 것도 있고 화학적·지질학적·물리학적인 것도 있습니다.

가령 이런 일이 일어날 수 있습니다. 매년 같은 장소에서 발견되던 동물이 돌연 종적을 감추고, 마침내 그 생명체 집단 전체가 다른 곳으로 서식지를 옮겼다는 사실이 드러납니다. 더욱이 그 일은 그들이 수온이라는 단일한 물리적 환경의 변화에 반응한 결과였습니다.

또는 이런 일도 가능합니다. 어떤 특정 갯지렁이는 생존 조건이 다소 까다로워 딱 한 가지 유형의 모래에서만 살아갈 수 있습니다. 더군다나

이 갯지렁이는 (나이가 몇 시간이나 며칠 단위로 측정되는) 유생 단계만 되어도 이 특수한 속성을 지닌 모래를 발견하고 알아볼 수 있습니다. 인간 지질학자들은 도저히 따라갈 수 없을 만큼 정확하게 말이죠.

그런가 하면 어떤 바다 동물의 성장 및 생식 능력이나 길들여진 장소에 살아가는 그 유생의 능력이 느닷없고 신비스럽게 변하는 경우도 생깁니다. 그러면 우리는 바닷물의 생화학적 속성이 미묘하게 달라진 게 아닌가 따져보겠죠.

이들의 전부 또는 일부만 봐도 분명히 확신할 수 있습니다. 우리 생물학자들이 저만의 편안한 상아탑 안에 안주할 수는 없다는 것, 바다 세계의 생명체를 이해하려면 반드시 관련 학문들에 주의를 기울여야 한다는 것을요.

바다의 가장자리는 자연 그 자체가 실험, 즉 생물과 무생물의 복잡한 세력 구조 안에서 절묘한 균형을 이루며 살아가는 생명체들의 진화에 관한 실험을 수행하는 거대한 실험실입니다. 해안생물학은 해안 동식물을 발견하고 묘사하고 이름 붙이는 데 만족하던 초창기를 지나면서 장족의 발전을 거듭했습니다. 그다음 시기가 특정 동물은 대개 특정 서식지에 거주한다는 사실을 확인한 생태학의 여명기인데, 해안생물학은 그 시기마저 넘어서 지금껏 커다란 진전을 이루었습니다. 오늘날에는 다음과 질문이 머릿속을 가득 채운 채 우리를 애태웁니다. "동물들은 어떻게 지금 사는 곳에 살게 되었을까?", "동물과 그를 둘러싼 세계를 이어주는 유대 관계의 본질은 무엇인가?"

지구 역사 가운데 지금 우리가 사는 시기에는 그러한 물리적 유대 관계에서 유독 한 가지가 주목을 끕니다. 어떤 생명체도 그 영향력에서 자유롭지 못한, 어디에나 존재하는 힘입니다. 군체를 이루는 생명체는 상대적으로 좁은 범위의 기온대에서 살아갑니다. 우리가 사는 행성 지구는 기온이 꽤나 안정되어 있으므로 뭇 생명체가 살아가기에 더없이 쾌적한 장소입니다. 특히 바다에서는 수온이 점진적이고 온건하게 변하므로 바다에 사는 수많은 동물은 그 온도에 미묘하게 적응한 탓에 주변 바닷물 온도가 느닷없거나 광범위하게 달라지면 도저히 견뎌내질 못합니다. 이런 일이 일어나면 그들은 다른 곳으로 이동하든가 속절없이 죽어갈 수밖에 없습니다.

오늘날 지구의 기후는 변화하고 있으며, 우리는 지속 기간을 알 길 없는 따뜻한 시기로 접어들고 있습니다. 바다는 대기보다 온도 변화를 반영하는 속도가 더딥니다. 그래도 대서양 연안해가 눈에 띌 정도로 따뜻해지고 있는 것은 움직일 수 없는 사실입니다. 일부 바다 생물에게는 결정적일지 모를 겨울의 수온이 덜 혹독해지고 있습니다. 여름의 바닷물도 점차 따뜻해지고요. (보스턴, 부스베이 항구, 이스트포트, 세인트앤드루스 기록의 평균치를 기준으로 한) 메인만(Gulf of Maine)의 기록을 보면 겨울 기온이 인상적일 정도로 상승했음을 알 수 있습니다. 예를 들어 표층수 수온이 1918년에는 최한월에 평균 섭씨 28도였고, 1910~1919년 10년 동안에는 거의 매년 겨울 32도를 넘지 않았습니다. 그러다 1930년대에는 오직 3년만 최한월 평균 수온이 32도 이하였으며 1940년대에는 최한월 평균 수온이 32도 이하로 내려간 해가 단 한 차례도 없었습니다. 작년 겨울의 최한월 평균 수온은 1918년 겨울보다 무려 10도나 따뜻해진 38도를 기록했습니다. 바다 수온치고는 상당한 증가 폭이지요.

이러한 바다 기후의 변화가 바다 동물군의 분포를 크게 바꿔놓은 것은 그리 놀라운 일이 아닙니다. 그린란드와 아이슬란드 인근 바다에 남쪽 지역의 동물들이 찾아오는 것은 익히 알려진 사실입니다. 이것은 옌센(Ad. S. Jensen) 등이 쓴 논문에도 잘 드러나 있습니다. 그런데 그로 인해 미국 동부 연안 앞바다가 겪고 있는 변화에 대해서는 그만큼 잘 알려지지 않은 것 같습니다. 미국 동부 연안에서 일어나고 있는 수많은 변화를 모두 총괄해보면 의미심장한 그림이 그려질 것입니다.

가령 녹색게(green crab)를 예로 들어보겠습니다. 이들은 바다게(blue crab)와 마찬가지로 꽃게(swimming crab)과에 속합니다. 한때 녹색게의 서식지는 극히 일부 지역에 한정되어 있었습니다. 1873년 빈야드해협의 무척추동물을 다룬 베릴(Verrill) 보고서에서 S. I. 스미스(S. I. Smith)는 녹색게가 "코드곶에서 뉴저지주까지" 분포한다고 밝혔습니다. 그로부터 30여 년 뒤인 1905년에 메리 래스번(Mary Rathbun) 박사는 캐스코만(Casco Bay: 메인주 서남쪽에 있다 — 옮긴이)을 녹색게의 북방 한계선이라고 명시했습니다. 1930년 그녀는 캐스코만 동쪽에서 녹색게가 단 한 차례 발견된 기록이 있다고 보고했습니다. 1929년 마운트데저트섬(Mt. Desert Island: 캐스코만의 북동쪽 바다에 위치한 메인주의 섬 — 옮긴이)에서 실시된 생물 조사에는 녹색게가 아예 들어 있지도 않았습니다. 그런데 1930년에는 메인주 핸콕 카운티의 브루클린 부근에서 녹색게가 두 마리 잡혔습니다. 이들은 국립자연사박물관으로 보내졌습니다. 그제까지 그들의 서식지 북방 한계선으로 받아들여지던 지점보다 한참 위쪽에서 잡혔기 때문이죠. 9년 뒤, 어류·야생동물국의 바닷가재 양식 전문 과학자 레슬리 W. 스캐터굿(Leslie W. Scattergood)은 윈터항(Winter Harbor)에서 녹색게를 발견했습니다. 그는 1951년 마침내 녹색게의 서식지가 동쪽으로 루벡(Lubec: 캐나다와 국경을 맞대고 있는 메인주 최동단—옮긴이)까지 확장되었다고 보고하기에 이르렀습니다. 몇 달 뒤, 스캐터굿은 메인주 파사마쿼디만(Passamaquoddy Bay: 루벡의 동북쪽으로 캐나다와 미국의 국경을 이루는 만—옮긴이) 해안에서 녹색게를 발견했습니다. 캐나다 생물학자들도 같은 해 파사마쿼디만 동쪽 해안의 오븐갑(Oven Head)에서 녹색게를 발견했다고 보고했습니다. 세인트앤드루스의 생물연구소(Biological Station)에 따르면, 1953년 여름 파사마쿼디만의 모래밭 전역에 녹색게가 지천이었다고 합니다. 그해에는 노바스코샤 연안에서도 곳곳에서, 가령 8월에는 세인트메리만(St. Mary's Bay)에서, 11월에는 마이너스만(Minus Basin)에서 녹색게가 발견되었습니다. 지금 당장은 여기에서 기록이 멈춰 있습니다. 녹색게의 확산은 실용적 이유 덕택에 다른 대부분 종의 사례보다 더 잘 기록되어 있는 편입니다. 녹색게가 메인주의 대합(soft clam) 서식지를 덮치는 바람에 일부 지역에서 대합 산업이 대부분 초토화되었습니다. 녹색게가 유년 단계의 조개를 싹쓸이하다시피 해 그들이 존재하는 한 조개 양식이 거의 불가능해진 탓입니다.

거기에 버금가는 흥미진진한 사례도 있습니다. 제가 지금 이 자리에서 이 미발표 기록들을 사용할 수 있는 것은 어류·야생동물국의 여러 직원, 맥길 대학의 노먼 존 베릴(Norman John Berrill) 교수, 국립자연사박물관의 페너 체이스(Fenner Chace)를 비롯한 수많은 생물학자의 도움 덕택입니다.

수온이 높아짐에 따라 메인주에서 바다청어(sea herring)가 점차 희귀해지고 있습니다. 이것이 순전히 수온 문제인지 아니면 질병이나 그 외 요소 때문인지는 누구도 딱 잘라 말할 수 없습니다. 어쨌거나 바다청어가 줄어들자 같은 과에 속하되 좀더 남쪽에 분포하던 다른 청어들이 그 자리를 대신하고 있습니다. 1880년대만 해도 이스트부스베이(East Boothbay)를 비롯한 메인주의 여러 항구에 상당 규모의 그물눈태평양청어 어장이 있었습니다. 그러던 그물눈태평양청어가 언제부턴가 메인주에서 자취를 감추었고, 몇 년 동안 뉴저지·버지니아·노스캐롤라이나주 그 밖의 남부 주들에서 엄청나게 잡혔습니다. 그러나 1950년경 그 물고기는 다시 메인주 수역으로 떼 지어 몰려들었고, 버지니아주의 선박과 어부들도 그들을 따라 메인주를 찾았습니다. 같은 과에 속하는 또 하나의 물고기가 바로 눈퉁멸(round herring)입니다. 1920년대에 하버드 대학의 헨리 비글로와 윌리엄 웰시(William Welsh)는 눈퉁멸이 멕시코만에서부터 그 북쪽으로 코드곶 아래까지 분포한다고 보고했습니다. 코드곶에는 어디서나 눈퉁멸이 희귀했으며, 프로빈스타운(Provincetown: 코드곶 최북단-옮긴이)에서 잡힌 두 마리는 하버드 대학 비교동물학박물관(Museum of Comparative Zoology)에 보관되어 있었습니다. 그러나 이제는 몇 년째 거대한 눈퉁멸 무리가 메인주 앞바다에 나타나고 있으며, 그 지역 수산업은 눈퉁멸을 통조림으로 제조하기 위해 실험을 진행 중입니다.

부정적인 결과들도 나타났습니다. 히드라충 싱코리네(*Syncoryne*)는 매우 까다롭게 수온에 적응한 종이라 어떤 이들은 이를 중요한 수온 지표 동물로 꼽기도 합니다. 노먼 존 베릴 교수는 제게, 6년 전에는 6월에 부스베이 항구 부근 오션곶(Ocean Point)에서 이 종을 흔히 볼 수 있었다고 말해주었습니다. 히드라충 클라바(*Clava*)도 마찬가지였습니다. 그러나 2년 뒤인 1950년, 베릴 교수는 히드라충 싱코리네를 극소수밖에 발견하지 못했고 그 이후로는 심지어 한겨울에조차 그 그림자도 볼 수 없었습니다. 해안 지대 온도가 그들이 살기에는 너무 높았던 게 분명합니다. 히드라충 클라바도 사정이 크게 다르지 않은 것 같습니다. 부스베이 지역에서 지난

3년 동안 단 한 마리도 발견되지 않았으니까요.

생명체의 분포 변화를 보여주는 사례의 실상을 낱낱이 알게 된다면 우리는 분명 관련 동물의 유생 단계로 관심을 돌리게 될 것입니다. 흔히 성체(成體)는 그들 종에게 정상적인 수온 범위를 벗어나는 새로운 지역에도 얼마든지 자리를 잡을 수 있습니다. 그러나 그들은 그렇게 하려들지 않습니다. 유생이 쾌적하게 지내기 어려울 만큼 바닷물 온도가 너무 높거나 낮으면 새끼를 낳을 수도, 새끼들이 살아남도록 조치할 수도 없기 때문이죠. 오늘날에는 이처럼 성년 바다 동물의 생태가 유생의 생태에 의존한다는 사실이 점점 더 분명해지고 있습니다.

이 사실은 또 다른 분야의 조사에서도 확인됩니다. 일부 무척추동물의 유생 형태가 저질(底質: 흙·암석 등 생물이 존재하는 기반―옮긴이)과 관련이 있음을 보여주는 조사인데, 이는 플리머스연구소(Plymouth Laboratory)의 더글러스 윌슨(Douglas Wilson)이 수행한 의미 있고 멋진 연구의 주제였습니다.

많은 성년 무척추동물은 영구적으로 또는 반영구적으로 암석이 드러난 해저에 붙어서, 혹은 굴을 파고 모래나 진흙 밑으로 기어 들어가서 살아갑니다. 그러므로 정착 생활을 하는 이들 동물이 새로운 군체를 형성하려면 반드시 유생의 도움이 필요합니다. 유생만이 헤엄치거나 조류에 수동적으로나마 실려갈 수 있는 자유가 있기 때문입니다. 섬약한 유생에게는 흔히 더 큰 책무가 따릅니다. 대다수 종이 특정 유형의 해저에서만 살아가도록 특화된 탓입니다. 예컨대 모래라고 해서 모두 균일한 특성을 지닌 물질은 아닙니다. 모래는 지질학적 연원이며 화학적 속성, 생명체를 부양하는 능력이 저마다 다릅니다. 더글러스 윌슨은 작은 환형동물 가운데 한 종을 통해 유생의 반응에 관해 많은 것을 알아냈는데, 바로 그 환형동물 종은 입자가 굵고 깨끗한 모래에서만 삽니다. 조수 활동이 거세야만 비로소 몸을 뒤척이고, 암석이나 조개껍데기에서 유래한 물질 속에 다량의 석영이 섞인 모래 말입니다. 이러한 모래는 영국해협(English Channel) 해안의 일부 지역에서만 산발적으로 발견됩니다. 따라서 이 환형동물 종이 나타나는 장소 역시 제한적입니다.

성체들이 어떻게 지금 사는 곳에 살게 되었는지 이해하려면, 모든 종의 생명 초기 단계—즉 성체가 낳은 알에서 부화한 유생이 자욱하게 바다로 방출되는 단계—로 연구의 초점을 돌려야 합니다. 이들이 바로 새로운 군체의 잠재적 창설자지요. 대부분의 유생은 처음 며칠—혹은 몇 주가 될 수도 있습니다—을 규조류, 와편모충, 기타 미세 식물 같은 부유성 플랑크톤 무리 속에서, 미세한 갑각류(crustacean), 갯지렁이, 익족류(pteropod) 따위의 영구적인 플랑크톤 무리 속에서, 그리고 제 자신처럼 바다 상층에서 오직 일시적으로만 떠다니거나 유영하는 다른 수많은 유생 속에서 지냅니다. 유생 가운데 일부는 식물 플랑크톤을, 일부는 다른 유생들을 잡아먹고 삽니다. 한편 그들의 상당수는 다른 동물 플랑크톤에게 잡아먹히거나 추위와 폭풍우 탓에 목숨을 잃습니다. 거의 모든 유생이 연약하고 투명하고 미세하고, 갈색 유리처럼 깨지기 쉽습니다. 천문학적 수치로 생겨나는 그들은 거의 그와 비슷한 엄청난 규모로 소실됩니다. 유생은 언뜻 생존의 사슬을 탄탄하게 이어주기에는 너무나 허술한 연결 고리처럼 보입니다.

그러나 윌슨 등이 수행한 연구로부터 알게 되었다시피, 유생은 제 앞가림을 할 그만의 방책을 얼마간 지니고 있습니다. 그들에게는 자기 운명을 제어할 상당한 여력이 있는 듯합니다. 특히 성체로 옮아가는 생명의 결정적인 발달단계에서 말이지요. 유생의 변태에 관한 초기 개념은 그릇된 것이었습니다. 그렇다는 사실을 확인해주는 유형은 허다합니다. 우리는 그간 유생에서 성체로의 극적인 형태 변화가 유생기의 어느 순간에 이르면 저절로 일어난다고, 즉 유생이 성년의 삶을 살기에 적합한 환경에 놓여 있든 말든 때가 되면 일어난다고 믿었습니다. 그렇기에 상당수 유생이 변태가 이뤄지는 순간 비우호적인 환경에 놓여 있는 탓에 목숨을 잃는 거라고 보았습니다. 그러나 이제는 주로 윌슨의 연구에 힘입어 유생이 마주하는 생애 최대의 고비에 관해 새로운 개념을 갖게 되었습니다. 우리는 적어도 숱한 생명체의 유생들이 제 부모가 살던 모래와 진흙 유형을 알아보는 능력을 지녔다는 사실, 그리고 상당 기간 여기저기 탐색하면서 최적의 저질을 발견할 때까지 성체로 변신하는 시점을 늦춘다는 사실을 알게 되었습니다. 관(管)을 짓는 다모류(多毛類) 동물(polychaete, *Owenia fusiformis*)에 관한 윌슨의 보고서를 보면 그 점을 더욱 확연하게 알 수 있습니다.

한 달쯤 된 다모류 동물의 유생은 아직 남아 있는 유생기의 장기들을 서둘러 집어삼키면서 단 몇 초 만에 우아하고 아름다운 존재에서 못생긴 작은 벌레로 재빠르게 변신한다. 그렇지만 이때 중요한 것은 적절한 유의 모래가 제공되지 않으면 유생이 그 일을 거의 성공적으로 해내지 못한다는 점이다. (······) 유생이 성체가 살아가는 모래와 접촉하면서 변태를 겪기까지는 언제라도 일주일 정도가 걸린다. 유생이 모래와 접촉하자마자 삽시간에 반응하는 것을 보면 화학 실험 장면이 떠오른다. 유영하는 유생을 담은 깨끗한 접시에 모래를 집어넣으면 그와 거의 동시에 갯지렁이 개체가 대거 등장한다.

윌슨은 다모류 동물을 비롯한 여러 형태의 유생을 상대로 실험을 전개했는데, 우리는 그 실험을 통해 유생이 성체로 살아갈 거처를 선택할 준비가 되면 무슨 일이 일어나는지 확실히 알게 되었습니다. 유생들은 이미 빛의 양이 달라지는 데 적응하면서 표층수를 떠나왔으며, 이제 해저 위를 흐르는 바닷물에서 지냅니다. 그러다가 이따금 바다 밑바닥으로 내려가 모래를 탐색하곤 합니다. 그러나 모래가 적합지 않다고 판단하면, 즉 원하는 성질을 갖추지 않았다 싶으면, 다시 흐르는 해류에 유유히 몸을 맡긴 채 알맞을 법한 장소를 찾아 나섭니다. 마침 맞는 장소를 찾아내면 유생은 즉각적인 반응을 보입니다. 비로소 정착해서 변태를 치르는 거죠.

과학은 이러한 사실을 밝혀냄으로써 성큼 진일보했습니다. 그렇지만 여전히 많은 질문이 남아 있습니다. 섬세한 하나의 유생과 그만의 특화된 물리적 환경 사이에는 어떤 관련이 있는가? 유생은 대체 그 환경의 어떤 속성에 반응하는 것인가? 유생 안에서 성체와 유사하게 조직을 개조하고 변모시키는 과정이 일어나도록 북돋우는 외적 자극은 무엇인가?

이 질문들은 창의적으로 고안된 실험의 형태로 차근차근 다뤄지고 있습니다. 윌슨은 처음에 유생이 특정 크기와 모양의 모래 입자에 반응한다는 가정 아래 실험을 전개했습니다. 그 결과 모래의 종류가 얼마간 영향을 미치긴 하지만 그리 결정적인 것은 아니라고 결론지었습니다. 그는 이어서 자연산 모래가 물속에 유기적 속성을 지닌 어떤 물질을 발산함으로써 유생을 유인한다는 가설을 세웠습니다. 그러나 이내 유생은 모래와 직접 접촉하기 전까지는 적극적으로든 소극적으로든 그 어떤 반응도 보이지 않는다는 사실이 밝혀졌습니다. 윌슨은 가장 최근에 발표한 연구에서, 모래 입자 표면에 붙은 유기물질이 유생을 끌어들이거나 밀어내는 데 관여한다는 이론을 지지했습니다. 이런 관점에 입각해 더 깊은 연구가 진행되고 있습니다. 좌우간 바다 바닥에 착생하는 무척추동물의 일부 종―아니 아마도 대부분 종―이 유생으로서 어떤 장소를 처음 접했을 때 거기가 제 삶터임을 한눈에 알아보는 본능적 능력을 지녔다는 것만큼은 의심할 나위 없는 사실로 밝혀졌습니다.

이 매혹적인 주제는 오늘날 생물학적 지식의 최전선에 있는 또 다른 주제와도 연관되어 있습니다. 이른바 해양 유기체들이 바다에 쏟아내는 신진대사 산물 '엑토크린(ectocrine)'에 관한 것입니다. 이 분야에서는 아직껏 어떤 개념도 결론도 정립된 게 없습니다. 발전을 거듭하고 있긴 하지만 여전히 자욱한 안개에 싸인 분야죠. 우리는 광범위한 영향력을 지닌 이 물질에 관해 우리가 알고 있는 것, 있을 법하다 여겨지는 것에 비추어 과거에 당연시하거나 풀 수 없다고 제쳐둔 문제들을 모조리 다시 살펴보아야 합니다.

바다에는 시간적으로든 공간적으로든 신비로운 오고 감이 있습니다. 이동하는 종들의 운동, 우리 눈앞을 스쳐가는 가장행렬 참가자들처럼 일정 지역에서 어느 종이 급속히 불어나고 한동안 번성하다 돌연 소멸하고, 그 자리를 다른 종, 또 다른 종이 계속 메워가는 기이한 현상 말입니다. 그 밖에도 바다에는 또 다른 수수께끼들이 있습니다. '적조' 현상은 예부터 익히 알려졌는데 오늘날에 이르기까지 계속되고 있습니다. 이것은 특정 미세 생명체 특히 와편모충이 비정상적으로 증식한 결과 바다의 색깔이 달라지는 현상으로, 물고기와 일부 무척추동물이 떼죽음을 당하는 등 재앙에 가까운 부작용을 일으키곤 하죠. 난데없이 물고기 떼가 어떤 장소에서 도망쳐 나오기도 하고 또 그곳으로 몰려가기도 하는 등 도무지 종잡을 수 없이 행동함으로써 막대한 경제적 손실을 입히기도 하고요. 이른바 '대서양 물'이 영국 남부 연안에 밀려들면 청어 떼가 플리머스(Plymouth: 영국 남서부 도시—옮긴이) 어장에 바글대고, 특정 동물 플랑크톤이 풍부하게 번성하고, 조간대에 특정 무척추동물 종이 득실거립니다. 그러나 '영국해협 물'로 바뀌면 거기 해안이라는 드라마에 등장하는 출연진들이 크게 달라집니다.

그렇다면 이러한 현상들은 대체 왜 생기는 걸까요? 답은 아직 나오지 않은 상태입니다. 다만 우리는 여기저기서 진실일지도 모를 최초의 흐릿한 빛을 어렴풋이 감지할 따름이죠.

이들 가운데 적어도 일부는 바닷물에 존재하는 물질의 영향으로 얼마간 설명할 수 있을 듯합니다. 어떤 한 종류의 유기체가 제 신진대사의 부산물로 생산한 것인데 다른 종류의 유기체에게 막대한 영향력을 끼치는 물질 말입니다. 그와 다소 비슷하되 훨씬 잘 알려진 것이 바로 항생물질이 박테리아에 미치는 영향이죠. 분명 바다의 엑토크린은 해로운 영향을 줄 수도 이로운 영향도 줄 수도 있을 겁니다. 그러나 이제 과학자들은 이 점과 관련해 어느 바닷물이 어떤 성질을 띠는지, 그 물이 그곳에 사는 생명체들에게 좋은 영향을 끼치는지 나쁜 영향을 끼치는지는 같은 바닷물에서 이전에 살았던 생명체의 신진대사에 크게 좌우된다고 확신하는 것 같습니다.

하나의 개념이 발전하는 과정을 추적하는 것은 흥미롭습니다. 여기서는 이런 소리가 저기서는 저런 소리가 들립니다. 마침내 누군가 나서서 그 소리들을 한데 모으고, 전문용어를 만들어내고, 새로운 연구 분야를 구축합니다. 생물학자 사이에서 외부 대사산물, 즉 엑토크린에 대해 활발한 토론이 이뤄진 것은 불과 10년밖에 되지 않은 일입니다. 어쨌거나 이것은 새로우면서도 낯익은 주제 가운데 하나인 것 같습니다. 70년 전의 문건에서 그 싹을 볼 수 있기 때문이죠. 1885년 피어시(F. G. Pearcey)는 어느 스코틀랜드 잡지에 특정 규조류가 사는 바다에는 청어가 희귀하며 그곳에서는 동물 플랑크톤도 찾아보기 어렵다는 관찰 결과를 발표했습니다. 약 사반세기 전, 존스톤(J. Johnstone)·스콧(A. Scott)·채드윅(H. C. Chadwick)은 플랑크톤 무리는 서로서로 영향을 끼치며 "대규모의 이른바 '집단 공생' 생활을 하므로, 특정 바다에서 살아가리라 기대되는 일정 종류의 플랑크톤은 과거에 거기서 살았던 다른 종류의 플랑크톤에 얼마간 의존한다"는 견해를 피력한 바 있습니다. 1930년대 초반, 우즈홀의 동물 생태학자 W. C. 앨리(W. C. Allee)는 "수생생물 군체는 분비물과 배설물을 배출함으로써 자신들이 사는 바닷물의 성질에 영향을 끼친다. 그 분비물과 배설물의 성질이 집단 생리학에서 다뤄지는 주요 주제 가운데 하나다"라는 중요한 말을 남겼습니다.

오늘날에는 바다에 그와 같은 유기물질이 존재한다는 것을 대체로 인정하는 분위기입니다. 하지만 그들의 화학적 속성이 어떤지, 그들이 바다 동물의 생명 과정에서 정확히 어떤 역할을 하는지 보여주는 직접적인 증거는 거의 없습니다. 조사를 거듭하다 보면 우리는 자연스럽게 연안해와 해안 지대에 착생하는 해조로 눈을 돌리게 됩니다. 해조는 매우 중요한 엑토크린의 원천입니다. 아직은 그 가능성을 확실히 장담할 수 없지만 연안해에서 생산되는 이 물질은 어쩌면 바다 생명체의 전반적 주기를 이끌어가는 촉매제 구실을 할지도 모릅니다. 연안해는 갈색 록위드, 어두컴컴한 켈프 숲, 창백한 초록빛에 연약한 질감을 지닌 가녀린 해조들의 서식지입니다. 이 착생식물은 오직 빛이 투과하는 깊이의 바다에서만 살아갈 수 있고, 따라서 대부분의 망망대해에서는 찾아보기 어렵습니다.

우리는 스웨덴 예테보리연구소(Goteborg Laboratory)가 최근 발표한 보고서를 통해 록위드의 푸쿠스속(Fucus)과 아스코필룸속(Ascophyllum)이 자라는 바다는 갈파래속(Ulva)과 파래속(Enteromorpha)의 성장을 자극하는 성질이 있음을 알았습니다. 또 다른 연구를 통해서는 파래가 인공 배양 중인 특정 규조류의 성장에 쓰이는 물질을 만들어낸다는 것을 확인했습니다.

이것은 식물-식물의 관계지만 해조가 방출하는 엑토크린은 동물-식물 관계에도 관여하는 것으로 보입니다. 일본의 미야자키(宮崎一老)는 파래에서 추출한 물질로 굴의 산란을 자극할 수 있다는 사실을 밝혀냈습니다. 이는 매혹적인 추론으로 이어집니다. 만약 연안 식물에 의해 바다에 방출된 엑토크린이 규조류의 번성과 특정 바다 동물의 산란을 동시에 유발한다는 것이 사실이라면 여러 가지 정황이 기가 막히게 맞아떨어집니다. 굴을 비롯한 수많은 무척추동물의 유생은 규조류를 먹고 삽니다. 하나의 같은 자극(엑토크린-옮긴이)이 새끼 동물과 그들의 먹이 식물을 한꺼번에 만들어낼 수 있도록, 대다수 판새류(lamellibranch: 굴·홍합 따위-옮긴이)의 알은 단 며칠 만에 자유 유영하는 부유성 유생으로 발달합니다.

그 밖의 연구를 통해서는 식물의 대사 물질과 동물의 생식 간 관련성이 드러났습니다. 다 자란 청어와 달리, 빠르게 성체로 성장하는 중인 청어는 식물 플랑크톤이 바글대는 지역의 가장자리에 몰려듭니다. '물에 떠다니는 대사산물'은 연체동물인 침배고둥(Crepidula)에서 흔히 볼 수 있는 성(性)의 변화에 영향을 미친다는 사실도 밝혀졌습니다. 플랑크톤 전문가 R.

S. 윔페니(R. S. Wimpenny)는 산란 중인 성체, 알, 일부 동물의 새끼가 식물 플랑크톤이 희소한 곳보다는 바글대는 곳에 더 자주 나타난다고 보고했습니다. 다른 과학자들은 요각류인 칼라누스(*Calanus*)의 산란을 식물 플랑크톤이 풍부한 지역과 연관시켰습니다.

이 점과 관련해 식물 색소의 생리를 다룬 최근 연구가 눈에 띕니다. 이 연구는 카로티노이드 색소가 동물의 성과 생식에 중대한 영향을 끼친다고 주장합니다.

따라서 우리는 심지어 바닷물 속에서조차 혼자 살아가는 생물은 아무것도 없다는 어김없는 진실을 떠올리게 됩니다. 특정 유기체가 바다에 살아가고 그럼으로써 바다가 강력하고 광범위한 영향력을 지닌 새로운 특질을 얻게 되면, 바닷물은 자연적으로 화학 속성이나 물질대사 변화를 일으키는 능력이 달라집니다. 이것은 창의성과 상상력을 요하는 최고 단계의 연구 분야입니다. 그 연구를 진행하다 보면 어쩔 수 없이 바다의 거대한 수수께끼와 마주치기 때문입니다.

1954

우리를 둘러싼 진짜 세계

'여성' 저널리스트 모임인 '세타 시그마 파이(Theta Sigma Phi)'는 1954년 봄 여성 작가로서의 경험을 들려달라며 오하이오주 콜럼버스시에서 열린 연례 만찬에 카슨을 초대했다. 카슨은 1000명에 가까운 여성 청중 앞에서 그녀의 신간 《바다의 가장자리》의 주제는 살짝만 건드리고, 대신 그 어느 때보다 자전적인 이야기를 많이 들려주었다.

카슨은 연설 첫머리에서 자신이 어떻게 바다에 관한 글을 쓰게 되었는지 돌아보았고 어류·야생동물국의 연구선에 승선해 바다를 항해한 경험을 들려주었다. 하지만 연설의 본론은 생명의 의미, 특히 자연의 아름다움이 개인과 사회의 영적 발전에 끼치는 영향을 강조하는 데 할애했다.

카슨의 깊은 관심과 숨길 수 없는 열정에 감동한 청중은 열렬한 박수갈채를 보냈으며, 그녀가 강연장을 떠날 때 수많은 여성이 그녀의 손이라도 한번 잡아보려고 다가왔다. 카슨은 이때만큼 따뜻하고 진솔한 연설을 한 일은 다시 없었지만 이 기회를 계기로 좀더 사적인 방식의 연설에 마음을 열게 되었다.

(……) 저는 작가가 되겠다고 생각하지 않았던 적을 기억할 수 없습니다. 심지어 아주 어렸을 때조차 말이죠. 이유는 모르겠습니다. 가족 가운데 작가가 있었던 것도 아니고요. 저는 유아기 때부터 엄청난 양의 책을 읽었고 누군가 그 책을 썼다는 사실을 틀림없이 인식하고 있었으며, 저 역시 이야기를 지어보면 재미있겠다고 생각했던 것 같습니다.

또한 바깥 활동과 자연 세계에 관심이 없었던 적을 기억할 수 없습니다. 저는 이런 관심을 어머니한테서 물려받았고 늘 그것을 어머니와 함께 나누었습니다. 꽤나 외로운 아이였던 저는 숲이나 개울가에서 상당한 시간을 보내며 새와 곤충과 꽃을 익혔습니다.

지금 돌아보니 나중에 일어난 일과 관련해 제 유년기에서 흥미로웠던 점이 또 한 가지 있네요. 에밀리 디킨슨(Emily Dickinson)은 마치 제 속에 들어갔다 나온 것 같은 시를 한 편 썼습니다.

나는 결코 황야를 보지 못했네
바다 역시 보지 못했네
그러나 헤더(heather: 황야에 무리 지어 피는 야생화—옮긴이)가 어떻게 생겼는지는 아네
파도가 어떻게 생겼는지도 아네

대학 졸업 후 코드곶의 우즈홀 해양생물학연구소에 갔을 때 처음 바다를 접했습니다. 하지만 아이였을 적부터 바다에 대한 생각에 푹 빠져 지냈습니다. 늘 바다를 꿈꿨고 바다가 어떻게 생겼을지 궁금해했습니다. 그리고 스윈번과 메이스필드, 그 밖에 바다를 노래한 위대한 시인들을 무척이나 좋아했습니다.

우즈홀에서 처음으로 바다를 원 없이 볼 수 있었습니다. 우즈홀로 밀려드는 조류를 지치지도 않고 하염없이 바라보곤 했습니다. 우즈홀은 회오리와 소용돌이가 일고 바닷물이 거세게 밀려드는 멋진 곳이었죠. 폭풍우가 지난 뒤 놉스카갑에 부서지는 파도를 바라보는 게 그렇게 좋을 수가 없었습니다. 젊은 생물학도로서 제가 처음으로 바다에 관한 숱한 과학 문헌을 접한 곳 역시 우즈홀이었습니다. 그러나 바다에 관한 제 첫인상은 감각적이고 정서적인 것이었노라고, 바다에 지적으로 반응하게 된 것은 한참 나중의 일이었노라고 말해야 옳을 겁니다.

마침내 바다와의 만남이 성사되기 전에 저는 이미 중대한 결정을 내린 상태였습니다. 적어도 저는 그랬다고 생각했습니다. 아까도 말씀드렸다시피 저는 언제나 작가가 되기를 꿈꿔왔습니다. 대학에 진학했을 때 작가가 되는 길은 영작문을 전공하는 거라고 보았습니다. 자연 세계를 더없이 사랑했지만 그때까지만 해도 생물학에 대해서는 전혀 아는 게 없었습니다. 대학 2학년 때 입문 과정 생물학을 한 과목을 수강했는데 그때부터 확고하던 결심이 슬슬 흔들리기 시작했습니다. 과학자가 되고 싶었던 게지요. 1년 뒤 저는 아예 과학으로 전공을 바꾸기로 작정하고 영작문 과정을 관뒀습니다. 글쓰기는 완전히 물 건너갔구나 했습니다. 그저 글로 쓸 어떤 것을 찾는 중이었다는 생각은 전혀 하지 못했습니다. 지금 생각해보면 제 지도 교수 가운데 누구도 그 생각을 해내지 못했다니 좀 놀랍기는 합니다.

제가 과학과 글쓰기, 이 두 마리 토끼를 다 잡은 것은 존스홉킨스에서 동물학 석사학위를 취득하고 몇 년이 지난 뒤였습니다. 때는 대공황과 그 이후 시기였죠. 한동안 시간강사 자리를 전전하다 그 일과 다른 시간제 일을 병행했습니다. 워싱턴의 어업국은 한 라디오방송의 연속 기획물을 맡아 진행하고 있었습니다. 그래서 방송 대본을 집필할 사람을 수소문하는 중이었어요. 해양생물학을 알고 글도 좀 쓸 줄 아는 인물을 말이죠. 어느 날 아침 우연히 어업국 생물부의 부서장과 함께 있었는데 그때 그는 그 일로 꽤나 안절부절못하는 것 같았어요. 저는 그를 보면서 속으로 자기가 직접 대본을 쓰면 되지 않나 생각했습니다. 그런데 저와 잠깐 이야기를 나눈 그가 느닷없이 이러는 게 아니겠어요? "카슨 양의 글을 하나도 읽어본 적은 없지만 한번 승부수를 던져볼까 해요."

이 사소한 일은 제가 결국 영구직 생물학자로 고용되는 계기이자 제 생애의 일대 전환점이었습니다. 그는 일주일 말미를 주면서 바다에 관한 '일반적인 글'을 써달라고 주문했습니다. 저는 일에 착수하긴 했지만 그의 주문을 턱없이 확대 해석했나 봅니다. 그 글은 결국 정부 기관이 진행하는 방송 대본용으로 쓰기에는 뭐랄까요, 지나치게 튀는 글이 되어버린 듯합니다. 제 상사가 읽어보더니 눈을 반짝이면서 돌려주더군요. "이건 안 될 것 같아요"라면서요. "다시 잘 좀 써봐요. 아참, 그리고 그 원고는 〈애틀랜틱 먼슬리〉에 보내요." 마침내 저는 그의 말대로 했고, 〈애틀랜틱 먼슬리〉는 원고를 수락했습니다. 그 이후 저는 당시의 상사에게 이렇게 말하곤 했죠. "부장님이 제 초대 저작권 대리인이었어요."

'해저'라는 제목이 붙은 그 4쪽짜리 글을 시작으로 모든 것이 뒤따랐습니다. 당시 사이먼 & 슈스터 출판사의 편집자 퀸시 하우가 책을 한번 써 보지 않겠느냐고 묻는 편지를 보내왔습니다. 헨드릭 빌렘 반 룬(Hendrik Willem van Loon)도 마찬가지였습니다. 제가 받아본 편지 가운데 반 룬의 첫 편지처럼 그렇게 흥미진진한 것은 없었습니다. 그 편지는 바다에 초록색 파도가 일렁이고 그 틈으로 상어와 고래들이 호기심 어린 주둥이를 삐죽 내민 그림이 그려진 봉투에 담겨 있었습니다.

그것은 멋진 서신 교환의 서막일 뿐이었습니다. 반 룬은 언제나 바다 밑에 무엇이 있는지 알고 싶어 했으며, 바로 제가 바다 세계에 관한 책을 한 권 또는 여러 권 쓸 적임자라 확신하게 되었다고 말했습니다. 그가 타자기로 작성한 글은 나무랄 데가 없었지만 손으로 쓴 글은 거의 알아보기가 힘들었습니다. 때로 단어 대신 그림을 그려 넣곤 했는데, 그게 그나마 알아보는 데 도움이 되었어요. 편지를 몇 주쯤 주고받은 뒤 코네티컷주에 있는 그의 집에서 그들 부부와 함께 며칠을 보냈습니다. 그때 제 미래의 출판업자와 본격적으로 안면을 트게 되었죠.

그처럼 멋진 남성이 아직 젊은 데다 작가라 부르기도 뭐한 저 같은 사람에게 관심을 보인다는 것은 정말이지 신나고 황홀한 일이었습니다. 그는 성격은 불같았지만 마음만은 순수하기 그지없었습니다. 저는 그의 도움으로 흥분되고 멋져 보이는 세계를 얼핏 들여다보았으며, 그의 격려에 힘입어 제 데뷔작 《바닷바람을 맞으며》를 마침내 출간할 수 있었다고 확신합니다.

그런데 출간일이 하필 진주만 공격 하루 전날이었습니다. 세상은 제 책 출간 따위에는 터무니없을 정도로 무관심했습니다. 서평자들은 호의적이었으되 모든 작가의 염원인 장사진을 이룬 서점 풍경은 결코 실현되지 않았습니다. 점자판과 독일어 번역본이 나왔고 여러 장(章)이 선집에 실렸습니다. 단지 그뿐이었습니다. 저도 전쟁 관련 업무로 눈코 뜰 새 없이 바빴고 글쓰기에 대해 고민하는 경우란 그저 잡지 기사 기고뿐이었습니다. 당시로서는 후속작을 쓸 수 있을지도 의심스러웠습니다. 그렇지만 저는 해냈습니다. 《바닷바람을 맞으며》를 출간한 지 딱 10년 만에 드디어 《우리를 둘러싼 바다》를 내놓았으니까요.

저는 어업과 야생동물 보존을 담당하는 정부 기관에서 일한 15년 동안 보통 여성들은 거의 꿈도 못 꾸는 특별한 장소에 가볼 수 있었습니다. 그에 관한 이야기를 몇 가지 들어보고 싶지 않으세요?

어류·야생동물국에서 정보 관련 업무를 맡고 있을 때였습니다. 그 기관은 바다, 특히 조지스뱅크(Georges Bank)에서 업무를 진행하기 위해 연구선을 한 척 마련했습니다. 조지스뱅크는 보스턴에서 동쪽으로 320킬로미터쯤 떨어져 있고 노바스코샤의 남쪽에 위치한 유명 어장입니다. 조지스뱅크에서 귀중한 상업용 어종 일부가 점차 희소해져서 어류·야생동물국이 원인을 파악하려 고심하고 있었죠. 저인망 어선을 개조한 앨버트로스 III호는 우즈홀에서 조지스뱅크까지 왕복 운항했습니다. 그 연구선은 어류 개체 수를 조사하는 업무를 주관했습니다. 조사는 일련의 선별된 지점에서 체계적 계획에 의거해 어획하는 방식으로 이뤄졌습니다. 물론 그 배는 수온을 비롯한 여러 문제에 관한 과학 데이터도 두루 수집했지요.

마침내 제가 앨버트로스 III호를 타고 바다에 나간다면 그 배와 관련한 출간물을 좀더 잘 다룰 수 있으리라는 판단이 내부적으로 내려졌습니다. 그 이야기를 맨 처음 꺼낸 게 바로 제 자신이 아니었나 싶습니다만. 어쨌거나 먼저 한 가지 골치 아픈 문제부터 풀어야 했습니다. 그제까지 앨버트로스 III호에 승선한 여성이 단 한 명도 없었던 겁니다. 공직에서는 전통이 정말이지 중요하지 않습니까? 다행히 제게는 선례를 깨도록 도와주겠다고 기꺼이 팔을 걷어붙인 공범들이 있었습니다. 하지만 서류에 서명해야 하는 남성 동료들로서는 50명의 남성이 우글거리는 배에 여성 한 명을 태우다니 도저히 엄두도 낼 수 없는 일이었습니다. 이 궁리 저 궁리 끝에 여성을 두 명 태우는 선에서 타협을 보았습니다. 그래서 저는 역시 작가인 친구를 데려가기로 했습니다. 마리 로델(Marie Rodell)은 자기 체험을 한 편의 글로 정리할 수 있으리라 기대했고, 제목을 '나는 어선에 승선한 샤프롱(젊은 미혼 여성을 보살펴주는 여성 보호자—옮긴이)이었다'로 붙이겠다고 했습니다.

그렇게 해서 7월의 어느 날, 우리 둘은 우즈홀을 출발해 열흘간의 특이한 항해길에 나섰습니다. 그때 이룬 과학적 성과를 밝히는 자리가 아니니만큼, 그저 관찰자로서 겪은 더 가벼운 측면에 대해 들려드릴까 합니다. 잊히지 않을 인상으로 남은 고기잡이 장면, 해마다 그 계절이 되면 차가운 바닷물과 멕시코 만류에 실려온 따뜻한 대기가 끝없는 전쟁을 펼친 결과 조지스뱅크에 드리워지는 안개, 그리고 밤에 작은 어선에서 바라본 뭐라 형용할 길 없는 바다의 적막이 떠오르네요.

이제 더 가벼운 측면에 대해 말해볼까요? 저인망 어선은 호화 여객선과는 거리가 멀었습니다. 우리 둘은 여자도 불평 없이 선박 여행을 감당해낼 수 있음을 증명하려고 애써 씩씩하게 굴었습니다. 선미가 매사추세츠주 해안을 빠져나가기가 무섭게 배의 고급 선원 몇이 우리에게 다가와 배 안의 생활을 실감 나게 들려주기 시작했습니다. 그들은 앨버트로스 III호가 무척 길고 좁은 배라 바다에 떠 있는 카누처럼 요동이 심해서 누구랄 것 없이 격렬한 뱃멀미에 시달리게 된다고 겁을 주었습니다. 또한 묵직한 장비를 다룰 때 일어나곤 하는 불쾌한 사고에 대해서도 몇 가지 들려주었습니다. 음식도 형편없다고 했습니다. 고기잡이가 밤낮없이 이어지고 무척이나 소란스럽다는 사실을 단단히 주지시켰습니다.

글쎄, 그 달갑잖은 친절의 소유자들이 예측한 일이 모두 다 일어난 것은 아니지만 상당수는 현실이 되었습니다. 그러나 우리는 그 열흘 동안 사람이 적응하지 못할 상황이란 거의 없다는 것도 배웠습니다.

우리는 당장 첫날 밤에 고기잡이라는 게 어떤 건지 알게 되었습니다. 배는 오후 늦게 낸터킷(Nantucket)해협을 지났고 자정 무렵에 도착하기로 예정된 최초의 어획 지점을 향해 가고 있었습니다. 마리와 저는 잠자리에 들었고 이내 곯아떨어졌습니다. 갑자기 쿵 하는 소리가 났고 둘은 동시에 침대에서 벌떡 일어났습니다. 우리가 묵고 있는 선실 벽에 무언가 부딪치는 소리였습니다. 순간 우리는 다른 배가 우리 배를 들이받았다고 확신했습니다. 이어서 탕탕, 쾅쾅, 우르릉우르릉 하는 소름 끼치는 소리가 바로 머리 위에서 연달아 들려오기 시작했습니다. 보일러 공장의 소음에는 댈 것도 아닌, 기계류에서 나는 리듬감 있는 굉음이었습니다. 그제야 지금 사람들이 밖에서 고기를 잡고 있는 거라는 생각과, 앞으로 열흘 동안 꼼짝없이 이 끔찍한 소리를 견뎌야 한다는 생각이 동시에 뇌리를 스쳤습니다. 만약 그 순간 앨버트로스 III호를 빠져나갈 무슨 방도라도 있었다면 틀림없이 그리하고도 남았을 겁니다.

이튿날 아침, 식당에서 남자들이 얼굴에 짓궂은 웃음을 띠며 다가왔습니다. "어젯밤 무슨 소리 못 들으셨어요?" 우리 둘은 최대한 새침한 표정을 지어 보였죠. 마리가 대꾸했습니다. "음, 한 번인가 생쥐가 찍찍거리는 소리가 들리나 싶었는데 너무 졸려서 그냥 무시했어요." 그들은 두 번 다시 같은 질문을 입에 올리지 않았습니다. 한두 밤 지난 뒤로는 진짜로 밤새 푹 잘 수 있게 되었습니다.

가장 생생한 앨버트로스 III호의 인상은 바로 물고기를 가득 실은 그물이 들어 올려지는 장면입니다. 앨버트로스 III호 같은 저인망 어선은 원뿔꼴의 그물로 바다 바닥을 훑으면서 거기에 붙어 있거나 바로 그 위에서 노니는 동물들을 닥치는 대로 잡아들입니다. 이는 물고기뿐 아니라 게·해면·불가사리 등속의 바다 동물도 걸려들 수 있음을 뜻합니다. 어획이 이뤄지는 곳은 대체로 180미터 깊이의 바다입니다. 저인망으로 30분가량 그물질을 하고 나면 거대한 윈치가 케이블을 잡아당기기 시작하고 배에 올라온 케이블을 강철 원통에 둘둘 감습니다. 케이블은 180미터마다 표시가 돼 있어, 아직 초록빛 깊은 바다에 있는 거대한 그물이 언제쯤 눈앞에 나타날지 누구라도 점칠 수 있습니다.

그때 처음으로 흐물거리는 형체에 유령처럼 하얀 그물을 얼핏 보면서 결코 경험해본 적 없는 깊은 바다에 대한 감각을 느낀 듯합니다. 그물이 걷어 올려지면 사람들 이목이 바짝 집중되고 노련한 뱃사람들조차 흥분으로 술렁거립니다. 이번에는 과연 무엇이 걸려들었을까요?

그물 속 내용물은 그때그때 다릅니다. 가장 흥미로운 생물은 깊은 사면에서 떨어져 나온 것들입니다. 조지스뱅크는 깊은 바다 바닥에 솟아난 야트막한 해산 같은 장소입니다. 어획은 대체로 그 산의 반반한 고원에서 이뤄지지만 더러 그물이 그 산기슭 근처 사면을 훑고 지나기도 합니다. 그런 다음 그물은 그 수위의 바다에 사는 좀더 큰 물고기를 길어 올립니다. 갑작스런 수압 변화는 뜻하지 않은 결과를 초래하기도 합니다. 급속하게 팽창해서 속절없이 배를 드러낸 채 떠오르는 물고기도 더러 있으니까요. 그들은 그물이 수면에 가까워질 때 밖으로 튕겨 나가지만 도로 헤엄쳐 내려가기에는 역부족인 듯했습니다.

빠져나가려고 필사적으로 발버둥 치는 상어도 볼 수 있습니다. 그들에게는 뭔지 모를 깊은 아름다움이 느껴졌습니다. 그래서 남자들 몇이서 소총을 꺼내 '재미' 삼아 그들을 쏴 죽였을 때는 정말이지 마음이 아팠습니다.

깊은 바다에서 끌어올린 그물에는 가끔가다 커다랗고 기괴하게 생긴 물고기, 아귀(goosefish, angler fish: 흔히 '아구'라고 잘못 쓰이는 물고기—옮긴이)도 걸려들었습니다. 삼각형 꼴의 아귀는 거대한 입이 삼각형의 밑면을 거의 다 차지하고 있습니다. 그들은 해저 바닥에서 다른 물고기를 잡아먹으며 삽니다. 그래서인지 그물에 걸려들 때면 언제나 제 나름의 낚시질을 하는 듯 보였습니다. 그들의 입에서 더러 커다란 대구의 꼬리가 두어 개 튀어나와 있곤 했으니까요.

우리는 이따금 밤에 갑판 위로 올라가 고기잡이 장면을 바라보곤 했습니다. 그럴 때 보면 하갑판에 밝혀둔 흰 전등만이 칠흑 같은 어둠과 물로 이뤄진 세계를 밝혀주었지요. 현란한 광경이었습니다. 노란 방수복과 밝은색 줄무늬 면 셔츠 차림의 인부들은 주위의 짙은 어둠 때문인지 무채색 속의 유채색처럼 유독 도드라져 보였고 어딘가 모르게 극적인 분위기를 자아냈습니다.

육지에서 멀리 떠난 작은 배에서 바라보는 밤바다에는 무척이나 인상적인 기운이 서려 있습니다. 깜깜한 밤에 후갑판에 서서, 그러니까 인간이 나무와 강철로 만든 작은 섬에 서서, 우리를 향해 거대하게 굽이쳐 오는 어스름한 파도의 형상을 바라보았을 때 나는 생전 처음으로 우리의 세계란 광대한 바다가 지배하는 물의 세계라는 사실을 실감했습니다.

그런가 하면 어느 때는 신기하게도 육지에서 바다의 느낌을 받기도 합니다. 몇 년 전 플로리다주 에버글레이즈의 내륙 깊이 들어가는 멋진 경험을 한 일이 있습니다. 대부분의 사람들은 이 광대한 황무지를 그저 타미애미 트레일(Tamiami Trail)을 차로 달리며 휘리릭 통과할 뿐이죠. 그것만으로도 안 가본 것보다야 낫겠지만 길도 도로도 없는 거대한 습지의 안쪽까지 들어가 보아야만 비로소 에버글레이즈를 안다고 할 수 있을 겁니다.

그곳을 여행하는 것은 여간 어려운 노릇이 아니었습니다. 흔히 알고 있는 교통수단 가지고는 어림도 없습니다. 다행히 몇몇 선구자들이 '글레이즈 차(glades buggy)'라는 멋진 탈것을 고안했습니다. 저는 그 차가 처음에 에버글레이즈 내륙의 석유를 탐사하는 데 쓰였다고 생각합니다. 어쨌거나 그 차는 길이 없는 곳도 전혀 상관하지 않습니다. 물이 있는 곳을 잘도 지나가고 '참억새(sawgrass)'밭도 아무 문제없이 돌아다닙니다. 심지어 낮게 자라는 수목이나 잡목 숲도 헤치고 나아갈 수 있습니다. 그 차는 군데군데 구멍이 파이고 삐죽삐죽한 바위가 여기저기 흩어져 있는 땅 위에서 어렵사리, 하지만 어김없이 앞으로 나아갑니다.

제가 '글레이즈 차'에 대해 알게 된 것은 지금은 에버글레이즈 국립공원(Everglades National Park)이 된 지역으로 출장을 갔을 때였습니다. 당시 어류·야생동물국은 그 지역의 야생동물을 보존할 책임을 안고 있었습니다. 셜리 브리그스와 저는 마이애미 해변(Miami Beach)의 한 호텔에 묵으면서 근처의 여러 야생동물 지역을 돌아다녔습니다. 우리는 돈 포펜헤이거(Don Poppenhager) 씨와 그의 멋진 '글레이즈 차'에 관한 이야기를 듣고 여행을 추진하기로 했습니다.

포펜헤이거 씨는 여성을 습지로 데려가본 적이 없는지라 처음에는 주저했습니다. 그는 우리에게 몹시 불편한 여정이 되리라고 거듭 경고했습니다. 우리는 꼭 가보고 싶다고, 잘 해낼 수 있다고 그를 안심시켰습니다. 그는 하는 수 없이 마 샤디(Ma Szady)라는 사람이 운영하는 타미애미 트레일 가의 작은 가게에서 우리를 만나기로 했습니다.

당시 묵었던 우아한 호텔의 직원은 해괴하게 차려입고 이상한 용무를 보느라 들락날락거리는 우리를 다소 수상쩍게 여기는 듯했습니다. 상황은 우리가 에버글레이즈로 떠나던 날 아침 극에 달했죠. 어류·야생동물국 직원이 새벽 5시에 우리를 데리러 와서 타미애미 트레일을 따라 약속 장소까지 태워다주기로 되어 있었습니다. 때는 여름이었고, 그 시각에도 여전히 열대의 어둠이 마이애미에 짙게 깔려 있었죠. 희한한 장비를 잔뜩 챙겨 든 우리는 다른 투숙객들에게 피해를 끼치지 않으려고 조심조심 계단을 내려왔습니다. 발끝으로 살금살금 걸으면서 호텔 로비를 막 통과하려던 찰나 안내 데스크 위로 고개를 처든 직원이 아직 비몽사몽 한 얼굴로 그러나 의심스럽기 짝이 없다는 눈길로 우리를 건너다보았습니다. 그가 물었습니다. "퇴실하실 겁니까?" 때마침 시끄러운 정부용 2톤 트럭이 부르릉거리며 달려와서 우리를 태우려고 호텔 앞에 멈춰 섰습니다. 그 광경을 보고도 우리에 대한 그의 평가가 다소 나아졌다곤 생각지 않아요.

우리를 기다리던 '글레이즈 차'는 근사했습니다. 트랙터처럼 생긴 차에는 커다란 바퀴가 6쌍 달려 있었습니다. 엔진은 완전히 겉으로 드러나 있어 다니는 동안 그 차에 하나밖에 없는 의자에 나란히 앉은 우리에게 열기가 훅훅 날아들었습니다. 모터 블록에 붙여놓은 작은 선반에는 펜치, 스크루 드라이버를 비롯한 갖가지 연장이 들어 있었습니다. 포펜헤이거 씨는 더러 상체를 숙여 뭔가를 돌리거나 모터를 쿡쿡 찔러댔습니다. 모터는 계속해서 펄펄 끓는 상태인 것 같았습니다. 포펜헤이거 씨는 이따금 차를 세우고 양철통을 꺼내 물을 약간 퍼 올려서(거기는 물이 천지였으니까) 라디에이터에 들이부었습니다. 그러다 맘 내키면 한 모금씩 들이켜기도 했습니다. "물맛이 최고야!"라면서 말이죠.

그러나 아까 말씀드렸다시피 에버글레이즈 한복판에는 신비로운 바다의 느낌이 서려 있습니다. 처음에는 그 느낌이 어디서 연유하는지 알 수 없었지만 어쨌거나 강렬했습니다. 무엇보다 그곳에서는 완벽하게 평평한 대지와 드넓게 펼쳐진 하늘이 주는 광활한 공간을 느낄 수 있었습니다. 그 공간감은 거의 바다에 견줄 만한 것이었습니다. 시시각각 변하는 구름도 더할 나위 없이 아름다웠습니다. 풀 위를 적시는 비는 아름답고도 부드러운 놀이를 하듯 세상의 색조를 잿빛과 부드러운 초록빛으로 바꿔놓았습니다. 다시 한 번 바다에 내리는 비가 떠올랐습니다. 광막하게 드리워진 연회색 바다 위로 옴폭옴폭 작은 보조개가 무수히 파이는 광경 말입니다. 그리고 이곳 에버글레이즈에는 어디에든 산호석이 드러나 있습니다. 물 아래 깔린 바닥도, 풀밭 사이에 군데군데 박힌 울퉁불퉁한 바위도 모두 산호석이죠. 이들 바위는 과거에 이 지역을 덮은 천해에서 살던 산호충의 작품입니다. 우리는 느낄 수 있죠. 지금이야 이 땅이 고대 바다의 기단을 뒤덮은 얇디얇은 널빤지층에 지나지 않지만 바다와 육지의 관계는 언제든지 다시 뒤바뀔 수 있다는 것을요.

광활한 풀밭에는 팔메토〔palmetto: 미국 동남부산(産) 작은 야자나무―옮긴이〕를 비롯한 여러 나무가 자라는 해먹(hammock: 플로리다주에서 볼 수 있는 비옥한 대지―옮긴이)이 군데군데 들어서 있는데, 이 해먹 저 해먹 다니다 보니 자연스레 바다에 떠 있는 섬들이 떠올랐습니다. 간간이 보이는 사이프러스를 제외하면 에버글레이즈에 자라는 나무는 죄다 해먹에 몰려 있습니다. 해먹은 바위가 아래로 우묵하게 꺼진 부분에 흙이 쌓여 만들어집니다. 해먹이 아닌 곳은 모두 바위, 물, 풀로만 되어 있습니다. 해먹은 그곳에 서식하는 나무달팽이(tree snail)로 유명합니다. 나무달팽이는 아까시나무(locust-like tree)에 살면서 나무껍질에 낀 이끼를 먹습니다. 나무달팽이는 껍데기가 밝은 색깔이고 무늬가 놀랍도록 다채롭습니다. 수집가들이 유독 선호해서 사람들이 접근하기 쉬운 해먹에는 나무달팽이가 남아나질 않습니다. 우리는 쉭쉭 김을 내뿜는 철제 괴물(글레이즈 차―옮긴이)을 타고 해먹 속을 누비고 다니면서 나무 아래에서 나무달팽이를 떼어내곤 했습니다. 어렸을 적에 회전목마를 타면서 쇠고리를 낚아채곤 하던 것처럼 말이죠.

낮에 포펜헤이거 씨가 특정 '구멍'에만 산다고 알려준 악어를 몇 마리 보러 갔습니다. 처음 찾아간 악어는 출타 중이었습니다. 다행히 두 번째 악어는 집을 지키고 있었죠. 그는 분명 집 앞마당에 나와 있었던 듯한데, 우리가 다가가자 버드나무 숲을 뚫고 들어가 제 연못으로 사라져버렸습니다. 에버글레이즈의 '악어 구멍'은 대개 작은 해먹 한가운데 움푹 파인 물웅덩이입니다. 이러한 연못의 바닥에는 대체로 암석 동굴이 있는데, 악어는 바로 거기에 들어앉아 있습니다.

에버글레이즈는 물론 세미놀(Seminole) 인디언의 땅입니다. 에버글레이즈 내륙 안쪽에서 우리는 고대 인디언 마을의 터도 두 군데 방문했습니다. 세미놀 인디언보다 수백 년 앞서 거주한 초기 부족의 증거를 찾아냈던 고고학자들이 그곳을 연구하고 있었습니다. 포펜헤이거 씨는 우리를 오늘날의 거주지 부근에 있는 어느 인디언 무덤으로 데려갔습니다. 모든 지역이 단단한 석회암 암반으로 이루어져 있어서 흔히 생각하는 무덤과는 달랐어요. 관은 그냥 땅 위에 놓여 있었고, 남은 자들이 사자(死者)에게 내세의 삶에 필요하리라 싶은 총과 기타 장비를 바쳐놓았더군요.

우리 눈에는 그 지역 전체가 바다처럼 길도 주요 지형지물도 없는 듯 보였습니다. 하지만 우리의 안내자는 자신이 어디로 가는지를 귀신같이 알았습니다. 딱 한 가지 옥의 티라 할 만한 일이 늦은 오후에 일어났습니다. 타미애미 트레일까지 돌아갈 연료가 남아 있지 않으면 어쩌나 싶어 잔뜩 마음을 졸인 거죠. 모기가 온종일 우리를 쫓아다니면서 움직이지 않을 때마다 구름 떼처럼 덤벼들었습니다. 습지의 밤은 그다지 유쾌한 기억이 못 됩니다. 다행히 우리는 황혼 녘에 맞춰 돌아올 수 있었습니다. 수렵 감시관과 어류·야생동물국 순시자가 전조등을 켠 채 우리가 돌아오는 길을 지켜주려고 타미애미 트레일 가에서 대기하고 있는 모습이 보였습니다.

그 어류·야생동물국 순시자는 결코 잊을 수 없는 인물이니만큼 에버글레이즈 이야기를 마무리하기 전에 그에 대해 몇 마디 들려드릴까 합니다. 그 지역 담당인 그가 맡은 일은 새와 악어를 비롯한 야생동물이 해를 입지 않도록 보호하는 것이었습니다. 이 말은 그가 며칠씩 사람 구경을 못 하는 에버글레이즈의 야생 지역 깊숙한 곳에서 지내야 한다는 뜻이었습니다. 어류·야생동물국은 애초에 그 일에 적합한 사람을 찾느라 애를 먹었습니다. 생각해보세요, 대체 누가 그런 일을 하겠다고 나서겠는지. 그러니 아마 피너랜 씨보다 더 나은 적임자를 찾을 수는 없었을 겁니다. 당시 그는 인생 대부분의 시간을 보낸 북부 도시의 생활에 넌더리를 냈고, 플로리다 남부의 황무지를 10년 전부터 알고 있었던 상태였습니다. 경위야 어찌 되었든 그는 종내 세미놀 인디언의 신임을 얻었습니다. 그들은 대체로 백인을 달가워하지 않지만 피너랜 씨만큼은 우러러보고 믿어주었습니다. 그래서 그에게 이름까지 지어주고 사실상 그를 부족의 일원으로 맞아들였습니다. 어류·야생동물국이 피너랜 씨에게 고독하기 짝이 없는 업무를 제의하자 그는 기꺼이 받아들였고 집과 본부 역할을 할 작은 오두막으로 거처를 옮겼습니다. 피너랜 씨는 거기서 작은 개 한 마리, 닭 몇 마리 그리고 클로이(Chloe)라는 이름의 남색 뱀 한 마리와 함께 지냈습니다. 그의 집 옆에 자라는 나무에는 나무달팽이 다섯 마리가 살았습니다. 그는 그들을 무척이나 자랑스러워했습니다. 우리는 '글레이즈 차' 여행에서 돌아온 뒤 나무달팽이 몇 마리를 그에게 선물로 주었습니다. 아마 백만금을 얻었다 해도 그토록 좋아할 수는 없었을 겁니다. 이른 아침이면 수많은 풀잎과 거미줄에 이슬이 반짝이는 에버글레이즈의 아름다움에 대해 격정적으로 들려주던 그의 모습이 눈에 선하네요. 그는 검은 구름처럼 하늘을 가득 메우는 새 떼에 관해 말했습니다. 으스스한 은색으로 빛나는 달, 물웅덩이를 가득 채운 타오르는 붉은 빛깔의 악어 떼 이야기도 했습니다. 한편 자신의 낙원에도 몇 가지 아쉬운 점은 있노라고 털어놓았습니다. 지독한 글레이즈 모기 탓에 밤이 되어도 오두막에 불을 켤 수 없다는 게 그중 하나였습니다. 때로 비 오는 날 밤이면 불개미(fire ant) 떼가 집 안에 들이닥쳤고 심지어 침대 위까지 몰려들었습니다. 인디언들은 그 오두막이 옛날 인디언의 무덤 위에 지어져 귀신에 씐 거라고 수군거렸습니다. 피너랜 씨는 믿기 힘든 말이라며 그냥 흘려들었습니다. 도시 거주자들이 그에게 외로움을 어떻게 견디느냐고 딱해하면 그는 나이트클럽에 앉아 있는 따분한 생활을 대체 어떻게 참느냐고 맞받아쳤습니다. 그가 말했습니다. "저는 제 삶을 다른 어떤 것과도 바꿀 생각이 없어요."

여러분은 저의 이야기를 듣고 제 삶의 상당 부분이 우리를 둘러싼 지구의 아름다움과 수수께끼, 그리고 지구에 살아가는 생명체들의 그보다 더 큰 수수께끼와 연관되어 있음을 짐작하셨을 줄 압니다. 꽤나 깊이 사고해보지 않고서는, 탐색 중이되 더러 해답에 이르지 못한 질문들을 스스로에게 던져보지 않고서는, 특정 철학을 지니지 않고서는 누구도 이러한 주제에 오랫동안 천착할 수 없을 겁니다.

지구와 이곳에서 살아가는 생명체에 관한 과학을 다루는 우리에게는 한 가지 공통점이 있습니다. 결코 지루함을 모른다는 것입니다. 지루할 새가 없습니다. 늘 새롭게 탐구해야 할 거리가 생기니까요. 항상 하나의 수수께끼가 풀리면 더 큰 수수께끼가 우리 앞에 놓여 있습니다.

멋지게 나이 든 스웨덴의 해양학자 오토 페테르손(Otto Petterson)을 떠올리면 기분이 좋아집니다. 그는 몇 년 전 93세를 일기로 세상을 떠났는데 마지막 순간까지 날카로운 정신력을 잃지 않았습니다. 역시나 빼어난 해양학자인 그의 아들이 최근에 쓴 책을 보면 알 수 있습니다. 그가 자신을 둘러싼 세계와 관련한 모든 새로운 경험과 발견을 얼마나 열심히 즐겼는지를 말이지요. 아들은 아버지를 이렇게 회고합니다. "아버지는 생명체와 우주의 수수께끼들과 열렬한 사랑에 빠진 못 말리는 낭만주의자였다.

당신께서는 그 수수께끼를 풀기 위해 태어났다고 믿어 의심치 않았다." 90세를 넘기면서 지상의 풍경을 즐길 날이 그리 많이 남지 않았음을 직감한 오토 페테르손이 아들에게 말했습니다. "생의 마지막 순간에 나를 지탱해줄 것은 장차 무슨 일이 닥칠지에 대한 끝없는 호기심이다."

자연 세계와 접촉하는 즐거움과 가치는 비단 과학자들만의 전유물이 아닙니다. 산꼭대기나 바다의 외로움 속에, 숲의 고요함 속에 제 자신을 가만히 내려놓을 줄 아는 사람, 씨앗이 어떻게 싹트는지 같은 소소한 것을 생각해보기 위해 걸음을 멈출 줄 아는 사람이라면 누구라도 그 즐거움과 가치를 누릴 수 있습니다.

제가 오늘 이 자리에서 여러분께 자연의 아름다움은 모든 개인이나 사회의 영적 발전에 꼭 필요하다고 말한다면 감상주의자 취급을 받을지도 모르겠습니다. 그렇다 해도 그다지 두렵지는 않습니다. 우리가 아름다움을 파괴할 때마다, 지구의 자연적 특성을 인위적이거나 인공적인 것으로 대체하려 들 때마다 인간의 영적 성장은 그만큼 늦어진다고 저는 믿습니다.

인간 영혼이 지구와 지구의 아름다움에 대해 느끼는 이러한 호감을 파헤쳐보면 깊고 필연적인 뿌리와 만나게 됩니다. 우리 인간은 끊임없이 이어지는 생명체의 일부에 지나지 않습니다. 인류가 지상에 출현한 것은 100만 년밖에 되지 않았습니다. 그러나 생명 그 자체는 자신의 어떤 것을 다른 생명체에게 전해주는 신비로운 실재입니다. 살아 움직이는 데다 제 스스로와 자신을 둘러싼 환경을 인식하고 있다는 점에서, 감각 없는 점토나 바위(바로 이들로부터 수억 년 전 생명체가 탄생했다)와는 확연하게 구분되는 신비로운 실재 말입니다. 그때 이후 생명은 발달하고 투쟁하고 스스로를 환경에 적응시키면서 수많은 형태로 진화했습니다. 하지만 살아 있는 생명체의 원형질은 공기·바다·바위와 같은 요소로 만들어졌습니다. 이 요소에 신비로운 생명의 불꽃이 더해진 거죠. 우리의 기원은 지구와 관련되어 있습니다. 그래서 우리 안에는 자연 세계에 반응하는 뿌리 깊은 본능이 자리 잡고 있으며 그 본능은 우리 인간의 일부를 이루고 있습니다.

그런데 저는 왜 오늘 밤 즐거워야 마땅한 저녁 시간에 어울리지 않는 심각한 주제를 들고 나왔을까요? 우선, 여러분께서 제 자신에 관한 이야기를 들려달라고 부탁하셨기 때문입니다. 스스로 철석같이 믿는 것에 관해 말씀드리지 않으면서 자기 이야기를 할 수는 없는 노릇이지요.

또한 제가 그 주제를 선택한 것은 1000명의 여성 앞에 서는 기회란 그리 자주 오는 게 아니기 때문입니다. 오늘의 세계는 긴장에서 놓여날 수 있는 엄청난 치유력을 지닌 자연 세계의 아름다움을 자꾸만 파괴하겠다고 위협하는데, 저는 여성들이 이 사실을 인식하는 게 정말이지 중요하다고 봅니다. 여성들은 사태를 직관적으로 이해하는 능력이 뛰어납니다. 그리고 자녀들이 신체적으로뿐 아니라 정신적으로도 영적으로도 건강하게 자라기를 바랍니다. 오늘 제가 이러한 주제에 대해 말씀드린 것은 여러분이 저널리즘에 종사하든 교사든 사서든 가정주부든 어머니든 간에 그것을 인식하는 게 도움이 되리라 여겼기 때문입니다.

제가 언급한 위협이란 무엇일까요? 자연의 아름다움을 파괴하고, 그 아름다움을 인위적 추함으로 대체하며, 위험이 내포된 인공 세계로 치닫는 경향성이란 구체적으로 뭘 지칭하는 걸까요? 안타깝게도 이것은 여러 날에 걸친 회의에서 본격적으로 다뤄야 할 방대한 주제입니다. 제게 주어진 남은 몇 분 동안에는 그저 그 경향성에 대해서만 간략히 언급하게 될 것 같습니다.

그와 같은 경향성은 작게는 우리가 살아가는 지역사회에서, 크게는 전국 차원에서 볼 수 있습니다. 우리는 오늘날 수백 건의 교외 부동산 개발 사업을 통해 아름다움이 파괴되고 인간 개성이 말살되는 현장을 연일 목격합니다. 개발업자들은 먼저 나무를 베어내고 그 위에 똑같이 생긴 작은 가옥을 다닥다닥 지어 올립니다.

제가 사는 미국의 수도에서도 고통스런 방식으로 그러한 경향성을 확인할 수 있습니다. 워싱턴 D.C. 한복판에는 록크리크 공원(Rock Creek Park)이라는 작지만 아름다운 삼림지대가 들어서 있습니다. 이곳을 찾는 이들은 잠시나마 교통의 소음과 혼란스런 인공 환경에서 벗어나 휴식을 취하고 안정을 되찾습니다. 이 공원에서는 강과 바다로 흘러드는 개울의 부드러운 물소리, 나무에 스치는 바람 소리 그리고 초록빛 황혼을 채우는 개똥지빠귀(veery)의 노랫소리가 들립니다. 그런데 이 좁은 삼림지대 한복판을 관통하는 6차선 간선도로를 뚫는 안이 추진되고 있습니다. 도시와 국가 전체에 헤아릴 수 없는 가치를 안겨주는 자원을 영구히 망가뜨리는 짓거리지요.

고속도로에 많은 가치를 부여하는 이들은 분명 〈뉴욕타임스〉 논설위원의 다음과 같은 말이 귀에 잘 들어오지 않는 듯합니다. "자연이 제 뜻을 굽히지 않고 밤이면 작은 짐승 발에 밟혀 바스락대는 나뭇잎, 나직이 지저귀는 새소리가 들릴 만큼 고적한 장소를 지켜낼 여력이 아직 우리에게는 있다. 어디서든 평온이라는 선물은 값으로 따질 수 없으리만큼 소중하다."

우리는 국가 차원에서도 발전용 댐 건설 따위의 상업적 계획을 국립공원에 도입하는 안(案) 같은 파괴적 경향성을 발견합니다. 국립공원은 모든 이를 위한 장소로, 제가 앞서 언급한 휴식을 제공하고 영혼을 고양하는 가치를 위해 필히 보존되어야 합니다. 돈에 눈멀고 이기적인 물질주의에 사로잡힌 우리 세대는 과연 이러한 것을 파괴할 권리가 있을까요? 아름다움과 아름다움에서 비롯된 다른 모든 가치들은 결코 돈으로 측정하거나 평가할 수 없습니다.

몇 년 전, 영국의 박물학자 리처드 제프리스의 글에서 결코 잊을 수 없을 만큼 강렬하게 제 마음에 파고든 구절을 발견했습니다. 여러분에게 지금 그걸 들려드리려 합니다.

생명체의 장엄함 속에 숨겨진 지상의 더없는 아름다움은 꽃잎 하나하나마다 새로운 생각을 보여준다. 우리의 마음이 그 아름다움에 빠져들 때만이 우리는 진정 살아 있는 것이다. 그 나머지는 모두 환상이거나 아니면 그저 견디는 것일 뿐……

이 구절은 어느 면에서 저의 생활신조라고도 할 수 있습니다. 왜냐하면 오늘 밤 여러분들께서 느끼셨을 줄 압니다만, 지구의 경이로움과 아름다움을 향한 몰두야말로 제 삶의 행로에 가장 지대한 영향을 끼친 것이기 때문입니다.

《우리를 둘러싼 바다》가 출간된 이래 저는 영광스럽게도 제 자신처럼, 지구와 바다의 기나긴 역사 그리고 자연 세계의 심오한 의미를 곰곰이 곱씹어봄으로써 안정과 위안을 얻었다고 고백하는 편지를 수도 없이 받았습니다. 그야말로 각계각층의 사람들에게서 날아든 편지였습니다. 미용사, 어부, 음악가, 고대 그리스로마 전문가, 과학자 들이 보낸 편지도 있습니다. 표현이야 저마다 다르지만 그들은 이구동성으로 이렇게 말합니다. "우리는 그동안 세상에 대해 걱정이 많았고 인간에 대한 신뢰를 잃어버리다시피 했습니다. 그런데 이 책은 지구의 기나긴 역사와 생명체의 기원에 대해 생각해보도록 도와주었습니다. 수백만 년이라는 관점에서 보면 우리가 직면한 문제를 내일 당장 해결해야 한다고 조급하게 굴 필요가 전혀 없지요."

이들은 '지상의 더없는 아름다움'을 다시금 떠올림으로써 침착함과 용기를 추슬렀습니다. 새의 이동에는, 밀물과 썰물의 드나듦에는, 봄을 기다리며 몸을 웅크린 잎눈 속에는 실질적인 아름다움뿐 아니라 상징적인 아름다움도 깃들어 있기 때문입니다. 거듭되는 자연의 순환에는, 즉 밤이 지나면 새벽이 오고 겨울이 지나면 봄이 온다는 이 어김없는 질서 속에는 무한한 치유의 힘이 들어 있습니다.

인간은 스스로 만들어낸 인공의 세계로 너무 멀리까지 치달았습니다. 어떻게든 땅과 물의 세계에서 벗어나 강철과 콘크리트로 스스로를 가두려드는 거지요. 자신이 휘두르는 힘에 도취된 인간은 스스로와 자신을 둘러싼 세계를 파괴하는 실험에 점점 더 깊숙이 빠져드는 듯 보입니다. 이처럼 안타까운 추세에 맞서는 유일한 답이란 있을 수 없습니다. 만병통치약 역시 있을 리 만무하죠. 그러나 저는 우리를 둘러싼 우주의 경이와 실상에 좀더 분명하게 주의를 기울일수록 인간 종 자체를 파괴하려는 자멸적 경향은 조금씩 줄어들 거라 믿습니다.

1956

생물학

　카슨은 생물학 참고 문헌 목록을 작성하고 에세이 한 편을 기고 하기로 했다. 전국영어교사협의회(National Council of the Teachers of English)가 지원하는 참고 서적 《굿리딩(Good Reading)》에 싣기 위한 것 이었다. 협의회는 기고자에게 원고료를 후하게 지급했지만 카슨은 우수 한 생물학 서적을 간추려 참고 문헌 목록을 작성하는 일이 생각보다 품 이 많이 든다는 것을 알게 되었다.

　때마침 진화생물학 저서를 집필하기 위해 나름의 연구에 착수할 예정이었던 터라 그녀는 최종 선정한 책들을 소개하는 짤막한 글에 일반 적으로 과학, 구체적으로 생물학에 관한 자신의 생각을 잘 담아낼 수 있 었다.

　카슨은 생물학의 포괄 범위를 규정하는 부분에서 "어떤 생명체도 홀로 살아갈 수는 없다"는 자신의 견해를 더욱 분명히 하며 새로운 생태 학을 강조했다. 카슨은 과학이 일반 시민으로부터 자꾸만 멀어지는 사태를 애석해하면서, 학생들에게 무턱대고 실험에 뛰어들기보다 먼저 위대한 박물학자들의 글이나 자연 속에서 자기 주제를 탐구해보라는 그녀다운 충고를 건넸다.

생물학의 영역은 지구와 거기 살아가는 모든 생명체의 역사, 즉 그 과거·현재·미래라는 포괄적 관점에 비춰보아야만 제대로 규정될 수 있다. 그렇지 못할 경우에는 편협해지거나 탁상공론에 빠지기 쉬우며 인류를 지금의 모습으로 주조해준 것, 인류가 앞으로 어떻게 될지 예고하는 모든 것을 끌어안으면서 시공간적으로 장엄하게 해당 주제를 다룰 수 없다. 최근 몇 년간 과학이 장족의 발전을 거듭함에 따라 우리는 인간이나 다른 생명체를 그들이 살아가는 세계에서 따로 떼어 내 연구하거나 이해할 수는 없다는 사실을 알게 되었다. 또한 초기 생물학자들의 필수 관심사였던 동식물의 분류, 동식물의 구조·생리에 대한 기술 같은 지엽적 연구는 생물학의 일부에 지나지 않는다는 사실도 깨달았다. 실제로 생물학은 다양한 부문에 걸쳐 있고 더없이 아름답고 매혹적이며 의미로 가득 차 있기에 뭘 좀 아는 독자라면 결코 무시할 수 없는 분야다.

진정한 의미에서 보자면 생물학이든 다른 과학 문헌이든 간에 완전히 독자적인 것은 없다. 과학적 사실에 관한 지식은 세상과 고립된 채 실험실에 처박혀 있는 극소수 과학자들만이 누릴 수 있는 특권이 아니라 모든 이의 것이다. 과학이 다루는 주제가 삶의 주제 그 자체이기 때문이다. 우리는 인간을 둘러싼 환경 그리고 인간을 현재의 모습으로 만든 물리적·정신적 힘을 이해하지 않고서는 우리에게 걱정을 안겨주는 이 시대의 문제를 이해할 수 없다.

생물학은 살아 있는 지구의 살아 있는 생명체를 다룬다. 색채, 모양, 움직임을 보고 느끼는 즐거움, 생명체가 놀랍도록 다양하다는 데 대한 깨달음, 자연의 아름다움을 향한 기쁨은 살아 있는 생명체로서 우리 인간이 물려받은 유산이다. 우리는 가능하다면 먼저 들판·숲·해안가 등 자연을 접하는 과정을 통해 이 주제에 눈떠야 한다. 그다음 부차적으로 확장과 검증의 방법을 통해 실험하는 과정이 뒤따라야 한다. 천부적 재능과 상상력을 갖춘 몇몇 생물학자들은 우선 감각적 인상이나 정서 반응이라는 매개를 통해 주제에 접근한다. 가장 기억에 남는 글은, 비록 지식인이 대상이긴 하지만, 인간이 저 역시 일부인 '연속적 생명'에 대해 정서적으로 반응한 것들이다. 허드슨이나 소로 같은 위대한 박물학자의 글은 오늘날 구할 수 있는 훌륭한 선집에 빠지지 않고 실리는데, 생물학 서적을 읽어보려는 독자라면 결코 그들의 글을 놓쳐선 안 된다.

과학의 포괄 영역이 넓어짐에 따라 부득이 전문화를 추구하는 경향은 커지게 마련이다. 이런 분위기에서는 한 개인이나 인간 집단의 정신적 역량이 온통 어떤 문제의 단일 측면에만 쏠린다. 다행히 그와 정반대 경향성도 나타나서, 여러 분야의 전문가가 공조 작업을 벌이기도 한다. 해양 조사단은 보통 생물학자·화학자·물리학자·지질학자·기상학자 등으로 꾸려진다. 지구의 한 부문인 바다가 일으키는 문제가 워낙 다양하기 때문이다. 핵물리학자들은 화석이나 광물에 들어 있는 방사성원소들이 고유의 일정한 분해 속도(반감기─옮긴이)를 지닌다는 사실을 발견함으로써 생물학자들을 도와주었다. 생물학자들은 그 발견 덕택에 지구의 나이에 대한 기존 개념을 뒤집은 바 있으며 인류 진화 문제에 전보다 훨씬 더 정확하게 접근하고 있다. 화학자와 유전학자는 유전자와 유전자가 유전적 특성을 만들어내는 실제적 방법에 관한 수수께끼를 풀고자 힘을 합한다.

생물학이 생태, 즉 살아 있는 생명체와 그들을 둘러싼 환경의 관계에 주목하기 시작한 것은 20세기에 접어들면서부터다. 생태 관계를 인식하는 것이야말로 오늘날 보존 프로그램의 토대다, 아니 토대여야만 한다. 한 생명체 종을 보존하려 시도한들 그 종에게 필요한 땅이며 물을 보존하지 않으면 아무 소용이 없기 때문이다. 그 관계는 더없이 정교하게 직조된 천과 같아서 딱 한 올만 빼내도 전체가 엉망으로 헝클어져버린다. 거의 알아차릴 수 없지만 너무도 극적인 파괴가 뒤따르는 것이다.

우리는 생태와 보존에 관한 보편적 개념을 개발할 때도 마냥 늑장을 부렸지만, 인류 자신의 생태와 보존의 실상을 인식하는 데는 한층 더 굼떴다. 우리는 생물학이 앞으로 이 문제를 해결한다면 한 단계 도약할 수 있으리라 믿는다. 인간은 천지만물을 쥐고 흔드는 신이 아니라 자연의 일부에 지나지 않으며, 다른 모든 생명체를 지배하는 것과 동일한 우주적 힘의 지배를 받는다는 인식이 곳곳에서 싹트고 있다. 앞으로 우리 인간이 잘 살아갈 수 있느냐, 아니 적어도 살아남을 수 있느냐는 전적으로 인간이 그 우주적 힘과 싸우지 않고 조화롭게 사는 방법을 터득하느냐 그렇지 못하느냐에 달려 있다. (……)

1956

도로시 프리먼과 스탠리 프리먼에게 보낸 편지 두 통

카슨은 사우스포트섬에 있는 그녀의 별장 부근에서 조수 웅덩이와 암석해안을 탐험한 경험을 여름철 이웃인 도로시 프리먼, 스탠리 프리먼 부부와 함께 나누었다. 카슨은 특히 도로시가 마음이 통하는 사람임을 한눈에 알아보았고, 그녀와의 관계는 카슨에게 두고두고 깊은 정서적 울림을 주었다. 1956년 카슨의 어머니는 병세가 깊었고, 카슨의 조카딸 마조리와 그녀의 네 살배기 아들 로저(나중에 마조리가 죽은 뒤 결국 카슨이 입양한다)가 메인을 찾아왔다. 카슨은 메인을 떠나 있던 프리먼 부부에게 편지를 띄워 대조(大潮: 음력 보름과 그믐 무렵 밀물이 가장 높고 썰물이 가장 낮은 때—옮긴이)의 자정 무렵 해변을 거닐면서 겪은 일에 대해 들려주었다.

카슨은 10월에도 역시 메인에 없는 프리먼 부부에게 편지를 써 보냈다. 그녀는 일몰을 배경으로 수평선을 가로질러 수많은 물새가 이동하는 장관에 커다란 감동을 받았고 그 경험을 편지에 담았다.

스탠과 도로시에게

오늘 아침 장하게도 제피(Jeffie: 카슨의 고양이 — 옮긴이) 말고는 아무도 깨우지 않고 자리에서 일어났어요. 그래서 이렇게 아침 식사 전에 편지를 한 통 쓸 수 있게 된 겁니다.

두 분이 예정과 달리 일찍 오실 수 없다니, 사우스포트를 들먹이거나 이곳에서 일어나는 특별한 일을 말씀드리는 것이 자꾸 망설여집니다. 제 경험을 공유해야 옳은지, 어서 와서 직접 보고 싶은 마음 간절하실 텐데 심술궂게 괜한 말을 하는 건 아닌지 모르겠습니다. 여전히 난감하지만, 이번에는 기이하고 근사한 것을 두 분께 말씀드리고 싶어 입이 근질근질하네요.

잘 아시겠지만 우리는 지금 그믐 때의 대조를 맞았습니다. 그래서 지난 며칠 동안 밤에 바닷물이 해변 위로 점점 더 높이 차올랐습니다. 로저의 뗏목을 오래된 나무둥치에 밧줄로 단단히 묶어두어야 했으므로 마조리와 저는 만조 때 해변에 내려가봐야 할 이유가 또 하나 생긴 셈입니다. 온종일 수많은 너울과 파도가 요란하게 들이닥쳤던지라 자정 무렵의 해변은 이루 말할 수 없이 흥미로웠습니다. 우리(해변까지 사유지에 포함된 별장이라 가능한 표현 — 옮긴이) 바위들이 온통 거품을 뒤집어썼고, 길고 하얀 파도 마루들이 우리 해변에서 마하드 씨의 해변까지 걸쳐 있었습니다. 우리는 완벽한 야생을 느끼고 싶어 손전등을 껐습니다. 진짜 흥분은 그때부터였습니다. 물론 두 분도 짐작하시겠지만 다이아몬드와 에메랄드를 무수히 박아놓은 듯 눈부신 파도가 연거푸 젖은 모래 위에 몸을 내던지고 있었습니다.

도로시! 한밤중이었고, 우리는 내내 거기에 머물렀습니다. 그런데 모든 것이 한층 더 강렬해졌습니다. 이어지는 소리와 움직임은 더욱 거셌고 인광(燐光)도 한결 짙어졌습니다. 낱낱의 불꽃이 너무 커서 그 불꽃들이 모래에서 타오르는 광경, 물속에서 놀이에 푹 빠진 것처럼 앞서거나 뒤서거나 들어갔다 나왔다 하는 광경을 볼 수 있었습니다. 몇 번인가 불꽃을 잡아보겠다고 조개껍데기와 자갈을 한 움큼 퍼 올리곤 했죠. 분명 눈으로 볼 수 있을 만큼 크리라 확신했는데, 제가 그렇게 운이 좋을 리 만무하죠!

이제 이야기의 방향을 좀 틀어볼까요? 제가 마조리를 힐끗 쳐다보면서 농담처럼 말했어요. "저것 봐, 한 녀석이 이륙했어!" 반딧불이가 깜빡거리면서 스쳐 지나갔거든요. 우리는 그 일을 무심코 흘려버렸는데, 몇 분 뒤 우리 중 누군가가 말했어요. "아까 그 반딧불이다!" 다음 순간 그 녀석은 진짜로 우리의 눈길을 사로잡았죠. 그가 물 위에서 너무 낮게 비행하는 바람에 그의 빛이 작은 전조등처럼 해수면에 길게 비쳤기 때문이에요. 순간 불현듯 한 가지 사실이 떠올랐어요. 그 녀석은 물 위에 어른거리는 불빛이 전통적인 반딧불이의 방식으로 자기한테 신호를 보내는 다른 반딧불이들이라고 "생각"했다는 사실 말이에요! 아니나 다를까 그 녀석은 이내 곤경에 빠졌고, 젖은 모래 위로 떠밀려 오면서 다급하게 빛을 깜빡였어요. 이번만큼은 어느 것이 곤충이고 어느 것이 정체불명의 작은 바다 도깨비불(인광—옮긴이)인지 의문의 여지가 없었죠!

두 분께서는 그다음에 무슨 일이 일어났을지 능히 짐작하실 줄 압니다. 저는 한달음에 달려가 그 녀석을 구해주었습니다. (도깨비불 때문에 이미 얼음장처럼 차가운 물에 무릎까지 빠진 상태였으니 한 번 더 젖는다한들 무슨 대수겠습니까?) 그리고 날개를 말리라고 녀석을 로저의 양동이에 넣어주었습니다. 집으로 올라온 우리는 반딧불이를 멀리 현관까지 데려왔습니다. 더는 유혹의 손길이 미치지 않는 곳이기를 바라면서요.

뭐라 설명하기 힘든 묘한 감정을 불러일으킨 경험이었습니다. 겉으로 드러난 현상 이상의 숱한 의미가 담긴 것처럼 느껴졌어요. 여태껏 반딧불이가 다른 인광에 반응한다는 것을 과학적으로 설명한 글은 본 적이 없습니다. 정말로 알려지지 않았다면 제가 과학 저널에 짧게나마 기고해야 한다 싶어요. 이것을 과학의 언어로 기술한다고 상상해보세요! 이미 이 경험을 토대로 동화도 한 편 구상해놓았어요. 뭐 진짜로 쓰게 될 것 같지는 않지만요.

여기까지 썼을 때 다들 일어났고, 하루가 시작되었습니다! (……)

사랑하는 도로시와 스탠 보셔요

이 편지가 두 분의 결혼기념일에 맞춰 도착하면 오죽이나 좋으련만, 설령 그렇지 못하더라도 그날을 축하하는 제 자그마한 성의로 받아주시리라 믿습니다. 두 분을 알게 된 이래 이렇게 '편지를 써서' 결혼기념일 즐겁게 보내시라고, 앞으로 내내 행복하시라고 말씀드리는 건 올해가 처음이네요. 지난 2년 동안 두 분의 결혼기념일을 어떻게든 함께 기뻐하다 보니 그날은 제게도 의미가 남다른 기념일이 되었습니다. 굳이 설명하지 않아도 무슨 말인지 다 아실 겁니다.

두 분의 결혼기념일 당일은 아니지만, 그 주에 겪은 사건이 몇 가지 있습니다. 금요일 저녁에 무슨 일이 있었는지 들려드릴게요. 차가운 북서풍이 몰아치는 맑고 쾌청한 날씨가 이어지던 터라 그날 일몰 즈음에도 하늘은 구름 한 점 없었습니다. 온종일 한 가지 생각에 잠겨 있던 저는 일몰 직후 거실로 나와 멀리 수평선을 찬찬히 살펴보기 시작했습니다. 때마침 케네벡(Kennebec)강 위로 한 줄기 연기 같은 희미한 선이 보였습니다. 점점 수가 불어나는 선들을 보고서야 저는 거대한 물새 떼가 메리미팅(Merrymeeting)만 방향으로 이동하는 중이라는 사실을 깨달았습니다. 언뜻 모두 서쪽 하늘 멀리 있는 듯했지만, 쌍안경으로 들여다보니 그들의 행렬이며 새 하나하나의 모습이 선명하게 보였습니다. 허공에 뜬 채 리본처럼 나부끼는 물새 떼의 기나긴 행렬은 서서히 어둠에 묻혀갔습니다. 한 가지 더! 저는 그날 저녁 초승달을 볼 수 있으리라 생각했어요. 새로운 계절이 다가왔으니 이곳을 떠나야 한다고 일러주는 초승달 말이죠. 그러나 해가 저문 뒤 쾌청한 하늘을 내다보았을 때 달은 없었어요! 멀리 메리미팅만 해안의 가문비나무 뒤에서 파리한 주황빛 하늘이 노란색으로, 그러다 차가운 회청색으로 서서히 희미해져갔어요. 그러던 중 하늘에 오리과 새들이 나타났어요. 쌍안경을 들어 하늘을 살펴보다가 갑자기 수평선 바로 위에서 달을 보았어요. 가느다란 낫 모양이었는데, 어찌나 컸던지 처음에는 진짜 달이라는 사실이 믿기지 않을 지경이었어요! 달 색깔이 하늘빛과 너무 비슷해서 쌍안경을 끼지 않고선 도저히 알아보기 힘들었어요. 간밤에는 저녁 하늘에 달이 선명했고 그래서 곧 만에 어리는 달그림자를 볼 수 있겠다 싶어요.

22

1956

잃어버린 숲: 커티스 복과 넬리 리 복에게 띄운 편지

카슨은 1956년 여름 자연보호협회(Nature Conservancy) 메인 지부를 조직하는 문제에 깊이 발을 들여놓으면서 보존이라는 주제에 한층 더 마음을 쓰게 되었다. 그녀는 펜실베이니아주 대법원 판사 커티스 복(Curtis Bok)과 우정을 나누는 과정에서, 개인 차원의 박애주의가 아름다운 장소를 구하는 데 얼마나 효과적인지를 몸소 확인했다. 복가(家) 재단은 플로리다주 마운틴(Mountain)호에 마운틴호 보호구역(Mountain Lake Sanctuary)을 설립해 이끌었던 것이다.

카슨은 같은 해 가을 어느 바람 부는 날 아침, 그녀 소유지에서 북쪽으로 약간 떨어진 해안과 인근의 숲을 살펴보면서 시간을 보냈다. 그녀와 도로시 프리먼은 그곳을 '잃어버린 숲'이라 불렀다. 자신들이 좋아하는 영국 박물학자 H. M. 톰린슨(H. M. Tomlinson)의 수필에서 제목을 따온 것이다. 그녀가 도로시에게 쓴 편지에서 말했다.

"(그 땅이) 영원히 지금 모습 그대로 유지된다면 얼마나 좋을까요! 돈이 있었으면, 그것도 많이 있었으면 하고 바랄 때가 있다면, 바로 그와 같은 땅을 볼 때예요. (……) 그냥 재미 삼아 당신 생각을 한번 말해봐요. 그리고 우리가 그곳에 어떻게든 보호구역을 설립할 수 있다고 상상해봐요. 우리 같은 이들이 찾아가, 내 친구(커티스 복)가 '복 타워 가든(Bok Tower Gardens: 위에 언급된 마운틴호 보호구역의 다른 이름—옮긴이)'과 그 경내를 두고 이야기한 대로 '그저 이리저리 돌아다니면서 원하는 것을 얻을' 수 있는 그런 곳 말이에요. 글쎄요, 아무도 고민하지 않으면 그 일은 결코 일어나지 않겠죠. 하지만 누군가 치열하게 고민한다면, 그 일은 끝내 일어나고 말 겁니다."

이제 카슨은 적어도 정신적 목적에서만큼은 '잃어버린 숲'을 보호구역으로 만드는 데 참고할 만한 모델이 생겼다고 느꼈다. 앞으로 책을 써서 그 땅을 사들일 충분한 돈을 버는 일만 남았다. 이 생각에 한껏 고무된 카슨은 복 부부에게 편지를 띄워 앞으로 어떻게 일을 진행하면 좋을지 조언을 구했다.

결국 구입 비용은 그녀가 감당할 수 있는 수준을 넘어서는 것으로 드러났다. 하지만 그녀의 꿈은 마침내 이뤄졌다. 그녀가 사랑해 마지않던 그 해안의 상당 부분이 이제 부스베이지방토지신탁(Boothbay Regional Land Trust)의 노력으로 보호받기에 이르렀으니까.

커티스와 넬리 리께

(······) 저는 여전히 아름다운 자연이라는 훼손되지 않은 오아시스가 도처에 존재한다고 생각하고, 이러한 장소는 그곳을 찾는 이들에게 지금의 '문명'으로서는 어림도 없는 평화롭고 영적인 휴식을 안겨줄 수 있다고 믿으며, 그러므로 언제 어디서나 그런 곳을 기어이 보호해야 한다고 확신합니다. 우리가 이 같은 이야기를 나눌 기회는 거의 없었지만 두 분께서는 저를 잘 이해하고 계시리라 믿습니다. (······)

몇 년 전 《우리를 둘러싼 바다》 덕에 난생처음 실제로 필요한 액수를 다소 상회하는 돈을 만지게 되었을 때, 저는 무엇보다 제가 오래도록 꿈꿔온 숙원 사업을 소박하게나마 성사시키는 데 그 일부가 쓰였으면 하고 바랐습니다. (······)

'잃어버린 숲'의 매력은 가파른 절벽에서 뻗어나간 기암괴석 해안과 거세게 몰아치는 폭풍해일파가 장엄하게 빚어낸 깊은 바위틈들의 어우러짐에 있습니다. 평화로운 만조조차 이곳에 사는 록위드, 따개비, 총알고둥 따위에 제가 다녀간 물의 흔적을 슬그머니 남겨놓지요. 해안선이 급격하게 꺾이는 곳이자 유독 도드라진 바위 턱이 있는 곳에서 뜻하지 않은 아담한 해변과 맞닥뜨릴 수도 있습니다. 그런가 하면 해안의 각도와 일련의 해류가 가세해 만으로 떠밀려온 나무들을 옴짝달싹 못하게 가둬놓은 곳도 있어, 통나무와 나무 몸통과 환상적인 모양의 나무둥치들이 한데 뒤엉킨 흥미로운 광경도 보게 됩니다. 해안선은 1.5킬로미터쯤 펼쳐져 있다 싶습니다. 그 뒤로 무척이나 멋진 깊고 울창한 숲이 고요하고 평화로운 대성당처럼 떡하니 버티고 있습니다. 숲 언저리에는 한때 불이 나 파괴되었지만 자연의 놀라운 복원력에 힘입어 가문비나무, 전나무, 약간의 솔송

나무와 소나무 그리고 경목(硬木)이 소생했습니다. 이곳은 이끼와 지의류의 살아 있는 박물관으로, 그것들이 10여 센티미터 두께의 양탄자를 이룬 곳도 더러 보입니다. 군데군데 바위들이 불거져 있는데, 바위의 편평한 바닥과 그늘진 바위 벽에는 오직 지의류만이 깔려 있습니다. 대부분의 숲은 어둡고 적막하지만 여기저기 탁 트인 공간이 있어 숲 내음을 머금은 햇살이 내리쬐기도 합니다. 이곳은 제 마음을 송두리째 앗아간 보물 같은 장소입니다. (……)

저는 이 숲에서 천금 같은 순간과 수없이 마주쳤습니다. 지난가을 이곳을 거니는 동안 무슨 일인가 해야 한다는 저항하기 힘든 느낌에 사로잡혔습니다. 자연보호협회 메인 지부를 꾸리는 데 저는 그저 사소한 기여를 했을 따름입니다. 지난가을에만 해도 제 계획은 메인 지부에 도움을 요청해보자는 지극히 막연한 수준이었습니다. 그러나 자연보호협회도 도움이 되기야 하겠지만 제가 직접 나서서 제대로 된 일을 확실히 준비해야 할 것 같습니다. (……)

23

1957

구름

1950년대만 해도 작가들에게 텔레비전은 생소한 매체였다. 카슨도 처음에는 텔레비전 나름의 독창적 가치에 대해 시큰둥했다. 그러나 마침내 거기에 잠재된 교육적 가치를 알아보았다.

평소 '하늘'에 관한 프로그램을 보고 싶어 하던 CBS 〈옴니버스(Omnibus)〉의 여덟 살배기 시청자가 구름을 주제로 다뤄달라고 요청했다. 그러자 포드 재단의 텔레비전-라디오 워크숍(TV-Radio Workshop)이 카슨에게 구름에 관한 텔레비전 대본을 써줄 수 있겠느냐고 물어왔다. 그녀는 〈옴니버스〉의 프로듀서이자 기상학자 빈센트 섀퍼(Vincent Schaefer)와 공동 작업을 해보기로 했다. 구름 프로그램은 구름씨뿌리기(cloud seeding) 과정을 알아낸 섀퍼가 보유한 자료 화면을 토대로 제작될 예정이었다. 카슨의 집필 목적은 구름의 종류와 구름의 형성이 과학적으로 특별히 중요하지 않다고 여기는 세간의 통념을 바꾸고, 시청자로 하여금 광범위한 생명체의 망과 구름을 이어주는 역동적 과정을 인식하게 하려는 데 있었다. 그렇게 완성된 원고는 더할 나위 없이 훌륭했다. 끊임없이 새로워지면서 영원히 순환하는 바람과 물의 기나긴 여정에 주목한 글이었다. 날씨와 기후 관련 과학으로 깊이 파고든 이 모험을 계기로 카슨은 전 지구적 기후변화라는 주제의 집필에 다시금 흥미를 느꼈다.

〈하늘 이야기〉는 1957년 3월 11일 CBS 프로그램 〈옴니버스〉에서 방영되었고, 카슨은 가족과 함께 오빠네 텔레비전 앞에 둘러앉아 낯설기 짝이 없는 매체에서 흘러나오는 자신의 성공적인 데뷔작을 시청했다. 며칠 뒤 카슨은 저간의 고집을 꺾고 텔레비전을 한 대 장만했다.

1. 도입

(유형은 다양하지만 하나같이 움직이는 구름)

우리 모두의 가장 어릴 적 기억에는 머리 위에 떠다니는 구름에 대한 이미지가 자리 잡고 있다.

화창한 날의 양털 구름은 쾌청한 하늘을 예고하고,

먹장구름은 비나 눈이 올 조짐이다.

밭을 일구는 농부는 날씨를 말해주는 하늘의 언어를 읽을 줄 안다.

바다의 어부들도, 지상에서 자연을 가까이 한 채 살아가는 사람들도 모두 마찬가지다.

하지만 도시 거주민인 우리는 구름에 관한 인식이 서서히 흐릿해졌다. 어쩌면 드넓은 시골에 사는 이들조차 구름을 그저 목가적 풍경에 깔린 아름다운 배경, 또는 오늘 우산을 꼭 챙기도록 일깨워주는 찜찜한 신호쯤으로 여길지도 모른다.

구름은 지구만큼이나 오래된 것이요, 우리가 사는 세상에서 육지와 바다
　　만큼이나 중요한 부분이다.
　　구름은 바람이 하늘에 적어놓은 글이다.
　　구름은 바다와 육지를 가로지르며
　　우리를 향해
　　다가오는 기단(氣團)의 특징을 실어다준다.
　　구름은 비행사에게 비행하기 좋은 날씨인지, 난기류의 위험은 없는지
　　알려주는 징후다.
　　무엇보다 구름은 생명체 자체가 지구에서 살아가는 데 꼭 필요한 과정
　　을 보여주는 우주적 상징물이다.

2. 공기의 바다

오늘 우리는 마치 지금껏 한 번도 그래본 적 없는 것처럼 새삼스런 눈길
　　로 구름을 바라보게 될 것이다.
'물'로 된 바다(물의 바다)의 바닥에 살아가는 해면이나 산호나 거미게
　　(spider crab)처럼,
　　우리가 구름이 떠다니는 '공기'로 된 바다(공기의 바다)의 바닥에 살고 있
　　다고 가정해보자.
이렇게 가정하는 것은 그리 어렵지 않다. 사실 물의 바다 바닥에서 살아

가는 생명체들이 하는 일이나 우리가 하는 일이나 크게 다를 바가 없기 때문이다. 공기의 바다에서 인간은 몸을 짓누르는 수톤의 공기 무게를 견딘다는 점에서 정확히 심해 물고기와 같은 처지다.

비슷한 점은 또 있다.

우리의 세계는 땅·바다·공기 이렇게 세 부분으로 나뉜다.

저 멀리 펼쳐진 물의 바다는 낯익지만 그러면서도 언제나 신비롭다.

가장 깊은 바다의 깊이는 약 11킬로미터다.

해수면에서 1제곱인치당 16킬로그램이던 수압은 바다 바닥으로 내려갈수록 점점 더 커져, 가장 깊은 바다에 이르면 자그마치 7.5톤에 달한다. 파도가 물의 바다 위로 물결친다. 거대 해류들이 마치 강물처럼 바닷속으로 흐른다.

저 위에는 또 다른 바다가 펼쳐진다. 전 지구를 감싸고 있는 공기의 바다다.

공기의 바다는 공기 없는 우주 공간에서부터 저 아래 땅바닥까지 깊이가 자그마치 960킬로미터에 이른다.

물의 바다와 마찬가지로 공기의 바다 역시 표면에서 바닥으로 내려가면서 구성 물질의 밀도가 점차 촘촘해진다. 그런데 오직 그 바다의 최하층만이 생명체를 부양하기에 충분할 만큼 그 물질의 밀도가 조밀하다.

공기의 바다 바닥에서 살아가는 우리 인간의 몸은 체표면에 1제곱피트당 1톤의 압력을 견뎌내고 있다.

이 낮은 층에서도 구름이 생겼다가 사라진다.

물의 바다와 마찬가지로 공기의 바다도 운동과 소요의 공간이다. 거대한
파도 운동이 휘젓고 해류처럼 빠르게 부는 바람이 헤집어놓은 결과다.

하늘 언어 읽는 법을 익히고 있는 우리는 구름의 패턴을 살펴봄으로써 공
기의 바다 구조를 상당 부분 해석할 수 있다.

가령 상층운의 이랑진 패턴을 보라. 그들이 우리 머리 위 13~16킬로미터
상공에 떠 있음을 기억하라. 그러므로 꽤나 다닥다닥 붙어 있는 듯 보
여도 사실 구름 띠들은 32킬로미터쯤 떨어져 있는 것이다.

이들 구름도 물의 바다 파도의 마루를 뒤덮은 흰 포말층처럼 거대한 대
기 파도(오르락내리락하는 패턴으로 허공에서 굽이치는 파도)의 마루를 이룬다.

푸른 하늘에 물결치는 파도의 골이자 증발된 따뜻한 공기가 어려 있는 계
곡의 구름 띠는 갑작스레 응결이 진행된다는 신호다.

구름은 보이지 않는 공기의 바다 구조를 넌지시 알려주는 단서이기도
하다.

비행사들은 산악 지대를 비행하는 것이 얼마나 위험한지 알고 있다. 높은
산꼭대기에서 바람이 불어가는(lee) 쪽에 나타나는 맹렬한 하강기류가
하늘을 나는 비행기를 불시에 집어삼킬 수도 있기 때문이다.

우리는 이제 구름 과학에 힘입어 하늘에 드러난 경고신호가 무엇을 의미
하는지 알게 되었다.

거센 바람이 산을 때리면 지상에서 1000~2000미터 떨어진 고도의 대기
가 강한 파동에 휩싸인 채 바람이 불어가는 쪽 계곡 위로 수킬로미터
정도 퍼져 나간다.

이렇게 대기에 이는 파도의 마루에 아몬드 모양의 희한한 렌즈구름(lenti-
cular cloud)이 형성된다. 렌즈구름은 매우 유동적이라 살아 있는 생명

체처럼 보이지만, 그럼에도 바람이 불어오는(windward) 방향에서 시작되어 불어가는(lee) 쪽을 조금씩 잠식하는 응결(condensation)과 증발(evaporation) 사이에서 절묘하게 균형을 이루며 공기의 파도 마루 위에 일정한 자리를 지키고 있다. 조종사들은 산마루에서 바람이 불어가는 (lee) 쪽 계곡에 드리워진 렌즈구름을 위험한 난기류의 신호로 받아들인다.

구름은 여기서 다시 한 번 대기 중의 거센 운동에 관한 이야기를 들려준다. 산비탈 아래로 세차게 불어 내리는 바람 가운데 알프스산맥의 퓐 바람 (foehn wind),
로키산맥의 치누크 바람(chinook wind), 안데스산맥의 존다 바람(zonda wind)은 세계적으로도 유명하다.

습윤한 공기는 강한 바람에 실려 산 정상에 이르면 구름―퓐 뫼구름 (foehn wall) 즉 퓐 구름(foehn cloud)―을 형성하고 그 구름은 산마루에 폭포수 같은 장대비를 쏟아붓는다. 구름을 볼 줄 아는 비행사는 이 구름 앞에서 한발 물러선다.

장대한 대기 드라마의 특징은 나중에 다시 살펴보기로 하자. 그보다 기본적으로 구름이 뜻하는 바는 무엇인가? 지상의 삶에서 구름은 어떤 역할을 하는가?
구름은 살아 있는 생명체인 우리가 물고기에 그치지 않고 인간으로 진화할 수 있도록 도와준 여러 요소 가운데 하나다. 육지 생명체인 인간에게는 반드시 물이 필요하기 때문이다.

구름이 없었다면 물은 모두 바다에, 우리의 초기 선조들이 약 3억 년 전 기어 나온 그 바다에 마냥 머물러 있었을 것이다.

구름과 비의 기적이 없었다면 육지는 생명체가 살지 않는 메마른 땅으로 마냥 남아 있었을 테고 당연히 생명체도 물고기 이상으로 진화하지 못했을 것이다.

3. 물의 순환

지구상의 물 가운데 97퍼센트는 지구를 둘러싼 바다에 있다.

그러나 육지 거주민인 인간이 살아가는 데 나머지 3퍼센트는 정말이지 없어서는 안 된다.

물은 바다에서 공기로, 공기에서 육지로, 육지에서 바다로 끊임없이 순환한다.

바다에서 비롯된 물은 계속 육지로 이동한다. 물은 육지에서 동식물이 살아갈 수 있도록 도와준다. 또한 물은 육지의 강과 개울을 타고 흐르며 계곡을 깎고 구릉을 침식하는 등 육지의 얼굴을 빚고 주조해준다.

바람에 시달려 험준해진 광대한 해수면 도처에서 수증기 분자가 상층의 공기 중으로 빠져나간다.

이러한 현상은 어느 정도는 어디에서나 일어나지만, 적도 양쪽의 무역풍(Trade Wind) 지대인 따뜻한 열대 바다에서는 공기 중으로 증발하는 수증기 양이 실로 어마어마하다.

이 고온다습한 공기는 상승하다 위쪽의 차가운 공기와 만나면 응결한다.

솜털 같은 적운(cumulus cloud)의 행렬이 무역풍을 타고 떠돈다.

구름 속의 습기는 비가 되어 내릴 수도 여러 차례 재응결할 수도 있지만,

결국에는 거대한 상층대기 순환을 이루는 하나의 고리가 되어

대륙 전역을 떠돈다.

구름의 형태로 매일같이 하늘을 누비고 다니는 것이다.

그러다 구름 한가운데 숨어 있던 소요와 변화의 드라마가 펼쳐지면 수증기
는 액체 상태로 달라지고, 운동량이 늘면서 대지로 떨어지기 시작한다.

마침내 비가 내리고

열대 바다에서 시작된 오랜 여정의 종착지인 대지를 적신다.

하지만 끝없이 되풀이되는 주기에서는 새로운 시작도

끝도 없다.

이 단계에서 저 단계로 이어지며 결국 쳇바퀴처럼 돌고 돈다.

그런가 하면 추운 지방에서는 눈이 내린다.

방음 효과를 지닌 두껍고 폭신한 담요가 대지를 뒤덮어 거대한 고요를
선사하는 것이다. 습기의 저장고인 눈은 서서히 메마른 대지에 스며든다.

고지대의 유수(流水), 녹아내린 눈과 빙하는

개울로 흘러든다.

산속의 개울은 바위 암반 위에 제 몸을 굴리며 우당탕퉁탕 요란하게 흘
러내리고

계곡과 평지의 개울은 졸졸졸 조용히 흐른다.

그러나 결국에는 모두 바다로 돌아간다.

이 과정은 더러 심한 폭풍우로 얼룩지기도 하고, 대자연이 광포한 홍수로 위세를 떨치는 일도 심심찮게 벌어진다.

하지만 물의 순환은 언제나 우리에게 주로 이로움을 주는 과정으로 육지에 생기를 부여한다. 그에 따른 성가신 일이라고 해봐야 온화한 4월의 비 정도가 고작이다.

4. 구름의 종류

대기에서 이 우주적 과정을 이끄는 동인(動因)인 구름 자체에 대해 살펴보자.

우리에게 눈이 있어 구름을 보면서, 즉 그 아름다움이며 끊임없이 달라지는 모양이며 더없이 다양한 종류를 보면서 상상의 나래를 펼칠 수 있다는 것은 얼마나 다행스러운 일인가?

층운(층구름)

층운은 구름 가운데 공기의 바다 바닥에 가장 낮게 깔린 채 소용돌이치며 흘러가는 구름, 즉 안개다.

따라서 안개란 지상에 너무 가까이 끼는 바람에 더러 지상에 닿기도 하는 층운을 의미한다.

쾌청한 가을밤 대지 위 공기가 갑작스레 하늘로 증발하면서 열을 잃어버리면 안개가 빠르게 내려앉기도 한다.

이렇게 형성된 안개는 층이 얇다. 따라서 땅에 매여 사는 인간은 장님처럼 안개 속을 더듬거리며 다니지만, 높은 나무 꼭대기는 안개가 끼지 않은 말간 모습이다. 아침에 떠오른 태양은 안개를 삽시간에 날려버린다.

따뜻한 바다 공기가 차가운 연안해와 육지 위로 이동할 때면 온갖 종류의 안개가

항구에 자욱하게 피어오르며,

항공기의 이륙을 막고

연회색으로 회오리치는 박무(薄霧)로 배를 바다에 묶어버린다.

안개는 300미터 정도 고도에서 비행사의 '천장' 노릇을 하게 될 때에야 명실공히 층운이라 불리는 구름층이 된다.

층운 위로 비행기를 타고 가면서 아래를 굽어보면 구멍이 숭숭 뚫린 면사포 꼴의 층운 사이로 지상이 흐릿하게 내려다보인다. 마치 한가하게 떠 있는 소형 보트에서 내려다본 만의 얕은 바다 바닥처럼 말이다.

어쩌면 층운은 단조로운 북극의 빙원처럼 비행기의 시야가 닿는 곳까지 드넓게 펼쳐져 있을지도 모른다.

상층운인 권운(새털구름)이나 치솟아 오르는 적운(쌘구름) 기둥에 견주면 층운은 한결 무지근한 존재로서, 커다란 물방울로 이뤄진 결이 거친 구름이다.

적운(쌘구름)

구름의 형태는 무척이나 다양하지만 그 가운데 가장 아름다운 것은 단연 적운이다.

적운은 지상에 알려진 구름 가운데 가장 파괴력이 크기도 하다. 토네이도

나 허리케인의 위력에 비하면 원자폭탄쯤이야 애교일 뿐인 것이다.

적운은 비교적 평화롭고 단순한 과정을 거쳐 탄생한다.

아침 햇살을 받은 지구는 지형에 따라 불균일하게 달궈진다.

농경지·호수·마을 등 주변보다 따뜻한 지역이라면 어디서든 눈에 보이지 않는 온난 기류 기둥이 상승하기 시작한다.

상승하는 공기 기둥에는 식물이 내놓거나 해수면과 지표면에서 증발한 눈에 보이지 않는 수증기 분자가 들어 있다.

이와 같은 온난 기류는 수증기 상태로 상당량의 물을 머금고 있다.

이 공기는 상승하면서 차가워지다가 일정 지점에 이르면 눈에 보이는 형태로 달라진다. 그렇게 해서 박무 모양의 흰 구름 물질이 만들어지는 것이다.

매나 독수리처럼 날개가 넓은 새들은 상승 온난 기류를 발견하곤 몇 시간이고 그것을 타고 다닌다.

글라이더 조종사들은 상승 온난 기류의 정상에 생성된 구름을 보고 그(상승 온난 기류의) 위치를 알아낸다.

환초에서 환초로 옮아가며 남태평양을 건너는 폴리네시아 항해사들은 따뜻한 육지 바로 위쪽에 연처럼 솟아오르는 구름을 보고 길을 찾아가곤 한다.

대개 적운은 거대한 칼을 크게 한 번 휘두른 것처럼 아랫부분이 반듯한 직선 꼴로 잘려 있다.

칼 역할을 하는 것은 다름 아니라 급격하게 온도를 떨어뜨리는 고도다. 그 지점 아래서는 공기 기둥이 눈에 보이지 않는 수증기를 머금고 있지만, 일단 그곳을 지나면 모든 물 분자가 응결 과정을 거쳐 구름의 구성 성분으로 달라진다.

고온 다습한 지역에서는 대기가 극도로 불안정한 힘의 지배를 받는다.

따라서 적운이 엄청나게 높은 곳까지 계속 이동한다.

1953년 6월 9일, 토네이도가 매사추세츠주 우스터(Worcester)시에 당도했을 때, MIT의 관찰자들은 그 구름이 1만 5000미터 고도까지만 기록할 수 있는 레이더 화면을 벗어나 위로 솟구쳤다고 보고했다.

진정한 토네이도의 본산인 중서부 지역에서는 그보다 훨씬 더 높은 구름에 대한 기록도 전해진다.

에베레스트산의 갑절이 넘는 2만 1000미터 고도까지 치솟은 거대한 구름이었다.

권운(새털구름)

구름 가운데 가장 취약하고 여린 것은 성층권 바로 아래, 높이 떠 있는 권운이다.

만약 비행기를 타고 권운에 가까이 다가간다면 다이아몬드 가루처럼 무지갯빛으로 반짝이는 구름의 모습을 보게 될 것이다.

지구가 원래 생긴 대로 구(球) 모양으로 보이는 곳인 성층권 바로 아래 둥근 하늘 천장에는,

여름이나 겨울이나 섭씨 0도를 한참 밑도는 매섭고 혹독한 추위가 이어진다.

그래서 권운은 미세한 빙정(氷晶)으로 이뤄져 있다.

이 작은 물질 조각은 하늘에 너무나 성기게 펼쳐져 있어서 1세제곱인치 안에 고작 2~3개밖에 들어 있지 않다.

맨 처음 일출을 보는 것도, 저녁에 일몰의 빛을 가장 오래도록 머금은 채 더 이상 보이지 않는 빛의 광채―장밋빛과 금빛, 적색과 주황색으로 물드는 태양 빛―를 어둠이 깔리는 지구에 되비춰주는 것도 높이 떠 있는 권운이다.

권운은 눈의 발생지이기도 하다. 눈 결정들은 상층 하늘에서 거세게 불어대는 바람을 등진 채 구불구불 곡선을 그리며 오랫동안 서서히 지상에 내려앉는다. 태양이나 달 주위에 어리는 후광은 권층운(cirro-stratus: 털층구름)이라 불리는 면사포 꼴의 권운 빙정이다.

권운은 하층 구름과 마찬가지로 바다에서 비롯된 수증기로 이뤄지며, 적운의 빠른 상승기류를 타고 높이 솟구치거나, 한랭전선 위를 지나는 온난 기류의 상승 엘리베이터를 타고 오른다.

물의 바다에서 돌풍이 파도의 물마루를 잘라내 물 위에 물보라를 흩뿌리는 것처럼, 때로 상층대기의 강한 바람이 높이 떠 있는 적운의 상부를 쳐내기도 한다. 이처럼 적운으로부터 떨어져 나온 물질에서 권운이 탄생하는 경우도 더러 있다.

끝이 둥글게 말린 권운들을 보면 시속 300~500킬로미터의 거센 기류가 하늘을 통과하고 있음을 알 수 있다. (……)

(카슨은 바람 가운데 가장 강력한 제트기류에 관한 이야기로 대본을 마무리했다. 그녀는 제트기류를 이끄는 힘은 아마도 "하늘 저 깊은 곳에 있을 테고, 구름에서 그 실마리를 찾을 수 있을 것"이라고 추측했다. ―엮은이)

4부

4부는 1959년에서 1963년까지를 포괄한다. 카슨은 이 기간 동안 《침묵의 봄》을 집필하고 이 책을 옹호하는 데 혼신의 힘을 기울였다. 1957년 가을 그녀가 《침묵의 봄》을 쓰기 위해 연구에 착수했을 때만 해도 제목은 '자연의 통제(The Control of Nature)'였다. 그녀가 합성 화학 살충제의 명백한 오용을 강력하게 단죄하고 자꾸만 자연을 정복하려 드는 인간의 어리석음을 고발하기 위해 증거를 수집·종합하고 방대한 과학 문헌을 정리해내기까지는 거의 5년의 세월이 걸렸다.

4부에서는 우선 카슨의 가장 중요한 대중 연설 원고 세 편을 실었다. 이 원고들은 살충제 오용의 위험과 그것이 생명체에 미치는 영향에 관한 그녀의 신념이 잘 드러나 있을 뿐 아니라 사용한 언어 또한 명료하기 그지없다. 카슨과 그녀의 책에 대한 공격은 1962년 이후 한

층 더 기승을 부렸고 그녀는 어떻게든 자신을 흠집 내려는 이들에게 차분하지만 강력한 분석과 뜻밖의 정치적 통찰로 응수했다. 카슨은 학계 기득 세력의 성실성. 도덕적 지도력, 사회적 지향성을 신랄하게 공격했다. 그녀는 그들을 향해 과학적 지식이 부족할뿐더러 이기적이기까지 하다고 꼬집었으며, 대중들은 진실을 알 권리가 있다고 강변했다.

카슨은 밖으로 공적인 운동을 펼쳐 나가는 한편 한층 더 심각한 내부의 적과 처절한 싸움을 벌이고 있었다. 그녀는 1961년 공격적으로 전이되는 유방암 진단을 받은 뒤 거리낌 없이 말할 수 있는 기회가 얼마 남지 않았음을 깨닫고 한층 열정적으로 자신이 사랑해 마지않던 지구를 방어했다. 4부 마지막에는 카슨이 주치의와 가장 사랑한 친구에게 보낸 편지를 각각 실었다.

1959

사라지는 미국인들

카슨이 결국 《침묵의 봄》이 될 책에 매달리기 시작하고 2년쯤 지났을 때, 〈워싱턴포스트(Washington Post)〉가 사설에서 최근 발표된 전국 오듀본협회(National Audubon Society)의 보고서를 언급했다. 이례적으로 추운 겨울이 남쪽 철새에 미치는 영향을 다룬 보고서였다. 하지만 카슨은 기후변동이란 새 개체 수 감소를 설명하는 극히 지엽적인 원인일 뿐이며, 그보다 광범위한 독성 화학물질의 사용이 "새들을 침묵시킨" 데 더 중요한 역할을 한다고 주장하기 위해 기고문을 한 편 작성했다. 그녀는 새에 주목함으로써 살충제 문제에 관한 대중의 관심을 가늠할 수 있는 좋은 기회를 얻었다.

일주일 뒤 같은 신문에 실린 레이첼 카슨의 편지는 그녀가 합성 살충제 문제에 매달려 있음을 설핏 드러낸 최초의 단서였다. 카슨은 글에 대한 반응을 통해 대중이 그 주제에 관심이 많다는 것을 확인하고 뿌듯함을 느꼈다.

카슨은 편지가 실린 데 따른 가외의 소득으로 〈워싱턴포스트〉의 소유주 아그네스 메이어(Agnes Meyer)와 뉴욕 동물복지협회(Animal Welfare Institute) 회장인 활동가 크리스틴 스티븐스(Christine Stevens)의 지지를 이끌어낼 수 있었다. 영향력 있는 두 여성은 나중에 카슨의 작업을 적극 밀어주게 된다.

귀지에 실린 빼어난 3월 30일 자 사설 〈사라지는 미국인들〉은 우리가 사는 오늘날의 세계에서는 그 어느 것도, 심지어 새의 귀환을 알리는 봄의 노랫소리도 당연시해선 안 된다는 사실을 시의적절하게 상기시켜주었습니다. 귀지가 인용한 전국오듀본협회 보고서에서도 분명하게 드러나 있듯이 특히 대체로 온화한 지역에 찾아온 눈, 얼음, 추위는 큰 피해를 남기는 게 사실입니다.

그러나 최근 남쪽의 혹독한 겨울 기후가 새의 생명을 앗아간다고는 하지만 그것은 사건의 전모가 아닐 뿐더러 가장 중요한 부분도 아닙니다. 이 같은 혹독한 겨울은 지구의 긴 역사를 놓고 볼 때 결코 희귀한 사건이 아닙니다. 새를 비롯한 기타 생명체는 자연적 회복력을 지녀 이처럼 험악한 환경에도 침착하게 대처하며 따라서 개체 수가 일시적으로 감소하더라도 얼마든지 원상 복구할 수 있습니다.

하지만 사설에서 지나치듯이 언급한 두 번째 요소, 즉 독성 살충제와 제초제의 살포는 사정이 좀 다릅니다. 그것은 기후변동과 달리 현재 지속적으로 이어지는 요소입니다.

지난 15년간, 화학전(化學戰)에서 쓰인 신경가스에 비견되는 강력한 독성의 탄화수소(hydrocarbon)와 유기인제(organic phosphate)는 처음에 소량 사용되다가 이제 유명한 영국의 생태학자가 "지표면에 쏟아지는 놀라운 죽음의 비"라고 묘사할 정도까지 사용량이 크게 불어났습니다. 이들 화학 물질은 대부분 식물에, 토양에 그리고 심지어 새들의 먹이인 지렁이 같은 동물들의 체내에 오래도록 잔류합니다.

최근에 울새(robin)는 개체 수가 크게 줄어들었으며 미국 몇몇 지역에서는 이미 사실상 멸종이나 다름없는 상황에 이르렀습니다. 그 이유는 그들이 지렁이를 먹이로 삼는 데 있습니다. 살포된 독성물질이 묻은 나뭇잎들이 토양의 낙엽 더미에 묻혀 들어갑니다. 그 낙엽을 먹고 사는 지렁이들은 독성물질을 섭취하고 체내에 축적하게 됩니다. 이듬해 봄, 돌아온 울새가 그 지렁이를 먹습니다. 울새는 중독된 지렁이를 11마리만 잡아먹어도 그 자리에서 죽고 만다는 사실이 일리노이에서 이뤄진 신중한 연구로 확인되었습니다.

울새의 죽음은 그저 지레짐작이 아닙니다. 이 문제의 최고 권위자인 미시건 주립대학의 조지 월리스(George Wallace) 교수는 최근에 "죽거나 죽어가고 있는 울새(죽어가는 울새의 경우 대개 극심한 경련을 일으키는 상태)들은 따뜻한 봄비가 지렁이를 불러내는 봄철에 가장 흔히 발견된다. 그러나 요행히 목숨을 부지한 새들도 불임이거나 적어도 거의 완전한 생식 장애를 겪는다"고 보고했습니다.

치사량에 못 미치는 용량도 불임을 유발할 수 있음이 밝혀졌는데, 이는 살충제 문제에서 매우 심상찮은 측면 가운데 하나입니다. 이 점과 관련해 최고 수준의 여러 과학자들이 내놓은 증거는 의문을 제기할 수 없을 만큼 강력합니다. 오늘날 살충제를 사용하거나 눈감아주는 이들은 모두 이 사실을 심각하게 받아들여야 합니다.

저는 비단 '지렁이를 잡아먹는' 새들만 위험하다는 인상을 남기고 싶지는 않습니다. 따라서 월리스 교수의 말을 잠깐 인용해보겠습니다. "우듬지에서 먹이를 잡아먹는 새들은 곤충이 부족해서, 또는 중독된 곤충을 실제로 소비함으로써 그와는 좀 다른 방식으로 해를 입는다. (……) 나무 몸통이나 나뭇가지에서 먹이를 구하는 새들도 영향을 받는데, 이는 주로 휴면기 살포(dormant spray: 겨울 동안 수림의 생육이 활발하지 못할 때 월동 중인 해충, 알, 병원체를 구제하기 위해 화학물질을 살포하는 행위—옮긴이)에 따른 결과로 보인다." 과거에 월리스 교수가 관찰한 지역에서 여름을 나던 조류 종의 65퍼센트 가량은 완전히 사라지거나 개체 수가 눈에 띄게 줄어들었습니다.

우리 대다수에게는 새의 노랫소리가 돌연 들리지 않는 것, 새의 빛깔이며 아름다움 그리고 새의 생명에 대한 관심마저 모두 지워져버리는 것이 비탄에 잠길 만한 충분한 이유가 됩니다. 그런데 행복을 안겨주는 자연의 즐거움을 모르는 이들일지라도 여전히 다음과 같은 집요한 질문을 쉽사리 떨쳐내지는 못할 것입니다. 만약 '죽음의 비(공중에서 살포되는 살충제—옮긴이)'가 그토록 새에게 재앙과 같은 영향을 끼친다면 우리 인간을 비롯한 다른 생명체에게는 대관절 어떻겠는가?

1960~1964

생물학의 이해
《동물 기계》 책머리에

카슨은 동물복지협회에서 발간하는 교육용 소책자《인간적인 생물학 프로젝트(Humane Biology Projects)》에 서문을 써주기로 했다. 미국 고등학교의 생물 교육을 개혁할 필요성에 대해 다룬 책이다. 동물복지협회는 동물실험에 반대했으며, 학교 생물 실험에서 종종 드러나는 잔혹함을 아무렇지도 않게 받아들이는 태도에 경종을 울리고자 노력해왔다.

카슨은 동물복지협회 회장 크리스틴 스티븐스 덕분에 영국의 활동가 루스 해리슨(Ruth Harrison)이 벌이는 작업에 대해 알게 되었다. 루스 해리슨의《동물 기계(Animal Machines)》는 비인간적인 가축 사육 방식과 가축들이 끝내 도살당하기까지 얼마나 비참한 처지인지를 폭로한 책이다. 카슨은 1963년 해리슨의 책에 서문을 썼다.

동물을 인간적으로 대우하자는 카슨의 생각은 알베르트 슈바이처(Albert Schweizer)와 그의 생명 존중 철학에 크게 빚지고 있다. 그녀가 쓴 이 두 가지 출판물은 모든 생명이 하나의 통일체임을, 살아 있는 세계에 정서적으로 감응하는 능력을 키워야 함을 강조한다.

카슨은 이어지는 몇 해 동안 특정 족쇄 덫의 사용을 금하고, 실험실 동물에 대한 비인격적 대우에 반대하는 법안을 지원하기 위해 국회의원들에게 편지를 쓰는 등 소리 소문 없이 스티븐스와 동물복지협회의 일을 거들었다. 그러나 대중이 그녀를 비주류파나 극단주의자들과 엮어버릴 수도 있는 주장에 지지를 보냄으로써 지나친 주목을 끌지는 않도록 신중해야 했다. 자칫 살충제 오용을 다룬 자신의 중차대한 작업이 위태로워질 수도 있었기 때문이다. 이러한 정치적 고려만 아니었던들, 카슨은 틀림없이 동물을 인격적으로 대우하자고 더욱 거침없이 호소하고 나섰을 것이다.

생물학의 이해

나는 "생물학이란 지구와 거기에 살아가는 모든 생명체의 역사, 즉 그 과거·현재·미래다"라고 정의하길 좋아한다. 생물학을 이해하려면 모든 생명체가 그 어머니인 지구와 연결되어 있다는 사실을 이해해야 한다. 즉 흐릿한 과거에서 시작되어 불확실한 미래로 이어지는 연속적인 생명의 흐름이 다양하고 무수한 개별 생명체로 이뤄지긴 하지만 기실 단일한 힘임을 이해해야 하는 것이다. 생명체는 본질적으로 자유로이 살아간다. 만약 어떤 생물학 개념이 방대한 자연의 힘보다 (자연과 생명의 방향을 멋대로 틀지우고 제어하는 인간의 개입이 낳은 결과인) 비자연적 조건을 강조하는 데 치우쳐 있다면 그것은 그저 쓸모없고 무익한 데 그치는 게 아니라 왜곡이자 허위다.

어떤 생명체에 비자연적 제약을 가하거나, 그 생명체를 인위적 조건에 노출시키거나, 그의 신체 구조를 변화시키는 식으로 자연에 모종의 질문을 던지는 일이 필요할지도 모르지만, 그것은 어디까지나 유능한 과학자들의 몫이다. 생물학을 처음 접하는 학생은 필히 우선 생명체가 다른 생명체 및 그들을 둘러싼 환경과 진정한 관계를 맺는 모습을 관찰함으로써 이 과목의 올바른 의미를 깨달아야 한다. 생물학에 막 발을 들여놓은 학생에게 처음부터 인위적 조건을 관찰하라고 요구하면 그의 머릿속에는 왜곡된 개념이 자리 잡게 된다. 게다가 그는 저 또한 그 일부인 연속적인 생명의 신비에 자연스레 정서적으로 반응할 수 없게 된다. 오직 아동기에 생명의 총체성을 인식하고 존중하는 능력을 키울 때만 우리는 제 고유의 인간성을 오롯이 발달시킬 수 있을 것이다.

《동물 기계》 책머리에

오늘날 세계는 속도와 양(量)의 신, 빠르고 손쉽게 얻을 수 있는 이윤이라는 신을 숭배한다. 이러한 우상숭배에서 끔찍한 악이 출현했다. 하지만 우리는 오랫동안 그 악의 존재를 눈치채지 못했다. 심지어 그것을 만들어 낸 장본인들마저 기만적인 자기 합리화를 통해 자신들이 사회에 끼쳐온 해악을 외면해버렸다. 일반 대중은 어떤가? 대다수 사람들은 '누군가' 알아서 상황을 챙기겠거니 하는 순진한 믿음에 안주한다. 이 믿음은 집요하게 학문에 힘쓰고 불굴의 용기를 지녔으며 공적 책임 의식을 지닌 사람이 더는 좌시할 수 없는 사실을 제기하기까지는 결코 깨지지 않는다.

루스 해리슨이 바로 그런 사람이다. 그녀가 다룬 주제는 실질적으로 모든 시민에게 영향을 끼쳤다. 그녀의 책이 결국에 인간의 식량이 되는 동물들을 기르는 새로운 방법을 다루고 있기 때문이다. 이는 현실에 안주하는 독자들에게 충격을 안겨주기에 부족함이 없는 이야기다.

오늘날 축산업은 집중 사육(intensivism: 동물을 좁은 우리 안에 가두고 집중적으로 번식·사육하는 방식—옮긴이)을 향한 열정에 휩싸여 있다. 이런 사조에 힘입어 초기 축산 방법은 거의 자취를 감추다시피 했다. 동물들이 푸른 들판에서 한가롭게 노닐고 병아리 떼가 먹이를 찾아 평화로이 땅바닥을 헤집는 목가적 풍경은 이제 옛일이 되어버렸다. 그 대신 공장 같은 건물이 들어섰고 동물들은 땅에 발을 디뎌보지도 못하고 햇빛이 어떻게 생겼는지도 모르고 천연의 먹이를 뜯어 먹는 단순한 즐거움도 경험해보지 못한 채 비참한 목숨을 이어가고 있다. 실제로 그들이 기거하는 공간은 너무나 비좁고 참을 수 없을 정도로 북적여서 옴짝달싹하기가 힘들 지경이다. (……)

나는 특별히 생태학 분야, 즉 살아 있는 생명체와 그들을 둘러싼 환경의 관계에 관심이 많은 생물학자로서, 이런 현대화한 공장식 시설에 만연한 인위적이고 해로운 환경에서 건강한 동물을 생산한다는 것이 어림 반푼어치도 없는 일임을 알게 되었다. 거기서는 동물들이 마치 생명 없는 공산품처럼 길러지고 생산된다. 저자 해리슨 여사는 이러한 상황을 보여주는 예로 참기 어려우리만치 빽빽하게 몰려 있는 육용 닭, 구역질이 날 만큼 불결한 돼지우리, 좁은 우리에 갇혀 죽을 때까지 주야장천 알만 낳아대는 암탉 따위를 묘사한다. 그녀가 더없이 생생하게 드러낸 대로 이 인위적 환경은 결코 건강한 것이 못 된다. 이러한 시설은 질병이 순식간에 번지므로 끊임없이 항생제를 써야만 간신히 유지될 수 있다. 질병을 일으키는 유기체들은 차차 그 항생제에 내성을 키우게 된다. 식용 송아지는 일부러 빈혈 상태로 길러지는데(그래야 그들의 흰 살이 이른바 미식가의 취향을 충족시킬 수 있기 때문이다), 그 결과 더러 갇혀 있던 우리에서 끌려 나오다가 갑자기 픽 쓰러져 죽기도 한다.

응당 다음과 같은 질문이 이어진다. 어떻게 이런 환경에서 생산된 동물을 인간의 안전한 식량으로 받아들일 수 있는가? 해리슨 여사는 전문가의 의견을 인용하고, 그렇게 사육된 동물이 결코 안전하지 않음을 보여주는 인상적인 증거를 제시했다. 생산량은 증가하되 질은 떨어진다는 사실을 가장 의미심장한 방식으로 확인시켜주는 것은 다름 아닌 생산자들 자신이다. 그들은 제 식탁에만큼은 무슨 일이 있어도 사육 시설에서 생산한 닭이 아니라 뒷마당에 따로 풀어 키운 닭을 올린다. 어쨌거나 이 체제 전체가 무리 없이 굴러가도록 쓰이는 약물·호르몬·살충제가 인간 소비자에게 어떤 해를 입히는가 하는 문제는 한 번도 제대로 다뤄진 적이 없다.

오늘날 농업 부문의 집중 사육에 반대하는 논의는 인도주의적 차원에서 전개되고 있다. 다행스럽게도 해리슨 여사는 다음과 같은 질문을 던진다. 인간에게는 다른 생명체를 지배할 권리가 어느 정도나 있는가? 앞서 제기한 여러 예에서처럼 과연 우리 인간은 생명체를 삶이라 부르기도 힘든 비루한 연명 상태로 몰아넣을 권리가 있는가? 더 나아가 우리 인간은 처참한 삶을 살던 동물을 끌어내 무자비하리만치 잔인하게 도살할 권리가 있는가? 내 답은 '결단코 없다'는 것이다. 나는 인간이 끝내 제 방식만 고집하면 결코 평화롭게 살아갈 수 없다고 믿는다. 우리는 모든 살아 있는 생명체를 품위 있게 배려하는, 즉 진정으로 생명을 존중하는 슈바이처 박사의 윤리를 받아들이지 않으면 안 된다.

해리슨 여사의 책은 영국에 만연한 상황을 상세히 묘사하는 데 그쳤지만, 이러한 방법을 도입한 다른 유럽 국가 그리고 그 일부를 시행 중인 미국에서도 널리 읽힐 가치가 있다. 이 책은 어느 나라에서든 경악, 혐오, 분노의 감정을 불러일으킬 게 틀림없다. 이 책을 계기로 소비자들의 저항이 들불처럼 번져나가 널리 만연한 이 신종 농업이 새로운 방법을 모색하지 않을 수 없게 되기를 바란다.

1962

내일을 위한 우화

카슨이 《침묵의 봄》 첫머리에 실은 간략한 우화는 당대 논픽션 가운데 가장 기억에 남는 것으로, 책의 다른 어느 부분보다 더 많은 논란을 불러일으켰다. 카슨은 화학 살충제에 관한 과학을 다룬 책을 대담하게도 상상의 마을에 불어닥친 환경오염을 다룬 우화로 시작했는데, 이에 대해 당혹감과 불쾌감을 표시한 과학자들이 적잖았다. 어떤 이들은 그저 우화일 따름임을 무시하고 마을에 관한 묘사가 과학적으로 정확하지 못하다며 카슨을 공격했다. 또 어떤 이들은 시종일관 과학소설을 쓰고 있다며 그녀를 강도 높게 비난했다. 이와 달리 대다수의 문예 비평가들은 그녀가 우화를 활용한 방식을 높이 평가했다. 독성물질에 의한 고의적인 지구 오염이라는 불온한 주제를 창의적으로 소개한 방식이자 빼어난 수사적 장치라는 것이다.

카슨은 본시 '죽음의 비'라는 제목이었던 1장이 너무 으스스할지 모르겠다고 판단하고 과학에 문외한인 독자들을 끌어들이는 장치로 우화를 도입했다. 카슨은 애초의 초고에서 마을 이름을 '초록의 초원'이라 지었고, 몇 년 간 고향을 등진 뒤 돌아와 보니 마을이 생태적 재난을 당해 쑥대밭이 되어버렸음을 발견하는 젊은이에게 초점을 맞추었다. 하지만 출판사의 요청에 따라 그 마을이 여러 지역사회의 집결체였다는 사실을 분명히 하려고 우화를 새로 썼고, 젊은이가 아니라 자신이 직접 내레이터를 맡았다. 우화의 첫 문단은 카슨이 나고 자란 펜실베이니아주 스프링데일을 연상시킨다. 그 마을은 한때 전원적이었지만 산업화로 인해 일찌감치 오염의 피해를 입었다.

미국 대륙 한가운데쯤 모든 생물체가 환경과 조화를 이루며 살아가는 마을이 하나 있다. 이 마을은 곡식이 자라는 밭과 풍요로운 농장들 사이에 자리 잡고 있는데, 봄이면 과수원의 푸른 밭 위로 흰 구름이 흘러가고 가을이 되면 병풍처럼 둘러쳐진 소나무를 배경으로 불타듯 단풍이 든 참나무, 단풍나무, 자작나무가 너울거렸다. 어느 가을날 이른 아침 희미한 안개가 내린 언덕 위에서는 여우 울음소리가 들려왔고, 조용히 밭을 가로질러 달려가는 사슴의 모습도 때때로 눈에 띄었다.

길가에는 월계수, 인동나무, 오리나무, 양치식물 그리고 들꽃이 연중 그 자태를 뽐내며 지나는 여행객의 눈을 즐겁게 해주었다. 나무 열매와 씨앗을 먹고 사는 수많은 새가 눈밭에 내려앉는 겨울철에도 길가는 여전히 아름다웠다. 이 일대는 풍부하고 다양한 새들로 유명했는데, 봄가을에는 이동기를 맞은 철새 무리들이 떼를 지어 날아가는 모습을 보려고 멀리서 사람들이 찾아오곤 했다. 물고기를 잡으려는 사람들은 가까운 시냇가로 향했다. 이 하천은 산에서 내려온 차갑고 맑은 물이 넘쳐흘렀고 송어가 알을 낳는 그늘진 웅덩이가 군데군데 자리 잡고 있었다. 최초의 이주자가 집을 짓고 우물을 파고 헛간을 세운 이후 이런 풍경은 계속 유지되어왔다.

그런데 어느 날 낯선 병이 이 지역을 뒤덮어버리더니 모든 것이 변하기 시작했다. 어떤 사악한 마술의 주문이 마을을 덮친 듯했다. 닭들이 이상한 질병에 걸렸다. 소 떼와 양 떼가 병에 걸려 시름시름 앓다가 죽고 말았다. 마을 곳곳에 죽음의 그림자가 드리워진 듯했다. 농부들의 가족도 앓아누웠다. 병의 정체를 알 수 없는 마을 의사들은 당황하기 시작했다. 원인을 알 수 없는 갑작스러운 죽음이 곳곳에서 보고되었다. 이는 어른들에게만 국한된 일이 아니어서 잘 놀던 어린아이들이 갑자기 고통을 호소하다가 몇 시간 만에 사망하는 일도 벌어졌다.

낯선 정적이 감돌았다. 새들은 도대체 어디로 가버린 것일까? 이런 상황에 놀란 마을 사람들은 자취를 감춘 새에 대해서 이야기했다. 새들이 모이를 쪼아 먹던 뒷마당은 버림받은 듯 쓸쓸했다. 주위에서 볼 수 있는 몇 마리의 새조차 다 죽어가는 듯 격하게 몸을 떨었고 날지도 못했다. 죽은 듯 고요한 봄이 온 것이다. 전에는 아침이면 울새, 검정지빠귀, 산비둘기, 어치, 굴뚝새 등 여러 새의 합창이 울려 퍼지곤 했는데 이제는 아무런 소리도 들리지 않았다. 들판과 숲과 습지에 오직 침묵만이 감돌았다.

암탉이 알을 품던 농장에서는 그 알을 깨고 튀어나오는 병아리를 찾을 수 없었다. 농부들은 더 이상 돼지를 키울 수 없게 되었다고 불평했다. 새로 태어난 새끼 돼지들이 너무 작아서 채 며칠을 버티지 못하고 죽었기 때문이다. 사과나무에 꽃이 피었지만, 꽃 사이를 윙윙거리며 옮겨 다니는 꿀벌을 볼 수 없으니 가루받이가 이루어지지 않아 열매를 맺지 못했다.

　예전에는 그렇게도 멋진 풍경을 자랑하던 길가는 마치 불길이 휩쓸고 지나간 듯, 시들어가는 갈색 이파리만 나무에 매달려 있었다. 생물이란 생물은 모두 떠나버린 듯 너무나도 고요했다. 시냇물마저 생명력을 잃은 지 오래였다. 물고기들이 다 사라져버렸기에 찾아오는 낚시꾼도 없었다.

　처마 밑으로 흐르는 도랑과 지붕널 사이에는 군데군데 흰 알갱이가 남아 있었다. 몇 주 전 마치 눈처럼 지붕과 잔디밭, 밭과 시냇물에 뿌려진 가루였다.

　이렇듯 세상은 비탄에 잠겼다. 그러나 이 땅에 새로운 생명 탄생을 가로막은 것은 사악한 마술도, 악독한 적의 공격도 아니었다. 사람들이 스스로 저지른 일이었다.

이런 마을이 실제로 존재하지는 않지만 미국이나 세계 곳곳 어디에서든 쉽게 찾아볼 수 있다. 지금 말한 것과 같은 엄청난 재앙을 한꺼번에 겪는 마을은 없을지도 모른다. 하지만 이런 각각의 재앙은 어디에선가 실제로 일어나고 있고, 상당수의 마을에서 이미 비슷한 일을 겪은 바 있다. 불길한 망령은 우리가 눈치채지 못하도록 슬그머니 찾아오며 상상만 하던 비극은 너무나도 쉽게 적나라한 현실이 된다는 것을 우리는 알게 될 것이다.

　오늘날 미국의 수많은 마을에서 활기 넘치는 봄의 소리가 들리지 않는 것은 왜일까? 그 이유를 설명하기 위해 이 책을 쓴다.

1962

전국여성언론인클럽 연설

《침묵의 봄》은 1962년 여름 세 차례에 걸쳐 〈뉴요커〉에 연재되었
고 같은 해 9월 말 정식 출간되었다. 이 책을 둘러싼 대중의 높은 관심을
보여주는 것은 다음과 같다. 첫째, 이 책에 주목한 존 F. 케네디 대통령이
대통령 과학자문위원회 산하 특별위원회를 소집해 살충제 문제를 조사
하도록 지시했다. 둘째, 여러 주에서 시민들에게 고지하지 않고 살충제를
살포하는 행위를 금하는 법안이 도입되었다. 셋째, 농화학 업계와 정부에
몸담고 있는 과학자들의 세계가 발칵 뒤집혔다.

카슨은 자신을 비판하는 수많은 사람에게 침착하게 대응했다. 그
러나 읽어보지도 않고 이러쿵저러쿵 책을 헐뜯는 이들에 대해서만큼
은 치를 떨었다. 1962년 가을 논쟁의 열기가 점점 뜨거워지자 공식 석상
에서 그녀의 발언 수위도 덩달아 높아졌다. 12월에 전국여성언론인클럽
(Women's National Press Club)에 참여했을 때가 정점이었다. 이 연설에서
카슨은 자기만족에 빠져 우쭐대는 화학 업계를 공격했으며, 그 업계가 후

원하는 연구 기관에 몸담고 있는 그(화학 업계의) 동지들을 성토했다.

카슨은 전국 텔레비전 카메라가 돌아가는 가운데 "이윤과 생산의 신을 떠받드느라 기본적인 과학적 진실이 위태로워지고 있다"고 목소리를 높였다.

펜실베이니아주 베들레헴의 〈글로브타임스〉 10월 12일 자 뉴스 기사 내용을 언급하는 것으로 오늘 오후의 이야기를 시작해볼까 합니다. 기자는 펜실베이니아주 카운티 두 곳의 농업 부서가 《침묵의 봄》에 부정적인 반응을 보였다는 사실을 상세히 보도한 뒤 다음과 같이 덧붙였습니다. "두 카운티의 농업 부서에 근무하는 이들 가운데 책을 읽은 사람은 아무도 없었지만 그들은 좌우지간 약속이나 한 듯 그 책을 맹렬히 공격했다."

이 기사를 보면 《침묵의 봄》 출간에 이어진 '시끄러운 가을('침묵의 봄'에 조응하는 언어유희—옮긴이)'에 왜 그리 떠들썩한 논평이 수없이 쏟아져 나왔는지를 너무도 분명하게 이해할 수 있습니다. 〈베닝턴 배너(Bennington Banner)〉는 사설에서 "《침묵의 봄》 때문에 고뇌에 빠진 이들은 하지도 않은 말을 반박하는 식으로 맞섰다"고 했습니다. 제 책에 대한 논박이 실제로 읽어보지도 않은 이들에 의한 것인지 아니면 자신의 편리함을 위해 고의적으로 저의 입장을 곡해하는 이들에 의한 것인지를 판단하는 일은 제 몫이 아니라 생각합니다.

올 초여름 그러니까 〈뉴요커〉에 《침묵의 봄》 1회 연재물이 실렸을 때, 대중들의 반응은 수많은 편지에 잘 드러나 있습니다. 대중은 국회의원, 신문사, 정부 기관 그리고 저자인 저에게 헤아릴 수 없이 많은 편지를 써 보냈습니다. 지금도 끊이지 않는 이 편지 행렬이야말로 가장 중요하고도 분명한 반응이라고 저는 확신합니다.

심지어 《침묵의 봄》이 아직 출간되기 전에조차 전국적으로 수많은 신문이 사설과 칼럼에서 제 책을 언급했습니다. 화학 업계지에 나타난 초기 반응은 비교적 온건했고 사실 일부 화학 업계와 농업계의 신문은 제 책에 적극적인 지지를 표명하기도 했습니다. 그러나 예상한 대로 전반적으로는 화학 업계 신문들이 과히 기분 좋아 하지는 않았습니다. 늦여름에 살충제 업계의 동업자 단체와 신문 들은 흠씬 두들겨 맞은 살충제에 대한 이미지를 회복하고 보호할 의도로 책자를 다량 찍어내기 시작했습니다. 그들은 분기별로 여론 주도층 인사들에게 책자를 발송하고 매달 신문, 잡지, 라디오, 텔레비전을 통해 새로운 소식을 보도할 계획이라고 발표했습니다. 도처에서 연사들이 청중을 상대로 연일 강연을 진행하고 있습니다.

저들은 지금 우리에게 과용량의 수면제 노릇을 하는 정보를 마구 뿌려대는 중입니다. 《침묵의 봄》을 읽고 갑작스레 잠에서 깨어난 대중을 안심시켜 도로 잠재우겠다는 심산이지요. 최근 몇 달 새 좀더 이성적인 해충 방제 정책과 관련해 몇 가지 가시적 성과가 나온 것은 사실입니다. 이제 중요한 것은 그러한 성과를 유지·확장할 수 있느냐 하는 문제입니다.

지금 제 책을 향한 공격은 일정한 양상을 띠며 익히 알려진 갖은 수법이 총동원되고 있습니다. 어떤 대의를 약화시키는 한 가지 확실한 방법은 그것을 지지하는 사람 자체를 흠집 내는 것입니다. 모함과 욕설에 관한 한 둘째가라면 서러울 이들이 눈코 뜰 새 없이 바빠졌죠. 그 결과 저는 "새 애호가", "고양이 애호가", "물고기 애호가" 그리고 "자연을 수호하는 여사제"라는 별명을 얻었습니다. 심지어 자기들은 우주 법칙과 무관하기라도 하다는 것인지, 저를 "우주 법칙을 떠받드는 신비주의적인 광신도 집단의 일원"이라고 몰아붙이는 이들마저 있습니다.

또 한 가지 공격 양상은 《침묵의 봄》일랑 제쳐두고 물건을 판매할 때 손님을 꼬드기듯 대중을 은근히 설득하는 전략에 매달리는 것입니다. 이런 유형을 구사하는 이들은 제가 밝힌 내용이 맞다는 것은 인정하지만 책에 언급된 사건들은 이미 다 지난 일이고 정부와 업계는 문제를 충분히 인지하고 있으며 진즉에 재발 방지 조치를 취했노라고 두루뭉술 얼버무립니다. 이들은 사람들이 신문에서 안심시키는 이런 보도 말고 다른 내용은 거들떠보지도 않는다고 가정하는 게 틀림없습니다. 사실 최근 몇 달 동안 살충제는 신문에서 꽤나 비중 있게 다뤄졌습니다. 어떤 것은 사소하게, 어떤 것은 거의 우스개처럼, 어떤 것은 매우 진지하게 말이죠.

이 보도들은 중요한 측면에서 제가 《침묵의 봄》에서 인용한 예와 별반 다르지 않습니다. 따라서 상황을 좀더 잘 통제한다면 그 증거가 거의 남지 않으리라 판단하는 것도 무리는 아니죠.

살충제는 최근에 어떤 식으로 기사화되었을까요?

1. 〈뉴욕포스트(New York Post)〉 10월 12일 자는 식품의약국(Food and Drug Administration)이 태평양 북서부 연안에서 생산된 감자 157톤가량을 압수했다고 보도했습니다. 농사 고문(연방 정부나 주 정부가 파견한다―옮긴이)들에 따르면 감자 안에 강력 살충제인 알드린(aldrin)과 디엘드린(dieldrin)이 잔류 허용치의 네 배나 들어 있었다고 합니다.

2. 9월, 연방 조사관들은 이리(Erie) 카운티 고속도로 근처의 포도원들이 고속

도로를 따라 살포된 잡초 제거용 화학물질의 피해를 입었다는 신고 건을 조사해야 했습니다. 아이오와주에서도 비슷한 사례가 보고되었습니다.

3. 캘리포니아주에서는 화학물질을 뿌린 잔디밭에서 너무 불쾌한 가스가 올라와서 주인이 소방서에 연락해 잔디밭에 물을 뿌려달라고 부탁했습니다. 그런데 그렇게 하기가 무섭게 가스가 더욱 독하게 치솟아 소방대원이 11명이나 입원하는 사태가 벌어졌습니다.

4. 지난여름 신문들은 터키 아동 5000명이 포르피린증(porphyria)에 걸려 고통 받는 사건을 대대적으로 보도했습니다. 그 병은 간이 심하게 손상되고 얼굴·손·팔에 털이 자라 환자의 몰골이 마치 원숭이처럼 변하는 게 특징이었습니다. 조사 결과 화학 살균제로 처리한 밀을 먹고 나서 그리된 것으로 밝혀졌습니다. 이 밀은 본디 직접 섭취가 아니라 파종용으로 사용할 계획이었습니다. 그런데 배를 주린 사람들이 그런 사정도 모르고 그만 먹어버린 거죠. 세계 저 먼 곳에서 뜻하지 않게 벌어진 사고지만, 미국에서도 수많은 종자가 그와 비슷한 화학물질들로 처리된다는 사실을 잊어선 안 됩니다.

5. 여러분은 미국의 상징인 흰머리독수리(bald eagle)의 수가 급격하게 줄어들고 있다는 사실을 기억하실 겁니다. 최근 어류·야생동물국은 어쩌면 그 이유를 밝혀줄지도 모를 중대 사실을 발표했습니다. 흰머리독수리 한 마리가 죽으려면 얼마만큼의 DDT가 필요한지 실험을 통해 알아냈으며, 야생에서 숨진 채 발견된 흰머리독수리는 조직에 치사량의 DDT가 포함되어 있다는 사실도 밝힌 것입니다.

6. 캐나다 신문들은 이번 가을에도 뉴브런즈윅주에서 사냥철에 사살된 누른도요(woodcock)의 몸에 살충제인 헵타클로르(heptachlor)가 잔류되어 있어 잡

아먹으면 위험할지도 모른다고 경고했습니다. 누른도요는 철새로, 캐나다 뉴브런즈윅주에 둥지를 짓고 미국 남부에서 겨울을 납니다. 그런데 그들의 월동지가 불개미 박멸을 위해 광범위하게 사용된 헵타클로르에 오염된 겁니다. 그들의 몸에 남아 있는 헵타클로르는 3~3.5ppm이었습니다. 법적 허용량은 '0'ppm입니다.

7. 매사추세츠주 어류·사냥감부서(Massachusetts Fish and Game Department)에 소속된 생물학자들은 최근 보스턴 외곽의 프레이밍햄 저수지(Framingham Reservoir)에서 사는 물고기에 무려 75ppm이나 되는, 즉 법적 허용량의 10배가 넘는 DDT가 함유되어 있다고 보고했습니다. 이 저수지는 말할 것도 없이 수많은 사람이 공공 상수원으로 이용하는 곳입니다.

8. 한 가지 더. '빗나간 과학기술에 관한 슬픈 논평'이라는 제목의 11월 16일 자 연합통신 긴급보도인데요, 연방 법원 배심원단은 뉴욕주의 한 농부에게 감자 작물에 대한 피해 보상금 1만 2360달러를 지급하라고 판결했습니다. 그 피해는 발아를 억제하기 위해 사용한다고 알려진 화학물질 탓에 생겨났습니다. 이 화학물질을 사용한 감자는 발아가 억제된 게 아니라 싹이 속으로 파고들었던 겁니다.

우리는 실험을 통해 안정성이 입증되지 않은 화학물질은 결코 사용하지 않는다는 이야기를 듣고 있습니다. 물론 이 말은 사실이 아닙니다. 다행스럽게도 현재 농무부는 연방 살충제·살균제·살서제법(Federal Insecticide, Fungicide, and Rodenticide Act, FIFRA)의 개정을 의회에 요청할 계획입니다. 농무부가 건강이나 안전과 관련해 계속 의문을 표시해왔음에도 기업에 '이의 제기(protest)' 상태의 살충제도 등록할 수 있도록 허용하는 조항을 삭제하기 위해서입니다('이의 제기'란 어떤 화학물질에 대해 허가를 요청했으나 약효나 안전성 따위가 확실하게 입증되지 않아 허가가 거절되었음을 밝히는 공식 문서를 말한다―옮긴이).

그 밖에도 안전하지 않은 화학물질이 사용되고 있음을 드러내주는 신호들이 더 있습니다. 농사 고문들에게는 요즘 기존의 살충제 사용 지침을 수정하거나 철회해야 하는 일이 다반사입니다. 일례로 최근 농부들은 소 살포용으로 쓰이는 어떤 화학물질의 재고를 회수한다는 통지를 받았습니다. 9월에 이것을 쓰고 난 뒤 "영문 모를 소의 사망" 사고가 잇따른 겁니다. 네댓 가지 수상쩍은 제품이 회수되었는데도 소가 계속 죽어나가자 관계 당국은 마지막으로 남은 화학물질을 전량 회수하기로 한 겁니다.

《침묵의 봄》의 서평에도 부정확한 진술은 쌔고 쌨지만 이 자리에서는 한두 가지만 예로 들겠습니다. 〈타임〉은 《침묵의 봄》을 논하면서 살충제에 우연히 중독되는 일은 "극히 드물다"고 단언했습니다. 과연 그럴까요? 몇 가지 수치를 살펴보죠. 유일하게 정확하고 철저한 기록을 확보하고 있는 캘리포니아주는 농업용 화학물질로 인한 중독 사례가 매년 900~1000건에 달한다고 보고했습니다. 이 가운데 약 200건은 오로지 파라티온 한 가지에 의한 것입니다. 최근에 숱한 중독 사례를 겪은 플로리다주는 거주 지역에서의 위험한 화학물질 살포 작업을 차차 줄여나갈 계획입니다. 다른 나라의 상황을 보여주는 예로 파라티온은 1958년에 인도에서 100명의 목숨을 앗아갔고, 일본에서는 매년 평균 336명의 사망자를 내고 있습니다.

1959년, 1960년, 1961년 3년 동안 농약 살포용 비행기를 포함한 비행기의 추락 사고가 자그마치 873건에 이르렀습니다. 이들 사고로 135명의 조종사가 숨졌습니다. 보다 못한 미국 연방항공국(Federal Aviation Agency)은 민간항공의무부대(Civil Aeromedical Unit)를 통해 의미 있는 연구에 착수했습니다. 그토록 많은 비행기가 추락한 원인이 대체 무엇인지 밝혀내기 위한 연구였습니다. 의료 조사단은 살포된 독성물질이 조종사의 체내에, 정확히 말해 감지하기 어려운 세포 안에 축적되었다는 가정을 기본 전제로 삼았습니다.

연구자들은 최근에 두 가지 중요한 사실을 확인했다고 보고했습니다. 첫째는 세포 내의 독소 축적과 당뇨병 발병 사이에 인과관계가 있다는 것이고, 둘째는 세포 안에 독성물질이 쌓이면 인체의 에너지 생산이 차질을 빚는다는 것입니다.

《침묵의 봄》을 비판한 어느 과학자는 독성물질이 세포 과정과 "아무 관련이 없다"고 단정 지었는데, 그가 틀렸다는 사실이 확인되어 기쁩니다.

화학 업계지에 기고한 그 과학자는 정보의 출처를 밝혔다는 이유로 제게 불만을 표시했습니다. 그는 당신이 지금 인용하는 것이 누구 견해인지 드러내는 일은 "저명인사의 이름을 팔아먹으려는 수작(name-dropping)"이라고 몰아세웠습니다. 글쎄요, 제가 존스홉킨스 대학원에서 훈련받은 과학적 방법론이 세월이 흐르면서 180도 달라지기라도 한 모양입니다! 그는 제가 제시한 참고 문헌들도 "도시 탐탁찮아" 했습니다. 그는 《침묵의 봄》이 중요한 언급에 대해 정확하고 완벽한 근거를 빠짐없이 제시했다는 바로 그 사실에 극도의 혐오감을 드러냈습니다. 그가 보기에 제 참고 문헌은 길이를 늘려 뭘 모르는 사람들에게 깊은 인상을 심어주려 "쓸데없이 끼워넣은 군더더기"였던 겁니다.

이제는 분명히 말하고 싶습니다, 제가 《침묵의 봄》에서 단 한 번도 독자들에게 '제' 말을 믿으라고 강요한 적이 없다는 사실을요. 다만 저는 출처를 정확하게 제시했을 따름입니다. 독자들이 제가 들려준 것을 뛰어넘어 큰 그림을 그릴 수 있도록 안내한 겁니다. 저는 실제로 그렇게 하도록 독자들에게 당부했습니다. 이게 바로 장장 55쪽에 달하는 참고 문헌을 실은 이유입니다. 만약 진실을 감추고 왜곡하려 들었다거나 절반의 진실만 드러내려 했다면 결코 그리할 수 없었을 겁니다.

또 다른 평자는 제가 살충제 제조사들이 화학물질을 연구하는 대학의 교수와 연구원에게 자금을 대주는 게 관례라고 밝힌 데 화를 냈습니다. 이제 그것은 공공연한 비밀인데 그가 그 사실을 미처 알지 못했다고는 믿기 어렵습니다. 더군다나 그가 몸담은 대학 역시 그런 지원금을 받는 대학 가운데 하나인데 말이죠.

하지만 저의 그 언급은 끊임없이 공격당했습니다. 그러니 관심 있는 분은 누구라도 대표적인 대학을 상대로 직접 조사를 좀 해보세요. 그러면 틀림없이 그러한 관례가 만연함을 확인하실 수 있을 겁니다. 실제로 좋은 과학 도서관에 가보면 그 사실이 이내 드러납니다. 과학 논문의 저자들이 연구 자금의 출처에 감사의 말을 남기는 것이 여전히 일반적 관례이기 때문입니다. 〈경제곤충학회지(Journal of Economic Entomology)〉에서 무작위로 뽑은 예는 다음과 같습니다.

1. 캔자스 주립대학의 어느 논문은 각주에 이렇게 적었습니다. "이 논문의 출간 비용 일부를 케마그로사(Chemagro Corporation)가 대주었다."
2. 캘리포니아 대학 감귤류시험소 소속의 저자들은 "연구비를 지원해준 버지니아주 리치몬드시의 다이아몬드블랙리프사(Diamond Black-Leaf Co.)에 감사

드린다"고 했습니다.

3. 위스콘신 대학도 "연구 자금은 셸 화학사(Shell Chemical Co.), 벨시콜 화학사(Velsicol Chemical Corporation), 위스콘신통조림제조사연합(Wisconsin Canners Association)이 일정 부분 보조해주었다"고 말했네요.

4. 일리노이자연사조사(Illinois Nat. Hist. Survey) 역시 "이 연구는 미주리주 세인트루이스시에 본사를 둔 몬산토 화학 주식회사(Monsanto Chem. Co.)의 후원으로 이루어졌다"고 밝히고 있습니다.

최근에 한 날카로운 사회문제 비평가는 전에는 부유한 가문들이 대학의 주요 기부자였지만 이제는 기업이 그 역할을 떠안았다고 지적했습니다. 교육을 지원하겠다는데 대체 누가 시비를 걸겠습니까? 그렇더라도 살충제 제조사가 돈을 대는 연구는 살충제의 부작용을 밝히는 데 미온적일 수밖에 없다는 사실만큼은 유념할 필요가 있습니다.

과학과 산업의 밀월 관계는 점차 심화되는 현상으로, 과학 아닌 다른 분야에서도 쉽게 찾아볼 수 있습니다. 미국의학협회(American Medical Association, AMA)는 자체 발행하는 신문에서 회원 의사들에게 살충제가 인체에 어떤 영향을 미치는지 묻는 환자들에게 답하려면 살충제업계연합이 제시한 정보를 참조하라고 당부했습니다. 필시 의사들은 이 문제에 관한 정보가 절실할 겁니다. 그러나 저는 그들이, 살충제 판매를 촉진하는 게 주 관심사인 살충제업계연합이 아니라 권위 있는 과학 문헌이나 의학 문헌에 제시된 정보를 참조했으면 합니다.

과학계는 화학 업계를 좌우하는 10여 개의 대기업을 '후원회원(sustaining associate)'쯤으로 여기는 듯합니다. 과학 기관이 발언하면 우리는 과연 누구의 목소리를 듣는 겁니까? 과학의 목소리입니까 아니면 그들을 밀어주는 산업의 목소리입니까? 누구의 목소리인지가 늘 분명하게 드러난다면 상황은 덜 심각하겠지만, 대중은 자신들이 과학의 목소리를 듣고 있다고 생각합니다.

어떤 상황을 공정하게 비판하기 위해 구성된 위원회가 이윤 추구에 사활을 거는 산업과 연계되어 있다는 것은 대체 무엇을 의미할까요? 미국과학아카데미의 한 위원회는 최근 살충제와 야생동물 간의 관련성을 다룬 보고서를 제출했는데, 저는 이번 주에 그에 관한 비평을 두 편 읽었습니다. 두 비평은 심란한 문제를 제기합니다. 그 위원회의 정체를 파악하는 것이 무엇보다 중요합니다. 제 말을 논박하려 애쓰는 살충제 업계는 그 위원회의 보고서(이제는 출간되었습니다)에서 두 부분을 빈번하게 인용합니다. 대중은 그 위원회가 응당 미국과학아카데미의 산하 기구일 거라고 생각합니다. 위원회 위원들은 미국과학아카데미가 임명하긴 하지만 기본적으로 외부 인사들입니다. 일부는 자기 분야에서 두각을 나타내는 과학자들이지요. 사람들은 살충제가 야생동물에 미치는 영향을 공정하게 평가하는 방법은 이해관계를 초월한 개인으로 위원회를 꾸리는 거라고 생각합니다. 그런데 이번 주 〈애틀랜틱 내추럴리스트(The Atlantic Naturalist)〉에 실린 비평에 따르면 그 위원회는 다음과 같이 구성되어 있습니다. "위원회에서 상당히 중요한 역할을 담당하는 것은 밀월 관계에 놓인 후원 기관·정부 기관·과학계, 이 세 축이다. 후원 기관은 필시 현찰을 조달하는 존재다. 여기에는 막강한 화학 업계를 주무르는 19개 화학 기업을 비롯해 43개 기관이 포진해 있다. 뿐만 아니라 그 목록에는 전국농화학연합(National Agricultural Chemical Association)과 전국항공업계연합(National

Aviation Trades Association)을 위시해 네 개가 넘는 업계 조직도 포함되어 있다."

그 위원회의 보고서는 화학 살충제 사용을 단호히 지지하는 언명으로 글을 시작합니다. 이처럼 미리 정해진 입장에서 출발하기에 오직 '일부' 야생동물에게만 '약간'의 해가 간다고 언급한 대목을 발견한대도 하등 놀랄 게 없습니다. 새로운 방식인지는 모르나 어쨌든 여하한 증빙 자료도 제시하지 않기에 독자들은 그들의 조사 결과를 딱히 지지할 수도 반박할 수도 없습니다. 〈애틀랜틱 내추럴리스트〉의 비평가는 "그 보고서들은 말썽을 일으키는 일부 대중을 회유하기 위해 훈련된 기업의 홍보 요원 같은 스타일로 작성되었다"고 꼬집었습니다.

이 모든 사태로 미루어 과학 지식이 대중에게 전달되는 방식에 의문을 제기하지 않을 수 없습니다. 기업은 사실을 걸러내는 체, 즉 거북하고 불편한 진실은 쏙 빼놓고 해될 것 없는 정보만 통과시키는 체가 되어가는 건 아닐까요? 적잖은 지각 있는 과학자들이 자기가 소속된 기관이 산업을 사수하는 '위장 장치'가 되어간다는 사실에 우려를 표합니다. 몇몇 과학자들은 다음과 같은 난감한 문제를 제기했습니다. 오늘날 미국에서 리센코주의(lysenkoism: 구소련의 농생물학자 리센코는 현대의 유전 과학이 내린 결론과 달리 후천적 형질을 후손에게 즉각적으로 물려줄 수 있다고 주장한, 정통 과학자라기보다 사이비 공론가에 가까운 인물이다—옮긴이)의 망령이 되살아나고 있는지도 모르겠다는 겁니다. 리센코주의는 러시아에서 유전학을 왜곡하고 망가뜨렸을 뿐 아니라 농업 분야 전반에 커다란 타격을 입힌 학설입니다. 여기 미국에서도 기본적인 진실에 대한 자의적 재단과 검열이 이뤄지고 있습니다. 다만 다른 점이라면 당의 노선에 따르기 위해서가 아니라 이윤과 생산의 신에 봉사하고 단기적 성과에 부응하기 위해서지요.

　이야말로 우리 사회의 가장 중요한 문제가 아닐 수 없습니다. 여러분은 정보 전달 분야의 전문가들이니만큼 이 문제에 관심을 기울여주시길 간곡히 부탁드립니다.

1963

《침묵의 봄》의 새로운 장

카슨은 《침묵의 봄》을 출간하고 나서 다른 과학자들의 연구 결과
와 독자들에게서 받은 편지를 통해 살충제의 피해와 손실 사례를 더 많
이 접하게 되었다. 그래서 대중 앞에서 강연할 기회가 생길 때마다 그 새
로운 정보를 곁들였다. 그녀는 생애 마지막 해에 한 연설들에서 "생명체
를 상대로 무자비한 전쟁을 치르는 문명은 하나같이 자멸할 것이며, 문명
이라 불릴 자격마저 잃게 될 것"이라는 도덕적 신념을 오롯이 드러냈다.

그녀는 1963년 1월, 미국가든클럽(Garden Club of America)의 여성
들에게 들려준 연설을 계기로 살충제 투쟁을 대단히 정치적인 국면으로
새로이 몰아갔다. 카슨은 이 자리에서 살충제 정책의 변화를 가로막는 경
제적·정치적 세력에 특별히 초점을 맞추었으며, 제도 개선을 위한 풀뿌리
운동을 장려하면서 개인에게 저마다 자신이 몸담은 지역사회에서 변화를
이끌어내라고 촉구했다.

그녀는 살충제 업계 단체들이 일련의 선전을 펼쳐온 사실이며, 산

업이 연구 기관이나 교육기관과 '별다른 사심 없이' 손잡은 것처럼 그릇된 정보를 흘림으로써 과학과 산업의 진정한 관계를 호도한 사실도 상세히 다루었다. 카슨은 이 연설에서 정치적 근접전에 강한 강단 있고 신랄한 면모를 유감없이 드러냈다. 반대파의 속성을 정확히 간파한 그녀는 현명하게도 미국가든클럽의 여성 활동가 같은 의식 있는 개인들을 겨냥해 자신의 메시지를 전달했던 것이다.

여러분 앞에서 발언할 기회를 얻게 된 것을 특별히 기쁘게 생각합니다. 10년 전 여러분이 제게 '프랜시스 허친슨(Frances Hutchinson) 메달'의 영예를 안겨주신 이래, 저는 시종 미국가든클럽을 더없이 친근하게 느껴왔습니다. 여러분이 펼쳐나가는 훌륭한 작업들과 조직의 목표, 염원에 경의를 표하는 바입니다. 여러분은 식물의 삶에 대한 관심, 아름다움을 키워나가는 작업, 건설적 보존이라는 대의를 지지하는 활동 등을 통해 우리가 사는 세계의 본질인 끝없는 생명의 흐름에 기여했습니다.

지금은 여러분과는 성격이 판이한 세력, 즉 생명 따위는 도시 아랑곳하지 않거나 생명과 살아 있는 생명체들이 맺은 소중한 관계망을 일부러 파괴하려드는 세력이 빈번하게 활개 치는 시대입니다.

여러분도 익히 아시다시피 저는 무분별하게 남용되는 화학물질에 유독 관심이 많습니다. 독성 화학물질은 살충제(殺蟲劑)가 아니라 살생제(殺生劑)라 불려야 마땅할 정도로 지나치게 무차별적으로 쓰이고 있습니다. 가장 열렬한 독성물질의 지지자조차 그 효과가 곤충·설치류·잡초 따위의 표적 동식물에게만 제한적으로 작용한다고 주장하긴 어려울 겁니다.

원치 않는 종을 방제하기 위한 합리적 정책을 마련하려면 지난하고도 힘겨운 싸움을 벌여나가야 할 겁니다. 《침묵의 봄》의 출간은 그 싸움의 시작도 아니고 끝도 아닙니다. 그러나 저는 이 싸움이 새로운 국면에 접어들고 있다고 생각하며 여러분과 함께 그동안 거둔 소기의 성과를 평가하고, 우리 앞에 놓인 싸움의 본질을 살펴보고자 합니다.

우선 우리가 주장하는 바가 무엇인지 또렷하게 인식할 필요가 있습니다. 우리는 무엇에 반대하는가? 또 무엇을 지지하는가? 만약 여러분이 제 책에 대한 친기업적 비평 글을 읽어본다면 제가 곤충을 비롯한 다른 생명체들을 제어하는 모든 노력에 결사반대한다고 느끼실 것입니다. 물론 저는 단언컨대 그렇게 말한 적이 '없습니다'. 미국가든클럽의 입장도 그런 것은 아니리라 확신합니다. 우리가 살생제 지지자들과 다른 것은 주로 도달하고자 하는 목적이 아니라 그 목적에 이르기 위해 어떤 방법을 지지하느냐입니다.

만약 곤충 문제가 생길 때마다 반사적으로 살포용 비행기를 부르거나 분무식 살충제를 뿌려댄다면, 제가 보기에는 꽤나 저급하고 상스러운 과학적 방법을 쓰는 것입니다. 우리에게 필요한 신종 무기를 제공해줄 연구를 단호히 밀고 나가지 못한다면 그 역시 매우 비과학적인 태도라는 생각이 듭니다. 그런 신종 무기가 이미 몇 가지 나와 있긴 합니다. 미래의 해충 방제법이 될 것으로 보이는 빼어나고 창의적인 예들입니다. 하지만 우리는 더 많은 신종 무기를 개발하는 한편, 지금 가진 무기들을 더욱 올바르게 사용해야 합니다. 농무부 소속 연구원들은 제게 개인적으로, 자신들이 개발하고 실험을 거친 뒤 해충방제부서에 넘겨준 몇몇 처치법이 조용히 썩어가고 있다고 귀띔해주었습니다.

저는 몇 가지 근거에 입각해서 살생제에 지나치게 의존하는 현 세태를 비판하고자 합니다. 첫 번째 근거는 살생제의 비효율성입니다. 이와 관련해 DDT가 사용되기 전과 후에 작물이 입은 피해를 비교해보겠습니다. 한 선도적인 곤충학자는 20세기 전반 곤충의 공격에 따른 작물 손실률은 한 해에 10퍼센트가량이었다고 추정했습니다. 그런데 놀랍게도 미국과학아카데미는 지난 한 해 동안 작물 손실률이 무려 25퍼센트에 달한다고 발표했습니다. 만약 현대적인 살충제 사용량을 계속 늘리는데도 작물 손실률이 이런 속도로 불어난다면 지금 쓰는 방법은 필시 뭔가 잘못된 게 아니겠어요? 비화학적 방법으로 검정파리류(screwworm fly)를 100퍼센트 방제할 수 있었다는 사실을 여러분께 다시 한 번 일깨워드립니다. 100퍼센트란 그 어떤 화학물질도 달성한 적이 없는 성공률이지요.

지금처럼 화학물질을 사용한다면 곤충들이 내성을 키우게 된다는 점에서도 화학 방제법은 비효율적입니다. 하나 또는 그 이상의 살충제군에 내성을 지니게 된 곤충 종의 수는 DDT 이전 시대에 12종이던 것이 오늘날에는 근 150종으로 불어났습니다. 꽤나 심각한 문제입니다. 화학 방제는 위협적일뿐더러 전혀 제 기능을 발휘하지 못하는 무능한 방법입니다.

화학 방제법의 비효율성을 보여주는 또 다른 측면은 화학물질이 방제하고자 한 바로 그 곤충의 자연제어(natural control: 동물의 개체 수가 각종 자연 요인이 종합적으로 작용해 제한되고 일정한 변동 범위 내로 유지되는 것―옮긴이) 능력을 대대적으로 말살하는 탓에, 더러 그 곤충이 다시 기승을 부리기도 한다는 사실입니다. 그런가 하면 화학물질은 느닷없이 다른 유기체 수를 성가실 정도로 크게 불려놓기도 합니다. 예컨대 잎진드기(spider mite)는 한때는 비교적 무해했는데 DDT가 도입된 이래 세계적인 해충 명단에 당당히 이름을 올렸습니다.

제가 다른 해충 방제법을 강구해보아야 한다고 믿는 그 밖의 이유는 《침묵의 봄》에 소상하게 적어놓았으니 이쯤 해두겠습니다. 위험한 화학물질을 최소한도로 사용하는 수준까지 곤충·잡초 방제법을 획기적으로 변화시키려면 분명 시간이 걸릴 겁니다. 그렇지만 보다 나은 절차와 통제법을 통해 상황을 즉각 개선할 수 있는 여지는 많습니다.

요즘의 살충제 사태를 바라볼 때 가장 희망적인 조짐은 긴 잠에서 깨어나 깊은 관심과 우려를 표명하고 있는 대중입니다. 어떤 살포 작업이 이뤄지든 간에 그저 묵묵히 따르기만 하던 이들이 이제 질문을 던지고 적절한 해답을 내놓으라고 아우성치기 시작했습니다. 이것은 그 자체로 바람직한 변화입니다.

살충제에 대한 법적 통제 장치를 개선하라는 목소리도 날로 드높아지고 있습니다. 매사추세츠주는 이미 실질적 권위를 지닌 살충제위원회(Pesticide Board)를 꾸렸습니다. 이 위원회는 누구라도 공중 살포를 하려는 사람은 인허가를 받아야 한다고 요구함으로써 가장 시급한 조치를 취했습니다. 믿어지지 않을는지 모르지만, 이러한 조치를 내리기 전에는 비행기를 빌릴 돈만 있으면 누구라도 원할 때 원하는 곳에 화학물질을 살포할 수 있었습니다. 코네티컷주도 이제 살포 관행을 공식적으로 조사할 계획을 세우고 있다고 합니다. 물론 국가 차원에서도 대통령께서 지난여름, 과학 고문에게 과학자들로 구성된 위원회를 꾸려서 이 분야의 정부 활동 전반을 검토하라고 지시했습니다.

시민 단체 역시 점점 더 적극적으로 나서고 있습니다. 예를 들어 펜실베이니아여성클럽연합(Pennsylvania Federation of Women's Clubs)은 최근 환경에 사용된 독성물질의 위험에서 대중을 보호하고자 교육과 입법 추진에 기반한 프로그램을 실시했습니다. 전국오듀본협회는 주와 정부 기관 둘 다가 참여하는 5대 행동 지침을 주창했습니다. 북미야생동물협회(North American Wildlife Conference)는 살충제 문제를 올해 가장 주력할 사업으로 삼을 예정입니다. 이러한 진척 상황은 모두 대중이 살충제 문제에 지속적으로 관심을 기울이는 데 한몫할 것입니다.

최근에 어느 업계지에서 약간의 희망 섞인 예측 기사를 읽고 웃은 적이 있습니다. 이렇게 씌어 있더군요. "화학 업계는 크게 걱정할 필요가 없다. 그 책(《침묵의 봄》)은 주로 올해 늦가을과 겨울에 큰 파장을 일으킬 텐데, 가을과 겨울은 통상 소비자들이 살충제를 적극 구매하는 계절이 아니기 때문이다. (……) 내년 3월이나 4월이면 《침묵의 봄》이 더 이상 흥미를 끄는 화제가 아니길 바라는 것은 결코 무리가 아니다."

제가 독자들에게서 받은 메일의 논조가 어떤 지침이 되어준다면, 그리고 이미 시작된 운동들이 기대한 추동력을 얻게 된다면 저들의 희망 사항은 결코 실현되지 않을 것입니다.

그렇다고 지금 제가 현실에 안주해도 좋다고 말하려는 건 결코 아닙니다. 대중의 태도에는 신선한 변화가 일고 있지만, 살포 관행이 개선되고 있다는 증거는 좀처럼 찾기 어려우니까요. 관계 당국은 짐짓 엄숙한 얼굴로 인간에게도 동물에게도 해를 끼치지 않으리라고 큰소리치면서 대단히 유독한 물질을 마구 뿌려대고 있습니다. 나중에 야생동물들이 숨지는 사례가 알려지자 해당 고위 관리들은 관련 증거를 부인하고 그 동물들이 '다른 이유로' 죽은 게 틀림없다고 발뺌했습니다.

수많은 지역에서 이와 똑같은 유형의 사고가 잇따르고 있습니다. 가령 일리노이주 이스트세인트루이스시에서 발행되는 신문은 살충제인 디엘드린 과립을 흩뿌린 지역에서 수백 마리의 토끼, 메추라기(quail), 명금(鳴禽: 고운 소리로 우는 새—옮긴이)이 목숨을 잃은 사건을 보도했습니다. 얄궂게도 문제된 지역에 '사냥감 보호구역' 역시 한 군데 끼여 있었습니다. 디엘드린은 알풍뎅이(Japanese beetle) 방제 작업의 일환으로 사용되었습니다.

이 사건이 전개된 수순은 제가 《침묵의 봄》에서 일리노이주의 또 다른 마을인 셸던(Sheldon)의 사례에서 묘사한 것과 똑같아 보입니다. 셸던에서는 수많은 새와 작은 포유동물이 전멸하다 싶을 정도로 죽어나갔죠. 하지만 들리는 말에 따르면 일리노이의 농무부 관리는 이제 디엘드린은 동물에게 전혀 심각한 해를 끼치지 않는다고 공언하고 있다고 합니다.

버지니아주 노펙시에서는 현재 중요한 사건이 전개되고 있습니다. 문제가 된 화학물질은 역시나 유독한 디엘드린이고, 표적은 농가 작물에 해를 입히는 바구미(white fringed beetle)입니다. 이 사건은 특히 몇 가지 점에서 흥미롭습니다. 그중 하나는 주 농무부 관리들이 가능한 사전 논의를 최소화한 상태에서 작업을 추진하려는 욕구가 확연했다는 사실입니다. 노펙의 일간지 〈버지니언 파일럿(Virginian-Pilot)〉 옥외판은 그 사건을 "폭로"하면서 관리들이 계획에 대해 언급하길 꺼린다고 보도했습니다. 노펙의 검역관은 디엘드린 사용법이 안전했다는 이유를 대면서 대중을 안심시켰습니다. 토양에 구멍을 뚫는 기계로 땅속에 디엘드린을 주입했다는 해명이었습니다. 그는 "멋모르는 어린애가 굳이 나무뿌리를 캐먹지 않는 한 독의 피해를 입을 가능성은 전무하다"고 잘라 말했다는군요.

그러나 예의 주시하던 기자들은 이내 그의 확언이 전혀 근거 없는 것임을 밝혀냈습니다. 실제로 디엘드린은 파종기·송풍 장치·헬리콥터 따위를 써서 뿌려졌던 겁니다. 일리노이주에서 울새, 갈색개똥지빠귀(brown thrasher), 들종다리를 싹쓸이하고 초원의 양 떼를 쓰러뜨리고 사료를 오염시켜 소에서 짜낸 우유에 디엘드린이 섞여 나오도록 한 것과 똑같은 방법이었습니다.

하지만 시름에 잠긴 노퍽 시민들은 어느 엉성한 공청회에서 주 농무부는 그 작업을 포기할 뜻이 전혀 없으며 무슨 수를 써서라도 강행할 방침이라는 말만 들어야 했습니다.

가장 큰 잘못은 농업 기관에 권위주의적인 통제권을 부여한 것입니다. 살충제 문제에는 수많은 상이한 이익 단체가 연루되어 있습니다. 수질오염, 토양오염, 야생동물 보호, 공중 보건 같은 문제가 두루 얽혀 있죠. 하지만 농업 이익 단체만이 최고인 양, 아니 유일한 양 그 문제를 독점적으로 좌지우지합니다.

이러한 문제는 관련한 모든 이익 단체의 대표들이 머리를 맞대면 틀림없이 풀릴 것으로 보입니다.

몇 년 전 롱아일랜드 시민들의 이른바 DDT 소송을 심리한 연방항소법원이 강력하게 시사한 바를 시민들이 그저 흘려버린 건 아닌지 모르겠습니다.

원고들은 매미나방(gypsy moth)을 박멸하기 위해 반복적으로 살포되는 살충제로부터 보호받고자 법원에 금지명령을 요청했습니다. 하급법원은 금지명령을 거부했고 연방항소법원은 이미 이뤄진 살포를 무슨 수로 금지하느냐며 하급법원의 판결을 인정했습니다. 그러나 연방항소법원은 그동안 대체로 간과되긴 했으나 매우 중요한 논평을 남겼습니다. 대법관들은 롱아일랜드에 살충제가 반복적으로 살포되었을 가능성을 염두에 두면서 다음과 같은 의미심장한 일반론을 펼쳤습니다. "(……) 지방법원은 1957년의 살포처럼 광범위한 불편과 피해를 초래할지도 모를 공중 살포나 그 밖의 프로그램에 관한 소송을 처리할 때 응당 모든 예정된 절차와 관련된 방법 및 안전장치를 면밀히 검토했어야 한다. 그래야 여기에서 드러났듯이 안 일어날 수도 있었을 불행한 사건을 최소화할 수 있다. 물론 그 바탕에는 정부가 공익 차원에서 그러한 프로그램이 필요하다는 사실을 확실히 하리라는 가정이 필요하다."

또한 연방항소법원은 시민들이 법정에서 쓸데없고 어리석고 부주의하게 시행된 프로그램으로부터 구제받을 수 있는 방법을 소상하게 설명했습니다. 저는 사람들이 가능한 많은 상황에서 그 방법을 시험해보았으면 합니다.

지금 같은 개탄스런 상황에서 벗어날 길을 찾으려면 정신을 바짝 차리고 계속 도전하고 문제를 제기해야 합니다. 또한 절차의 안정성을 입증할 책임은 다름 아닌 화학물질을 사용하는 이들에게 있음을 확실히 주지시켜야 합니다.

무엇보다 살충제 제조사나 그 업계와 연관된(겉으로는 독립적이어 보인다 해도) 기관들이 일삼는 막대한 선전 공세에 휘둘려선 안 됩니다.

제조사들이 공공연하게 대준 돈으로 찍어낸 인쇄물이 마구 쏟아져 나오고 있습니다. 그 밖에도 기업과 관련되어 있다는 사실을 과학이라는 간판 뒤에 숨긴 몇몇 기관과 일부 주의 농과대학이 제작한 자료집도 여럿 있습니다. 이 자료집들은 작가, 편집자, 전문직 종사자, 그 밖의 여론 주도자들에게 발송됩니다.

문서로 뒷받침되지 않는 일반론을 펼친다는 게 이 자료들의 특징입니다. 그들은 인간에게 안전하다고 우기면서 우리가 전에 한 번도 시도한 적 없는 암울한 실험의 대상이 되었다는 사실을 애써 모른 체합니다. 우리는 지금 동물실험을 통해 지극히 유해하며 상당한 경우에 그 효과가 누적되는 것으로 드러난 화학물질에 전 인구를 노출시키고 있습니다. 이러한 노출은 이제 출생과 더불어 또는 출생 이전부터 시작됩니다. 우리를 이끌어줄 경험이라는 걸 해본 일이 없기에 아무도 그 결과가 어떨지 알지 못합니다.

탈리도마이드는 그 위험을 깨달은 우리 모두를 충격으로 몰아넣었는데, 저는 지금 상황이 탈리도마이드 비극의 재판이 되지 않기만을 바랄 따름입니다. 실제로 그에 버금가는 일이 이미 벌어졌습니다. 몇 달 전 우리는 신문에서 어떤 농약 때문에 끔찍한 병에 걸린 터키 아동들의 비보를 접하고 커다란 충격에 빠졌습니다. 틀림없이 의도된 사고는 아니었습니다. 이 농약 중독은 우리 대다수가 인식하지 못한 채 약 7년간이나 계속되었습니다. 그러다 1962년 한 과학자가 그에 대해 공적 보고서를 제출하고서야 비로소 뉴스거리로 떠올랐습니다.

'독성 포르피린증'이라 불리는 이 병은 5000명의 터키 아동을 털이 북슬북슬한 원숭이 꼴로 만들어놓았습니다. 빛에 민감해진 피부에는 반점이 돋아나고 물집이 잡혔습니다. 뻣뻣한 털이 얼굴과 팔을 온통 뒤덮다시피 했습니다. 게다가 환자들은 심각한 간 손상도 겪었습니다. 1955년에도 이러한 환자 수백 명에 대한 언급이 있었습니다. 그로부터 5년 뒤, 그 병을 연구하기 위해 터키를 찾은 한 남아프리카공화국 의사는 피해 아동이 무려 5000명에 이른다는 사실을 밝혀냈습니다. 추적을 거듭한 결과 발병 원인은 헥사클로로벤젠(hexachlorobenzene)이라는 화학 살균제에 의해 처리된 종자용 밀로 밝혀졌습니다. 굶주린 이들이 파종에 쓰려던 씨앗을 밀가루로 빻아 빵을 빚어 먹은 게 화근이었습니다. 환자들은 회복이 더뎠고, 그들 앞에는 더 나쁜 일이 기다리고 있을지도 모릅니다. 환경 유발 암 전문가 W. C. 휘퍼(W. C. Hueper) 박사는 제게 이 가엾은 아동들이 결국에 가서 간암에 걸릴 가능성이 대단히 높다고 귀띔해주었습니다.

여러분은 "어디까지나 딴 나라 얘기지"라고 쉽게 흘려버릴 수도 있을 겁니다.

그럼 요즘 식품의약국이 독성물질에 오염된 종자가 미국에서 널리 쓰이는 문제로 골머리를 앓고 있다는 사실을 알게 되면 흠칫 놀라시겠군요. 최근에는 극히 유독한 화학 살균제와 살충제로 종자를 처리하는 경향이 날로 강해지고 있습니다. 2년 전 식품의약국의 한 고위 관리는 제게 약물 처리한 곡물 잔량이 생장 철이 끝날 무렵 스리슬쩍 식량에 섞여 들어갈까 봐 걱정이라고 털어놓았습니다.

지난 10월 27일, 식품의약국은 약물 처리한 곡물 종자에 모두 밝은색을 입혀서 약물 처리하지 않은 종자 혹은 인간·가축의 식량으로 쓰일 곡물과 단박에 구분이 가도록 하자고 제안했습니다. 식품의약국은 이렇게 보고했습니다. "식품의약국은 밀, 옥수수, 귀리, 호밀, 보리, 수수, 알팔파 씨앗 선적물 가운데 파종하고 남은 약물 처리한 씨앗이 곡물과 섞인 채 식량이나 사료로 시장에 출하된 것을 수없이 발견했다. 이 때문에 가축이 피해를 입었다는 사실이 알려졌다."

"연방법원이 독성물질이 섞여 들어갔다는 이유로 그러한 혼합곡을 다량 압수 조치한 사례는 비일비재하다. 몇몇 선적 기업과 개인을 상대로 형사소송이 제기되기도 했다."

"곡물을 구매하거나 이용하는 이들은 대부분 약물 처리한 씨앗이 채색되어 있지 않다면 그 씨앗 알갱이 몇 톨의 존재를 감지해낼 도리가 없다. 그렇게 할 수 있는 설비나 과학 장비가 없기 때문이다. 식품의약국안(案)은 약물 처리한 씨앗에 본래의 씨앗과 확연하게 구분되는 색깔을 입혀야 한다, 그리고 도색을 잘해서 그 색깔이 쉽사리 지워지지 않아야 한다고 요구했다. 소비자들이 약물 처리한 씨앗 알갱이가 섞인 혼합곡을 대번에 알아보고 구매하지 않도록 돕기 위한 것이다."

그러나 저는 화학 업계 일부가 반대해서 이처럼 더없이 바람직하고 시급한 조치의 시행시기가 늦춰질 수도 있다고 봅니다. 이것은 대중이 예의 주시하고 남용을 시정하도록 요구해야 함을 보여주는 구체적인 사례입니다.

공익을 지키려 애쓰는 이들이 걸어갈 길은 결코 순탄치 않습니다. 실제로 최근에 걸림돌 하나가 새로 나타났습니다. 그 때문에 법안 개정을 저지하려는 이들에게는 유리한 국면이 펼쳐지고 있습니다. 다름 아닌 올해부터 발효된 소득세법(income tax bill)입니다. 이 법에는 로비비를 사업비 공제액으로 간주하게끔 허용하는 잘 알려지지 않은 조항이 들어 있습니다. 구체적인 예를 들어 살펴보자면, 이제 화학 업계가 턱없이 적은 비용을 들여 향후의 규제 시도를 좌절시킬 수 있다는 것을 뜻합니다.

그렇다면 가든클럽, 오듀본협회 같은 비영리단체와 그 밖의 모든 비과세 단체는 사정이 어떨까요? 현행법상 만약 그들이 활동의 "상당 부분"을 법안에 영향력을 끼치기 위한 노력에 쏟아부을 경우 비과세 단체로서의 지위를 잃게 되기 십상입니다. 대체 얼마만큼을 "상당 부분"이라고 하는지 잠깐 짚고 넘어가야겠네요. 실제로 어느 조직의 총 활동에서 5퍼센트 정도의 비중을 차지하는 노력 역시 비과세 단체의 지위를 박탈하기에 충분하다는 판결이 내려진 바 있습니다.

그렇다면 공공의 이익이 거대한 상업적 이익과 맞붙을 경우 무슨 일이 벌어질까요? 공공의 이익을 옹호하려는 집단은 그들의 존립에 긴요한 비과세 단체의 지위를 잃을 위험을 무릅쓰면서 그리하고 있습니다. 반면 아무런 법적 제약 없이 제 방침을 밀고 나가는 업계는 이제 그러한 노력에 대해 되려 보조금까지 받고 있는 형국입니다.

법적 제약에서 자유롭지 못한 가든클럽이나 그와 유사한 조직들이 이러한 상황을 바로잡기 위해 노력해온 것은 당연한 일입니다.

그 외에 우려할 만한 요소에 대해서는 간략하게만 언급해야 할 것 같습니다. 그중 하나는 전문가 조직과 산업 간, 과학과 산업 간의 관련성이 갈수록 심화되는 현상입니다. 예를 들어 미국의학협회는 자체적으로 발행하는 신문을 통해 회원 의사들에게 살충제가 인체에 어떤 영향을 미치는지 묻는 환자들에게 답하려면 살충제업계연합이 제시한 정보를 참조하라고 당부했습니다. 저는 의사들이 살충제 판매를 촉진하는 게 주요 관심사인 살충제업계연합이 아니라 권위 있는 과학 문헌이나 의학 문헌에 제시된 정보를 참조했으면 합니다.

과학계는 화학 업계를 좌우하는 10여 개의 대기업을 '후원회원'쯤으로 여기는 듯합니다. 과학 기관이 발언하면 우리는 과연 누구의 목소리를 듣는 겁니까? 과학의 목소리입니까 아니면 그들을 밀어주는 산업의 목소리입니까? 안타깝게도 대중은 과학의 목소리를 듣고 있다고 생각합니다.

우려를 낳는 또 한 가지 이유는 기업이 대학에 대주는 보조금의 규모와 가짓수가 나날이 불어난다는 점입니다. 얼핏 생각하면 교육을 지원한

다니 얼마나 바람직해 보입니까? 하지만 곰곰이 생각해보면 그렇게 해서는 절대로 공정한 연구를 진행할 수 없으며, 진정한 과학적 기상을 드높일 수도 없음을 깨닫게 됩니다. 자신이 몸담은 대학에 가장 많은 보조금을 끌어오는 사람은 누구도 건드릴 수 없는, 대학의 총장이나 이사들조차 감히 시비를 걸지 못하는 지존으로 떠오르는 경향이 서서히 강해지고 있습니다.

이 모두는 쉽게 풀리지 않는 골치 아픈 숙제지만 그렇다고 마냥 회피해서는 안 됩니다.

요즘 한창 진행 중인 살충제 논쟁을 들어볼 기회가 있거든 스스로에게 질문을 던져보시기 바랍니다. 지금 누가 말하고 있는가? 왜 저렇게 말하는가?

조지 크라일 2세에게 보낸 편지

카슨의 암과 그에 수반된 심장병은 1963년 초 한층 더 심각한 단계로 접어들었다. 카슨이 그녀의 암 담당의이자 친구인 클리블랜드 클리닉의 조지 '바니' 크라일〔George 'Barney' Crile: 클리블랜드 클리닉의 조지 크라일 2세는 세계적으로 유명한 외과의사로 유방암 전문의다. 별명은 '바니'다. 카슨은 이 편지에서 제인 할 크라일(Jane Halle Crile)의 언니 케이 할(Kay Halle)과 워싱턴병원센터(Washington Hospital Center)에 근무하는 그녀의 방사선 전문의 코크(Caulk Ralph) 박사에 대해 언급하고 있다—엮은이〕에게 이 편지를 쓴 것은 미국가든클럽에 당당하게 모습을 드러낸 때로부터 딱 한 달 뒤이자, 카슨의 오랜 지기였으며 역시나 유방암과 맞서 처절한 사투를 벌인 바 있는 크라일의 아내 제인이 세상을 뜬 직후였다. 카슨은 최근 증상을 크라일에게 들려주었고, 용기를 추스르며 그녀가 사랑하고 존경하는 그 의사에게 진실을 알려달라고 호소했다.

카슨이 경제 권력과 미국 기업 및 대기업의 은밀한 영향력에 맞서 싸우는 한편 그녀 자신의 질병에 관한 진실을 알려달라고 의료 전문가 집단과 싸워야 했다는 사실은 지독한 아이러니가 아닐 수 없다. 훨씬 더 비극적이게도, 카슨은 자신이 암 환자라는 사실을 극소수의 친구를 제외한 모든 이에게 숨겨야 한다는 것을 분명하게 간파했다. 화학 업계가 그녀의 암 발병 사실을 알면 그녀의 과학적 객관성에 의혹을 품을지도 몰랐기 때문이다. 그녀는 더 큰 선을 이루기 위해 자신의 개인 신상에 관해서는 끝끝내 함구했다.

사랑하는 바니에게

줄곧 당신 생각을 했어요. 일전에 케이랑 이야기도 나누고, 알았으면 싶었던 것들에 관해서도 얼마간 전해 들어서 좋았어요. 책〔크라일이 제인 크라일과 공동 집필한 결혼 생활과 모험에 관한 책 《더없이 소중한 것들(More Than Booty)》을 말하며, 1965년 출간되었다〕을 쓰고 계시는 중이라니 기뻐요. 무엇보다 당신과 제인이 몇 달 동안 그 책에 매달려 형식과 내용을 함께 마련했다니 반갑기 그지없습니다. 완성하기까지 여러모로 마음이 힘드셨을 줄 알지만 책은 틀림없이 만족감을 안겨줄 거예요.

제인은 제게 수많은 것을 의미합니다. 사랑하고 더없이 존경한 친구이자 건강 문제로 힘들 때마다 기댈 수 있는 존재였습니다. 2년 전 당신들과 한담을 나누며 함께 시간을 보낸 뒤 제인이 제게 편지를 보내왔습니다. 편지에 자신도 저와 같은 문제를 가지고 있다고 고백했을 때, 엄청난 희망의 파도가 저를 덮치는 것처럼 느껴졌습니다. 그토록 생기 있고 유쾌하고 생명에 대한 사랑이 넘치는 그녀가 그리 당당하게 그 문제를 끌어안고 살아갈 수 있다면, 저 역시 최소한 그 비슷하게 되려고 노력은 해볼 수 있겠다 싶었습니다. 그로부터 몇 달 동안 제가 느낀 감정은 다음과 같은 비유를 들면 가장 잘 설명될 겁니다. 몇 년 전 언젠가 어머니와 밤에 노스캐롤라이나주 해안 근처, 사람들이 살지 않는 낯선 시골을 차로 달린 적이 있어요. 숲이 우거진 저지대를 80킬로미터 정도 달리는 동안 다행히 앞서가는 차의 불빛을 따라갈 수 있었습니다. 그 차가 부드럽게 나아가는 동안에는 우리가 가는 길이 탁 트여 있다는 것을 알 수 있었어요. 저에게 제인은 저를 안심시킨 그 불빛 같은 존재였어요. 이제 따라갈 불빛이 사라졌으니 다소 의기소침해진 게 사실입니다.

하지만 바니! 당신 역시 또 다른 의미에서 제게 힘을 주는 사람이에요. 그래서 지금 제가 당면한 문제에 관해 당신에게 편지를 쓰는 겁니다. 제인이 아팠을 때는 당신을 귀찮게 하고 싶지 않았어요. 그와 관련해 한층 더 중요한 문제들이 막 발생했어요. 아니 지금껏 모르다가 이제야 알게 된 건지도 모르죠.

첫째, 급기야 3주 전에 심장 전문의 버나드 월시(Bernard Walsh) 박사를 만났습니다. 저는 몸을 심하게 움직이지 않아도 고통이 찾아오는, 잠잘 때 고통이 가장 극심한 희귀한 협심증에 걸린 게 확실합니다. (이제 심전도마저 비정상이지만 그는 증상만으로도 그 진단이 틀림없다고 했습니다.) 월시 박사는 예상되는 결과가 심히 걱정스럽고, 상황을 잘 통제하는 게 급선무라고 솔직하게 말했습니다. 그래서 사실상 집에 꼼짝없이 틀어박혀 있는 신세며 (나중에 읽게 되겠지만 그 나들이만 빼고는) 어디에도 가면 안 되고, 층계도 오르내려선 안 되고, 어떠한 종류의 운동도 해선 안 됩니다. 침상을 높이 올린 상태에서 잠을 자야 해서 병원 침대를 한 대 빌렸습니다. 지금 페리트레이트(Peritrate: 관상 혈관 확장제의 상표명―옮긴이)를 복용하고 있어요. 처음 열흘가량은 꽤나 차도가 있었지만, 이제는 밤이 아니어도 슬그머니 고통이 찾아온다는 사실을 인정하지 않을 수 없네요.

두 번째 문제는 당신의 분야와 관련이 있습니다. 한 2주 전에 (수술받은) 왼쪽 쇄골 윗부분이 만지면 따갑다는 것을 알아차렸습니다. 그래서 살펴본 결과 림프샘이지 싶은 네댓 개의 딱딱한 부위를 발견했습니다. 코크 박사는 며칠 동안 출타한 참이었고, 돌아오는 길에 우리 집에 들르겠다고 했습니다. 그때쯤 틀림없이 치료가 필요한 상황이다 싶어 제가 직접 그를 만나러 갔습니다. (이게 지난 수요일이었습니다.) 림프샘이 맞았고 이미 상태가 "나빠져" 있었어요. 목 상당히 위쪽, 작년에 문제된 부위의 반대편으로 전에 한 번도 치료하지 않은 곳이었습니다. 그래서 우리는 병원에 와야 하는 횟수를 최소화하기 위해 일주일에 3일, 5분간의 치료를 시작했습니다.

이제 한층 더 곤란한 문제가 생겼어요. 12월 등에 문제가 있어 병원을 찾았을 때, 계속 왼쪽 어깨의 '관절염'을 호소했으나 아무도 귀담아 듣지 않았습니다. 왼쪽 어깨는 점점 더 아팠고, 이제 어떤 팔 운동들은 하기가 힘들기까지 합니다. 슬슬 의심이 들어 코크 박사한테 그 문제와 관련해 다시 솔직하게 따졌습니다. 그들이 금요일 날 엑스레이 사진을 찍었고, 과연 문제가 좀 있는 듯했습니다. 그가 엑스레이 사진을 보여주더군요. 어깨뼈 오훼골돌기의 가장자리가 가지런하지 않고 약간 짓무른 것처럼 보였습니다. 무슨 연유에서인지 코크 박사는 무척 당황한 것 같았고 동료들과 함께 엑스레이를 봐야 한다, 다른 각도로 다시 찍어봐야 한다고 그러더군요. 하지만 전체적으로 전이되었다고 느끼는 게 확실했습니다.

뭐랄까요, 이 모든 것이 제 머릿속에서는 의구심을 불러일으켰고, 정당

화될 수도 있고 아닐 수도 있는 결론으로 비약하게 되더군요. 아, 등의 문제는 말끔히 사라졌지만 너무 더디게 사라져서 코크 박사가 전이가 아니라고 판단한 게 아닌가 싶어요. 치료는 크리스마스 직전에 시작되어 12월 31일에 끝났습니다. 1월 중순까지도 적잖은 통증이 저를 괴롭혔습니다. 그 뒤로 치유가 꽤나 빨랐고 지금은 완전히 괜찮아졌습니다. 그런데 이제 어깨뼈가 악화되었으니 척추로 전이되었다는 생각이 더 들어요. 코크 박사는 꼭 그런 건 아니라고 얼버무리지만 그가 저를 그저 안심시키려고만 든다 싶네요.

바니! 이 모든 정황으로 미루어 병이 새로운 국면에 접어들었고 이제 좀더 빠르게 결말로 치닫는 건 아닌지요? 작년에 제게 말씀하셨잖아요, 병이 림프샘에 몇 년간 머물겠지만 뼈 같은 데로 옮아가면 문제가 좀 달라진다고요. 그게 맞는 판단이라면 이제 저도 좀 알아야겠습니다. 챙기고 정리해야 할 일이 산더미 같은데, 아직 시간이 많이 남아 있다고 마음을 턱 놓고 있으면 곤란하잖아요. 저는 여전히 싸움에 임할 때마다 처칠이 했다는 결심("우리는 해변에서도 싸울 겁니다" 같은)을 믿습니다. 그리고 끝내 이기고 말겠다는 결심이 최후의 싸움을 미루게 된다고 생각합니다. 하지만 그러면서도 여전히 현실은 직시해야죠. 그러니 부디 제가 지금 어떤 상황인지 허심탄회하게 평가해주셨으면 합니다.

제인은 계속해서 제게 용기를 주고 있습니다. 케이는 제인이 의사들에게 이렇게 질문했다고 말해주었어요. "당신들 중에 저를 끝내 포기하지 않는 의사는 누구죠?" 정말 그녀답습니다! 글쎄요, 저는 당신이 제게 그런 의사였으면 합니다. (……)

1963

우리 환경의 오염

1963년 초, 카슨은 샌프란시스코의 카이저재단병원(Kaiser Foundation Hospitals)과 페르마넨테의료집단(Permanente Medical Group)이 주최하는 연례 심포지엄에서 오프닝 연설을 해달라는 요청을 받았다. 하지만 10월로 잡혔던 서부 연안 여행 일정이 코앞에 닥쳤을 무렵, 방사선치료로 심신이 쇠약해질 대로 쇠약해졌고 통증도 잦았다. 그럼에도 그녀는 이 심포지엄이 영향력 있는 청중을 만날 흔치 않은 기회임을 알고 여정을 감행했다.

그녀는 무대를 오르내릴 때 지팡이를 사용한 데 대해 공식적으로 관절염 탓이라고 해명했다. 1500명의 의사와 의료인으로 이뤄진 차분하면서도 열정적인 청중은 그녀가 한 시간 남짓이었는데도 앉아서 강연했다는 사실을 알아차리지도 크게 신경 쓰지도 않는 듯했다.

이것은 카슨이 공식적으로 자신을 생태주의자라고 규정한 최초의 연설이었다. 그녀는 생물 종과 생물학적·물리적 환경 간의 관계 그리고 생태계를 지배하는 역동적 체제를 강조했다.

아름답게 짜인 그녀의 마지막 연설에는 줄곧 《침묵의 봄》의 여운이 짙게 배어 있었다. 카슨은 사회에 대한 비판의 목소리를 높였다. 새로운 과학기술의 위험이 사회제도 안에 깊숙이 스며들기 전에 그것을 따져 보는 일을 게을리했다는 이유에서다. 그녀는 마지막으로 바다를 "원자 시대의 독성 폐기물"을 내다 버리는 장소로 삼는 데 반대하는 내용을 덧붙였다.

(……) 인간은 스스로를 궁지에 몰아넣을 수도 있다, 저는 이것이 꽤나 새롭고도 사람을 겸허하게 만드는, 원자 시대에 배태된 게 틀림없는 생각이라고 믿습니다. 우리는 진보에 대해 더없이 방자하게 떠벌여대고, 문명을 이루는 여러 장치들에 대한 자부심도 대단합니다. 하지만 때로 우리가 스스로의 이익을 위한답시고 지나치게 잔머리를 굴리는 건 아닌가 하는 의구심, 사실상 불안한 확신에 서서히 빠져들곤 합니다. 인간 두뇌는 더할 나위 없이 창의적이지만, 우리는 자연의 얼굴을 바꿔버릴 수도 있는 인간의 위세가 우리 스스로를 위한 진짜 이익이 무엇인지 헤아려보는 지혜, 미래 세대의 안녕에 대한 책임감으로 한층 더 다듬어졌어야 하는 게 아닌가 슬슬 고민하기 시작했습니다.

인간이 환경과 맺은 관계라는 주제는 몇 년 동안 제 머릿속에서 가장 중요한 자리를 차지해왔습니다. 더러 우리 행동을 이끌어준다 싶은 인간 본위의 믿음과 달리, 인간은 세계와 동떨어진 채 살아가지 않습니다. 오히려 복잡하고 역동적으로 상호작용 하는 물리적·화학적·생물학적 힘속에서 살아갑니다. 인간과 환경은 끊임없이 상호작용 합니다. 오늘 밤 제게 주어진 주제인 '우리 환경의 오염'과 관련해 가장 유용하게 말씀드릴 수 있는 게 뭘까 내내 고민해보았습니다. 안타깝게도 드릴 말씀이 무척이나 많았습니다. 미안한 말이지만, 천지가 창조된 이래 줄곧 인간은 상당히 지저분한 동물이었음에 틀림없습니다. 하지만 처음에는 그다지 문제되지 않았습니다. 그때는 인간의 수가 상대적으로 적었고 거주지도 드문드문 흩어져 있었으며 산업도 미처 발달하지 않았으니까요. 그러나 요즘에는 오염이 우리 사회의 가장 중요한 문제로 떠올랐습니다. 오늘 밤 이 자리에서 우리의 토양·대기·수질을 더럽히는 온갖 종류의 오염을 일일이 열거하는 데 시간을 할애하지는 않을 작정입니다. 여러분은 지성적이고 교양 있는 청중이니만큼 이 모든 사실을 잘 알고 계실 테니까요. 대신 저는 오염을 바라보는 한 가지 관점에 대해 말씀드리고자 합니다. 위태로운 상황을 통제하는 데 유용하고 필수적인 출발점이 되어줄 것으로 보이는 관점입니다. 제가 오늘 말하고자 하는 바의 기저에는 환경과 생명체의 관계라는 개념이 깔려 있기에(그리고 사실 저는 이 개념이 이번 심포지엄 전체에서 가장 중요하다고 생각합니다), 여러분께 우리 지구의 초기 역사에 관해 얼마간 들려드리면서 연설을 시작할까 합니다.

　이상하고 적대적으로 보이지만 그래도 우리 태양계에서만 볼 수 있는 사건인 생명체를 출현하도록 해준 환경에 대해 말씀드리겠습니다. 물론 이 점에 관한 우리의 생각은 분명 사변적이지만 그럼에도 지질학자·천문학자·지구화학자·생물학자 들은 생명체가 지구에 출현하기 직전 만연한 상황에 관해 꽤나 광범위한 의견 일치를 보고 있습니다. 물론 그 상황은 오늘날과는 판이합니다. 생각해보세요! 대기 중에는 산소가 없었고 그래서 상층대기권에는 오존이라는 보호막이 형성되어 있지 않았습니다. 그 결과 태양 자외선 에너지는 그대로 바다에 쏟아졌습니다. 여러분도 아시다시피 바다에는 단순 화합물이 수도 없이 존재합니다. 가령 이산화탄소·메탄·암모니아 따위가 일련의 복잡한 결합과 합성에 즉각 임할 태세를 갖추고 있었지요. 처음에 스스로 번식할 수 있는 분자가 생겨난 단계, 그다음 바이러스처럼 생긴 몇몇 단순 유기체가 등장한 단계 그리고 엽록소를 함유하고 있어서 제 먹을 것을 스스로 만들어낼 줄 아는 훨씬 더 후기의 유기체가 출현한 단계가 이어졌지요. 저는 억겁의 세월에 걸쳐 발생한 단계들을 소상하게 기술하는 데 시간을 쓰진 않겠습니다. 그보다 일반적인 생각 두 가지를 제시하고자 합니다. 첫째, 현재 우리의 지식이 허락하는 한 태양계에서 지구만큼 생명체를 발생시키는 데 우호적인 조건은 없습니다. 지구는 이례적으로 적합한 환경을 제공했으며, 생명체는 바로 그러한 환경이 마련해준 선물입니다. 둘째, 생명체는 출현하기가 바쁘게 환경에 영향을 미치기 시작했습니다. 바이러스처럼 생긴 초기 유기체들은 원시 바다에 들어 있던 영양분을 삽시간에 먹어치웠습니다. 하지만 식물이 광합성을 시작하면서부터 한층 중요한 변화가 일어났습니다. 이 과정의 부산물로 대기에 산소가 배출되었습니다. 그래서 수억만 년에 걸쳐 서서히 대기의 속성이 달라졌습니다. 결국 오늘날 우리가 숨 쉬는, 산소가 풍부한 대기는 생명체들이 만들어낸 작품입니다.

산소가 대기에 유입되자마자 상층대기권에 오존층이 형성되기 시작했습니다. 이 오존층이 태양광선 중 생명체에 해로운 강력한 자외선으로부터 지구를 보호해주는 방패 구실을 함으로써 새로운 생명체가 출현하고 진화할 수 있는 새로운 여건이 마련되었습니다.

이 모든 것으로 미루어, 생물시대가 펼쳐진 이래 물리적 환경과 그것이 부양하는 생명체들은 긴밀히 상호작용 해왔음을 알 수 있습니다. 초기 지구의 환경이 생명체를 만들어냈는데 그 생명체들은 지구의 환경을 즉각 바꿔놓았습니다. 그 결과 자연 발생(spontaneous generation)이라는 단 한 차례의 이례적 과정이 더는 되풀이되지 않았습니다. 그 뒤로도 줄곧 생명체와 환경의 작용 및 상호작용은 여러 형태를 띠면서 이어졌습니다.

저는 이러한 역사적 사실에는 학술적 의미 그 이상이 담겨 있다고 생각합니다. 일단 그것을 받아들이고 나면 깨닫게 됩니다. 우리가 지금처럼 끊임없이 환경을 못살게 굴면 어째서 결코 무사하지 못한지를요. 지구 역사를 연구하는 진지한 학자라면 생명체도, 그 생명체를 지탱하는 물리적 세계도 고립된 작은 칸막이 안에서 존재할 수 없다는 사실을 압니다. 그는 유기체와 환경은 각각 별개가 아니라 놀라운 단일체임을 깨닫습니다. 그러므로 환경에 방출된 유해 물질은 즉각 인류에게 끝내 부메랑이 되어 돌아온다는 것을 파악하고 있습니다.

이러한 상호 관련성을 연구하는 과학 분야가 바로 생태학입니다. 저는 오늘날의 오염 문제를 바로 이 생태학자의 관점에서 살펴보고자 합니다. 오염 문제를 풀려면, 아니 최소한 그 문제에 압도당하지 않으려면, 으레 오염의 여러 해당 부문과 관련한 수많은 전문가로부터 도움을 받아야 합니다. 하지만 그와 더불어 나무가 아닌 숲을 볼 필요도 있습니다. 어떤 한 가지 오염 물질이 환경에 유입된 즉각적이고 단순한 사건, 그 이상으로 시야를 넓혀야 하고 그로 인해 파생되는 연쇄적 사건들을 면밀히 추적해야 합니다. 관계의 총체적 속성을 결코 간과해선 안 됩니다. 살아 있는 생명체 자체만을 생각할 수 없는 것이나 마찬가지로 물리적 환경을 분리된 독립체로 여겨서도 안 됩니다. 둘은 공존하며 서로 영향을 주면서 하나의 생태계를 이룹니다.

생태계는 정적인 것하고는 거리가 멉니다. 항시 무슨 일인가 벌어지고 있습니다. 생태계는 물질과 에너지를 받아들이고 변화시키고 발생시킵니다. 생명체 집단은 정적인 균형이 아니라 동적인 균형을 유지합니다. 하지만 우리는 현대적 생활 방식에서 비롯된 엄청난 쓰레기를 처리하는 문제에 직면하면 이처럼 지극히 근원적인 개념을 간과하기 일쑤입니다. 우리는 과학 지식의 안내를 받는 사람이 아니라 눈에 띄지 않길 빌면서 슬그머니 깔개 밑으로 먼지를 쓸어넣는 그 유명한 몹쓸 가정부마냥 굽니다. 우리는 온갖 유의 쓰레기를 시내에 내다 버립니다. 우리가 사는 해안에서 먼 바다로 휩쓸려가게 할 의도로 말이죠. 한편 수많은 굴뚝을 통해서나 쓰레기 더미에 불을 질러서 대기 중에 연기와 매연을 내보냅니다. '공기의 바다'는 웬만해선 아무 영향도 받지 않을 만큼 광대할 것만 같거든요. 오늘날에는 바다조차 잡다한 쓰레기뿐 아니라 원자 시대의 유독 폐기물을 내다 버리는 쓰레기장으로 전락했습니다. 다시 한 번 말씀드리거니와 이러한 행위는 유독 물질을 환경에 들여오는 것이 그저 그 단일 과정에 그치는 게 아님을 미처 깨닫지 못한 채 저질러지고 있습니다. 그 행위는 복잡한 생태계의 속성을 달라지게 만듭니다. 하지만 그 과정은 대개 예측할 수 없게 진행되므로 우리는 너무 늦었다 싶은 순간에 이르러서야 비로소 뭔가 잘못되었음을 깨닫습니다.

제 생각에는 미리 내다볼 수 없다는 것이 가장 심각한 문제가 아닌가 싶습니다. 배리 코모너(Barry Commoner: 미국의 식물학자이자 환경문제 연구가—옮긴이)는 지난겨울 워싱턴 대기오염회의(Air Pollution Conference)의 명연설에서 새로운 과학기술 프로그램을 실시하기 앞서 거기에 내포된 위험을 미리 짐작하기란 대단히 어렵다고 했습니다. 우리는 그 과정이 경제적·정치적으로 막대한 투자가 필요한 막다른 지경에 이르기까지 손 놓고 기다립니다. 끝내 돌이키기가 사실상 불가능한 상황으로 몰아가는 거죠.

예를 들어 세제가 일단 공공 상수원에 유입되면 어떻게 작용할지는 분명 실험 과정에서도 알아낼 수 있었을 겁니다. 분해되지 않는 세제의 속성도 물론 예측할 수 있었을 테고요. 하지만 모든 여성이 식기세척기나 세탁기에 합성세제를 사용한 지 몇 년이 지난 지금에 와서야 '연성' 세제(생분해성 세제―옮긴이)로 교체하는 과정은 더없이 지난할뿐더러 돈도 어지간히 들 겁니다.

지금까지 살펴본 대로 우리가 전반적인 문제에 접근하는 방법은 허점투성이입니다. 강과 바다와 대기는 쓰레기를 웬만큼 내다 버려도 표 나지 않을 만큼 광막하다, 개척 시대에는 적합했는지 모르나 더 이상은 맞지 않는 이런 사고방식을 우리는 너무나 오랫동안 고수해왔습니다. 얼마 전으로 기억합니다만 어느 농업 기관의 수장인 유능하다고 알려진 과학자가 '오염 물질의 희석'에 대해 입심 좋게 떠들어대는 것을 들었습니다. 그는 마치 우리가 가진 문제를 죄다 해결할 수 있기라도 한 양 그 마술적 구문을 연신 되뇌더군요. 그러나 그 말은 몇 가지 이유에서 결코 만능이 될 수 없습니다.

오늘 밤 브라운 박사님께서도 다뤄주시리라 믿지만 그 첫 번째 이유는 사람의 수가 너무 많고, 따라서 인간이 만들어내는 온갖 오염 물질의 양이 실로 엄청나기 때문입니다. 두 번째 이유는 오늘날의 오염 물질 상당수가 매우 위험한 속성을 지녔기 때문입니다. 그 물질들은 살아 있는 유기체와 생물학적 반응을 일으킬 소지가 다분합니다. 매우 중요한 세 번째 이유는 오염 물질이 좀처럼 원래 놓아둔 장소에 가만히 있지도, 처음 내다 버린 형태를 고스란히 유지하지도 않기 때문입니다.

몇 가지 예를 들어볼까요? 제 생각에 요즘의 합성 살충제와 관련한 가장 심각한 문제는 그 물질들이 환경에 오래 남고 멀리까지 퍼진다는 점입니다. 일부 합성 살충제는 10년 넘게 토양에 잔류하다가 모든 생태계에서 가장 복잡하고 절묘하게 균형을 이루는 부분으로 흘러듭니다. 합성 살충제는 지표수와 지하수로 스며듭니다. 그래서 대부분의 주요 강줄기뿐 아니라 수많은 지역의 식수에서도 발견됩니다. 합성 살충제가 대기오염 물질로서 중요하게 인식된 것은 얼마 되지 않은 일입니다. 지난여름 워싱턴 주에서 꽤나 극적인 예시가 될 희한한 사고가 발생했습니다. 공중 살포된 치명적인 화학물질이 기온역전(temperature inversion) 현상으로 표적 작물에 내려앉지 않고 몇 시간 동안 구름 속을 떠돌다 소를 네댓 마리 죽게 하고 사람들을 30명가량 병원에 실려 가게 만든 겁니다. 지난겨울 롱아일랜드에서도 비슷한 사고가 일어났습니다. 몇몇 학교가 감자밭에서 날아온 먼지 탓에 휴교해야 했습니다. 살충제를 포함한 먼지가 학교 창문의 방충망 사이로 쏟아져 들어온 겁니다.

이런 사례들보다는 덜 극적이지만, 장기적으로 보았을 때 훨씬 더 중요한 그러나 사람들이 좀처럼 떠올리지 않는 사실이 있습니다. 예컨대 공중 살포된 DDT 가운데 토양이나 의도한 표적에 직접 떨어지는 양은 채 절반도 되지 않는다는 사실입니다. 나머지는 대기 중에 작은 결정 상태로 흩어졌을 겁니다. 방제 지점에서 멀리 떨어진 곳까지 퍼져 나간 이 미세한 살충제 입자는 이른바 '표류물(drift)'의 일부를 이룹니다. 더없이 중요한데도 그간 거의 연구가 이뤄지지 않은 주제죠. 우리는 표류물의 역학이나 기제에 대해서조차 잘 알지 못합니다. 앞으로 반드시 다루어야 할 주제입니다.

몇 달 전, 미국에서 매년 살충제를 뿌리는 땅은 극히 일부에 지나지 않음을 보여주려는 취지의 글이 언론에 대대적으로 소개되었습니다. 그 말에 대해 왈가왈부할 생각은 없습니다. 맞을 수도 맞지 않을 수도 있는 말이니까요. 다만 저는 그 해석에 대해서만큼은 진지하게 이의를 제기하고자 합니다. 그 말은 화학 살충제가 매우 제한된 지역에만, 즉 방제 지역에만 머물러 있다는 뜻으로 해석됩니다. 이것이 얼마나 부정확한 해석인지를 보여주는 보고가 여러 출처를 통해 수없이 쏟아지고 있습니다. 예를 들어 내무부는 살포가 진행된 지역에서 수백 킬로미터 떨어진 머나먼 북극 지역의 물새, 물새 알 그리고 물새와 관련한 초목에서도 잔류 살충제가 발견된 기록을 가지고 있습니다. 식품의약국은 먼 바다에서 잡힌 해양 물고기, 즉 연안해에는 얼씬도 하지 않는 어류 종의 간유 속에 상당량의 살충제가 잔류해 있다고 밝혔습니다. 어떻게 이런 일이 일어날까요? 귀신이 곡할 노릇이죠. 하지만 우리는 지금 우리가 생물계와 환경에서의 물질 순환을 다루고 있다는 사실을 똑똑히 기억해야 합니다.

살충제가 자연의 먹이사슬에 스며들면 무슨 일이 벌어지는지 보여주는 최근의 예를 몇 가지 살펴보겠습니다. 살충제는 먹이사슬 속에 그야말로 일파만파 번져나갑니다. 이곳 캘리포니아주에서도 툴(Tule)호와 클래머스 국립 야생동물 보호구역(Klamath National Wildlife Refuge)에서 몇 가지 예를 찾아볼 수 있습니다. 주변 농가에서 이 보호구역으로 흘러드는 물에 살충제가 섞여 있었습니다. 이어 잔류 살충제가 먹이사슬을 이루는 유기체의 체내에 축적되었고 최근에 물고기를 먹이 삼는 새들을 떼죽음으로 몰아 갔습니다.

샌버나디노(San Bernardino) 카운티의 빅베어(Big Bear)호에서도 톡사펜 (Toxaphene: 살충제의 일종—옮긴이)이 0.2ppm 농도로 사용되었습니다. 하지 만 이 정도 농도가 어떻게 쌓여가는지 보실까요? 넉 달 뒤, 톡사펜은 플 랑크톤 체내에 약 73ppm의 농도로 축적되었습니다. 나중에 잔류 톡사펜 이 물고기에서는 200ppm으로, 물고기를 먹고 사는 펠리컨에서는 자그 마치 1700ppm으로 드러났습니다.

여기서 그리 멀지 않은 클리어(Clear)호는 작은 모기 각다귀의 개체 수 를 억제하는 문제로 오랫동안 골머리를 앓았습니다. 지역민들은 1949년 부터 화학물질 다이클로로다이페닐다이클로로에테인(DDD)을 저농도로 호수에 뿌리기 시작했습니다. 이 물질은 플랑크톤에게, 플랑크톤을 먹는 물고기에게, 물고기를 잡아먹는 새에게 연쇄적으로 전달되었습니다. 호 수 물 자체에서는 최대로 사용된 DDD 농도가 0.02ppm에 지나지 않았 습니다. 하지만 일부 물고기에서는 농도가 무려 2500ppm에 달했습니다. 호수 가장자리에 둥지를 틀며 물고기를 잡아먹는 서부논병아리(western grebe)는 거의 자취를 감추다시피 했습니다. 그들의 조직을 검사한 결과 고농도의 DDD가 검출되었습니다. 마지막으로 사용된 때로부터 5년이 지나서 호수 물 자체에는 DDD가 전혀 남아 있지 않은데도 호수에 사는 생명체의 조직에서는 그것이 검출되었다니 참으로 흥미로운 사실이 아닐 수 없습니다. 호수에 서식하는 동식물에는 그제까지도 예외 없이 DDD 가 잔류해 있었고, 그것은 세대에서 세대로 전해졌습니다.

오늘날의 오염에서 가장 골치 아픈 문제는 방사성폐기물을 바다에 투척하는 행위입니다. 원자핵분열의 부산물을 처분하는 문제로 고심하던 이들은 광막하고 끝없어 보이는 바다로 눈길을 돌렸습니다. 그렇게 해서 바다는 원자 시대의 오염된 폐기물과 그 밖의 저준위 방사성폐기물을 내다 버리는 '자연의' 장소로 떠올랐습니다. 이 같은 방법의 안전성 한계를 정하기 위한 연구들은 대개 그 방법이 시행되기 이전이 아닌 이후에 이루어졌고, 실제로 그간 핵폐기물 처리는 우리 지식이 타당성을 입증할 수 있는 속도를 훨씬 앞질러 진행되었습니다.

방사성폐기물을 바다에 투척하는 것이 안전하다면, 최소한 방사성물질이 자연 붕괴함으로써 상대적으로 무해해질 때까지 원래 투척한 장소 근처에 남아 있거나 아니면 예측 가능한 분포 경로를 따라가야만 합니다. 하지만 우리는 심해에 대해 알면 알수록 그곳은 폐기물이 수세기 동안 얌전히 제자리를 지키고 있을 만큼 고요한 장소가 아니라는 것을 점점 더 확신하게 됩니다. 심해는 과거에 우리가 생각한 것보다 활동이 훨씬 더 활발합니다. 해도에 표기된 이미 알려진 표층 해류 밑으로 저마다 속도와 방향과 유량이 제각각인 다른 해류들이 흐릅니다. 대륙 가장자리를 따라 강력한 혼탁류가 세차게 흐릅니다. 심지어 깊은 바다의 해저에서도 바닷물이 계속 움직이면서 침전물을 분류하고, 그 활동의 증거를 잔물결 모양으로 새겨놓습니다.

이 모든 활동에다 오래전부터 인식되어온 바닷물의 용승 그리고 정반대로 거대한 표층수가 아래로 침강하는 현상이 더해져 바닷물은 크게 뒤섞입니다. 그러므로 바다에 내다 버린 방사성폐기물은 역동적인 체제 속으로 들어가는 겁니다. 그러나 실제로 바다 자체가 방사능원소를 운반하는 것은 문제의 일부에 지나지 않습니다. 해양 동물들도 방사성동위원소를 체내에 축적하고 분배하는 데 큰 몫을 하기 때문입니다. 방사성물질이 낙진을 통해 해양 환경에 들어오는 과정에 관해서는 여전히 알아야 할 것이 많습니다. 그러나 지금껏 이뤄진 연구만으로도 바닷물과 수많은 플랑크톤, 플랑크톤과 먹이사슬의 상위 유기체, 바다와 육지 사이에는 대단히 복잡한 운동이 펼쳐짐을 알 수 있습니다.

이와 관련해 가장 중요한 것은 바다 유기체들이 수직으로든 수평으로 든 방사능 오염 물질을 널리 퍼뜨린다는 사실입니다. 플랑크톤은 규칙적으로 밤이면 바다 표층을 향해 위로 올라가고 낮이 되면 바다 깊은 곳으로 도로 내려가기를 되풀이합니다. 이런 과정을 거치는 동안 유기체들은 그들의 몸에 붙어 다니거나 그들이 체내에 흡수한 방사성동위원소를 곳곳에 퍼뜨립니다. 그렇게 되면 오염 물질이 새로운 지역의 다른 유기체들에게도 노출되고 좀더 덩치 크고 활동적인 동물들이 이를 흡수합니다. 그들이 수평으로 멀리까지 오염 물질을 실어 나를 가능성도 얼마든지 있습니다. 물고기, 바다표범, 고래는 머나먼 거리를 이동하면서 본래 투척된 지점을 한참이나 벗어난 장소까지 방사성물질을 확산시키곤 합니다.

이 모든 사실은 우리에게 정말이지 중요한 의미를 지닙니다. 그로 미루어보건대 오염 물질은 버려진 곳에 가만히 있지도 원래의 농도를 유지하지도 않으며, 격렬한 속성을 지닌 생물학적 활동에 관여함을 알 수 있습니다.

상황이 이러한데도 우리가 이 시대의 가장 중요한 문제인 방사선과 방사능 낙진의 진정한 위험을 파악할 때 생물학적 물질 순환에 거의 주의를 기울이지 않았다는 사실은 놀랍기 짝이 없습니다. 최근 몇 달 동안 뉴스에서 우리가 그나마 가진 생태적 지식조차 제대로 써먹지 못함을 극명하게 보여주는 몇 가지 사례를 접하곤 했습니다. 최고의 예는 현재 동반구와 서반구의 북극 지역에서 찾아볼 수 있습니다. 2~3년 전까지만 해도 알래스카의 에스키모와 스칸디나비아반도의 라플란드 사람들은 스트론튬90(^{90}Sr)과 세슘137(^{137}Cs)을 상당량 보유한 것으로 알려졌습니다. 방사능 낙진이 머나먼 북쪽 땅에 유독 많이 내려앉았기 때문이 아닙니다. 실제로 그곳은 큰비가 자주 내리는 남쪽보다 낙진 현상이 한결 덜합니다. 그 까닭은 원주민들이 독특한 먹이사슬에서 가장 높은 자리에 있기 때문입니다. 먹이사슬은 북극 툰드라의 이끼에서 시작하고 순록과 카리부의 살과 뼈를 거쳐 마침내 동물을 주식으로 삼는 원주민의 체내에서 끝납니다. 이른바 '순록이끼'를 비롯한 여러 이끼는 공기에서 직접 영양소를 받아들이므로 방사능 낙진을 다량 흡수합니다. 예를 들어 이끼는 스트론튬90을 골풀의 4배에서 18배까지, 버드나무 이파리의 15배에서 66배까지 함유한 것으로 드러났습니다. 이끼는 오래 살고 더디게 자라는 식물이기에 자신들이 빨아들인 것을 차곡차곡 보유하고 농축해온 겁니다.

세슘137도 이 북극의 먹이사슬 속을 떠돌다 결국 인체에 고농도로 축적됩니다. 다들 기억하시다시피 세슘은 인체에 머무는 기간이 상대적으로 짧아 17일에 지나지 않지만 물리적 반감기가 스트론튬90과 거의 같습니다. 그러나 세슘137의 방사선은 투과성 좋은 감마선의 형태를 띠어 잠재적으로 유전자에 위험을 줄 수 있습니다. 1960년경 노르웨이, 핀란드 그리고 스웨덴 라플란드 사람들은 체내에 다량의 세슘137을 보유한 것으로 알려졌습니다. 1962년 여름 동안 워싱턴 핸포드연구소(Hanford Laboratories)팀이 북극 지역을 찾아가 북극권 위쪽 네 개 마을의 원주민 약 700명의 방사능 수치를 측정했습니다. 그들은 조사 대상자의 체내에 보유된 세슘137이 핸포드연구소의 실험 대상자들보다 3배에서 무려 80배나 많다는 사실을 알아냈습니다. 카리부를 주식으로 하는 어느 작은 마을에서는 체내에 보유된 세슘137이 평균 421나노퀴리(nCi: 나노퀴리는 방사능의 단위로 10억 분의 1퀴리를 의미한다―엮은이)였고 최대치는 790나노퀴리였습니다. 알래스카의 드넓은 지역까지 포괄한 1963년의 조사 결과는 한층 더 높은 수치를 나타냈습니다.

이러한 상황은 원폭 실험이 실시된 이후부터 시작된 게 거의 확실합니다. 그런데도 어찌된 일인지 누구 하나 그런 상황을 미리 점친 것 같지 않습니다. 아니 그에 대해 광범위한 토론을 벌이거나 모종의 조치를 취한 일조차 없었습니다. 스칸디나비아 국가들은 조사에 꽤나 적극적이었지만 말이지요.

최근 몇 달 동안 우리 대다수에게 잘 알려진 또 하나의 예는 바로 방사성 요오드(radioactive iodine)입니다. 이것은 늘 방사능 낙진의 중요한 성분이었는데, 왜 최근까지도 그 중요성이 간과되었는지 저로서는 납득하기 어렵습니다. 어쨌거나 그 이유는 반감기가 단 8일로 매우 짧다는 데 있는 듯합니다. 인간에게 영향을 미치기 전에 자연 붕괴해 무해해지리라 가정한 거죠. 물론 사실은 그와 정반대입니다. 방사성 요오드는 하층대기권 방사능 낙진의 성분이고, 그러므로 기상 상황에 따라 너무 빨리 지상에 닿아 상당량이 땅속으로 스며듭니다. 방사성 요오드는 바람, 비, 기타 기상 상황 탓에 분포가 일정하지 않아 이른바 '위험 지대(hot spots)'가 생겨나기도 합니다.

그렇다고 해서 지금 주로 땅에 잔류하는 방사성 요오드의 양을 걱정하는 것은 아닙니다. 우리가 피부나 호흡을 통해 다량의 방사성 요오드를 흡수하는 것 같지는 않기 때문입니다. 중요한 것은 이 물질이 먹이사슬에 유입된다는 사실입니다. 이러한 관점에서 보면 인체에 이르는 경로는 매우 짧고도 직접적입니다. 바로 소가 오염된 초원의 풀을 뜯어 먹고, 소에서 갓 짠 우유를 인간이 소비하는 경로입니다. 일단 인체에 들어온 방사성 요오드는 저만의 표적인 갑상선을 공격합니다. 따라서 갑상선이 작고 상대적으로 우유를 많이 먹는 어린이들은 어른보다 한층 더 위험해질 수 있습니다.

몇 년 전 어느 과학자는 원자력위원회(Committee on Atomic Energy)에서 전 세계의 방사능 낙진으로부터 비롯된 방사성 요오드는 인간이 걱정할 문제가 아니고 미래에도 문제가 되지 않을 거라고 증언했습니다. 이와 같이 예측하던 당시에는 아직 전국적인 표집 체계가 갖춰지지도 않았습니다. 그때 이후 이뤄진 대부분의 표집도 숱한 결함을 드러냈습니다. 예를 들어 대도시에 공급되는 우유에 관한 자료는 거의 의미가 없습니다. 그런 우유는 다양한 지역에서 수합된 것을 섞은 거라 설사 심각한 오염 물질이 들어 있다손 쳐도 쉽사리 은폐될 수 있기 때문입니다. 1962년 여름이 되어서야 비로소 방사능 낙진 관련 자료와 우유 오염 자료를 같은 장소에서, 같은 시간에 수집하는 작업이 이뤄졌습니다. 원자력위원회가 보고한 추적 관찰 자료의 상당수가 땅에서 나오는 감마선의 강도를 측정했으며, 지표 부근과 대기 중에서 나오는 베타 방사능의 강도를 측정했다고 언급하고 있습니다. 하지만 우리가 지금껏 보아왔듯이 중요한 것은 인체 외부의 출처가 아니라 먹이사슬에 스며들어 결국 우리 몸에 이르는 방사능입니다.

1962년 여름, 유타주 보건부는 이 문제를 자체적으로 평가하기 시작했고 이내 사태가 위험하다고 결론지었습니다. 1962년 7월 네바다주에서 이뤄진 다섯 차례의 원폭 실험에서 모두 방사능 요오드가 유타주로 흘러든 겁니다. 방사성 요오드에 대한 노출이 연간 방사능 허용 흡수량을 넘어서기 시작하자 주 정부는 보호 조처를 취하라고 권고했습니다. 물론 방사성 요오드의 경우 보호 조처는 간단합니다. 소에게는 초원의 풀을 뜯어 먹게 하는 대신 저장해둔 먹이를 먹이고, 오염된 우유는 충분한 시간이 흐를 때까지 절대로 소비자의 손에 닿지 않도록 가공 공장으로 보내 사용하게 하는 겁니다. 원자력위원회 생물학·의학분과(Division of Biology and Medicine)의 냅(Harold Knapp)은 유타주에서 다른 방식의 관찰을 했습니다. 혼합된 우유 표본이 아니라 단일 우유 표본을 조사한 겁니다. 그의 연구는 높은 수준의 방사성 요오드가 몇몇 지역에서 발견된다는 주장이 옳음을 확인해주었습니다. 비단 유타주의 상황만은 아닐 겁니다. 몇 달 전, 상하 양원 합동 원자력위원회(Joint Committee of Atomic Energy)에서 증언한 핵정보위원회(Committee for Nuclear Information)는 수많은 지역민, 특히 네바다·유타·아이다호 주의 주민들 그리고 미국 전역에 흩어져 사는 지역민의 상당수가 의학적으로 수용하기 힘든 수준의 방사능 낙진에 노출되어왔다고, 지역에서 생산된 갓 짠 우유를 마신 어린이들의 경우가 특히 문제라고 밝혔습니다. 위원회가 제시한 증거 그리고 최근에 발표된 냅 보고서의 증거들은 이러한 결론을 뒷받침하는 것으로 보입니다. 하지만 꽤나 최근인 올 5월 공중보건청(Public Health Service)은 핵무기 실험에서 발생한 얼마간의 요오드131(^{131}I)은 건강에 과도한 위험을 일으키지 않는다고 단언했습니다.

제가 여러분 모두 잘 알고 계실 게 뻔한 이러한 사실들을 굳이 들먹이는 이유는 뭘까요? 바로 우리가 아직까지도 이를 생태학적 문제로 여길 만큼 똑똑지 못함을 강조하기 위해서입니다. 당연히 이것은 생태학적 문제입니다. 물론 그 문제를 연구하는 방법은 여러 가지입니다. 다각도로 그 문제에 접근해야 할 테고 저의 제안이 꼭 다른 접근법에 우선할 필요도 없습니다. 다만 저는 생태학적 측면을 반드시 고민해야 한다고 봅니다. 우리는 환경이라는 역동적 체제 속에 오염 물질을 들여오는 거라는 사실을, 그리고 오염 물질이 환경에 유입되는 문제를 단일 관점에서만 바라보는 것은 충분치 않다는 사실을 반드시 기억해야 합니다. 또한 의학·생물학·생태학 등 모든 관련 분야의 최고 지성들과 더불어 오염 물질이 물리적·생물학적 환경으로 이동하는 경로를 추적해보아야 합니다. 이렇게 하려면 지금까지보다 한층 더 광범위한 연구가 이뤄져야 하고 좀더 포괄적인 감시 프로그램과 현실적인 평가가 요청됩니다.

제가 보기에 우리는 지금껏 위험이 존재할 소지가 있다는 사실, 실제로 위험이 존재한다는 사실을 한사코 부정하려 들었습니다. 또한 위험한 상황이 발생했을 때도 이에 맞설 대응 조치를 발 빠르게 마련하지 않은 채 마냥 꾸물거렸습니다. 지금은 어떨지 몰라도 미래에는 분명 그런 상황을 피할 수 없습니다. 실제로 '방사능에 관한 국가자문위원회(National Advisory Committee on Radiation)'가 의무감에 제출한 보고서를 보면, 요오드131의 사례를 제외하곤 그 어떤 효율적 대응 조치도 없었음을 알 수 있습니다. 아무 문제 없다는 거듭된 확언에 마음을 놓은 대중들은 나 몰라라 하고, 반드시 필요한 분야의 연구에 돈이 지원되고 있지도 않습니다. 저는 대중들이 요즘의 환경에 도사린 위험과 관련한 사실을 경청할 수 있는 존재로, 반드시 취해야 하는 신중하고 긴요한 조치와 관련해 똑똑한 결정을 내릴 수 있는 존재로 간주되길 바랍니다.

최근에 방사능 재해라는 구체적 영역과 관련해 실험 금지 조약이 체결되었습니다. 그에 따라 방사능 낙진 문제는 이제 모두 해결되었다고 여길 위험이 얼마간 존재하는 것 같습니다. 하지만 제가 보기에 이것은 사실이 아닙니다. 오래가는 동위원소들은 앞으로 수년 동안 상층대기권에 남아 있을 테고, 우리는 여전히 과거의 원폭 실험으로 인한 다량의 방사능 낙진에 노출될 운명에 놓여 있습니다. 또 한 가지 매우 중요한 점은 지하에서 실시된 실험들이 지금껏 분기(噴氣)를 통해 대기를 오염시켰으며 앞으로도 계속 그럴 거라는 사실입니다.

또 하나 중요한 사실은 방사성물질에 의한 환경오염은 분명 피할 수 없는 원자 시대의 일부라는 것입니다. 핵무기 실험의 부산물일 뿐 아니라 원자의 이른바 '평화적' 사용에 따른 부산물이기도 하다는 거죠. 이러한 오염은 우연히 발생할 테지만 그 파급력은 방사성폐기물을 처리하는 과정을 통해 영구히 이어질 겁니다.

우리가 살아가는 세계를 오염 물질로 더럽히는 이 모든 문제는 현세대 뿐 아니라 미래 세대에 대한 도덕적 책무라는 과제를 안겨줍니다. 우리는 당연히 현세대가 입을지도 모를 신체적 피해를 우려합니다. 하지만 아직 태어나지 않은 세대가 직면할 위험은 한층 더 큽니다. 미래 세대는 오늘의 의사 결정에서 아무런 발언권도 가지지 못하니만큼 그들에 대해 우리가 짊어져야 할 책무는 더욱 커질 수밖에 없습니다.

최근에 H. J. 뮬러(H. J. Muller) 교수가 제시한 몇 가지 추정치에 대해 읽은 적이 있습니다. 현세대가 널리 퍼진 방사능에 의해 입을 수 있는 신체적 피해는 현세대가 물려준 방사능이 후대에 미치게 될 유전적 영향에 비하면 아무것도 아니라는 내용이었습니다. 그는 유전에 미치는 영향이야말로 허용 가능한 용량 한계치를 정할 때 주요 기준이 되어야 한다고 덧붙였습니다. 그러나 우리는 분명 이러한 기준에 관한 합의에 이르기까지 갈 길이 멀고 깨우쳐야 할 것도 많습니다.

저는 특히나 환경 속 유해 요소가 유전적 피해를 입히는 문제에 관심이 많습니다. 다른 어디에선가 화학 살충제를 인간에게 유전적 해를 끼칠 수도 있는 약물로서 깊이 의심해봐야 한다고 제안한 적이 있습니다. 몇몇 사람들은 화학 살충제가 그러한 영향을 미친다는 증거가 없다는 이유로 제 제안을 공격하기도 했습니다. 모든 화학물질이 유전에 미치는 잠재적 영향력을 철저히 따져보기 위해 꼭 극적인 예가 나타날 때까지 기다릴 필요는 없다고 봅니다. 만약 그런 예가 하나라도 나타난다면 모든 화학물질을 제거하기에 너무 늦은 때가 될 테니까요. 현재 제초제나 살충제로 사용되는 일부 화학물질은 하등 유기체에게 돌연변이를 일으키기도 합니다. 또 어떤 것들은 염색체에 피해를 입히거나 염색체 수를 달라지게 만들기도 합니다. 여러분도 아시다시피 이런 유의 염색체이상은 인간에게 지적장애 등 갖가지 선천성 결함을 일으킬 수 있습니다. 저는 빠르게 증식해서 유전 실험에 적합한 몇몇 유기체를 대상으로 화학 살충제를 실험해봐야 한다고 생각합니다. 그 결과 화학물질들이 돌연변이를 일으키거나 여러 실험 대상 유기체의 유전 체제를 교란하는 것으로 드러나면 그들의 사용을 전면 중단해야 한다고 봅니다. 화학물질이 인간에게만큼은 동물에게와 같은 영향을 미치지 않으리라는 주장이 저는 도대체 탐탁지 않습니다. 유전학만 해도 한 오스트리아의 이름 없는 수도사(멘델—옮긴이)가 정원의 완두콩으로 실험을 하면서부터 싹트기 시작했습니다. 그리고 그가 발견한 기본적인 유전법칙은 식물에도 동물에도 두루 적용되는 것으로 밝혀졌습니다.

다시 한 번 강조하거니와 또 한 가지 대단히 중요한 사실, 즉 외부 환경의 영향으로 돌연변이가 일어날 수 있다는 사실은 뮐러 박사가 '어느' 곤충(초파리—옮긴이)을 대상으로 한 실험에서 밝혀냈습니다. 하지만 그 사실이 인간에게도 고스란히 해당된다는 것을 부인하는 사람은 거의 없습니다. 실제로 생물학에서 가장 놀라운 현상 가운데 하나는 모든 생명 세계의 유전 체계가 기본적으로 비슷하다는 점입니다. 그런데 우리는 환경이 생명체에 미치는 영향을 다루는 분야—즉 오염과 그것이 생명체에 미치는 영향이라는, 지금 우리가 다루는 주제를 포괄하는 분야—에서 인간 역시 해를 입을 수 있다는 것을 이상하리만치 부인하려는 경향과 다시금 마주합니다. 사람들은 가령 강에 유입된 농약이 물고기 수천 마리를 떼죽음에 이르게 할 수 있다는 사실에는 쉽사리 고개를 주억거립니다. 그러나 그 농약이 그 강물을 마시는 인간에게도 모종의 해를 끼칠 수 있다는 사실에는 고개를 갸웃거립니다. 사람들은 새의 총 개체 수가 크게 줄었다는 보고를 듣고도, 그런 일이 우리 인간에게는 일어나지 않으리라 여기면서 대수롭지 않게 넘겨버립니다. 만약 이런 견해를 논리적 극단으로 몰고 가면, 수백만 마리의 동물을 대상으로 정교하게 실험해 얻은 결론들이 죄다 엉터리요 헛수고가 됩니다. 하지만 저는 이런 견해가 설령 직접적으로 언급되진 않는다 해도 걸핏하면 어떤 공적 견해나 의사 결정의 근거로, 또는 더 흔한 일이지만, 어떤 결정적 조치를 취하지 않아도 되는 변명거리로 쓰이곤 한다는 사실에 놀라곤 합니다. 이런 태도는 오늘 밤 우리가 다루는 주제와 관련해 과연 어떤 의미를 지닐까요? 저는 그것이 은연중에 우리의 과거를 부정하는 태도라고 생각합니다. 다른 모든 생명체와 마찬가지로 인간 역시 광대한 지구 생태계의 일부고 환경이라는 힘의 지배를 받는다는 엄연한 사실을 한사코 받아들이지 않으려 한다거나 받아들일 태세가 되어 있지 않은 거죠.

역사를 돌아보면 비슷한 예를 하나 발견할 수 있습니다. 찰스 다윈이 진화론을 발표한 뒤 일어난 소동을 한번 떠올려보세요. 인간은 이미 존재하는 형태들로부터 기원했다, 이 주장에 대해 사람들은 극도의 거부감을 드러냈습니다. 비단 전문 지식이 없는 대중뿐 아니라 다윈의 동료 과학자들도 예외가 아니었습니다. 《종의 기원》에서 제시된 개념들은 오랜 세월이 흐르고서야 확고한 이론으로 자리 잡았습니다. 오늘날에는 교육받은 사람이라면 아무도 진화론을 부정하지 않습니다. 하지만 우리들 상당수는 분명하고도 당연한 결론—즉 인간도 진화적 유대 관계를 맺고 있는 다른 수많은 종과 마찬가지로 환경의 통제를 받는다—을 부정합니다.

인간 안에 숨겨진 어떤 두려움이, 오래전에 잊힌 어떤 경험이 처음에는 인류의 기원을, 그다음에는 인류가 환경(온갖 생명체가 그 안에서 진화했고 공존하는)과 연관되어 있다는 사실을 그토록 인정하기 싫게끔 몰아갔을까? 이 질문의 답을 찾아가는 일은 대단히 흥미진진합니다. 다윈의 이론을 접하고 충격과 경악에 빠진 빅토리아시대 사람들은 마침내 두려움과 미신에서 벗어날 수 있었습니다. 오늘의 우리 역시 인간이 환경과 진정한 관계를 맺고 있다는 사실을 받아들이게 될 날이 하루빨리 도래하길 바랍니다. 저는 지적으로 자유로운 분위기에서만 지금 우리 앞에 놓인 문제를 제대로 풀어나갈 수 있다고 믿습니다.

감사합니다.

31

1963

도로시 프리먼에게 쓴 편지

카슨은 메인에서 끝내 마지막이 되고 만 여름을 보냈다. 하고 싶은 말이 무척이나 많았던 그녀는 시간이 좀더 주어졌으면 하고 바랐지만 부질없는 일임을 알고 있었다. 그녀는 진화생물학에 관한 책을 쓸 계획이었다. 그러나 무엇보다 1956년에 쓴 글 〈당신의 자녀가 자연에서 놀라움을 느낄 수 있도록 도와라〉를 보완해 오늘날 세계에서 경이로움에 대한 감정이 왜 가치 있고 필요한지에 관한 책을 낼 시간이 허락되었으면 했다.

카슨은 자신의 병에 대해서는 거의 함구했지만 자연 세계의 리듬, 끝없는 순환, 패턴을 이해했으므로 죽음에 관한 글을 쓸 수 있었다.

이 편지는 카슨이 친구 도로시 프리먼과 함께 뉴아겐(Newagen)에서 햇빛 비치는 아침을 보낸 뒤 그녀에게 보낸 것으로, 자신이 죽음을 앞두었음을 인정하고 홀로 남게 될 친구를 위로하고자 쓴 것이다. 시프스콧 강가에 자리한 뉴아겐은 카슨과 프리먼이 가장 좋아한 장소 가운데 하나였다. 던컨 하울릿(Duncan Howlett) 목사는 카슨이 생전에 미리 부탁해둔

추도식에서 프리먼의 허락 아래 이 편지를 읽었다. 암과 심장병을 앓았던 레이첼 카슨은 1964년 4월 14일 향년 56세를 일기로 메릴랜드 자택에서 숨을 거두었다.

사랑하는 그대

이 편지는 뉴아겐에서 우리 함께 보낸 아침에 덧붙이는 추신이에요. 말로 하기보다 글로 쓰는 게 나을 것 같아서요. 제게는 오늘 아침이 여름에 보낸 시간 가운데 가장 사랑스러운 시간이었고, 자세한 것까지 하나하나 생생하게 기억납니다. 9월의 푸른 하늘, 가문비나무 숲에서 불어오는 바람 소리, 바위에 부서지는 파도 소리, 더없이 우아하게 사뿐 내려앉으며 먹이를 사냥하느라 분주한 갈매기들, 언젠가는 회오리치는 안개 속에 절반쯤 가려 있더니 오늘은 확연하게 도드라져 보였던 멀리 그리피스(Griffiths)갑과 토드(Todd)곶의 풍경……. 하지만 다른 무엇보다 왕나비(monarch butterfly) 떼를 결코 잊을 수 없을 것 같아요. 저마다 어떤 보이지 않는 힘에 이끌린 듯 서두르지 않고 서쪽으로 날아가던 날개 달린 작은 나비들의 끝없는 행렬 말이에요. 우리는 그들의 이동과 인생사에 대해 얼마간 이야기를 나누었지요. 그들은 돌아올까요? 우리는 아마 아닐 거라고 생각했어요. 그들 대다수에게 어쨌거나 이것은 생의 마지막 여정이 될 거라고 말이죠.

  하지만 오늘 오후 찬찬히 아침의 기억을 되돌아보면서 문득, 우리 둘은 그 장관을 흐뭇하게 바라보았고 그들이 다시 돌아오지 않을 거라는 이야기를 나누었을 때 그 어떤 슬픔도 느끼지 않았다는 사실을 깨달았어요.

필시 모든 살아 있는 생명체는 생애 주기의 막바지에 다다랐을 때 마지막을 당연하게 받아들이기 때문이죠.

왕나비의 경우는 생애 주기가 몇 개월 단위인 것으로 알려져 있지요. 반면 인간의 경우는 좀 달라서 우리는 자기 수명이 어느 정도인지 알 길이 없어요. 그렇더라도 결국 의미는 같아요. 무형의 주기가 제 궤도를 따라 전개되는 과정에서는 생명의 종말이 슬퍼할 일이 아니라 더없이 자연스러운 일인 거예요.

오늘 아침 가벼이 퍼덕이던 생명체들이 제게 그 사실을 일깨워주었어요. 저는 그 깨달음 속에서 정녕 행복했어요. 그대 역시 그랬기를 바랍니다. 오늘 아침 그대와 함께할 수 있었다는 사실이 얼마나 감사한지 모르겠어요.

감사의 글

레이첼 카슨의 삶에 관해 책을 쓰면서 그녀가 공식적으로나 비공식적으로 쓴 다양한 글을 수도 없이 발견했다. 어떤 이유에서인가 문서 보관소에 마냥 처박혀 있거나 아니면 한때 출간되었지만 영영 잊혔거나 절판된 글들이다. 나는 풋내기 시절 자연주의 저술을 시작한 때로부터 풍요로운 연설을 통해 원숙한 문단의 인사로 우뚝 서기까지 그녀가 써온 수많은 글을 보고 깊은 감명을 받았다. 그래서 다른 사람들 역시 그 글들을 접하면 기출간된 그녀의 저서들과 마찬가지로 간직하고 싶은 것들을 적잖이 발견할 수 있으리라 생각했다.

다행히도 비컨 출판사(Beacon Press)의 편집 담당 딘 어미(Deanne Urmy) 상무가 잘 알려지지 않은 글을 선집으로 엮어내려는 내 생각에 적극 동조하고 깊은 관심을 보여주었다. 그에 힘입어 이 선집이 세상의 빛을 볼 수 있었다. 편집자로서 감각과 글에 대한 판단력이 돋보이는 그녀 덕분에 지난한 작업이 한층 수월해졌다. 그녀와 함께 일할 수 있었던 것은 더할 나위 없는 행운이었다.

나의 저작권 대리인이자 카슨의 문학 유산 수탁인 프랜시스 콜린(Frances Collin)은 일이 진행되는 동안 감식안과 통찰력을 유감없이 발휘했다. 콜린의 행정 조수 마샤 S. 키어(Marsha S. Kear)에게도 수년 동안 숱한 도움을 받았다. 그녀는 빈손으로 나타난 내게 늘 찾기 어려운 편지며 딱 맞는 자료를 안겨주곤 했다.

셜리 A. 브리그스(Shirley A. Briggs)는 문서·기억·의견 등을 통해 카슨의 삶과 그녀가 저술가로 성장한 궤적을 깊이 이해할 수 있도록 도와주었다. 그녀는 카슨의 첫 작품 《바닷바람을 맞으며》를 아름답게 장식한 하워드 프레치(Howard Frech)의 멋진 목탄화·연필화를 다시 쓰고자 한 나의 바람에 열정적이고 정중하게 반응했다. 프레치는 카슨이 〈볼티모어 선〉에 기고할 때 함께 작업하기도 한 빼어난 미술가로, 그의 작품은 이미 볼티모어 미술계에서는 널리 정평이 나 있었다. 카슨은 프레치에게 구체적인 해양 동식물을 그려달라고 의뢰한 뒤 아홉 편 정도의 그림에 대해 자비를 지급했다. 그 가운데 몇 편을 이 책에 실었다.

내가 카슨에 관해 쓴 책에서도 그랬듯이 폴 브룩스(Paul Brooks) 역시 기품 있게, 그리고 글을 보는 예리한 안목과 취향을 드러내면서 남들보다 앞서나갔다. 그는 처음으로 카슨의 미출간 글을 골라 그의 빼어난 평전 《생명의 집: 여전히 살아 있는 레이첼 카슨(The House of Life: Rachel Carson at Work)》에 전문 또는 일부를 실었다. 나는 이 책에 그 글들을 다시 싣기로 했다. 카슨의 글이 얼마나 수준 있는지를 보여주고, 그녀가 자연과학자로 성장하는 과정을 잘 드러내주기 때문이다.

선정된 글은 거의 대부분 내가 예일 대학교 '바이네크 희귀본·원고 도서관(Beinecke Rare Book and Manuscript Library)'에 소장된 레이첼 카슨의 글을 살펴보는 동안 눈여겨본 것들이다. 해당 업무에 능통한 학예사와 문서 보관인들에게 시종 큰 도움을 받았다.

선정된 일부 글에는 카슨이 본래 수행한 연구에 현재성을 부여하기 위한 과학적 주(註)가 필요했다. 이와 관련해서는 다음에 열거하는 과학자들에게 큰 도움을 받았다. 그들은 내가 내용을 확인할 수 있도록 도와주었고 여전히 논란의 와중에 있는 과학적 주제에 관한 최신 동향을 들려주었다. 스미소니언협회 국립자연사박물관(National Museum of Natural History, Smithsonian Institution) 척추동물학분과(Department of Vertebrate Zoology)의 데이빗 G. 스미스(David G. Smith)와 조류부(Division of Birds)의 크리스토퍼 밀렌스키(Christopher Milensky). 우즈홀 해양학연구소(Woods Hole Oceanographic Institution)의 리처드 H. 배커스(Richard H. Backus)와 윌리엄 왓킨스(William Watkins) 그리고 특히 내 질문에 참을성 있게 답변해주고 언제나 내게 필요한 사람들이 누구인지 알려준 우즈홀 연구센터(Woods Hole Research Center)의 조지 M. 우드웰(George M. Woodwell). 국립천연자원보호협의회(National Resources Defense Council)의 톰 코크란(Tom Cochran). 세계야생동물연합(World Wildlife Federation)의 클리프 커티스(Cliff Curtis), 야생동물 관리에 관해 더 깊이 이해하도록 꾸준히 이끌어준 퍼턱선트 야생동물연구센터(Patuxent Wildlife Research Center)의 매튜 페리(Matthew Perry).

스미소니언협회 문서보관청(Office of Smithsonian Institution Archives) 파멜라 헨슨(Pamela Henson)의 도움과 협력 덕택에, 그리고 스미소니언협회 문서보관청 산하 요셉헨리페이퍼스(Joseph Henry Papers)의 직원들이 보여준 호의 덕택에 이 작업을 이어갈 수 있었다. 그들에게는 아직까지도 숱하게 신세를 지고 있다.

나의 두 루스(Ruth), 루스 브링크만 제롬(Ruth Brinkmann Jerome)과 루스

주어리 스콧(Ruth Jury Scott)은 앞서와는 다른 방식으로, 그러나 더없이 풍요롭게 내 삶에 기품을 더해주었다. 루스 주어리 스콧은 카슨의 친구들 가운데 한 명이지만 나에게도 삶의 멘토이자 안내자였다. 그녀의 지지가 없었더라면 나의 세계와 레이첼 카슨의 세계가 그토록 완벽하고도 행복하게 조우할 수 없었을 것이다. 사랑하는 40년 지기 루스 브링크만 제롬은 대학 시절부터 나를 지켜봐주었다. 그녀는 지금까지도 기품과 유머와 용기와 신의를 지닌 채 살아가도록 나를 이끌어주는 스승이다.

이 책을 남편 존 W. 니컴 2세(John W. Nickum Jr.)에게 헌정했다. 그가 몇 년 동안 한결같이 적극적으로 밀어준 덕택에 글 쓸 자유를 누리고 절제와 끈기를 이어갈 수 있었다. 그에게 말로 다할 수 없는 사랑과 고마움을 전한다.

란다 리어

출처

01. "Undersea", *The Atlantic Monthly*, vol. 160(September 1937), pp. 322~325.

02. "My Favorite Recreation", *St. Nicholas Magazine*, vol. 49(July 1922), p. 999.

03. "Fight for Wildlife Pushes Ahead", *Richmond Times-Dispatch Sunday Magazine*, March 20, 1938.

    "Chesapeake Eels Seek the Sargasso Sea", *Baltimore Sunday Sun*, October 9, 1938.

04. Ace of Nature's Aviators(1944), Manuscript. Rachel Carson Papers, Yale Collection of American Literature, Beinecke Rare Book and Manuscript Library, Yale University, New Haven, Connecticut(이하 Rachel Carson Papers).

05. Road of the Hawks(1945), Unpublished fragment, Rachel Carson Papers.

06. An Island I Remember(1946), Unpublished fragment, Rachel Carson Papers.

07. "Mattamuskeet: A National Wildlife Refuge", *Conservation in Action*, no. 4, U.S. Fish and Wildlife Service, Washington, D.C.: U.S. Government Printing Office, 1947.

08. Memo the Mrs. Eales on *Under the Sea-Wind*(1942년경), Rachel Carson Papers.

09. "Lost Worlds: The Challenge of the Islands", *The Wood Thrush*, vol. 4, no. 5 (May~June 1949), pp. 179~187.

10. *New York Herald-Tribune* Book and Author Luncheon 연설, October 16, 1951, New York, Rachel Carson Papers.

11. Jacket notes for the RCA Victor recording of Claude Debussy's *La Mer* by the

NBC Symphony Orchestra, Arturo Toscanini, conductor, 1951, Rachel Carson Papers.

National Symphony Orchestra Benefit Luncheon 연설, September 25, 1951, Washington, D.C., Rachel Carson Papers.

12. 미국도서상(National Book Award) 논픽션 부문 수락 연설, January 29, 1952, New York, Rachel Carson Papers.

13. Design for Nature Writing(우수한 자연주의 저술에 수여하는 존 버로스 메달 수락 연설), April 7, 1952, New York, *The Atlantic Naturalist*(May~August 1952), pp. 232~234.

14. "Mr. May's Dismissal", *The Washington Post*, April 22, 1953, p. A26.

15. 《우리를 둘러싼 바다》(New York: Oxford University Press, 1961) 개정판 머리말.

16. "Our Ever-Changing Shore", *Holiday*, vol. 24(July 1958), pp. 71~120.

17. 카슨의 현장 일지에서 발췌한 네 편의 글(1950~1952), Rachel Carson Papers.

18. The Edge of the Sea('바다의 변경(The Sea Frontier)'이라는 주제의 미국과학진흥협회(American Association for the Advancement of Science, AAAS) 심포지엄에서 발표된 논문), December 29, 1953, Boston, Massachusetts, Rachel Carson Papers.

19. The Real World Around Us(Theta Sigma Phi Matrix Table Dinner에서 발표된 연설), April 21, 1954, Columbus, Ohio, Rachel Carson Papers.

20. "Biological Sciences", *Good Reading*, New York: New American Library, 1956.

21. 도로시 프리먼(Dorothy Freeman)과 스탠리 프리먼(Stanley Freeman) 부부에게 보낸 두 통의 편지, August 8, 1956 and October 7, 1956, *Always Rachel: The Letters of Rachel Carson and Dorothy Freeman*, edited by Martha Freeman, Boston: Beacon Press, 1995.

22. The Lost Woods[커티스 복(Curtis Bok)과 넬리 리 복(Nellie Lee Bok) 부부에게 보낸 편지], December 12, 1956, Rachel Carson Papers.

23. Clouds(Ford Foundation's TV-Radio Workshop을 위해 쓴 대본), "Something About the Sky", CBS Omnibus, March 11, 1957, Rachel Carson Papers.

24. "Vanishing Americans", *The Washington Post*, April 10, 1959, p. A26.

25. "To Understand Biology", *Humane Biology Projects*, New York: The Animal

Welfare Institute, 1960.

루스 해리슨(Ruth Harrison), 《동물 기계: 새로운 공장식 농업(Animal Machines: The New Factory Farming Industry》(London: Vincent Stuart, LTC., 1964)에 레이첼 카슨이 쓴 책머리에.

26. "A Fable for Tomorrow", *Silent Spring*, Boston: Houghton Mifflin Co., 1962, pp. 1~3.

27. 전국여성언론인클럽(Women's National Press Club) 연설, December 5, 1962, Washington, D.C., Rachel Carson Papers.

28. A New Chapter to *Silent Spring*, 미국가든클럽(Garden Club of America) 연설, January 8, 1963, New York, *Bulletin of the Garden Club of American*(May, 1963)에 실림, Rachel Carson Papers.

29. 조지 크라일 2세(George Crile, Jr.) 박사에게 보낸 편지, February 17, 1963, Rachel Carson Papers.

30. The Pollution of Our Environment['스스로에게 맞선 인간(Man Against Himself)' 이라는 주제의 카이저페르마넨테(Kaiser-Permanente) 심포지엄에서 한 연설], October 18, 1963, San Francisco, California, Rachel Carson Papers.

31. 도로시 프리먼에게 보낸 편지, September 10, 1963, *Always Rachel: The Letters of Rachel Carson and Dorothy Freeman*, edited by Martha Freeman, Boston: Beacon Press, 1995.

옮긴이의 글: 작품으로 엿보는 레이첼 카슨의 생애

《잃어버린 숲》은 자연을, 특히 바다를 더없이 사랑한 레이첼 카슨을 기리기 위해 그녀가 남긴 글 가운데 유독 빼어난 것만 엄선하여 엮은 책이다. 우리는 여기 실린 글을 통해 그녀가 살아가면서 붙들고 있던 고민의 궤적을 개략적으로나마 그려볼 수 있다. 이 책은 선집이니만큼 단편소설집이나 마찬가지라 장편소설 같은 독자적 색채는 다소 약한 편이다. 그러나 카슨이 다양한 분야에 폭넓은 관심을 기울였다는 사실을 보여주고, 기왕에 출간된 책만으로는 짐작하기 어려운 그녀의 성정이며 진면목을 잘 드러내준다.

또한 《잃어버린 숲》은 구성상 부득이한 몇몇 예외를 빼고 대체로 집필 연도순으로 실려 있는 만큼, 작품을 통해 보는 그녀의 전기(傳記)라 할 만하다. 이 책은 〈애틀랜틱 먼슬리〉에 발표되면서 공식 작가로 첫발을 내딛게 해준 글 〈해저〉에서 시작해 자신의 죽음을 직감하고 평생지기이자 소울메이트인 도로시 프리먼에게 남긴 편지로 끝난다. 그러므로 책장을 넘기노라면 레이첼 카슨이 과학자이자 저술가로서, 자연 보존의 대의를 설파한 사상가이자 사회개혁가, 때로 전사로서 성장해간 역사를 더듬어볼 수 있다.

특히 카슨은 마지막 몇 년 동안 갖은 병마와 처절하게 싸우면서도 혼신의 힘을 다해 글을 쓰고 발언을 했다. 그러니만큼 책 말미에 이르면 누구라도 치열하게 살다 허망하게 저물고 만 그녀의 생애에 대해 어찌할 수 없는 슬픔을 느끼게 된다. 다시는 돌아오지 못할 여정에 나선 왕나비 떼를 바라보며 담담하게 죽음을 받아들이는 장면은 이 전기의 백미다. 불꽃 같은 그녀의 인생은 뒤로 갈수록 더욱 빛나는 삶이기를 늘 염원하는 우리 모두에게 깊은 감동과 울림을 준다.

레이첼 카슨은 생전에 메인주 사우스포트섬의 어느 땅을 개인적으로 사들여 보호구역으로 일구고 싶어 했다. 우여곡절 끝에 그 꿈을 이루지는 못했지만 말이다. 결국 이 책 제목이 된 '잃어버린 숲'은 본시 그녀와 도로시 프리먼이 영국의 자연주의자 H. M. 톰린슨(H. M. Tomlinson)의 수필 제목에서 따와 그 땅에 붙여준 이름이었다.

이 책을 엮은 이는 린다 리어다. 그녀는 우리나라에서 번역·출간된 카슨의 평전 《레이첼 카슨 평전(Rachel Carson: Witness for Nature)》과 《레이첼 카슨: 환경운동의 역사이자 현재(On a Farther Shore)》 중 전자를 집필한 저자다. 후자를 쓴 윌리엄 사우더(William Souder)는 카슨에 관한 한 리어의 크레디트를 기꺼이 인정하면서 새로 평전 쓰는 일을 놓고 그녀에게 허락을 구하기까지 했으며, 어떻게든 그녀의 평전과 차별성을 띠고자 무진 애를 썼다. 리어는 주(註)만 자그마치 100쪽에 달할 정도로 분량이 무지막지한 평전을 집필했는데, 그러기 위해 카슨의 주변 사람을 수도 없이 만났고 그녀의 작품을 있는 대로 찾아 읽었다. 카슨의 생애에 관해 둘째가라면 서러울 만큼 잘 알고 있는 것이다. 그녀는 나중에 미처 발표되지 않았거나 이미 출간되었더라도 한 번 더 소개하고픈 좋은 글을 추려 유고집을 엮었는데, 거기 실린 글들이 카슨 인생의 어느 굽이에서, 어떤 맥락에서 나왔는지 잘 아는지라 그 일에 가장 적합한 인물이었다.

레이첼 카슨이 세상에 남긴 문학 유산은 딱 네 권이다. 바다에 관한 3부작 《바닷바람을 맞으며》, 《우리를 둘러싼 바다》, 《바다의 가장자리》, 그리고 살충제의 위험을 세상에 널리 알린 그녀의 대표작 《침묵의 봄》이 그것이다. 〔우리나라에는 그녀의 이름을 달고 출간된 책이 하나 더 있다. 바로 《센스 오브 원더(The Sense of Wonder)》다. 하지만 이 책은 카슨이 생전에 단행본으로 출간한 게 아니라 그녀가 세상을 떠나기 얼마 전 〈우먼스 홈 컴패니언(Woman's Home Companion)〉지에 '당신의 자녀가 자연에서 놀라움을 느낄 수 있도록 도와라(Helping Your Child to Wonder)'라는 제목으로 기고한 글을 사후에 단행본으로 펴낸 것이다.〕

나는 어쩌다 보니 앞에 소개한 카슨의 평전 두 권과 그녀의 바다 3부작 가운데 두 권(《우리를 둘러싼 바다》와 《바다의 가장자리》), 그리고 유고집 《잃어버린 숲》, 이렇게 카슨 관련 서적을 다섯 권이나 번역하는 행운을 누리게 되었다. 그러니만큼 그녀의 생애와 저술에 관해서는 우리나라에서 어느 누구보다 속속들이 알고 있다고 자부한다. 나 역시 리어처럼 이 책에 실린 글들이 그녀 인생의 어느 굽이에서, 어떤 맥락에서 등장했으며 어떤 위상을 지니는지 잘 아는지라 본래의 뉘앙스를 비교적 잘 살릴 수 있었다. 이 모든 것이 에코리브르 출판사 덕택임을 밝히며, 이 자리를 빌려 깊이 감사드린다.

2018년 3월
울산 문수산 자락에서
김홍옥

찾아보기

가마우지 58, 62
　날지 못하는 - 96
가문비나무 57~58, 153, 218, 221, 307
가재 41
가지뿔엘크 37
각다귀 294
갈라테아호(연구선) 139
갈라파고스제도 95~97
갈매기 58~62, 155, 170, 307
갈색개똥지빠귀 273
갈색머리동고비 72
갈색어깨참새 32
갈파래속 186
갑오징어 26
개 97
개고마리
　붉은눈개고마리 47
　흰눈개고마리 47
〈개똥지빠귀〉 91
개발
　사적·상업적 - 160

-이라는 미명의 추악한 변화 159
개복치 41
갠지스강 94
갯민숭이 22
갯지렁이 23, 85, 173
　새날개갯지렁이 22~23
　털보집갯지렁이 166
　환형동물 179
거미 94, 203
거북 93~95
검은가슴물떼새 95
검은제비갈매기아재비 168
검정파리류 269
게 22, 27, 82, 85
　녹색게 176~177
　농게 83
　달랑게 22, 83, 163
　바다게 176
　투구게 151~152
게르치 24
경목 222

〈경제곤충학회지〉 261

고니 66, 68~69

　마타머스킷 보호구역의 - 66, 68~
　　69, 71~72, 74

　야생 - 35

　울음고니 68

고둥 22, 109, 158

　나무달팽이 201, 203

　바다달팽이 28

　바다천사 24

고등어 24, 82, 85~86

고래 23, 28, 143

　-의 소리 106, 114

　흰긴수염고래 23

고무나무 66, 74, 98

고생대 109, 151, 153

고양이 97

곤충 방제 267~269

골풀 297

공원 207

　주립공원과 국립공원 160

공중보건청 300

공중 살포 201, 272~273, 292

　→ 살충제도 참조

과학 236

　문학과 -의 인위적 구분 123

　산업과 -의 밀월 관계 260~262,
　　264, 278~279

　생물학 210~213

과학고문위원회의 살충제 조사 253

관을 만드는 다모류 동물 181~182

괌 103

광어 25

광합성 288

구관조 100

구름

　권운 234~235

　렌즈구름 227~228

　-에 관한 카슨의 텔레비전 대본 223~
　　235

　적운 232~234

　층운 231~232

국립공원관리국 132, 159~160

국립 들소 보호구역(미국 국립 야생동물
　　보호구역) 65

국립 심포니 오케스트라 연설 115, 121~
　　122

국립자연사박물관(스미소니언) 90, 176~
　　177

국립조사위원회 산하 태평양과학위원회
　　102, 104

국제지구관측년 136

국화과 94

굴 22, 186

　바위굴 156

굴뚝칼새 밴딩 50~51

《굿리딩》 210

규소 27

규조류 23, 27, 180, 185~186

그리피스갑 307

그물눈태평양청어 24, 178
글레이즈 차 198~199, 203
〈글로브타임스〉 254
기러기 35, 66
　마타머스킷 보호구역의 - 66, 69~
　　75
　쇠기러기 73
　청회색기러기 73
　캐나다기러기 69, 72
　허친스캐나다기러기 73
꾀꼬리 32
　검붉은찌르레기아재비 73

나그네비둘기 35
낸터킷해협 195
너도밤나무 열매 35
넙치 25
〈네이처〉 45
노랑턱멧새 31
논병아리 72
　서부논병아리 294
놉스카갑 108, 190
농어 41
농업 기관의 권위주의적인 통제권 273
뇌조 35
누른도요 257~258
뉴아겐 306~307
〈뉴요커〉 144, 253~254
〈뉴욕타임스〉 79, 144, 207

〈뉴욕포스트〉 256
〈뉴욕 헤럴드 트리뷴〉 저자와의 오찬 연
　설 106~114
뉴질랜드 96
늪메이플 74
니켈 28

다모류 동물 181~182
다윈, 찰스 95, 97, 305
　《종의 기원》 305
다이아몬드블랙리프사 261
달
　보름달 151
　조석과 - 151~152
　초승달 218
대구 25, 86, 197
대기오염회의 290
대기의 산소 유입 288
대륙붕 21, 25, 87
대서양중앙해령 139
댕기흰죽지 35, 37
데이, 앨버트 M.
　미국 어류·야생동물국의 - 해임 131~
　　133
데이지호(쌍돛대 범선) 96
도깨비불 216
도도 96
도둑갈매기 84
도마뱀 95

도요새(sandpiper) 82~83

도요새(willet) 165, 167

독수리 233

　흰머리독수리 257

돌연변이 303

돔발상어 24

동물

　비인간적인 사육 방식 243, 246~248

　- 실험에 대한 반대 243

　-에 대한 비인격적 대우 243~244

《동물 기계》 243, 245

　-에 카슨이 쓴 서문 245~248

동물복지협회(AWI) 240, 243~244

돼지 97~98

뒷부리장다리물떼새 73

드뷔시, 클로드 116

　〈바다〉 115~121

들국화 158

들소 35, 65

들종다리 273

들쥐 157

DDD 294

DDT 257~258, 269, 273, 292

디엘드린 256, 272

디킨슨, 에밀리 189

따개비 23, 156, 221

딱새 62, 97

딱정벌레

　바구미 272

　알풍뎅이 272

떠밀려온 나무 221

뜸부기 101

　검은난쟁이뜸부기 73

　날지 못하는 - 96

　라이산뜸부기 100~101

라나이 목장 104

라나이섬 103~104

라이산 100

　라이산뜸부기 100~101

란타나 100

래스번, 메리 176

랙, 데이비드 97

런던핵폐기물투척금지협약(1972년) 141

레드락호 보호구역(미국 국립 야생동물 보호구역) 65

레이첼 카슨의 작품

　〈끊임없이 변화하는 우리의 해안〉 147~161

　〈당신의 자녀가 자연에서 놀라움을 느낄 수 있도록 도와라〉 306

　《바다의 가장자리》 144, 162, 188

　《바닷바람을 맞으며》 19, 34, 56, 76, 192~193; -를 쓰게 된 배경 80~81; -의 전반적 계획과 책의 관점 81~83; - 1부 바다의 가장자리 83~85; - 2부 갈매기의 길 85~87; - 3부 강과 바다 87~89; -에 대해 일즈 여사에게 건넨 메모 79~89

《우리를 둘러싼 바다》 56~57, 79, 90, 115, 193, 208; -의 성공 57, 76, 106; -로 미국도서상 수상 123; -로 존 버로스 메달 수여 126; -의 개정판 머리말 134~143; 헨리 브라이언트 비글로에게 - 헌정 173; -로 벌어들인 돈 221

《침묵의 봄》 134, 236, 239, 268, 272, 286; 〈뉴요커〉에 연재된 - 253~254; -에 대한 반응 253~256; -에 실린 우화 249~252; -의 서평에 실린 부정확한 언급들 259~260, 271; -에 소개된 곤충 방제법 270

〈해저〉 16, 19~29, 192

로델, 마리 90

로드하우섬 98

록위드 110, 156, 185~186, 221

록크리크 공원 207

루스벨트, 시어도어 38

〈리더스 다이제스트〉 46, 132

리센코주의 264

림스키코르사코프, 니콜라이 115

마서스 비니어드섬 36

마오리족 96

마우이섬 99

마운틴호 보호구역 219

마이어, 에른스트 91, 98

마타머스킷 국립 야생동물 보호구역(미국 국립 야생동물 보호구역) 65~75

마타머스킷호 67, 72

말미잘 22

말미잘 동굴 149

매 52~55, 97, 233

개구리매 49

매미나방 273

매사추세츠주 어류·사냥감 부서 258

매사추세츠주 연안 158, 194

맥길 대학 177

맥케이, 더글러스 131, 133

맹그로브 습지 148, 173

머피, 로버트 쿠시먼 96

먹이사슬에 유입된 방사성 요오드 298~300

먼로, 조지 C. 104

메리미팅만 218

메릴랜드 대학 33

메릴랜드주 의회 44

메역취 158

메이스필드, 존 108, 190

메이어, 아그네스 240

메인만의 기온 175

메인주 연안 148~149

→ 사우스포트섬도 참조

메추라기(bobwhite) 32

메추라기(quail) 272

멕시코만 159~160

멕시코 만류 42, 139, 194

멸치 24

명금 272

모기 202~203

모래

　-에 대한 유생의 반응 181~182

　-의 다양한 지질학적 기원 179

　-의 소리 169~171

　자주색 - 158

모래쏙 165~166

모래언덕 148, 154~156

모리셔스섬 96

모리슨, S. 엘리엇 30

모아 96

모자반 39~40, 42

모호로비치치 불연속면(모호면) 137

몬산토 화학 주식회사 262

무스 37

무어, 마리안 123

무역풍 229

물새 36~39, 41

　- 보호구역 65~75

　-에 잔류하는 살충제 294

　-의 이동 214, 218

물수리 62

물총새 62

뮐러, H. J. 302, 304

미국가든클럽 277~278, 280

　-에서 카슨이 한 연설 266~279

미국과학아카데미(NAS) 263, 269

　- 해양학위원회 136

미국과학진흥협회(AAAS) 91

-의 학술 토론회 '바다의 변경' 172

미국 내무부 46, 131, 293

미국 농무부 258, 268

미국도서상 논픽션 부문 123

　카슨의 - 수락 연설 123~125

미국민간자원보존단(CCC) 100

미국 식품의약국 256, 276~277, 293

미국 어류·야생동물국(FWS) 176~177,
　　188, 193, 198, 202

　-과 마타머스킷 보호구역 75

　-과 버드밴딩된 굴뚝칼새 51

　-과 '보존 활동' 16, 65

　-에서 근무한 카슨 45, 52

　-에서 해고된 데이 씨 131~133

　카슨의 - 사퇴 77, 144

　흰머리독수리 수의 급감에 대해 257

미국 어업국 19, 33, 56, 191

미국 원자력위원회(AEC) 141, 300

미국의학협회(AMA) 262, 278

미국자연사박물관 91

미드웨이 101

미시건 주립대학 241

미 연방항공국의 민간항공의무부대 260

미크로네시아 신탁통치령 102

미 해군 102, 114

미 환경질위원회 140

밀레이, 에드나 세인트 빈센트 30

바다거미 27

바다능금의 관 166
바다 바닥 25~29, 87, 295
　-에 관한 새로운 발견 136~140
바다사자 149
바다사자 동굴 149
바다제비 101
바다 중간 지대 112~113
바다표범 63, 143
바닷가재 25, 56, 176
바람
　구름과 - 227~228
　무역풍 229
　제트기류 235
박새(chickadee) 72
박새(titmouse) 100
박하 104
반 도런, 이리타 106
반딧불이 215~216
반 룬, 헨드릭 빌렘 192
방사능
　스칸디나비아반도 라플란드인에게 발
　　견된 - 297~298
　알래스카 에스키모인에게 발견된 -
　　297~298
　해양 동물에서 -의 전개 143
　→ 핵폐기물도 참조
방사능에 관한 국가자문위원회 301
방산충 27~28
방산충 껍데기 27
〈배닝턴 배너〉 254

배수 38
백단향 100
백로
　미국백로 72
　쇠백로 165
밴쿠버, 조지 99
뱀장어 25, 82
　미국 뱀장어 43, 88
　사르가소해를 찾아가는 - 39~44,
　　87~89
　-에 미치는 바닷물의 영향 34
　유럽 뱀장어 43, 88
버드나무 이파리 297
버로스, 존 127
　→ 존 버로스 메달도 참조
버저즈만 80, 156
버지니아주 농무부 272
〈버지니언 파일럿〉(노퍽) 272
벌새 32
베릴, 존 N. J. 177~178
베어강 보호구역(미국 국립 야생동물 보
　호구역) 65
베이베리 64
베토벤 교향곡 제9번 153
벨시콜 화학사 262
보라고둥 24
'보존 활동' 시리즈 16, 65~66
복, 넬리 리 221
　카슨이 -에게 보낸 편지 221
복, 커티스 219

카슨이 -에게 보낸 편지 221
〈볼티모어 선〉 17, 33~34, 45
부스베이지방토지신탁 220
부채꼴 잎 야자수 100
북극 84
북극해 136
북미야생동물협회 271
불가사리 20, 22, 86, 196
불개미 203, 258
브라운, 존 메이슨 123
브라질소방목 98
브리그스, 셜리 53, 57, 91, 198, 310
비교동물학박물관 178
비글로, 헨리 브라이언트 173, 178
비인간적인 사육 방식 243, 245~248
비키니섬 핵실험 143
빅베어호 294
빈야드해협 80, 176
빗해파리 24, 157
뻐꾸기 32

사르가소해를 찾아가는 뱀장어 39~44,
     87~89
사슴 104, 156
사우스트리니다드섬 96, 99
사우스포트섬(메인주) 56~64, 144, 214
    -의 잃어버린 숲 111, 219~222
사이먼 & 슈스터 79, 81, 192
사이판섬 102~103

사이프러스 66~67, 201
    몬테레이의 - 150
사향쥐 39
산호 20, 111
산호석 200
산호초 27, 173
살충제 249, 266
    -가 유전자에 미치는 피해 303
    나빠진 -의 이미지를 회복하려는 시
        도들 254~256
    -를 다룬 뉴스 기사 256~258
    먹이사슬에 스며드는 - 293~295
    -와 야생동물의 관련성을 다룬 미국과
        학아카데미 산하 위원회 263~265
    -와 화학 회사의 대학 연구 지원 253,
        260~262
    -의 공중 살포 273, 292~293
    -의 오용 147, 236, 239~242, 258~
        259
    장기적이고 광범위한 오염원으로서 -
        292
    카슨이 미국가든클럽에서 -에 대해
        한 연설 266~279
살충제위원회(매사추세츠주) 270
삼엽충 152
상모솔새 72
상어 23, 28
    대백상어 23
새 동호회 71
새끼 사슴 156

새둥지 수프 48

새우 22, 85, 165

  -의 소리 106, 114

새의 둥지 31

  - 짓기 47~48

생명의 기원 287~288

생물연구소(세인트앤드루스) 177

생물조사부 132~133

생물학

  - 이해하기 244~245

  개혁이 필요한 - 기관 243

생태계 290, 305

생태학 172, 289

  -과 보존 213

  -의 정의 212

샤디, 마 199

섀퍼, 빈센트 223

서턴, 조지 미치 50

석류석 158

석영 180

석회암 55, 202

섬

  -에 사는 생물의 멸종 96~101

  -으로의 이동 93~94

  -의 보존 문제 102~105

  -의 진화 90, 92~102

성게 25, 158

세가락도요 83~85, 163~164

세미놀 인디언 201~203

세슘137 297~298

〈세인트 니콜라스〉 30

세인트사이먼섬 167~168

세인트헬레나섬 98

세타 시그마 파이에서 카슨이 한 연설
    188~209

셸 화학사 262

소(cattle) 97, 99, 104, 259

소(cow) 273, 292, 300

소귀나무 72

소나무 63~64, 66, 222

소로, 헨리 데이빗 127, 212

솔새(휘파람새) 64

  검은목초록솔새 64

  노랑엉덩이솔새 64, 72

  블랙번솔새 64

  아메리카휘파람새 63~64

  초원솔새 72

  황금미국솔새 72

솔송나무 221

쇠고둥 156

쇠오리

  상오리 70

  푸른날개쇠오리 70

수수페호 102

수염틸란드시아 63

순록 297

숭어 83

숲 조성 39

슈미트, 요하네스 40

슈바이처, 알베르트 243

스노, C. P.   123

스미스, S. I.   176

스윈번, 앨저넌   108, 190

스칸디나비아반도 라플란드인의 방사능
   수치   297

스캐터굿, 레슬리 W.   176~177

스트론튬90   297

스티븐스, 크리스틴   240, 243

슴새   101

습지의 경작과 관리   73~75

시벨리우스, 장   115

시생대   117

시스택   149

시프스콧강   56~57, 306

식물 플랑크톤   180

신진대사 산물   183~184

실험 금지 조약   302

심해 평원   138

싱코리네   178

아귀   197

RCA 빅터 음반사   115

아리스토텔레스   40

아마존강   94

아비새   72

아스코필룸속   186

아카디아 국립공원   149

아칸소킹버드   73

악어   201~203

안개   231~232

알드린   256

알래스카   95

알래스카 에스키모인의 방사능 수치
   297~298

암   283~284

  간암   276

  유방암   237, 280

〈애틀랜틱 내추럴리스트〉   263~264

〈애틀랜틱 먼슬리〉   16, 19, 81, 191

앨곤퀸족   66

앨리, W. C.   185

앨버말해협   66

앨버트로스   97, 101

앨버트로스 III호(연구선)   193~196

야생동물 보존을 위한 싸움   35~39

양   104, 273

양원 합동 원자력위원회   300

에버글레이즈   198~204

에버글레이즈국립공원   198

에버렛, E. A.   51

에버렛, 콘스턴스   51

에일와이프   36

엑토크린   183~186

NBC 교향악단   115

엘버   4

  → 뱀장어도 참조

엘크   35, 37

  가지뿔엘크   37

MIT   234

여우 84, 164

연방 살충제·살균제·살서제법(FIFRA)
258

연방항소법원 273

연어 36

연잎성게 166

연체동물 20, 27, 186

연합통신 131, 258

염소 97~99, 104

산양 37

영국 남부 연안에 밀려든 대서양 물 184

영국해협 180

〈예일 리뷰〉 91

예테보리연구소(스웨덴) 186

오대호 36

오듀본 스크린 투어 129

오듀본, 존 제임스 35

오듀본협회 128, 271, 277

오리 38, 218

고방오리 70

마타머스킷 보호구역의 - 70~73

미국오리 70

수면성 오리류 70

아메리카홍머리오리 37

오리건주 해안 149

오리노코강 94

오리온자리 72

오염 249

-의 위험 236

《침묵의 봄》에 실린 상상의 마을의 -

249~252

카슨이 카이저재단병원에서 한 -에
관한 강연 285~305

→ 살충제도 참조

오존층 형성 288

오징어 113, 157

오크니제도 119

옥스퍼드 대학 출판사 79

〈옴니버스〉(텔레비전 프로그램) 223~224

와편모충 157, 180, 183

왓슨, 마크 33

왕나비 307

왜가리 72, 157

검은댕기해오라기 72, 156

붉은가슴흑로 72

큰왜가리 58, 72

해오라기 156

요각류 187

용치놀래기 25

우즈홀 해양생물학연구소 34, 80, 108,
134, 173, 190

우즈홀 해양학연구소 106

울리시 환초 101

울새 241, 251

워싱턴D.C.오듀본협회 52, 91

워싱턴병원센터 280

〈워싱턴포스트〉 131, 239

카슨이 살충제 오용에 관해 -에 실은
편지 239~242

원자 시대 135, 140, 268, 302

-의 삶에 대한 카슨의 우려 116, 122

원자력위원회 299

월리스, 알프레드 99

월리스, 조지 241

월시, 버나드 281

웨스팅하우스과학저술상 91

위스콘신 대학 262

위스콘신통조림제조사연합 262

위험 지대 298

웍스, 에드워드 19

윌리엄슨, 헨리 42

윌슨, 더글러스 179~180

윔페니, R. S. 187

유공충 28

유럽퉁퉁마디 157

유생의 생태 179~183

유전자에 대한 위험 297

유타주 보건부 299

은하수 23

음향측심기 113

의무감 301

이끼 109, 222

　수염틸란드시아 63

　순록이끼 63, 297

이동 74

　고니의 - 68

　굴뚝칼새의 - 45~51

　물새의 - 214, 218

　청어의 - 59~60

익족류 24

일리노이자연사조사 262

일본의 진주만 폭격 79

잎진드기 269

자연보호협회 메인 지부 219, 222

자연의 아름다움 205, 208, 220

　-즐기기 212

　-파괴 205~206

적도 229

적조 183~184

전국농화학연합 263

전국 야생동물 복구 주간 38~39

전국여성언론인클럽 연설 253~265

전국영어교사협의회 210

전국오듀본협회 239~240, 271

전국항공업계연합 263

전나무 221

제2차 세계대전 동안 파괴된 생물 종
　103

제비갈매기 61, 96

　검은등제비갈매기 102

　검은제비갈매기아재비 168

제트기류 235

제프리스, 리처드 127, 208

조개 22~23, 85, 177

조석

　보름달과 - 151~152

　적조 183~184

　초승달과 - 218

조지스뱅크 193~194, 196

조지워싱턴 대학 90

존 버로스 메달

　카슨의 ─ 수락 연설 126~130

존버로스협회 128

존스, 제임스 123

존스홉킨스 대학 33~34, 171, 260

종다리 72

종달새 100

쥐 97~98

　물쥐 41

지구

　─의 내부 탐사 137

　─의 온도 175

지구 온난화 175~179

지렁이 241~242

지빠귀

　갈색지빠귀 56, 59, 72

　개똥지빠귀 31~32

《지상에서 영원으로》 123

지의류 109, 222, 297

진화에 관한 이론들 305

집중 사육 246~247

찌르레기 45

참새

　노래참새 62, 72

　늪참새 72

　여우참새 72

흰목참새 72

　→ 갈색어깨참새도 참조

참새우 27

참억새 198

참치 86, 143

철 28

철갑상어 36

청둥오리 70

　마리아나청둥오리 102~103

청어 24, 42, 184~185

　눈퉁멸 178

　민물─ 36

　바다청어 177

　─의 이동 59~60

청어 떼 36~37, 59

체서피크만 40~41, 43~44

체이스, 페너 177

총알고둥 109

　바위총알고둥 110

　유럽총알고둥 110

치자나무 104

친코티그 보호구역(미국 국립 야생동물
　보호구역) 65

칠면조 96

　야생에 사는 ─ 35

《침묵의 봄》을 여는 우화 249~252

침배고둥 186

침상결정체 149

카리부 297~298

카슨이 쓴《인간적인 생물학 프로젝트》
　서문 243

카이저재단병원과 페르마넨테의료집단
　에서 한 연설 285~305

칼라누스 187

칼새
　굴뚝칼새의 이동 패턴 45~51
　보칼새 47
　아시아칼새 49
　중국칼새 48

칼슘 27

캐롤라이나굴뚝새 72

캔자스 주립대학 261

캘리포니아 대학 감귤류시험소 261

커밍스, E. E. 30

케네디, 존 F. 253

케마그로사 261

켈프 185

코드곶 154, 176, 178, 190

〈코로넷〉 46

코로르섬 102

코모너, 배리 290

코크, 랄프 280, 283

《콘티키》 113

콩고강 94

쿡, 제임스 100

크라일, 제인 280~281, 284
　《더없이 소중한 것들》(G. 크라일과 함
　께 집필) 281

크라일, 조지 '바니' 2세 280
　《더없이 소중한 것들》(J. 크라일과 함
　께 집필) 281
　카슨이 −에게 보낸 편지 280~284

큰다발이끼벌레 156

클라바 178

클라크 대학 49

클래머스 국립 야생동물 보호구역(미국
　국립 야생동물 보호구역) 293

클래머스호 38

클로슨, 매리언 132

클리블랜드 클리닉 280

클리어호 294

타미애미 트레일 198

〈타임〉 259

타포차우산 102~103

타히티섬 98

탈리도마이드 275

태양이나 달 주위에 어리는 후광 235

태평양전쟁기념관 102, 104

털보집갯지렁이의 관 166

토끼 101, 272

토네이도 232, 234
　매사추세츠주 우스터시에 당도한 −
　(1953년) 234

토드곶 307

토스카니니, 아르투로 115

토지관리국 132

톡사펜 294

톰린슨, H. M. 219

퇴적물(침전물) 138

투척 140

→ 핵폐기물도 참조

툴호 보호구역(미국 국립 야생동물 보호

구역) 293

퉁퉁마디 157

트루먼, 베스 115

트루먼, 해리 S. 115

트리스탄다쿠냐섬 98

티니언섬 296

티에라델푸에고 119

파(波) 117~118

지진파 137

파도(쇄파) 속의 인광 216~217

파라티온 259

파래 186

파래속 186

파마카니 99

파사마콰디만 177

파커강 보호구역(미국 국립 야생동물 보

호구역) 65

파타고니아 84

팔라우군도 102

팔메토 201

팜리코해협 66, 74

페테르손, 오토 204~205

펜실베이니아여성클럽연합 270

펜실베이니아주 대법원 219

펠리컨 294

미국펠리컨 73

포드 재단의 텔레비전-라디오 워크숍

223

포르피린증 257, 275

포스버그, F. 레이먼드 90, 104

포크너, 윌리엄 30

포펜헤이거, 돈 199~202

표류물 292

푸쿠스속 186

풀

모래언덕의 - 169

습지의 - 67, 157

초원의 - 39

해안의 - 154

프랜시스 허친슨 메달 267

→ 미국가든클럽도 참조

프레이밍햄 저수지 258

프리먼, 도로시 219

카슨이 -에게 보낸 편지 215~218,

200

프리먼, 스탠리

카슨이 -에게 보낸 편지 215~218

플랑크톤 23~24, 180, 184~187

- 속의 살충제 294

방사성물질과 - 296

플리머스연구소 179

피너랜, 프레드 202~204

피라미 41
피비 62
피츠제럴드, F. 스콧 30
피크트힐 모래톱의 해변 154
피터슨, 로저 토리 52, 129

하버드 대학 173, 178
하와이제도 95, 99~100, 103~104
하우, 케이 66
하우, 퀸시 81, 192
하울릿, 던컨 306
한국전쟁 116
할, 케이 280~281, 284
해덕 25
해리슨, 루스 243
해먹 201
해면 20, 27, 196
해변종다리 72
해산 139
해수 습지 156~158, 168
해식애에 뚫린 해식동굴 149
해안 새 72, 80, 156, 163
해안선(지역)
    ― 보존 호소 160~161
    ―에 관한 관찰과 묘사 147~160
해양생물학연구소 34, 80, 108, 134,
    190
해양학 134, 136
해오라기 157

꼬마해오라기 72
아메리카알락해오라기 72
해저화산 28, 93
해조 28, 185~186
해파리 86
핵정보위원회 300
핵폐기물
    바다에 투척하는 ― 134, 140~143,
        286, 290, 294~297
    ―을 바다에 버렸을 때 빚어지는 비극
        적 결과 143, 297~302
핸포드연구소 297
핼리, 에드먼드 99
향나무 63
허드슨, 윌리엄 헨리 127, 212
허리케인 233
헥사클로로벤젠 275
헵타클로르 257~258
호노울리울리 삼림보호구역 100
호크산 조류 보호구역 52
혼탁류 138, 295
〈홀리데이〉 144, 147
홍관조 100
홍머리오리 70, 73
화덕딱새 32
화살벌레 24
화이트, E. B. 30
화학 회사의 대학 연구 자금 지원 253,
        260~262, 277~279
화학물질로 처리한 종자 257, 276~277

황새치 86

황여새 72

회색곰 37

훼퍼, W. C. 276

흉내지빠귀 72

흑기러기 35

흑단 98

흙먼지지대 39

흰올빼미 84

히드라충 178

히스헨 36

히젠, 브루스 138